Nicci Gerrard

In der Stunde der Dämmerung

Roman

Aus dem Englischen
von Elvira Willems

Berlin Verlag Taschenbuch

November 2015
Die Originalausgabe erschien unter dem Titel
The Twilight Hour
bei Penguin Publishing Ltd, London
© Nicci Gerrard 2014
© der deutschsprachigen Ausgabe
Berlin Verlag in der Piper Verlag GmbH, Berlin 2015
Alle Rechte vorbehalten
Umschlaggestaltung: ZERO Werbeagentur, München,
unter Verwendung zweier Motive »Haus« Picture Press/Adam Burton
und »Himmel« FinePic®, München
Gesetzt aus der Arno Pro von psb, Berlin
Druck und Bindung: C.H. Beck, Nördlingen
Printed in Germany
ISBN 978-3-8333-1029-4

www.berlinverlag.de

Für Michael, Freund in allen Jahreszeiten

1

Eleanor erwachte, weil sie spürte, dass etwas fehlte. Draußen peitschte der Wind den Regen immer noch in Böen gegen die Fenster; drinnen war es zu still, kein Atemzug, kein Herzschlag – nur ihr eigener. Die Dunkelheit fühlte sich unbelebt an. Noch bevor sie die Hand ausstreckte und an dem Wasserkrug und der Vase mit den welken Blumen vorbei das leere Bett ertastete – die zurückgeschlagenen Decken, das zerdrückte Kissen –, hatte sie gewusst, dass sie allein war. Sie ließ die Angst in sich einsickern, bis in die letzte Zelle ihres Körpers. Sie schmeckte ihren erdigen, metallenen Schmerz auf der Zunge, spürte ihn dann in den Handflächen, am unteren Ende der Wirbelsäule und im Hals wie eine ölige, zuckende Schlange, sie roch ihn auf ihrer Haut, säuerlich wie verdorbene Milch.

Seltsam verdreht saß sie in einem Sessel; ihr linker Fuß war eingeschlafen, ihre Wange geriffelt, wo sie an dem Holz gelehnt hatte. Als sie sich rührte, raschelte der Stoff ihres Rocks, und ihr fiel wieder ein, dass sie sich am Abend zuvor nicht ausgezogen hatte. Sie hatte nur ihr Haar geöffnet und sich die Schuhe von den Füßen getreten. Zu müde und vollkommen durcheinander hatte sie sich im Dunkeln in diesen Sessel gesetzt und es dem Schlaf überlassen, den schrecklichen Tag zu beenden.

Ein paar Sekunden blieb sie reglos sitzen, lauschte ihrem unregelmäßigen Herzschlag und fragte sich, was sie tun sollte. Dann schwang sie sich mit solcher Wucht aus dem Sessel, dass sie stolperte. Mit dem tauben Fuß stieß sie gegen einen Becher und warf ihn um. Sie knickte um und wimmerte vor Schmerz auf. Da sie sich auf die Gegebenheiten des Raums kaum mehr besinnen konnte, tastete sie sich mit ausgestreckten Händen bis zur Tür vor. Dabei stieß sie gegen das Fußende des Betts und die Ecke der Kommode, suchte nach dem Türknauf und dann nach dem Treppengeländer, das sie die schmale, knarrende Treppe nach unten führte. Überall war es stockfinster, wie sehr sie ihre Augen auch anstrengte, durch die Verdunkelungsvorhänge einen Schimmer zu erhaschen, bis sie in die Küche tappte, wo die letzte Glut im Herd einen matten Schein warf. Neben der Sitzbank stand ein Paar Stiefel, und sie stieg hinein und öffnete die Haustür. Der Wind schlug ihr entgegen, patschte ihr nass ins Gesicht und raubte ihr den Atem. Selbst im Schutz des Vordachs rauschten all die hunderttausend Blätter, als wäre sie bei Sturm auf dem Meer oder ein Zug donnerte auf sie zu. In so einer Nacht jagte man eigentlich keinen Hund vor die Tür. Aber ohne lange zu zögern lief sie hinaus in das Strömen und Tosen. Schwerfällig, denn die Stiefel waren ihr viel zu groß, und das dicke Gummi scheuerte an ihren Schienbeinen. Der Wind blies ihr entgegen, als wollte er sie zurücktreiben. Zweige kratzten über ihre Haut, und auf der Straße flog erst ein Ast an ihr vorbei, dann unter Gepolter ein Mülleimerdeckel. Schon war sie nass bis auf die Haut, die Bluse klatschte an ihren Rippen, und der feuchte Rock klebte ihr zwischen den Beinen. Sie wollte rufen, doch der Wind riss ihr den Namen von den Lippen, bevor er noch zu einem Laut werden konnte, und verschluckte ihn.

Die Häuser links und rechts der Straße waren unbeleuchtete, geduckte Schemen. Sie lief weiter. Sie hatte Seitenstechen, und von dem Knöchel, den sie sich verknackst hatte, schoss sporadisch Schmerz das Bein herauf. Bei jedem Schritt stieß sie sich die Zehen an den Stiefelspitzen. Vor zwei Abenden hatte sie sich die Zehennägel rot lackiert, während er zugesehen hatte. Brennende Augen. Sie spürte den blauen Fleck, wo er sie am Arm gepackt hatte, und unter dem Schal, den sie sich um den Hals gewickelt hatte, um ihn zu verstecken, pochte der Knutschfleck. Er hatte die Finger in ihre Haut gegraben und seinen Mund auf ihren gepresst, bis sie Blut schmeckte, und er hatte gesagt, sie könne ihn niemals verlassen. Jetzt nicht mehr. Sie waren zu weit gegangen.

Sie erahnte den Weg eher, als dass sie ihn sah, und bog von der Straße ab. Überhängende Äste verfingen sich in ihrem Haar, und die Brombeerranken in der Hecke rissen an ihren nassen Kleidern. Der Wind tobte. Es roch nach gepflügter Erde und nassem Farn. Dann rannte sie über die Weide und den Hang hinunter. Das Rauschen des Wassers vermischte sich mit dem Rascheln des Laubs und dem Brausen der Luft. Endlich blieb sie stehen und blickte sich hektisch um. Sie konnte die dichten Umrisse der Bäume ausmachen und das braune, schäumende Wogen. Eine blinde Gewissheit hatte sie hierhergeführt. Und jetzt?

Und wie sie dort stand und nicht weiterwusste, ließ der Regen plötzlich nach, und einen Moment lang trat hell und klar der Mond zwischen den Wolken hervor. In diesem Augenblick sah sie ein Gesicht – oder glaubte es zu sehen.

Ein weißes Gesicht in dem dunklen Wasser, wie eine Blüte, wie eine gebrochene Spiegelung.

Dann verschluckten die Wolken den Mond wieder, und das Gesicht – ob real oder eingebildet – war verschwunden. Zurück blieb nur die tosende Dunkelheit.

Eleanor schleuderte die Stiefel von den Füßen und spürte, dass ihr Rock riss, als sie ihn auszog. Selbst jetzt, in diesem irrwitzigen Augenblick, musste sie daran denken, wie er ihn aufgehakt hatte, sehr langsam, zu ihren Füßen hockend, die Hand zwischen ihren Beinen, die Augen unverwandt auf ihr Gesicht gerichtet, als blickte er tief in sie hinein. Erinnerungen haben ihren eigenen Takt, sie existieren in ihrer eigenen Welt, in der die Gesetze der Zeit keine Gültigkeit haben. Als sie an das Flussufer lief und dann – mit ausgestreckten Armen und wie eine Fahne hinter ihr herflatternden Haaren – mit einem hohen, weiten Satz ins Wasser sprang, fiel ihr ein, wie sie ihn das erste Mal erblickt hatte, und es war, als sähe sie ihn noch einmal mit diesem Stich unbändigen Verlangens. Und sie dachte, fast ein wenig reuig und amüsiert, dass das, was sie da machte, wirklich dumm war. Sie fragte sich, ob sie sterben würde, doch Angst hatte sie keine, nur das Gefühl, dass sie nicht das Leben gelebt hatte, das sie geplant hatte. Was würden die Leute denken? Was würden sie sagen? Sie würden die Köpfe schütteln: die Armen. Wer hätte das gedacht, wer hätte so etwas je geahnt, wie konnte es nur so weit kommen?

Die Zeit schien still zu stehen, sie hing in der Luft wie ein riesiger Vogel. Der Regen hatte aufgehört, der Wind erstarb, der Sturm hatte sich ausgetobt und seine Spuren der Verwüstung hinterlassen. Zu spät, zu spät. Sie sah sich selbst dort schweben und auf das verzerrte Gesicht des Mondes hinabblicken. Und dann sah sie, wie sie stürzte.

Sie klatschte auf dem Wasser auf und wurde wieder ihr mit Armen und Beinen um sich schlagender, verzweifelter Körper, ohne jeden Gedanken, ohne jede Erinnerung. Die Strömung wirbelte sie herum und zog sie nach unten. Ihre Lunge platzte schier, und hinter ihren Augenlidern explodierten helle Punkte. Etwas – ein Fels, ein Baumstamm – schrammte an ihrem Oberschenkel vorbei und ratschte die Haut auf. Sie stellte sich vor, wie sie eine Wolke von Blut hinter sich herzog. Dann stieg sie plötzlich nach oben, durchbrach die Wasseroberfläche, gierte nach Luft und stieß sie keuchend wieder aus. Von neuem ging es hinunter ins nasse Strömen, Kies, Steine und Schlamm, Flussalgen, die sie einhüllten, doch diesmal kürzer, und als sie das nächste Mal nach oben kam, nahm sie einen tieferen, kontrollierteren Atemzug und schaffte ein paar Schwimmzüge, die sie ein Stück durch das schmutzige Wasser trugen. Sie reckte eine Hand nach oben und ergriff einen überhängenden Ast, um sich daran festzuklammern. Ihr Handteller brannte, doch ihre Finger schlossen sich um Luft. Alles war viel zu schnell: Kies, Felsen, Steine und Bäume, das Rauschen des Wassers und das schwache Schimmern des Halbmonds, der ab und an zwischen den Wolken hervorlugte.

Sie stieß gegen einen Fels, und ein stechender Schmerz durchschoss sie; dann wurde sie aufs Ufer zugeschleudert wie Treibgut. Diesmal gelang es ihr, eine Wurzel zu packen und sich daran festzuhalten, während ihr Körper zur Seite strudelte. Und dann sah sie, wie im Traum, noch einmal das Gesicht – oder doch nicht? –, ein Stück flussaufwärts brauste es auf sie zu, dem Mondschein zugewandt. Wie ein schlafendes Kind, dachte sie, wie eine Seerose, friedlich in den Fluten. Heulend reckte sie die Hand danach aus und packte zu, fand Haar, das ihr durch die Finger glitt, fand eine Handvoll Stoff und riss daran. Der Leib folgte wie ein riesiger Fisch, bleich und schimmernd unter dem Wasser, bis er neben ihr war, gummiartige, aufgeweichte Haut und geschlossene Augen, voller Schlamm und Schleim.

»Du Idiotin«, sagte sie über das Tosen des Flusses. Sie hörte ihre Stimme: fast beiläufig, sachlich. »Das wirst du mal schön sein lassen. Hast du gehört?«

Eleanor packte den Oberarm fester und zog noch einmal, und jetzt waren sie in den glitschigen Untiefen, geschützt zwischen den Wurzeln, während der Fluss vorbeirauschte. Ein Stück flussaufwärts sah sie eine Stelle, wo das Ufer niedriger war; dorthin hievte und stieß sie den schweren Körper. Sie hielt ihn an einem Handgelenk fest und kletterte rückwärts auf die Uferböschung. Er drohte ihr zu entgleiten.

»Nein«, sagte sie, als könnten Worte ihn daran hindern. »Ich lasse dich unter gar keinen Umständen los.«

Sie zerrte an dem Arm, bis sie Sorge hatte, sie könnte ihn auskugeln, und endlich konnte sie die Hände unter beide Achseln schieben. Sie zog mit aller Kraft, ihre Füße rutschten in dem feuchten Gras und ihre Wirbelsäule knackte vor Anstrengung, und bei jedem Ruck keuchte sie. Das hört sich fast an wie Sex, dachte sie. Wie ein wilder Ritt zum Höhepunkt.

»Komm schon«, sagte sie. »Komm. Bitte.«

Qualvoll langsam nur ließ der Körper sich bewegen, rutschte schwer auf sie zu, bis er mit einem Ruck, bei dem sie nach hinten ins Gras stolperte, aus dem flachen Wasser herauskam und auf sie fiel. Kurz blieb sie reglos so liegen, starrte auf die samtige, dunkle Himmelskuppel über ihr, den Mond und die weiß funkelnden Sterne, und auf das trübe Muster, das die Äste der Bäume zeichneten. Nichts und niemand scherte sich um die beiden, die hier auf der nassen Erde lagen; nichts und niemand sah sie. Dann kämpfte sie sich unter der Last heraus, kniete sich daneben und beugte sich weit vor, um ihre warmen Lippen auf die kalten zu drücken und ihren Atem ruhig in den Mund zu blasen, wie sie es gelernt hatte. Einatmen, ausatmen, einatmen, ausatmen. Mein Leben in deines. Mein Leben für deines. Meine Liebe. Das Ich und das Du lösen sich auf. Den Brustkorb drücken. Noch einmal, und dann noch einmal. Wie eine Maschine. Wie Hustenstöße. Die Erinnerung daran stieg auf, wie sie als Kind zugesehen hatte, wenn jemand ins Feuer pustete, um es zum Leben zu erwecken. Und endlich ein Keuchen, ein Stöhnen, und dann entströmte dem Mund ein Schwall wässriger Gallenflüssigkeit. Eleanor hielt inne, ließ sich rücklings auf die Böschung sinken und schloss die Augen. Alles drehte sich, und sie wurde von einem gewaltigen Zittern gepackt, sämtliche Muskeln von Kälte und Trauer durchgerüttelt. Unter ihren schmutzigen Lidern quollen heiße Tränen hervor.

»Das verzeihe ich dir nicht«, sagte sie. »Hast du gehört? Niemals.«

Sie schlug die Augen wieder auf und starrte hinauf in den riesigen, schwarzen Himmel, der jetzt übersät war mit Sternen. Es war vorbei.

2

Eleanor Lee stand in der Bibliothek, wo es nach Staub roch und nach Zerfall. Der Wind ließ die losen Schindeln rappeln und fegte den Schornstein herunter. Es war schon Wochen her, seit sie das letzte Mal einen Fuß hier hereingesetzt hatte. Undeutliche Schemen waren noch undeutlicher geworden; die Gegenstände verschmolzen mit den Schatten. Die Dunkelheit senkte sich herab. Sie hatte zu lange gewartet und war zu spät dran, um die Vergangenheit vor der Gegenwart zu verbergen.

Sie streckte den Stock nach vorn aus und tastete so nach den Ecken der Stühle und nach Sachen, die am Boden herumlagen. Sie strich über das alte Schaukelpferd und setzte es in Bewegung, dass es auf der Stelle galoppierte und mit weißen Augen wild nach vorn starrte. Der Stock traf auf ein Objekt, und sie bückte sich, um es zu berühren: Das musste das Puppenhaus sein, mit dem erst ihre Kinder und dann die Kinder ihrer Kinder gespielt hatten – ja, das Dach ließ sich aufklappen und offenbarte eine ordentliche Miniaturwelt. Ein Stapel Bücher kippte um, als sie vorbeiging. Ein Seidenschal, den jemand vergessen hatte, lag da wie eine abgeworfene Schlangenhaut. Sie hob ihn auf, strich nachdenklich darüber und hängte ihn sich um den Hals. Ihre Füße bewegten sich leise durch die Trümmer; ihr langer

Rock raschelte, die Armreifen an ihren Handgelenken klimperten. Bei den zwei Stahlschränken, die nebeneinander an der hinteren Wand standen, blieb sie stehen und zog die oberste Schublade des höheren der beiden auf. Ihre Finger kratzten über den Inhalt, ertasteten die vollgepackten Mappen aus Pappe und Kunststoff, die losen Blätter darunter. Wo konnten sie sein? Willkürlich zog sie eine Mappe heraus, hielt sie sich vor das Gesicht und kniff die Augen zusammen, als könnte plötzlich alles wieder klar werden, nur für einen kurzen Moment. Es war natürlich völlig hoffnungslos. Schublade um Schublade voller Papiere, und sie wusste, auch wenn sie sie nicht mehr sehen konnte, dass auf dem Boden auch noch Kartons standen. Sie konnte sich nicht mehr daran erinnern, wo sie das, was sie suchte, hingetan hatte. Sie hätte es erst gar nicht all die Jahre aufbewahren sollen.

Aus einem Impuls heraus schob Eleanor die Hände in die Schublade, zog Mappen heraus und breitete sie um sich herum aus, rührte mit ihrem Stock heftig darin herum und zerrte die nächste Handvoll heraus, bis die Schublade leer war. Sie riss die zweite Schublade auf, doch dann hielt sie inne und seufzte schwer.

»Sei nicht albern«, sagte sie laut mit weicher, brüchiger Stimme. »Denk lieber nach.«

Sie traf einen Entschluss und tappte aus dem Zimmer. Sobald sie im Flur war, der ihr vertrauter war, bewegte sie sich schneller, auch im Wohnzimmer, wo im offenen Kamin ein Feuer knisterte und auf dem Beistelltisch eine geöffnete Weinflasche stand. Nahe der Tür stand ein Flügel, dessen Politur wohl wie immer im weichen Licht glänzte, und darauf die schimmernde Kupferschale. Eleanor tastete auf dem Kaminsims nach der Streichholzschachtel, nahm diese mit in die Bibliothek und schloss die Tür hinter sich. Zielstrebig bewegte sie sich auf die beiden Aktenschränke zu, fuhr dabei im raschen Zickzack mit dem Stock vor sich her, und als sie davorstand, zog sie die untersten Schubladen auf und tastete darin herum, um sich davon zu überzeugen, dass darin Papiere waren. Sie riss ein erstes Streichholz an, ließ es in die Schublade fallen, und dann gleich noch ein zweites.

Sie hatte gedacht, eine Metallschublade wäre das perfekte Behältnis für ein kleines, begrenztes Feuerchen. Sie könnte den Inhalt einer Schublade nach der anderen schön sicher verbrennen, in ein weiches pudriges Häufchen Asche auflösen. Doch sie hatte sich getäuscht. Die Flammen schossen fast sofort aus der ersten Schublade hoch und sprangen auf den Samtvorhang über. Gierig machten sie sich daran, den Stoff zu verzehren. Im ersten Augenblick war Eleanor wie gelähmt; sie ahnte die Schemen der hellen Flammen sogar durch ihre Augenlider, der beißende Qualm brannte ihr in der Nase und im Hals. Dann schlug ihr die Hitze entgegen, und sie taumelte nach hinten und stolperte über das Puppenhaus. Sie nahm den dicken, bestickten Schal, den Gil ihr vor Jahren geschenkt hatte, von ihren Schultern und warf ihn über die Schublade, um das Feuer zu ersticken. Doch er nährte das Feuer nur weiter, das ein Eigenleben entwickelt hatte, von dem Schrank voller Geheimnisse übersprang und an den Fensterrahmen hochzüngelte. Funken stoben auf Eleanor zu, sie spürte unzählige Bläschen sich auf der Haut bilden. Als würde man gestochen, dachte sie, als stürzte sich ein ganzer Schwarm verrückter Wespen aus dem Backofen auf mich.

Als sie sich rückwärts aus dem Zimmer hinausbewegte, heraus aus dem Lodern und dem gierigen Prasseln der Zerstörung, schoss ihr der Gedanke durch den Kopf, dass dies eine brutale und grandiose Art zu sterben wäre – das alte, geliebte Haus in einem gigantischen Feuer zu vernichten, nur um siebzig Jahre alte Geheimnisse zu bewahren. Doch so würde wenigstens niemand je davon erfahren. Das Gebäude wäre zerstört, aber das wahre Ich auch weiterhin sicher und verborgen.

Langsam kam sie zu sich. Sie roch etwas Verbranntes, und dann ging ihr auf, dass sie selbst das war. Verbranntes Haar und verbrannte Haut. Ein Kissen unter ihrem schmerzenden Kopf, gestärkte Laken. Sie hob den Arm und musste feststellen, dass er dick verbunden war. Sie schlug ihre blinden Augen auf und nahm die künstliche Helligkeit von Neonröhren wahr.

»Wo bin ich?«

»Was zum Teufel hast du gemacht?«, dröhnte eine Stimme auf sie ein. Sie wünschte, sie wäre nicht nur blind, sondern auch taub, denn dann müsste sie nicht hören, wenn alle ihr etwas erklärten, sie fragten, sie ausschimpften, als wäre sie jetzt, da sie alt war, wieder zum Kind geworden.

»Hallo, Leon. Ich bin wohl im Krankenhaus?«

»Selbstverständlich bist du im Krankenhaus. Und du hast Glück, dass du nicht im Leichenschauhaus gelandet bist. Wie konntest du so dumm sein und ein Streichholz ans Haus halten?«

»Es war ein Unfall.«

»Natürlich war es ein Unfall! Was denn sonst? Du hättest sterben können.«

»Aber ich bin nicht gestorben. Es geht mir ganz gut, Leon. Nur ein paar Verbrennungen. Sehe ich zum Fürchten aus?«

»Was?«

»Hallo, Gran«, sagte eine Stimme von der anderen Seite des Betts.

Behutsam drehte sie den Kopf, denn sie spürte den dumpfen Schmerz in ihrem Schädel. Im Mund hatte sie einen aschigen Geschmack.

»Jonah!« Sie lächelte in seine Richtung. »Du bist auch hier.«

»Ja. Und du siehst nicht zum Fürchten aus. Nur ein bisschen verrußt und deine Augenbrauen haben ein paar kahle Stellen und deine Haare sind ein bisschen kraus. Wie fühlst du dich?«

»Das weiß ich gar nicht so genau. Was ist passiert?«

»Kannst du dich nicht erinnern?« Leon ging jetzt auf und ab; mit drei Schritten war er am Fenster, und dann machte er auf dem Absatz kehrt und marschierte in die andere Richtung. Hin und her, dabei schob er bestimmt unablässig die Hände in die Taschen und zog sie wieder heraus. Als wäre er selbst ein schwelendes Feuer, dachte Eleanor, als sich der Umriss seiner massigen Gestalt am Fußende ihres Bettes vorbeibewegte. Jonah dagegen saß ruhig auf dem Plastikstuhl. Sie roch sein Aftershave, und als sie eine Hand ausstreckte, ertastete sie den weichen Stoff seines Mantels.

»Ich erinnere mich noch, dass es anfing zu brennen«, sagte sie vorsichtig.

»Du hattest Glück, dass Adrians Sohn noch auf war und Computerspiele spielte«, sagte Leon. Seine Schuhe quietschten, als er kehrtmachte. »Er hat das Feuer vom Fenster aus gesehen und ist angerannt gekommen und hat es gelöscht. Dann hat er den Krankenwagen gerufen und danach hat er uns angerufen.«

»Ist viel zerstört worden?«

»Anscheinend kaum etwas. Die Vorhänge und ein Teil vom Fensterrahmen. Es ist natürlich eine Riesensauerei.«

»Und die Aktenschränke?«

»Die Stahldinger? Keine Ahnung, aber ich vermute mal, die sind so konstruiert, dass sie selbst einer Bombe standhalten würden. Mach dir keine Sorgen. Deine Papiere und Briefe sind noch alle da.«

»Oh.«

Endlich setzte Leon sich.

»Aber was wäre passiert, wenn Adrians Sohn nicht noch wach gewesen wäre und den Flammenschein gesehen und sofort reagiert hätte?«

»Aber er hat es doch gesehen. Und wenn nicht, hätte ich die Feuerwehr gerufen und die hätte das Feuer gelöscht.«

»Was glaubst du denn, wie lange es dauert, bis die da draußen bei dir sind?«

»Keine Ahnung?«

»Bis die da sind, steht das ganze Haus in Flammen und du mit.«

»Vielleicht.«

»So kann es nicht weitergehen«, sagte Leon.

»Wie meinst du das?«

»Ich wusste, dass so etwas passieren würde, aber du hörst ja nicht. Allein in so einem großen baufälligen Haus mitten im Nirgendwo. Du bist alt und so gut wie blind.«

» Das ist mir keineswegs entgangen. «

» Es ist gefährlich. Ich kann das nicht mehr zulassen. «
Seine Stimme verriet ihr, wie sie sich sein Gesicht vorstellen musste: entschlossen vorgeschobenes Kinn und die leicht wichtigtuerische Miene, die er aufsetzte, wenn er sich Sorgen machte. Die hatte er schon als kleiner Junge gezogen, wenn er wütend und durcheinander war und Trost brauchte, es aber nicht über sich brachte, darum zu bitten.

» Leon «, sagte sie mit ruhiger Stimme. » Ich weiß, dass du es gut meinst, aber ich bin kein Kind, und ich bin auch nicht unzurechnungsfähig. Das ist nicht deine Entscheidung, sondern meine. «

» Das stimmt wohl. « Jonah holte wie ein Zauberer einen knallgrünen Apfel aus seiner Manteltasche, rieb ihn am Ärmel und biss knirschend hinein. » Sag uns, was du willst, Eleanor. «

» Ich will nach Hause. «

» Nach Hause! « Leon schnaubte empört.

» Ja. «

Die Tür ging auf, und eine hochgewachsene Frau mit langer grauer Mähne kam hereingerauscht, atemlos und mit von der Nachtluft geröteten Wangen.

» Mutter! «, sagte sie halb schluchzend und ließ sich schwer aufs Bett fallen. Sie streckte die Hand aus, doch ohne die alte Frau zu berühren, die neben ihr winzig wirkte, zerbrechlich, aber unbeugsam. Und irgendwie sehr einsam – wie jemand, der auf kabbeliger See in einem Rettungsboot hockt. » Oh, liebste Mum! Was für einen Schrecken du uns eingejagt hast. Geht es dir gut? Du Arme! Was hast du denn jetzt wieder angestellt? «

»Hallo, Esther. Wie nett, dass du hergekommen bist.«
Als wäre es eine Teegesellschaft, dachte Jonah und grinste,
amüsiert über seine Großmutter, in sich hinein.

»Sie sagt, sie will nach Hause«, warf Leon ein. »Sie
sagt … «

»Ich bin hier, weißt du«, unterbrach Eleanor ihn in
scharfem Ton. »Ich kann für mich selbst sprechen.«

»Du kannst nicht einfach nach Hause, nicht nach dieser
Geschichte. Das musst du doch einsehen«, flehte Esther.

»Ich sehe gar nichts ein. Das Feuer wurde offensichtlich
gelöscht, bevor es großen Schaden anrichten konnte.«

»Darum geht es nicht.«

»Worum geht es denn dann?«

»Komm wenigstens fürs Erste zu uns. Dann überlegen
wir gemeinsam, was zu tun ist.«

»Was zu tun ist«, wiederholte Eleanor und setzte sich
in dem schmalen Bett kerzengerade auf. »Das klingt omi-
nös.«

»Ich meine doch nur … «

»Ich weiß, was du meinst. Du meinst, man kann nicht
mehr darauf vertrauen, dass ich allein zurechtkomme.«

»Du hättest sterben können«, wiederholte Leon noch
einmal, als wäre es seine Trumpfkarte.

»Na und? Warum reitest du so darauf herum? Ich bin
vierundneunzig. Ich kann sterben, wann ich will!«

»Willst du denn?«, fragte Jonah voller Neugier.

»Nicht unbedingt. Aber ich will selbst darüber entscheiden, wie ich lebe. Und ich will auf gar keinen Fall
in einem Wartezimmer des Todes hocken, eine Decke
über den Knien und Pflegerinnen, die mich Herzchen nennen, mich mit labberigem Shepherd's Pie und gummi-

artigem Rührei füttern und mich dazu zwingen wollen, Bingo zu spielen und mir die Haare frisieren zu lassen. Und meine Angehörigen besuchen mich pflichtbewusst an verregneten Sonntagnachmittagen und machen höflich Konversation.«

»Aber …«

»Singkreis!«

»Du übertreibst«, versetzte Leon steif und aufgebracht.

»Findest du?«

»Egal.« Esther streckte noch einmal die Hand aus, und diesmal berührte sie ihre Mutter vorsichtig, als wäre sie noch heiß von den Flammen. »Du musst nicht in ein Pflegeheim. Du kannst bei einem von uns leben. Das weißt du doch. Bei mir zum Beispiel. Oder bei Quentin oder Samuel …«

»Nein. Lieber sterbe ich.«

»Sind wir so schlimm?«, fragte Jonah.

»Lieber sterbe ich«, wiederholte Eleanor, »als dass sich meine Kinder um mich kümmern müssen.«

»Hast du mal überlegt, wie unfair das uns gegenüber ist?«, fragte Leon. »Wir machen uns Sorgen um dich ganz allein da draußen. Wir machen uns Sorgen, wenn wir in Urlaub fahren wollen oder ein paar Tage nicht nach dir sehen können. Wir rasen die Autobahn rauf und runter, um dich zu besuchen, und machen uns unablässig Gedanken.«

»Ah«, sagte Eleanor. »Ich glaube, das nennt man emotionale Erpressung, Leon.«

Irgendwo auf der Station schrie eine Frau, ein wiederholtes Wehklagen voller Schmerz. Sie hörten Absätze über das Linoleum gehen, und dann eine Stimme, die beruhigend auf sie einredete, doch das Jammern ging weiter.

»Warum willst du nicht bei mir leben?«, fragte Esther. »Wir könnten es uns schön machen. Ich könnte die Gesellschaft weiß Gott gut gebrauchen.«

»Ich will nicht bei dir leben, Esther. Ich will bei keinem von euch leben.« Sie zögerte, und dann stieß sie einen langen Seufzer aus. Die drei um das Bett sahen, wie sie ihre knochigen Schultern hochzog und dann unter dem Krankenhausnachthemd wieder entspannte. »Würdet ihr mich jetzt bitte allein lassen.«

»Ich bin doch gerade erst gekommen.« Esther klang, als würde sie gleich anfangen zu weinen. »Sobald ich es gehört habe, bin ich ins Auto gesprungen und … «

»Ich weiß. Kommt in einer Stunde oder so wieder. Ich bin müde. Ich will schlafen.«

Doch an schlafen war gar nicht zu denken. Sie schloss die Augen, als die drei gingen, und schlug sie wieder auf, sobald sie ihre Stimmen und ihre Schritte nicht mehr hören konnte, nur noch das hohe Summen der Lampen, das ferne Quietschen der Stationswagen und draußen vor dem Fenster das normale Leben, das weiterging: zuschlagende Autotüren und Stimmengesumm. Froh, allein zu sein, setzte sie sich im Bett auf und trank ein paar Schlucke Wasser aus dem Plastikbecher auf dem Nachttisch, doch der aschige Geschmack in ihrem Mund ging nicht weg. Die Kinder bedrängten sie mit ihren Ängsten und ihren Bedürfnissen. Die Atmosphäre wurde dann fest und heiß und reglos, wie vor einem aufziehenden Gewitter.

Sie versuchte, sich selbst mit ihren Augen zu sehen: alt, stur, lästig, klammerte sie sich weit über ihre Zeit hinaus an das Leben. Manchmal redeten sie über sie, als wäre sie gar nicht da. »Stur wie ein Esel«, flüsterten sie dann. »Du weißt doch, wie sie ist. Mit Vernunft ist ihr nicht beizukommen.«

Sie war alt und sie war stur, doch sie hatte nicht die Absicht, jemandem zur Last zu fallen. Sie atmete tief durch und schob den Unterkiefer vor.

»Also gut.«

»Also gut? Was?«

»Ich gehe in ein Heim. Ich weiß, dass ihr euch Sorgen macht. Es ist nicht recht. Nichts von alldem ist recht.«

»Tu's nicht nur für uns«, sagte Leon. »Du weißt, dass ich das nicht so … «

»Ich weiß genau, wie du es gemeint hast. Niemand sollte vierundneunzig werden. Es ist schmachvoll.«

»Aber … «

»Ihr könnt das Haus inserieren. Ich ziehe an Weihnachten aus.«

»Ehrlich? Du siehst ein, dass es für alle das … das Beste ist.«

»Ich ziehe an Weihnachten aus, aber vorher gehe ich nach Hause. Allein.«

»Wir machen alles«, sagte Leon schnell, voller Schuldgefühle und in dem Versuch, sie zu besänftigen. »Du brauchst dich um nichts zu kümmern. Wir verkaufen das Haus, finden einen schönen Ort, nicht so einen Ort, wie du ihn beschrieben hast, betreutes Wohnen … «

»Es ist gut, Leon.«

»Und wir sortieren deine ganzen Sachen. Das können wir nach und nach machen.«

»Nein. Das ist meine Bedingung. Ich will nach Hause

gehen, und ich will, dass jemand anders meine Besitztümer durchsieht, meine ganzen Papiere und Erinnerungen.«

»Warum?«

»Darum.«

»Aber das können wir doch machen. Wir tun das gern. Es macht uns nichts aus.«

»Ich will einen Fremden.«

»Ganz wie du willst.« Leon setzte sich auf einen Stuhl, der unter ihm knarrte. Er rieb sich das Kinn, seine Hand kratzte über die grauen Stoppeln. »Das lässt sich sicher einrichten, wenn du es wünschst.«

»Ich wünsche es.«

»Also«, warf Jonah ein, »ich glaube, ich wüsste da auch schon jemanden.«

3

Als Peter am Bahnhof losradelte, wich der Tag gerade einer dunstigen Dämmerung. Über den Stadtrand hinaus gab es keine Straßenlaternen und bald auch keine Gehsteige mehr, sondern nur einen feuchten Grasstreifen und eine schmale Landstraße voller Schlaglöcher, über die ab und zu die Scheinwerfer eines Autos strichen. Der Schein seiner Fahrradlampe war klein und schwach und war ihm keine große Hilfe. Fledermäuse wehten wie ölige Lumpen über seinen Kopf, bevor sie wieder in der wachsenden Dunkelheit verschwanden. Es herrschte Stille, die gar nicht still war, wenn man lauschte, sondern von leisen Geräuschen durchsetzt: der Wind wie Meeresrauschen in den Bäumen, der leise Schrei einer Eule, ein Rascheln im Unterholz am Wegesrand. Einmal huschte dicht vor ihm ein winziges Wesen über die Straße, wie ein eingerolltes Blatt, das der Wind vor sich hertreibt, doch er erspähte scharfe Augen.

Er hielt einen Augenblick an, bloß um zu lauschen, welche Geräusche sein Körper in der knarrenden Stille der Nacht machte: das unregelmäßige Einatmen und Ausatmen, sein Herz, das gegen die Rippen schlug, das schwache Sausen in seinem Kopf und in seinen Ohren. Er lächelte in sich hinein ob der knisternden Aufregung, die er empfand. Er war die Stille nicht gewohnt, ebenso wenig wie die Dunkelheit. Er wusste noch nicht einmal mehr, wann er zum letzten Mal aus London herausgekommen war oder auch nur aus dem winzigen Quadrat der Stadt, das er bewohnte. Eine ganze Weile hatte er auch die Wohnung nicht mehr verlassen, ja nicht einmal sein Schlafzimmer. Sein Bett, wo er sich die Decke über den Kopf gezogen und sich in seiner eigenen Wärme vergraben hatte, seinen blassen, schlanken Körper umklammernd. Wo er wartete, bis das Warten selbst das Eigentliche wurde, ohne Ziel – bis er nicht mehr auf irgendetwas gewartet oder irgendetwas erwartet hatte, sondern das Warten ein schwebender Daseinszustand geworden war. Er war den Wolken am Himmel gefolgt, den Vogelschwärmen, dem Einfall des Lichts in den Garten. Dem Zuschnappen von Türen, Ticken von Uhren, Regenprasseln, Rauschen in den Rohren, dem zufriedenen Schnarchen seiner Mutter in der Nacht. Doch jetzt hatte Jonah ihn gebeten, sich um seine Großmutter zu kümmern, und er war wieder in der Welt. Er merkte, dass er interessiert war, lebendig, aufmerksam.

Das Haus lag am Ende einer langen, holprigen Auffahrt. Inzwischen war es so dunkel, dass er die Fahrspur nicht mehr erkennen konnte und vom Rad steigen musste, um nicht vom Weg abzukommen und in der dornigen Hecke zu landen. Seine Füße, die in den dünnen Schuhen kalt geworden waren, knirschten über den losen Kies. Das Haus war kaum ein massiger Umriss. Er konnte erahnen, dass es groß war. Auf der Veranda brannte eine trübe Lampe, aber die Fenster waren dunkel, und man konnte sich nur schwer vorstellen, dass jemand zu Hause war. Hatte er sich im Tag geirrt? Er ging langsamer und zögerte den Augenblick hinaus, bis er an die Tür klopfen musste. Der Wind strich ihm frisch über das Gesicht, und er glaubte, das Meer riechen zu können. Ein langes, erwartungsvolles Schaudern durchlief ihn.

Er lehnte sein Fahrrad an eine Mauer, hob die vollgestopfte Satteltasche herunter, löste seinen kleinen Rucksack, sodass er nur noch über eine Schulter hing, und klopfte, bevor er es sich anders überlegen konnte, rasch an der Tür – forsch und laut. Er lauschte. Irgendwo im Haus bellte ein Hund, dann verstummte das Bellen wieder. Eine Weile tat sich nichts, doch als er gerade zum zweiten Mal klopfen wollte, hörte er einen Stock über den Boden tappen und Schritte. Sie waren langsam und bedächtig, als würde der Mensch, der sie tat, nach jedem Schritt innehalten. Dann ging die Tür auf, und er sah den Umriss einer Frau. Er konnte erkennen, dass sie einen langen Rock trug und dass ihre Haare sehr weiß waren. Vollkommen reglos und aufrecht stand sie wenige Schritte vor ihm. Hinter ihr ein Hund: groß und zottig in der Düsternis, mit japsender rosa Zunge. Nervös machte Peter einen Schritt nach hinten. Bei Hunden wusste er nicht so recht. Beim Joggen hatte sich einmal ein Whippet auf ihn gestürzt und ihm die Zähne in den nackten Oberschenkel geschlagen und hatte da gehangen, während die Besitzerin jammerte und sagte, sie wisse nicht, was über das Tier gekommen sei. Die blasse Narbe sah man immer noch.

»Hallo«, sagte er. »Ich bin Peter. Peter Mistley. Sind Sie Mrs Lee?«

»Peter?« Sie reichte ihm eine magere Hand, und er setzte sein Gepäck am Boden ab und schüttelte sie. Knochen und trockene, warme Haut. »Ich habe kein Taxi gehört.«

Ihre Stimme war weich und verwischt, wie abgewetzter Samt.

»Ich bin mit dem Fahrrad gekommen.«

»Du liebe Zeit. Das ist ein ganz schönes Stück. Ist es dunkel?«

Peter wandte den Kopf, um in die Nacht zu blicken, den dunklen Tumult am Himmel.

»Ja«, antwortete er unsicher. »Inzwischen ist es ziemlich dunkel.«

»Dann schalte ich wohl besser das Licht an. Kommen Sie aus der Kälte herein. Ihr Fahrrad können Sie ruhig da draußen stehen lassen.« Als spürte sie seine Bedenken, sagte sie: »Keine Sorge wegen Polly, sie ist eine uralte Rettungshündin, die sich sogar von den Ringeltauben einschüchtern lässt.«

Sie ließ seine Hand los, und er trat in die Halle und zog die Tür hinter sich zu. Sie betätigte einen Schalter an der Wand. Als er sie im aufflackernden Licht sehen konnte, musste er sich zusammenreißen, um nicht nach Luft zu schnappen. Sie war sicher einer der ältesten Menschen, die er je gesehen hatte, außer natürlich auf Fotos oder in Zeitschriften. *National Geographic*, dachte er und betrachtete sie. Sie kam ihm wie eine Landschaft vor, die von Sturzbächen und Stürmen traktiert worden war, über Jahrzehnte der Erosion ausgesetzt. Sie war recht groß und sehr dünn, und sie hielt sich gerade wie ein Lineal, als hätte das Alter, das die meisten Menschen beugt, sie in die Senkrechte gezogen. Ihr Haar war ein Gewirr aus silbrigweißen Spinnweben über dem angeschlagenen Mosaik ihres Gesichts. Sie trug einen langen grauen Wollrock mit fransigem, schmuddeligem Saum, und ihr Oberkörper war in einen

mit Troddeln besetzten Schal gehüllt, der schon bessere
Tage gesehen hatte. Eine Hand – voller blauer Flecken,
glänzend und leberfleckig, mit geschwollenen Knöcheln
und einem riesigen Ring am vierten Finger wie ein reich-
verzierter, funkelnder Türknauf – hielt einen Gehstock. Peter
hätte nicht sagen können, ob sie einmal schön gewesen war
oder ob sie es immer noch war. Allein die Tatsache, dass sie
schon so lange lebte, schüchterte ihn ein. Auch der Hund,
der hinter ihr stand, wirkte alt: ein scheckiger, schäbiger
Köter mit zerfetztem Ohr und flehendem Blick.

»Oh … «, murmelte er plötzlich.

»Was?«

»Sie sind blind.«

»Ich weiß.« Sie richtete ihre blinden Augen auf sein Gesicht und lächelte. Ihr Hals, der aus den Falten des Schals
aufstieg, war erschreckend dünn. Es kam ihm unhöflich vor,
sie anzustarren, wo sie seinen Blick doch nicht erwidern
konnte.

»Tut mir leid. Ich meine, es tut mir leid, dass ich das
nicht gewusst habe.«

»Hat mein Enkel es Ihnen nicht gesagt?«

»Nein.«

»Typisch Jonah.«

Jonah: geheimnisvoller, kosmopolitischer Jonah, durchtränkt von biblischer und heidnischer Geschichte, in einem
früheren Leben von einem Wal verschlungen. Jonah mit seinen schönen Kleidern und seinen dunklen Augen. Jonah, mit
dem Kaitlin jetzt zusammen war, aus den Trümmern ihrer
Beziehung zu Peter in etwas Artigeres, weniger Stürmisches
und vielleicht auch weniger Intensives gewechselt. Aus heite-
rem Himmel hatte Peter eine E-Mail von ihm erhalten, for-

mell und steif wie ein Brief – Jonah suche jemanden, der die Papiere, Fotografien und Bücher seiner Großmutter durchsehen und mit ihr zusammen entscheiden konnte, was verkauft, was an eine interessierte Universität gegeben und was weggeworfen werden sollte. Sein Großvater war ein bekannter Arzt gewesen, und seine Großmutter hatte ihr Leben lang im Bildungswesen gearbeitet, zunächst als Lehrerin und dann in der Lehrerausbildung. Ob er Interesse habe.

»Haben Sie Gepäck?«, fragte die alte Frau jetzt.

Peter ließ seinen Rucksack neben der Satteltasche zu Boden plumpsen. Plötzlich war er schrecklich müde. Am liebsten wäre er daneben zu Boden gesunken und hätte den Kopf auf die Dielen gelegt. Vielleicht war sie ja so blind, dass sie es nicht merkte. Sie würde weiter mit ihm sprechen, als stünde er noch neben ihr. Er trug einen dicken Mantel, und sein Hemd hatte Schwitzflecken, die langsam abkühlten. Vor dieser Gestalt aus einem anderen Jahrhundert, mit ihrem außergewöhnlichen Gesicht wie eine Landkarte des Lebens, kam er sich plump vor – was natürlich lächerlich war. Sie konnte ihn nicht sehen. Er konnte mit den Händen fuchteln oder sich sogar von ihr wegdrehen, und sie würde sich ihm immer noch mit ihrem geheimnisvollen, nach innen gerichteten Lächeln zuwenden.

»Ihr Zimmer zeige ich Ihnen später. Sollen wir uns zuerst einmal vor den Kamin setzen? Haben Sie schon zu Abend gegessen?«

»Nein. Ja. Also, ich habe … «

»Sie haben noch nichts gegessen, aber Sie wollen mir auch keine Umstände bereiten? Besonders da ich nicht sehen kann.«

»Also, ja«, sagte Peter.

»Ich kann Schemen ausmachen und manchmal auch Gesichter erkennen. Und wenn die Sonne hell scheint, tun mir die Augen weh. Aber ich muss nichts sehen.« Sie reckte den Arm hoch, mit dem sie nicht den Gehstock hielt; die Armreifen klimperten. Sie hatte etwas von einer Zauberin an sich: ein weiblicher Prospero. »Ich sehe mit den Fingern und den Ohren und mit meiner Erinnerung. Folgen Sie mir.«

Er nahm seinen Rucksack und seine Satteltsche und folgte ihr, als sie langsam und vorsichtig, aber ohne Zögern, die Halle durchquerte, Polly an ihrer Seite. Ihre Schritte waren auf den Holzdielen kaum zu hören, während das Haus unter seinen Tritten leicht erzitterte. Er erahnte dunkle, bedrückende Ölbilder in vergoldeten Rahmen, gerahmte Schwarzweißfotografien von seltsam gekleideten Menschen, einen kurzen Blick auf sie beide in dem halb blinden Spiegel, der ein wenig schräg an der Wand hing. Sie wie eine Geistererscheinung und er schwer beladen und stolpernd hinter ihr.

»Da wären wir.« Sie drückte eine Tür auf, die in die Küche führte. »Lassen Sie Ihre Sachen hier stehen. Passen Sie auf die Stufe auf. Und der Boden fällt leicht ab.«

Die Küche war lang und mit unebenen Steinfliesen ausgelegt. Ein Tisch nahm die ganze Länge des Raumes ein. Die Fenster saßen tief in den Wänden, und auf den breiten Fensterbrettern standen Töpfe mit lachsrosa Geranien. Eine war tot, nur ein vertrocknetes, verdrehtes Stück Holz und ein paar braune Blätter. Peter sah sich im Raum um. Am anderen Ende stand ein altmodischer Herd und daneben ein kleiner offener Kamin, in dem die letzte Glut gloste. Es gab ein altes, schäbiges Ledersofa, auf dem sich zwei orangebraune Katzen eingerollt hatten, eine an jedem Ende, die im Traum mit den Schwänzen zuckten. Er zog seinen Mantel aus und legte ihn auf den Tisch.

»Es ist einundzwanzig Uhr achtzehn«, sagte eine herrische weibliche Stimme darunter.

»Oh!« Er hob den Mantel hoch und entdeckte die sprechende Uhr.

»Das Haus ist voller Stimmen«, sagte die alte Frau. »Manchmal leisten sie mir Gesellschaft. Aber sie können auch ihren eigenen Kopf haben.« Sie streckte die Hand aus und tippte auf etwas.

»Null Gramm«, erklärte eine andere Stimme, tief und samtig. »Null Unzen.«

»Also, was möchten Sie essen? Im Kühlschrank ist, soweit ich weiß, noch ein wenig kaltes Huhn. Und ein leckerer Käse, den meine Enkelin gekauft hat. Aber das ist schon eine Weile her. Vielleicht ist er inzwischen weggelaufen.«

Sie öffnete die Kühlschranktür und steckte den Kopf hinein.

»Ich kann's nicht sagen«, hallte ihre Stimme. »Möchten Sie mal nachsehen?«

Peter trat zu ihr an den Kühlschrank, der groß war und so gut wie leer.

»Ist Brot drin?«

Er holte einen Rest Graubrot in einer braunen Papiertüte heraus und einen Teller mit zerlaufenem Brie.

»Ja«, sagte er. »Brot und Käse reichen mir. Ich habe keinen großen Hunger.« Dabei hatte er plötzlich einen solchen Bärenhunger, dass ihm beinahe schwindlig war.

»Früher habe ich das Brot selbst gebacken.« Sie richtete sich auf. »Jahrzehntelang, zwei Mal die Woche, montags und donnerstags. Es hat meinen Tagen Struktur gegeben, als sie keine andere hatten. Struktur ist sehr wichtig, wissen Sie.« Peter fiel auf, dass sie in ganzen Sätzen sprach, druckreif, als sähe sie sie zuerst niedergeschrieben und folgte der Zeichensetzung. »Ich habe sehr gern Brot gebacken: der sauer blubbernde Vorteig und das feingemahlene Mehl, die Elastizität und Schwere des Teigs beim Aufgehen. Jetzt gehört es zu den Dingen, die ich nie wieder tun werde. Ich werde nie wieder einen Hügel hinunterrennen; ich werde nie wieder einen Sonnenuntergang sehen. Ich werde nie wieder im Meer schwimmen, was mein Allerschönstes war. Ich werde nie wieder tanzen.«

»Tanzen könnten Sie aber noch«, hielt Peter mutig dagegen. »Sie bewegen sich wie eine Tänzerin.«

»Ich werde nie wieder mit jemandem schlafen oder auch nur das Bett mit ihm teilen.«

Er blinzelte und schwieg. Dieser magere, abgetakelte, geschundene Körper.

»Essen Sie Ihr Brot und Ihren Käse. Da drüben sind Messer.« Sie fuhr mit der Hand anmutig durch die Luft. »Dann können wir uns im Wohnzimmer an den Kamin setzen und besprechen, was Sie für mich tun sollen.«

Peter fand die Messer – fleckiges Silber mit gesprungenen Elfenbeingriffen – und setzte sich. Der Hund ließ sich voller Hoffnung neben ihm nieder. Vorsichtig streckte Peter die Hand aus und tätschelte seine hochgereckte Nase, fast ein Streicheln. Polly klopfte freundlich mit dem Schwanz auf den Boden. Dann strich er ein wenig Käse auf das altbackene Brot und biss hinein. Sie stand an dem verglühenden Feuer und schien ihn zu beobachten. Alles war voller Krümel, und er fühlte sich unter die Lupe genommen.

»Wie lange leben Sie schon hier?«, fragte er.

»Ach, über sechzig Jahre. Aber bis wir in den Ruhestand gegangen sind, hatten wir außerdem eine Wohnung in London«, antwortete sie. »Hier waren wir nur an den Wochenenden und im Urlaub. Besonders in den langen Sommerferien mit den Kindern. Ich kenne das Haus in- und auswendig. Ich weiß instinktiv, wie viele Stufen die Treppe hat und wie viele Schritte ich brauche, um das Wohnzimmer zu durchqueren und ans Erkerfenster zu treten, von dem aus man den Rasen überblickt. Viele Räume betrete ich gar nicht mehr. Ich nutze diesen Raum hier, das Wohnzimmer und mein Schlafzimmer. Manchmal auch die Bibliothek: Ich kann die Bücher riechen. Papier, Leder, Staub, Sonnenschein, Holz. Als ich das erste Mal herkam«, fuhr sie fort, »war ich jung und hatte vier Kinder. Die Zimmer waren von Lärm erfüllt – und der Garten ebenfalls. Morgen können Sie den Garten sehen. Ich kann Ihnen die Namen sämtlicher Rosen nennen, auch wenn ich sie nicht mehr sehen kann. Ich liebe Rosen.

Die Flut läuft ein«, sagte sie so leise, dass er die Ohren spitzen musste. »Und die Flut läuft wieder aus. Die Kinder sind natürlich aus dem Haus gegangen, das müssen sie, aber später waren oft die Enkelkinder hier. Ich habe ihre kleinen Anziehsachen auf die Wäscheleine gehängt, und es hat mich daran erinnert, wie es war, Mutter zu sein. Doch dann sind auch sie erwachsen geworden und führen ihr eigenes Leben. Und mein Mann ist gestorben. Er starb vor vielen Jahren, wissen Sie, und obwohl er alt war, als er von uns ging, lebe ich schon seit einer Ewigkeit ohne ihn. Ich habe alle überlebt. Auf den Grabsteinen der meisten Menschen, die ich verloren habe, wächst längst das Moos.«

Peter sah sie an, während das Messer in der Luft schwebte. Wie konnte sie so offen mit ihm sprechen, wo sie ihn doch erst vor einer Minute kennengelernt hatte? Vielleicht redete sie, wenn sonst niemand da war, auch so, ihre Stimme ein leises Murmeln in den leeren Räumen, wie Wellen, die an den Strand rollen. Ließ die Einsamkeit einen so werden?

»Das tut mir leid.« Er wusste nicht, was er sonst sagen sollte.

»Aber jetzt meinen sie, ich käme hier nicht mehr allein zurecht«, fuhr sie fort, als hätte er sie nicht unterbrochen. »Sie machen sich Sorgen um mich. Dass ich das Haus und mich in Brand setze … na ja, das habe ich ja schon gemacht, also haben sie wohl guten Grund. Dass ich mir mit meinem scharfen Küchenmesser die Finger abschneide, dass ich die Treppe runterfalle oder in der Dusche ausrutsche, vergesse, meine Tabletten zu nehmen, mich nicht wasche, nicht esse, nicht trinke, nicht auf mich achtgebe.« Ihre Stimme wurde immer lauter. »Was glauben Sie, wie alt ich bin, junger Mann?«

»Nennen Sie mich Peter. Ich weiß nicht. Ich kann es wirklich nicht sagen.«

»Ich bin vierundneunzig Jahre alt.«

Er hatte sie noch älter geschätzt. Über hundert.

»Ich bin vierundneunzig Jahre alt, und wenn ich die Treppe runterfalle, ist das ganz allein meine Angelegenheit. Wenn ich aufs Dach klettere, dann lassen Sie mich. Es gibt schlimmere Todesarten, als vom Dach zu fallen. Die Welt schrumpft.«

»Das ist ein trauriger Gedanke«, sagte er.

»Tut mir leid. Sie armer Junge, Sie sind ja nur hier, um meine Papiere durchzusehen. Wie ist der Käse?«

»Köstlich. Danke.«

»Ist er zu zerlaufen?«

»Er ist zerlaufen, aber … «

»Sie müssen nicht höflich sein. Ich war viel zu höflich, als ich so alt war wie Sie … Wie alt sind Sie eigentlich?«

»Fünfundzwanzig.«

»Fünfundzwanzig. In Ihrem Alter war ich schon verheiratet und hatte Kinder. Zu meiner Zeit erwartete man von Frauen, sehr höflich zu sein, wenn sie fünfundzwanzig waren. Man konnte ungeheuerliche Dinge tun, solange man dabei gute Manieren an den Tag legte. Sind Sie fertig?«

»Ja.«

»Stellen Sie den Teller ins Spülbecken, und dann setzen wir uns ans Feuer.«

Peter folgte ihr mit dem Hund auf den Fersen aus der Küche und dann drei breite Stufen hinauf in einen anderen Raum, wo es Sofas gab und auf einer Seite einen Flügel. Auch hier brannten keine Lampen, doch in dem offenen Kamin loderte ein Feuer, und die alte Frau ging mit zielsicheren Schritten zu einem Lehnstuhl, setzte sich hinein und legte ihren Gehstock behutsam daneben auf den Boden. Die Flammen warfen einen flackernden Schein über ihr zerknittertes, faltiges Gesicht und schimmerten auf den Tasten des Flügels. Peter hatte das Gefühl, in einen seltsamen Traum geraten zu sein, und wartete ab, was sie als Nächstes sagen würde.

»Könnten Sie mir etwas Wein einschenken?« Sie zeigte auf einen Tisch im Erker, auf dem eine Flasche Wein stand, halb ausgetrunken, und mehrere Gläser. »Und leisten Sie mir dabei bitte Gesellschaft.«

»Sehr gern. Vielen Dank.«

»Sie öffnen die Weinflaschen für mich, wenn sie kommen, obwohl ich das, glaube ich, noch könnte. Übung habe ich jedenfalls genug. Mir gefällt der Gedanke nicht, dass sie mitkriegen, was ich trinke – nicht dass ich übermäßig viel trinke, und wenn ich es täte, was würde es schon für eine Rolle spielen? Sie wissen, was ich trinke, was ich esse. Sie öffnen meine Rechnungen und die offizielle Korrespondenz. Sie wissen, was ich auf dem Konto habe.«

»Bitte schön.« Peter reichte ihr ein Glas Wein und berührte mit dem Rand ihre Hand, sodass sie es nehmen konnte. »Wer sind ›sie‹?«

»Hilfen, Pflegekräfte. Sei können sie nennen, wie Sie wollen. Wenn man alt und blind ist, verliert man seine Privatsphäre. Dann regeln andere Menschen das Leben für einen.«

»Das ist sicher schwer.« Er trank einen Schluck Rotwein, reife Frucht. Alt und dunkel. Er sah zu, wie sie ihren in kräftigen Schlucken trank, als hätte sie Durst.

»Man wird ausgestellt. Manchmal sitze ich hier und denke, jeder könnte sich auf Zehenspitzen hereinschleichen und mich beobachten. Zusehen, wie ich hier sitze. Zusehen, wie ich von einem Zimmer ins andere gehe und Dinge berühre. Zusehen, wie ich beim Essen kleckere oder mit dem Gehstock Sachen zerschlage.«

»Sie zerschlagen Sachen mit dem Stock?« Bewunderung regte sich in ihm.

»Würden Sie das nicht an meiner Stelle?«

»Wahrscheinlich schon. Ich hoffe es.« Er lächelte sie an, bevor ihm wieder einfiel, dass sie ihn ja nicht sehen konnte.

»Mögen Sie offenes Feuer?«, fragte sie.

»Ja. Aber ich habe noch nie in einem Haus mit einem offenen Kamin gewohnt.«

»Ach?«

»Ich habe immer in Wohnungen gelebt oder in modernen Häusern. Ganz anders als dieses hier. Aber es gefällt mir sehr. Es erweckt einen Raum zum Leben.«

»Mhm. Man kann stundenlang in die Flammen schauen. Dem Lodern und Knistern lauschen, Formen sehen, die Gedanken schweifen lassen. Mein Mann hat gern Lagerfeuer gemacht. Dann war er den ganzen Tag draußen und hat immer neue Äste aufgelegt. Den ganzen Tag«, wiederholte sie und fuhr sich mit der Hand über das Gesicht. »Als er starb, musste ich lernen, wie man ein gutes Feuer macht. Jetzt müssen das natürlich andere für mich übernehmen. Wie vieles andere auch. Am Morgen kommt jemand und überzeugt sich davon, dass ich nicht tot bin, und bringt Einkäufe und Mahlzeiten, trägt die Asche raus und macht Feuer, und am Abend kommt jemand und überzeugt sich davon, dass ich noch lebe, nennt mich ›meine Liebe‹ und fragt, wie es uns geht. Wie sehen Sie aus?«

»Verzeihung?«

»Wie sehen Sie aus?«

»Ich glaube, das weiß ich gar nicht so genau. Das hat mich noch nie jemand gefragt.«

»Sie wissen, wie ich aussehe, obwohl ich mich kaum mehr an mein eigenes Gesicht erinnern kann. Ich habe es oft angeschaut. Ich habe vor dem Spiegel gestanden und mir in die Augen gesehen und mich angelächelt und mich zurecht gemacht für die Welt. Es ist nicht ganz fair, dass Sie mich sehen können und ich Sie nicht.«

»Ich glaube nicht, dass ich irgendwie außergewöhnlich aussehe.«

»Unsinn. Jeder sieht auf seine Art außergewöhnlich aus. Was ist Ihre Art?«

»Ich … « Er hob die Hand und berührte sein Gesicht. »Also. Ich habe rötliches Haar.«

»Ah. Rot wie eine Mohrrübe oder rot wie ein Fuchs?«

»Wie ein Fuchs, glaube ich. Oder vielleicht wie eine Aprikose.«

»Dann nehme ich den Fuchs. Sommersprossen?«

»Als Kind schon. Jetzt nicht mehr so viele. Ich habe helle Haut. Meine Großmutter hat immer gesagt, ich sähe aus wie ein irischer Kobold, so einer, der in den Wäldern lebt.« Er war erstaunt über das Glücksgefühl, das ihn wie eine Welle durchlief.

»Augenfarbe?«

»Grün.«

»Grün. Das ist gut. Gefallen Sie sich?«

Peter überlegte.

»Kommt darauf an.«

»Worauf?«

»Ich weiß nicht. Ich glaube, es kommt darauf an, wie ich mich fühle: Wenn ich mich mag, mag ich auch mein Gesicht. Es gibt Zeiten, da bin ich mir selbst sehr fremd. Meistens denke ich wohl, dass ich einfach ich bin. Ich sehe mich nicht.«

»Mhm.« Sie nickte nachdenklich.

»Wollen wir besprechen, was ich hier für Sie tun soll?«

Sie wandte ihm das Gesicht zu.

»Natürlich. Ich stelle zu viele Fragen. Was hat Jonah Ihnen erzählt?«

»Er hat erzählt, dass Sie umziehen werden und Papiere, Bücher, Manuskripte und Fotografien aus vielen Jahrzehnten besitzen, die durchgesehen werden müssen. Einiges könnten Sie an eine Universität geben, hat er gesagt, denn es ist vielleicht von kulturellem oder historischem Wert. Einige eher persönliche Sachen würden unter Ihrer Familie aufgeteilt. Einiges … « Er zögerte. »Einiges würden Sie vielleicht behalten wollen. «

»Obwohl ich blind bin, denken Sie. «

»Und eine ganze Menge Sachen sollen, wie er annimmt, einfach weggeworfen werden. «

»Das beschreibt es wohl ganz gut. Ich bin, fürchte ich, nicht besonders ordentlich. Jedenfalls habe ich immer alles aufgehoben, weil es schwer ist, die eigene Vergangenheit wegzuschmeißen, und inzwischen hat es sich zu einem rechten Durcheinander ausgewachsen. «

»Das macht nichts. «

Schweigen breitete sich aus, und sie blickte blind in die Flammen.

»Es hat einen Grund, warum ich nicht will, dass meine Familie das für mich tut. « Peter wartete. »Einiges würde ich gern für mich behalten. «

»Verstehe. «

»Merkwürdigerweise glaube ich tatsächlich, dass Sie das tun. « Sie fuhr sich mit der Hand über das Gesicht. »Ist das Ihr Metier? «

»Mein Metier? «

»Ihr Broterwerb, meine ich. Sind Sie jemand, der Dinge katalogisiert? Ein Archivar des Lebens anderer Menschen. Na, warum nicht? Es ist wichtiger, als Möbel und Porzellan einzupacken, nicht wahr … das Verpacken kostbarer Erinnerungen. Der Dinge, die man womöglich findet, der Geheimnisse, die man womöglich ausplaudert oder preisgibt.«

»Ich werde vorsichtig sein«, sagte Peter. Er trank einen Schluck Wein, würzig und stark.

»Davon bin ich überzeugt. Sie scheinen mir ein aufmerksamer junger Mann zu sein. Vielleicht sind Sie ja Bibliothekar oder Archivar?«

»Jonah hat nichts erklärt?«

»Nein. Er ist ja nicht gerade ein Mann vieler Worte.«

»Nein. Aber ich bin kein Bibliothekar.«

Sie wartete. Peter rutschte auf seinem Sessel herum.

»Im Augenblick bin ich eigentlich gar nichts«, sagte er schließlich.

Sie blickte mit freundlicher Miene irgendwo links an ihm vorbei.

»Das kann ich mir nicht vorstellen.«

»Ich bin irgendwo in der Warteschleife.«

Er erwartete, dass sie genauer nachfragte, doch das tat sie nicht. Sie nickte nur und sagte: »Die Warteschleife ist ein sehr wichtiger Ort. Sie müssen müde sein.«

»Nicht besonders.« Denn er war gleichzeitig müde und hellwach. Die Zugfahrt, das Radeln durch die neblige Dunkelheit zu diesem alten Hause nah am Meer, die hier ganz allein lebende alte Frau, wie ein freundliches, aber ein wenig unheimliches Geschöpf aus einem deutschen Märchen – all das erfüllte sein Gehirn mit Verwirrung und Aufregung.

»Also, ich gehe jetzt zu Bett«, sagte sie, tastete nach ihrem Gehstock und erhob sich mit überraschender Anmut aus ihrem Sessel. »Bitte rauchen Sie nicht im Haus. Ich weiß, dass Sie rauchen, das kann ich riechen, aber tun Sie es bitte nicht im Haus. Sie könnten sich aus dem Fenster lehnen, wie meine Enkelin Thea. Sie glaubt, ich wüsste es nicht. Oder sie steigt aufs Dach.«

»Und wo schlafe ich?«

»Oh. Tut mir leid. Das habe ich ganz vergessen. Sie gehen die Treppe rauf bis in den zweiten Stock. Ihr Zimmer ist das unter der Dachschräge. Ich habe es immer gemocht. Manchmal habe ich dort geschlafen, wenn ich allein hier war. Es kam mir immer vor wie ein geheimer Ort, ein Adlerhorst. Vom Fenster aus kann man ein Stückchen Meer sehen, und manchmal kann man es auch hören. Neben Ihrem Zimmer ist eine Dusche und eine Toilette, und die Helfer haben Ihnen Handtücher rausgelegt. Ich dachte, es wäre das Beste, wenn Sie unabhängig sind.«

»Ich glaube, ich rauche noch eine im Garten, bevor ich hochgehe.«

»Schließen Sie sich nicht aus. Nehmen Sie die Hintertür.«

»Wann soll ich morgen anfangen?«

»Wann? Wann es Ihnen passt. Ich bin immer früh auf, und dann kann ich Ihnen zeigen, wo alles ist.«

»Danke.«

»Nein, ich danke Ihnen, junger Mann.«

»Peter, bitte.«

»Peter. Und ich bin Eleanor.«

»Gute Nacht, Eleanor.«

Eleanor tastete auf dem Nachttisch, um sich davon zu überzeugen, dass das Radio da war, falls sie mitten in der Nacht wach wurde. Der BBC World Service half ihr in den Morgen. Kriege, Wirtschaftskrisen, Nachrichten für die Landwirtschaft. Dann drehte sie sich auf die Seite in die Position, in der sie immer geschlafen hatte – mit angezogenen Knien und den Armen unter dem Kinn, wie ein kleines Kind. Wenn sie nachts wach wurde, vergaß sie manchmal, wer sie war und in welcher Zeit. Dann meinte sie, ihre Mutter leise in einem anderen Zimmer reden zu hören, und unter ihren geschlossenen Augenlidern sammelten sich warme Freudentränen. In der Nacht kehrten Erinnerungen zurück. Man lebte in ihnen. Die Zukunft war kurz und die Vergangenheit lang.

An diesem Abend war er ihr sehr nah. Sie sah sein Gesicht und spürte seinen Körper, ganz nah. Sie spürte seine Augen, die sie beobachteten, und weil er sie beobachtete, war sie wieder schön und voller frischer, schneller Freude. Sie sprach mit ihm. Sie vertraute ihm die Gedanken und halbgaren Eindrücke an, die ihr durch den Kopf trieben wie Blütenblätter, wie Ascheflocken. Sie erzählte ihm Dinge, von denen sie gar nicht gewusst hatte, dass sie sie empfand. Die sie nicht hätte sagen können, hätte sie sie laut ausgesprochen oder wären es Wörter in ihrem Kopf gewesen. Jahrelang hatte sie geschwiegen, war stumm gewesen wie ein Grab und hatte zugelassen, dass er sie verließ. Vielleicht stimmte es auch eher, dass sie ihn verlassen hatte. Doch was hätte sie anderes tun sollen? Sie hatte ihn einmal Herz meines Herzens genannt; sie hatte ihm einmal gesagt, dass sie sterben würde ohne ihn. Doch sie hatte ohne ihn weitergelebt. Nur im Traum war er manchmal zu ihr zurückgekehrt, und dann hatte ihr Herz beim Aufwachen so heftig geklopft, dass sie gefürchtet hatte, es könnte das ganze Haus aufwecken und ihr Geheimnis laut hinausdröhnen. Ihren großen Verrat. Dann lag sie in der weichen Dunkelheit, lauschte den Geräuschen der Nacht draußen vor dem Fenster und wartete geduldig, gewissenhaft, bis der Traum verblasste und ihr Herzschlag sich wieder beruhigte. Eine der Lektionen, die das Leben sie gelehrt hatte: Alles vergeht. Kummer vergeht, wie auch Träume. Der Schmerz verlässt die Hauptbühne und zieht sich auf die Bühnenränder zurück. Man hält an dem Ich fest, das man geschmiedet hat, liegt in dem Bett, das man sich gemacht hat, und wartet auf den Morgen. Auf das Licht, das durch die Vorhänge kriecht, den krähenden Hahn und die ganz banalen Alltagsgeräusche.

Die Uhr in der Halle schlug die volle Stunde. Der Wind rüttelte an den Fenstern, und draußen krochen kleine Tiere im Unterholz durch das welke Laub.

Sie sah ein Gesicht. Es war immer dasselbe Gesicht: graugrüne, weit auseinanderstehende Augen, leicht verhangen, nerzbraunes Haar, schmale Lippen, ein angedeutetes Lächeln, bei dem ihr Herz immer einen Satz gemacht hatte, hervorstehende Wangenknochen. Ein bewegliches, aufmerksames, abwartendes Gesicht. Jung, natürlich. Die Welt lag noch vor ihm, das Leid in ihren Winkeln verborgen. Auch sie war jung in dieser dämmerigen Welt zwischen Schlafen und Wachen, denn dort sind auch alte Menschen jung. Sie hatte sanfte Augen und glatte Haut; ihr Herz war dumm und voller Hoffnung und Entsetzen, ihr Körper durchflutet von Verlangen. Sie wollte ihn so sehr, dass ihren trockenen Lippen ein kleiner Schrei entfuhr. Sie wollte alles.

»Mein Liebster«, sagte sie. »Was für eine Reise.«

4

Sie war lange vor ihm auf. Als er wach wurde, stieg ihm der Geruch von Kaffee und verbranntem Toast in die Nase, und in der Küche lief Musik. Er ging am Wohnzimmer vorbei, wo eine junge Frau gerade die Asche im Kamin zusammenfegte und dann frisches Anmachholz und Scheite aufschichtete. Er hob eine Hand. Sie warf ihm nur einen desinteressierten Blick zu und wandte sich wieder ihrer Arbeit zu.

Im Flur stellte Peter fest, dass das Haus weit schäbiger war, als ihm am letzten Abend vorgekommen war. Die Decke war fleckig, und auf einer Seite lief ein verdächtiger Riss in ihr entlang. Feuchtigkeit blühte an den Wänden. Die Farbe war ausgebleicht und die Tapete warf Blasen. Einige der Dielen unter seinen Füßen waren gebrochen, und in den Ecken sammelten sich Wollmäuse. Die Vorhänge waren von jahrzehntelangem Sonneneinfall verschossen, und am Ende der Gardinenstange hing ein riesiges Spinnennetz. Er nahm die Fotografien an den Wänden in Augenschein, die zum Teil schief hingen. Einige waren offensichtlich aus jüngerer Zeit, farbige, unverblasste Aufnahmen von Familien, hübsch aufgereiht lächelten alle in die Kamera. Da war sie, ein paar Jahre jünger, inmitten ihrer unzähligen Nachkommen. Wie großartig es sein musste, der Ursprung all dieser

Menschen zu sein, die einander kaum ähnlich sahen – dunkel und blond, schick und leger, jeder ein kleiner Kosmos für sich. Peters Familie war winzig: eine Mutter, aber kein Vater, den er kannte und der sich je gekümmert hätte, eine kinderlose Tante, weder Cousins noch Cousinen, keine lebenden Großeltern – wie armselig im Vergleich zu dieser stolzen Anzahl an Kindern, Enkeln und Urenkeln. Da war Jonah als Teenager, aber unverkennbar mit seinem süffisanten Lächeln und seinen coolen Mandelaugen.

Vor einem anderen Foto blieb er stehen, viel älter und in Schwarzweiß. Eine Ansammlung junger Menschen. Die Männer trugen Hüte und Krawatten, die Frauen Röcke, die bis über die Knie reichten. War sie das? Er linste durch das staubige Glas auf das Gesicht, ein wenig unscharf, aber trotzdem … es könnte sein. Schlank und aufrecht, schmale Schultern, das Kinn ein wenig vorgereckt, wie im Trotz. Sie hatte dunkles Haar und hohe Wangenknochen. Ihre Augen standen weit auseinander, und auf ihren Lippen lag ein Lächeln. Ihre Hand lag auf der Schulter einer anderen Frau, die kleiner war als sie. Er ging weiter. Das da war sie ganz gewiss, in formeller Pose auf einem Sofa mit einem Baby auf dem Schoß. Das Baby wirkte zu groß für sie; es war kahl und pausbäckig und hatte dicke Arme, Fäuste mit Grübchen und einen rebellischen Gesichtsausdruck (Peter hätte nicht sagen können, ob es ein Junge war oder ein Mädchen) –, aber Eleanor strahlte und schaute mit ihren hellen, fragenden Augen seitwärts in die Kamera, ein Lächeln auf den geschminkten Lippen. Sie hatte wohlgeformte Waden und ein spitzes Schlüsselbein. Sie war zauberhaft gewesen, dachte er, diese alte Frau, die er in der Küche mit Töpfen rumoren hören konnte, während der Toast verbrannte und sie über der dröhnenden Radiomusik Selbstgespräche führte. Er öffnete die Tür. Polly stand auf, kam zu ihm getappt und ließ sich zu seinen Füßen nieder, rollte sich auf den Rücken und wedelte würdelos mit den Beinen in der Luft.

»Guten Morgen«, sagte er.

Sie drehte sich um, in der Hand einen Holzlöffel. Heute trug sie eine Schlaghose und hatte sich einen bunt gemusterten Schal um den Kopf gewickelt. Sie sah aus wie eine verlebte Bohémienne.

»Ei?«, fragte sie laut über anschwellende Geigen hinweg.

»Verzeihung?«

»Möchten Sie ein Ei?« Mit dem Löffel zeigte sie darauf wie mit einem Taktstock. »Rührei. Weich gekocht. Ich kann Ihnen auch Speck und Ei braten. Emily hat heute Morgen meine Einkäufe gebracht.«

»Ehrlich?«

»Meinen Sie, hat sie ehrlich die Einkäufe gebracht, oder kann eine fast blinde Frau ehrlich Speck und Ei braten?«

»Weder, noch. Ich meine, wäre es wirklich okay, um Speck mit Ei zu bitten?«

»Ich koche gern für andere.«

»Dann nehme ich dankend an.«

»Setzen Sie sich.« Sie zeigte mit dem Löffel auf den Tisch. »Ich habe eine Liste.«

»Aha?«

»Im Kopf. Eine Liste aller Dinge, die ich Ihnen sagen muss, bevor Sie anfangen. Ich habe sie zusammengestellt.«

»Soll ich sie mir notieren?«

»Wenn Sie wollen. Aber ich glaube, es ist nicht nötig. Ich bin nachher mit einer meiner Töchter verabredet. Wir besuchen eine Freundin, die ich seit fast achtzig Jahren kenne. Stellen Sie sich das vor. Sie ist taub, und ich bin blind. Aber wir können uns noch gegenseitig mit unseren Stöcken stupsen. Dann haben Sie das Haus für sich.«

»Dann mache ich mich gleich an die Arbeit.«

»Gut.«

»Die Liste?«

»Richtig. Erstens, Sie müssen sich selbst um etwas zu essen und zu trinken kümmern. Alle paar Tage kommt jemand mit den Einkäufen. Sie wissen, wo der Kühlschrank steht, und da hinten ...« Der Löffel zeigte exakt in die richtige Richtung. »Da hinten gibt es auch eine Gefriertruhe. Sie können sich alles nehmen, was Sie wollen. Im Keller ist Wein. Zu viel Wein, der wird mich überdauern, sosehr ich mich auch um das Gegenteil bemühe. Trinken Sie, so viel Sie wollen. Vielleicht mögen Sie ja Bier. Bier habe ich aber keins im Haus, denn ich mag es nicht. Wenn Sie also welches wollen, müssen Sie es sich im Dorf kaufen, das sind gut drei Kilometer. Sie könnten mit dem Fahrrad hinfahren.«

»Selbstverständlich.«

»Kaffee und Tee sind hier drin.« Sie klopfte mit ihrer arthritischen Hand auf einen Schrank. Heute Morgen war sie in sehr viel prosaischerer Stimmung, geschäftsmäßig und beinahe schroff. »Wäsche: In der Spülküche steht eine Waschmaschine. Die finden Sie schon. Sie ist leicht zu bedienen, und hinter dem Haus ist eine Wäscheleine. Wenn es nass ist, müssen Sie die Sachen über Heizkörper oder Stühle hängen. Einen Trockner habe ich nicht.«

»Das macht nichts.«

»Im Haus wird nicht geraucht. Aber das habe ich, glaube ich, gestern Abend schon gesagt.«

»Selbstverständlich nicht.«

»Jonah meinte, Sie würden zwei oder drei Wochen brauchen.«

»Das kann ich erst sagen, wenn ich gesehen habe, worum es geht.«

»Möchten Sie Gäste empfangen?«

»Gäste?«

»Freunde, die Sie besuchen?«

»Wahrscheinlich nicht. Aber trotzdem, danke.«

»Sie wären willkommen.«

»Das ist sehr nett von Ihnen.«

»Das hat mit Nettigkeit nichts zu tun. Das Haus ist riesig und die Zimmer stehen leer.«

»Aber ich glaube, ich bleibe für mich.«

»Wenn Ihnen das lieber ist.«

»Ja«, erwiderte er entschieden.

»Am Abend können wir manchmal vielleicht zusammen essen, falls Sie Lust dazu haben.«

»Das ist sehr … «

»Aber Sie können immer Nein sagen. Ich bin nicht beleidigt. Ich mag Menschen, die sagen, was sie denken. Es ist keine Verpflichtung. Ich mag Gesellschaft, aber es macht mir auch nichts, allein zu sein. Und tagsüber überlasse ich Sie einfach sich selbst.«

»Es kann sein, dass ich eine ganze Menge Fragen habe. Vermutlich sind Entscheidungen zu treffen, die ich Ihnen nicht abnehmen kann.«

»Sie sind hier, weil ich nicht will, dass jemand, den ich kenne, in meinem Leben herumkramt. Sie können mich alles fragen, egal, worauf Sie stoßen. Sie sind ein Fremder. Vielleicht wäre es das Beste, wenn wir uns jeden Tag am frühen Abend zusammensetzen. Dann können Sie mich alles fragen, was Sie wollen.«

»Gut.«

»In drei Wochen ist mein fünfundneunzigster Geburtstag.« Peter wollte gerade höflich gratulieren, doch sie fuhr fort: »Wahrscheinlich sind Sie bis dahin fertig. Dann kommt meine ganze Familie. Es sind viele, und es werden jedes Mal mehr. Es wird ein großes, lautes, üppiges Festessen geben, bei dem alle mich mit ihrer Zärtlichkeit überschütten werden und niemand darüber reden wird, warum passiert, was hier passiert. Bei der Gelegenheit können alle entscheiden, was sie aus dem Haus mitnehmen wollen. Ich glaube, die Standuhr ist sehr begehrt, auch wenn niemand etwas sagt. Es ist, als wäre ich tot, lebte schon mein nächstes Leben.«

»Weil Sie hier weggehen?«

»Ja.« Sie seufzte und öffnete den Kühlschrank, tastete nach dem Speck und holte aus dem Eierfach in der Tür ein Ei. »Wir haben einen Käufer. Ein reicher Bankier, glaube ich, der es sich an dem Tag geschnappt hat, als es auf den Markt kam, und der es vom Keller bis zum Dach renovieren und umgestalten wird. Ich ziehe noch vor Weihnachten aus. Ich hätte gern noch ein Weihnachtsfest hier gefeiert, aber ich bin bei einem meiner Söhne, und dann … « Sie fuhr mit dem Löffel durch die Luft.

»Wohin geht es dann für Sie?«

»Wohin?« Sie drehte den Schalter einer Kochstelle, auf der schon eine Pfanne stand.

»Ja.«

»Wohin geht es für fünfundneunzigjährige blinde Frauen am Ende ihres Lebens?«

»In ein Heim?«

»Man sollte es anders nennen. Vielleicht Wartesaal.«

Gekonnt schnitt sie ein Stück Butter ab und gab es in die Pfanne, wo es zischte.

»Könnten Sie nicht bei einem Ihrer Kinder leben?«

»Nein! Das will ich nicht. Es wäre nicht richtig. Ich will nicht von meinen Kindern gepflegt werden. Da sterbe ich lieber.«

Sie sprach aufgebracht und voller Leidenschaft.

»Vielleicht würden sie das ja gern machen?«

»Nein!«

»Vielleicht wollen sie nicht, dass Sie in ein Heim gehen. Vielleicht glauben Sie, ihnen so nichts aufzubürden, und tatsächlich berauben Sie sie eines Vergnügens.«

»Junger Mann ... «

»Peter.«

»Peter. Sie verstehen das nicht.«

Sie löste drei dünne Speckscheiben aus der Packung und gab sie in die Butter.

»Was verstehe ich nicht?«

»Sie verstehen die beträchtlichen Demütigungen des hohen Alters nicht ... Wie sollten und wie könnten Sie auch?«

»Demütigungen?«

»Ja. Bald werde ich sehr wahrscheinlich jemanden brauchen, der mir das Essen klein schneidet. Mich wäscht. Mir die Zehennägel schneidet. Mir die kleinen dicken Haare vom Kinn zupft. Meine schmutzigen Sachen wäscht. Mit mir zur Toilette geht und mir den Hintern abwischt. Ich kann nicht sehen, ob Sie rot werden, aber wahrscheinlich schon.«

»Nein.« Die Worte der alten Frau brachten Peter tatsächlich nicht in Verlegenheit; sie verliehen ihm vielmehr Auftrieb.

»Dann werde ich inkontinent. Ich sabbere. Menschen schieben mir Brei in den Mund.«

»Das klingt alles sehr drastisch, und dabei kommen Sie mir eher stark und selbstbewusst vor.«

»Alt werden ist drastisch. Es ist sehr körperlich. Vielleicht schwindet mein Erinnerungsvermögen, ja, sehr wahrscheinlich sogar. Wir können diesem Prozess nicht entfliehen, wissen Sie. Stück für Stücke gehe ich in die Dunkelheit. Ich bin dann nicht mehr ihre Mutter, ihre Großmutter, ihre Urgroßmutter. Ich bin dann nur noch ein uraltes, undichtes Baby.«

»Aber wenn sie Sie doch lieben!«

»Ach, Sie sind ein Romantiker. Sie glauben an das Ich – an ein wahres Ich, auch wenn ich zu einem kreischenden, plappernden Entsetzen verfalle, auch wenn ich keine Worte mehr habe und keine Erinnerung mehr daran, wer ich einst war.«

»Ja. Das tue ich tatsächlich. Selbstverständlich. Sie wären doch immer noch Sie selbst, auch wenn all das eintritt, was gar nicht unbedingt passieren muss. Ihr innerstes Wesen, Eleanor Lee, wird bleiben.«

»Sie sollten meine Schwester sehen.«

»Sie haben eine Schwester!«

»Ja. Eine Stiefschwester. Keine Sorge, sie ist jünger als ich. Erst einundneunzig. Vielleicht überlebt sie mich, aber darum beneide ich sie nicht. Sie kommt zu meinem Geburtstag. Da können Sie sie kennenlernen.«

»Aber bis dahin bin ich fort.«

»Vielleicht. Wir werden sehen. Ist der Speck knusprig genug?«

Peter trat an den Herd und betrachtete die drei verkohlten Speckstreifen.

»Ja«, antwortete er tapfer. »Die sind genau richtig.«

»Sie meinen, sie sind verbrannt.«

»Nein! Ich mag sie gut durch.«

»Meinetwegen.«

Energisch schlug sie am Rand der Pfanne ein Ei auf und gab es hinein.

»Schneiden Sie sich eine Scheibe Brot und toasten Sie sie«, befahl sie ihm. »Können Sie kochen?«

»Ein paar Sachen«, antwortete er. »Ich mache einen guten griechischen Salat, und auf meine scharf gewürzten Auberginen bin ich recht stolz. Und meinen Orangenmarmelade-Kuchen. Und dann bin ich noch Experte im Dry-Martini-Mixen.«

»Das müssen Sie mir zeigen. Wir können zusammen kochen und zusammen trinken.«

»Sehr gern.«

»Ich glaube, Ihr Ei ist gleich fertig. Vielleicht tun Sie sich lieber selbst auf.«

Nachdem sie ihn in den Raum geführt hatte, den sie als Bibliothek bezeichnete, obwohl es eher ein Gerümpelzimmer am Ende des Hauses war, groß zwar, aber ungeheizt. Und durch die undichten Fenster und nackten Holzdielen am Boden, die hier und da mit kleinen knallbunten Teppichen belegt waren, zog es. Am Ende des Raums hatte irgendeine Katastrophe stattgefunden. Dort hingen zwei lange purpurrote Samtvorhänge in versengten Fetzen von

der Gardinenstange, und die Fensterrahmen waren ange-
kokelt. Bestürzt sah Peter sich um. Sein Blick fiel auf zwei
hohe Aktenschränke aus Metall auf einer Seite des Raums.
Eine Schublade stand offen, darin durchnässte, halb verbrannte Papiere in einer schwarzen Suppe. Daneben, unter
den angesengten Fenstern, standen zwei Truhen und ein
ramponierter Pappkoffer, an dem das Schloss fehlte. Auf
dem Boden und auf den Regalen stapelten sich Bücher,
überall standen Kartons, zum Teil aufgeplatzt, aus denen
Aktendeckel und Papiere quollen. Asche und Wollmäuse in
den Ecken. Am Ende des Zimmers befanden sich mehrere
schwankende Stapel vergilbter Zeitungen; in der Mitte,
neben einem alten hölzernen Schaukelpferd standen zwei
Plastikwäschekörbe – ein blauer und ein grauer –, bis zum
Rand voll mit Fotografien.

Und das waren nur die Dinge, die einigermaßen verstaut waren. Hinzu kam reichlich Durcheinander – kleinere
und größere Gegenstände, Schrott und Sachen von Wert,
kunterbunt, unmöglich zuzuordnen, verwirrend. Peter, der
den Blick weiter schweifen ließ, entdeckte einen einzelnen
Wollhandschuh, ein kleines Puppenhaus mit aufklappbarem
Dach, ein offenes Lederetui, in dem sich altmodisches
Rasierzeug befand, einen Haufen Samtvorhänge, einen zu-
sammengerollten Teppich, eine Modellhand aus Holz mit
beweglichen Fingergliedern für Künstler, einen angeschlagenen Porzellanhund, einen roten Korb, halb mit Knöpfen
gefüllt, uralte, steife Reitstiefel, eine winzige Gießkanne
ohne Tülle und mit kaputtem Griff, mehrere Keksdosen
und einen Liegestuhl, in dem ein Teddybär mit nur einem
Auge saß.

»Du liebe Güte«, sagte er schwach.

»Ist es schlimm?«, fragte sie.

»Es ist auf jeden Fall viel.«

»Ich weiß. Ich dachte immer, ich sortiere irgendwann mal aus, aber irgendwie bin ich nie dazu gekommen, und dann … also, jetzt kann ich es nicht mehr. Ich konnte noch nie gut etwas wegwerfen.«

»Alles klar.«

»Aber damit haben Sie nichts zu tun. Sie müssen nur die Papiere und Bücher durchsehen.«

»Auch das sind viele.«

»Ich weiß.« Sie lächelte. »Sechzig oder siebzig Jahre lang angesammelt.«

»Hat es hier gebrannt?«

»Gewissermaßen.«

»Was ist passiert?«

»Ich habe ein Streichholz angezündet.«

»Oh.« Peter wartete, und als sie nichts weiter sagte, fragte er: »Wurden Sie verletzt?«

»Nur mein Stolz.«

»Den einen oder anderen Tipp könnte ich noch gebrauchen.«

»Inwiefern?«

»Warum denkt Jonah, dass diese Papiere«, er zeigte auf die überquellenden Kartons, »von Interesse sein könnten?«

»Ich habe keine Ahnung. Vielleicht sind sie es gar nicht. Sie entscheiden. Und jetzt mache ich mich für meine Tochter fertig. Sie wollen sicher loslegen. Fangen Sie an, wo Sie mögen. Wir sehen uns heute Abend.«

Und damit war sie fort. Peter hörte zu, wie ihr dreibeiniger Gang in der Ferne immer leiser wurde, und er blieb in der Stille zurück, in dem kalten, unaufgeräumten Raum voller Asche. Er sah sich um. Am Vorabend war er seltsam hochgestimmt zu Bett gegangen, gerührt, in diesem schäbigen alten Haus zu sein. Jetzt war er ein wenig niedergeschlagen. Er kannte die Stimmung und die Gefahren, die damit einhergingen, wenn ihn so ein böser Wind anwehte. Energisch schüttelte er den Kopf. Er durfte dem nicht nachgeben. Das hier war seine Chance, in die Welt, die er gemieden hatte, zurückzukehren. Und diese Chance musste er ergreifen. Er brauchte einen Plan, wie er die Sache angehen wollte, und dann musste er sich durch dieses Durcheinander wühlen wie ein Maulwurf durch die Erde – indem er Stück für Stück zur Seite schob, bis er auf der anderen Seite wieder auftauchte. Mit den Büchern würde er anfangen. Die waren unkompliziert. Die meisten gingen sicher in ein Antiquariat oder an einen Wohltätigkeitsladen. Danach würde er mit den Fotografien weitermachen. Am Schluss die vielen Papiere.

Er sah auf die Uhr: kurz vor zehn. Wenn er das hier nicht wie einen normalen Job anging, würde es ihn vollkommen überwältigen. Er würde jeden Tag acht Stunden arbeiten und sich jede Stunde eine Zigarette erlauben. Er würde versuchen, um sieben aufzustehen und vor dem Frühstück zu joggen. Vielleicht kam Polly ja mit, aber ob der gemächliche Hund schnell genug war? Wenn er so früh anfing, hatte er genug Zeit und konnte am Nachmittag, bevor es dunkel wurde, mit dem Fahrrad die Gegend erkunden. Vielleicht ans Meer fahren, von dem er, bis auf den Blick aus seinem Schlafzimmerfenster auf eine mattgraue, vom Himmel kaum zu unterscheidende Fläche, noch nicht viel gesehen hatte. Er konnte dort schwimmen gehen. Er mochte kaltes Wasser und starken Wellengang; dann fühlte er sich auf eine Weise lebendig wie in keinem warmen türkisfarbenen Pool. Er liebte die einsame, leere See.

An die Arbeit. Leichtfüßig lief er zwei Stufen auf einmal hinauf in sein Zimmer, und dabei sah er, dass ein Wagen vorfuhr, dass der Kies nur so spritzte, und eine Frau mit einem dramatischen Wust silberner Haare ausstieg. Sie war groß und kam mit ausholenden Schritten durch den Nieselregen aufs Haus zu. Das musste Mrs Lees Tochter sein. Vielleicht war sie Jonahs Mutter – Peter hatte nur sehr vage Vorstellungen von der Familie. Er wäre gern stehen geblieben und hätte sie weiter beobachtet, doch dabei käme er sich vor wie ein Eindringling. Er holte seinen Laptop, ein Notizbuch und ein paar Stifte sowie seinen iPod. Er würde beim Arbeiten Musik hören, einen gleichmäßigen, kräftigen Beat. Er würde sich ganz auf die Arbeit konzentrieren und seine Gedanken beiseiteschieben.

Doch sobald er das Auto wegfahren hörte und wusste, dass er das Haus für sich hatte, verließ er das staubige Gerümpelzimmer und machte sich daran, es zu erkunden. Er hatte das Gefühl, etwas Verbotenes zu tun, doch die leerstehenden Räume hinter den geschlossenen Türen übten eine unwiderstehliche Anziehungskraft aus. Im Erdgeschoss hatte er fast alles schon gesehen. Er ging ins Wohnzimmer, das, als sie am Abend zuvor dort gesessen hatten, nur vom Kaminfeuer erhellt worden war. Er öffnete den Barschrank und beäugte die staubigen Likör- und Schnapsflaschen, und trat an den Flügel und drückte mit den Fingern kurz die Elfenbeintasten. Die Töne schwebten in der Luft. Polly tappte leise herein und stand geduldig neben ihm und wartete darauf, gekrault zu werden. Sie roch nach nassem Handtuch und hatte traurige braune Augen. Er betrachtete die Bilder an den Wänden und den Nippes auf den Regalen, nahm eine große seidige Muschel und hielt sie sich ans Ohr wegen des fernen Meeresrauschens. Dutzende von farbigen Glasflaschen waren aufgereiht, braune und blaue und wolkig-grüne, als enthielten sie Arzneien aus einer Apotheke. Er nahm einen Flakon, löste den Stöpsel, hielt ihn sich unter die Nase und schnupperte daran, doch er war leer. Er klappte den Deckel der Klavierbank auf und blätterte die Notenhefte durch: Chopin, Debussy, Mozart, Saint-Saëns, aber auch Varieté- und Kirchenlieder. Einige waren vergilbt und eselsohrig. Vielleicht hatte sie sie schon als junges Mädchen besessen. In der Ecke stand eine kleine, geschnitzte Truhe mit Brettspielen und Spielkarten. Peter malte sich Sonntagabende und verregnete Nachmittage aus, an denen alle zusammenhockten, das Lachen und Kabbeln einer großen, fröhlichen Familie.

Die Küche kannte er, doch er öffnete den Kühlschrank und spähte hinein, zupfte ein paar verschrumpelte Weintrauben ab, um sie zu essen, und steckte sich eine Kirschtomate in den Mund. Als er ein Geräusch hörte, fuhr er schuldbewusst zusammen, doch es war nur eine von den Katzen. Hinter der Küche lag die altmodische Spülküche mit einem riesigen, gesprungenen Spülbecken an einem Ende. Sie beherbergte rissige Gummistiefel und alte Wanderschuhe, mehrere Mäntel an Haken, einen ramponierten alten Filzhut, einen Wanderstock, mehrere zusammengefaltete Liegestühle, einen Vorrat an Hunde- und Katzenfutter und einen rostigen Vogelkäfig. Oben wanderte er den Flur hinunter, öffnete Türen und spähte in Räume: ein Schlafzimmer mit einem hohen Bett, gesprungenen Holzläden und Kleidern an einer langen Stange, die schaukelten wie elegante Frauen beim Tanzen; Herbstlicht auf splitternden Holzdielen; ein kleineres Schlafzimmer mit einem Einzelbett in einer Ecke, überhäuft mit alten Spielsachen, in dem es nach Vernachlässigung roch; ein Bad mit einem Fenster, das bis zum Boden reichte, sodass man in der Badewanne liegen und in den Garten blicken konnte; ein Wäscheschrank mit vergilbten Bettlaken und fadenscheinigen Handtüchern. Ein Haus, das knarrte und polterte, voller schmaler Türen, die in dunkle Nischen führten, voller Ecken für Spinnen.

Halb schob er die Tür zu ihrem Zimmer auf, doch dann zog er sich zurück, denn seine Schnüffelei machte ihn plötzlich nervös. Mit einem Becher Kaffee und einem Keks, den er in einem Glas in der Spülküche gefunden hatte, ging er zurück ins Gerümpelzimmer. Der Keks war uralt und weich und klebte an seinen Zähnen. Draußen regnete es, und auf dem Rasen lag wie ein Ausschlag nasses braunes Laub. Er würde mit den Büchern anfangen: Bücher hatten immer etwas Beruhigendes, ihr Gewicht und der Geruch zwischen ihren Seiten, die wahrscheinlich seit Jahrzehnten nicht aufgeschlagen worden waren. Es wurde immer offensichtlicher, was für eine Riesenaufgabe die Sache hier war. Regale konnten sehr viel mehr Bände aufnehmen, als man je denken würde. Er setzte sich auf das Schaukelpferd und legte in seinem Computer eine neue Dàtei an. Dort notierte er Autor und Titel sämtlicher Bücher, alphabetisch sortiert nach Autoren, und hielt Verlagsnamen, Jahr der Veröffentlichung sowie die allgemeine Kategorie fest – Literatur, Geschichte, Biografien, Politik, Philosophie, Kunstgeschichte, Naturkunde, Kochbücher quer durch die Jahrzehnte, Reisebücher, Hotelführer und B&B-Verzeichnisse aus den Fünfzigern, Gartenbücher und diverse veraltete Handbücher. Es gab Aberdutzende Bücher über Medizin, die Peter zur Seite legte, um sie später durchzugehen. Drei waren von Gilbert Lee – das musste ihr Mann gewesen sein, vielleicht aber auch einer ihrer Söhne. So etwas hätte er in Erfahrung bringen sollen, bevor er hergekommen war. Er hatte nicht einmal Eleanor Lee gegoogelt. Wahrscheinlich gab es Hunderte, womöglich gar Tausende von Frauen dieses Namens. Typisch für Jonah, dass er ihm so gut wie nichts erzählt hatte. Peter wusste nicht einmal, wie viele Kinder und Enkelkinder Eleanor hatte. Er hätte gern bei jedem Buch verweilt und an seinen alten Seiten gerochen, doch er gebot sich Einhalt. Am Abend konnte er ein paar mit in sein Zimmer nehmen und sie sich in Ruhe ansehen. Er legte auch einen Stapel mit Erstausgaben an, aus dem rasch mehrere wurden.

Er stieß auf eine beträchtliche Anzahl Kinderbücher, groß und ramponiert, die Spuren vielfachen Lesens aufwiesen. Kinderreime, Märchen und Geschichten in großer Schrift und mit bunten Illustrationen. Er schlug einen dicken Band mit einem schwarzen Deckel auf, der sich gelöst hatte, und stieß auf der Titelseite auf eine krakelige Zeichnung mit blauem Buntstift: Haus, Rauchwolken, die aus dem hohen Schornstein stiegen, und neben der Haustür eine erheblich überdimensionierte Katze, die aus zwei Kreisen und einem sehr langen Schwanz bestand, am Himmel eine ganze Schar Vögel in der Gestalt schlapper »V«s. Das wollten die Enkelkinder sicher für die eigenen Söhne und Töchter haben. Bücher, die man als Kind geliebt hatte, konnte man nicht einfach so aussortieren. Wie konnte man überhaupt Bücher wegwerfen? Er hatte noch nie Bücher weggeworfen, nicht einmal zerfledderte Krimis, die er sicher kein zweites Mal lesen würde und aus deren Seiten Sand rieselte, wenn man sie umdrehte.

Er legte alle Kinderbücher auf einen Haufen. Die Familie konnte sie an dem Geburtstagswochenende durchsehen – wenn er schon wieder weg war.

Der Regen ließ etwas nach, und vor dem Mittagessen fuhr er mit dem Fahrrad die drei Kilometer ins Dorf zum nächsten Laden. Davor war ein Hund angebunden, ein sehniges Geschöpf, der sich unter wütendem Gebell auf ihn stürzte. Peter sprach leise auf ihn ein, doch er bellte unablässig und rannte mit gesträubten Nackenhaaren auf der Stelle. Drinnen beugte sich die Frau, die bediente, in angeregtem Gespräch mit einem alten Mann über die Ladentheke – vermutlich dem Hundebesitzer, er sah ein wenig aus wie sein Haustier.

»Guten Tag!«, sagte Peter laut und freundlich. Er wollte sich Mühe geben, sich in die örtliche Gemeinde zu integrieren. Was hätte er davon, ein hochnäsiger Londoner zu sein, ein rekonvaleszenter Außenseiter, der seltsame Kleidung trug?

Sie nickten, ohne eine Miene zu verziehen.

»Ich bin neu hier«, fuhr er fort, und seine Stimme verhallte in dem kleinen Ladenlokal. »Ich bin gestern Abend erst angekommen. Ich wohne bei Mrs Lee die Straße hoch. Beech End. Ich helfe ihr ein wenig.«

»Was kann ich für Sie tun?«, fragte die Frau.

»Oh.« Im ersten Augenblick war er ein wenig geknickt.

Ein herzlicheres Willkommen wäre doch nett gewesen. »Zwanzig von denen da, bitte. Und Streichhölzer«, fügte er hinzu.

Er machte einen Bogen um den kläffenden Hund und radelte davon und sang dabei unmelodisch gegen den Wind an.

Zum Mittagessen, zu dem er erst weit nach zwei Uhr kam, machte er sich ein Sandwich. Das Brot war frisch; vermutlich hatte die Frau, die den Kamin sauber gemacht hatte, es mitgebracht. Es gab eindeutig ein System, ein kleines Team von Leuten, die Lebensmittel brachten, sich um das Kaminfeuer kümmerten und die Wäsche wuschen. Im Frühling und Sommer musste jemand kommen und den Rasen mähen … vielleicht wechselte sich die Familie dabei auch ab. Er nahm sein Brot mit in den Garten. Nach dem Regen hatte der graue Himmel sich in ein übernatürliches Blau verwandelt. Die Bäume leuchteten in sanften Orange- und Gelbtönen. Als Erstes ging Peter um das Haus herum, das am Vorabend nur ein Schemen in der Dunkelheit gewesen war, zur Vorderseite. Seine Schritte knirschten über den noch nassen Kies, der in der Herbstsonne glänzte. Das Haus war aus wunderschönen dunkelroten Backsteinen erbaut und hatte hohe, rechteckige Fenster. Es war zwar weder so groß, noch so imposant wie in seiner Phantasie, trotzdem war es viel zu gewaltig, um von einer einzigen blinden Frau bewohnt zu werden. Peter hatte keine Ahnung von Architektur, doch ihm fiel auf, dass es ein Flickwerk aus Alt und Neu war. Es war asymmetrisch mit hohen Schornsteinen und einem krummen Dach, und an einer Seite zog sich ein Riss hinauf. In den Dachrinnen wuchs Unkraut,

Rosen waren an den Mauern hochgebunden. Das Haus wirkte, als kämpfte es gegen Alter und Verfall. Mehrere Dachziegel waren heruntergefallen. Die Fensterrahmen verwitterten.

Er ging weiter um das Haus herum und gelangte zu einer Holztür in einer niedrigen Backsteinmauer. Hier war einmal ein Gemüsegarten gewesen, doch er war völlig verwildert. Brennnesseln hatten die Reihen mit Himbeersträuchern erobert, üppig wucherndes Unkraut erstickte die Beete unter sich. Er stieß auf einen in Auflösung befindlichen Obst- und Gemüsekäfig und auf eine moosige Holzbank, der die Hälfte ihrer Leisten fehlte. Von einem trotz mangelnder Fürsorge üppigen Rosmarinstrauch brach er einen Zweig ab, roch daran und steckte ihn sich in die Hemdtasche. Dann ging er auf die Rückseite des Hauses, wo er am Vorabend seine Zigaretten geraucht hatte. Auf dem langen Rasen, der hinunter zu dem prächtigen Wald führte, war kürzlich das herabgefallene Laub zusammengeharkt worden, es lag in feuchten Haufen unter der Eibe, doch sonst war nichts unternommen worden, um dem Vormarsch der Natur Einhalt zu gebieten. Löwenzahn schob sich durch die Ritzen zwischen dem Terrassenpflaster; die Hecke, die die Grenze zum Rasen bildete, war struppig; der Rosengarten, den Mrs Lee so liebte, war von Winden und Brombeeren überwuchert, auch wenn an den Zweigen noch ein paar späte Blüten hingen.

Ein Pfad führte quer über den Rasen zum Wald. Peter, der sein Sandwich aufgegessen hatte und sich eine Zigarette anzündete, folgte ihm. Der Rasen ging in hohes Gras über, das irgendwann von Gestrüpp abgelöst wurde. Er konnte Pilze riechen und verrottendes Laub. Kaum trat er in den eigentlichen Wald, war er in einer anderen Welt, einer stillen, düsteren Welt, kühl, wo das Licht durch die Äste fiel und den Boden fleckte und streifte. Ein paar vereinzelte Vögel zwitscherten, und aus der Ferne drang ein Hämmern an seine Ohren wie von einer durchgeknallten Stenotypistin, das er schließlich einem Specht zuordnete. Die Erde unter seinen Füßen federte, welkes Laub und Moos. Was für ein herrlicher Ort für Kinder, um hier aufzuwachsen, dachte er. Ein Haus voller geheimer Winkel und Dachböden, ein Wald, in dem man Abenteuer erleben und sich verlaufen konnte, das Meer in der Nähe, und in der Nacht wurde es richtig dunkel unter dem riesigen, sternübersäten Himmel. Peter schauderte und wurde plötzlich von Heimweh gepackt – doch nicht nach seinem Zuhause, wo auch immer das sein mochte, sondern nach Menschenmengen, Lichtern, Autos, Straßen; wo man bei jedem Schritt in ein anderes Fenster blicken und ein anderes gerahmtes Leben sehen konnte – ein Mann am Herd, eine Frau am Telefon, ein Paar, das sich küsste. Heimweh nach dem Quasseln und dem Druck von Leben, die sich aneinander rieben.

Fast musste er sich zwingen, zum Haus zurückzugehen, das rosig im Nachmittagslicht lag. Als er näher kam, fuhr ein Wagen vor. Auf dem Beifahrersitz neben der Frau, die er am Morgen gesehen hatte, erspähte er Mrs Lee.

»Hallo«, sagte die Frau, als sie ausstieg. »Sie müssen Peter sein.«

»Ja«, sagte er. »Hallo.«

»Ich bin Esther. Eleanors Tochter. Ich bin sehr froh, dass Sie hier sind, um uns zu helfen.«

Sie hatte einen festen Händedruck und sah ihm dabei

in die Augen. Sie wirkte respekteinflößend und ein wenig spöttisch.

»Ich tue mein Bestes«, erwiderte er.

»Er macht einen netten Eindruck«, bemerkte Esther, nachdem Peter ins Haus gegangen war.

»Er erinnert mich an jemanden«, sagte Eleanor so leise, dass Esther sie nur schwer verstand.

»An wen?«

»An jemanden, den ich vor langer Zeit kannte. In einem anderen Leben.«

5

Am frühen Morgen zog Peter seine Laufsachen an und trat aus dem Haus. Es war noch nicht ganz hell, auf dem Rasen lag noch Reif, und das Gras knirschte unter seinen Schritten. Zwischen den Rosen schimmerten Spinnweben. Polly kam mit ihm, trabte ihm dicht auf den Fersen, die stumpfe Nase hochgereckt und mit hängender Zunge. Das Laufen fiel ihm leicht heute Morgen, das hatte er sich schon gedacht, und Polly blieb leise und geduldig an seiner Seite, ohne je das Tempo zu variieren. Als er auf dem Hügel, der das Meer überblickte, anhielt, um wieder zu Atem zu kommen, blieb sie ebenfalls stehen und wartete. Ihre Augenbrauen hatten eine andere Farbe als ihr restliches Fell und waren buschig, was ihr einen leicht fragenden Gesichtsausdruck gab. Peter war nicht bewusst gewesen, dass Hunde Augenbrauen hatten und dass sie grau wurden, genau wie bei Menschen. Als Polly sich hinlegte, sah er ihren silbrig-grauen Bauch und ihre weißgesprenkelte Schnauze. Wie alt war sie? Und wo würde sie hinkommen, wenn Eleanor ins Heim zog? Wie würde sie das verkraften? Er kniete sich hin und streichelte sie, und sie hob den Kopf und klopfte mit dem Schwanz sanft aufs Gras. Am Strand fand sie einen gammeligen toten Fisch, den sie ihm brachte. Er bedankte sich bei ihr, als könnte sie ihn verstehen, und dann verbuddelte er ihn im Sand.

Im Zeitungsladen reichte ihm die Frau hinter der Ladentheke, ohne zu fragen, eine Schachtel Zigaretten. »Sie wohnen bei Mrs Lee?«

»Ja.«

»Mhm.« Sie neigte den Kopf zu einer Seite, ihre Augen glänzten vor Neugier. »Es ist gut, dass jemand bei ihr ist, auch wenn es ein Fremder ist. In so einem Alter allein zu leben, und halb blind obendrein. Niemand war überrascht über den Brand.«

»Sie kriegt noch mehr geregelt als die meisten Leute, die nur halb so alt sind wie sie«, versetzte Peter, überrascht über die Feindseligkeit, die ihn durchschoss. Er hatte gute Lust, sich vorzubeugen und der Frau ins Auge zu pieksen.

»Ist sie … Sie wissen schon?«

»Nein. Weiß ich nicht.« Er wartete darauf, dass sie es aussprach.

»Noch ganz da.« Sie tippte sich mit dem Zeigefinger an die Schläfe. »Man erzählt sich, sie führt Selbstgespräche und schlägt mit dem Gehstock auf Sachen ein.«

Peter starrte sie an, bis sie rot wurde, und sagte dann mit kalter, höflicher Stimme: »Ich habe keine Ahnung, was Sie damit sagen wollen. Aber wenn Sie wissen wollen, ob mit ihren geistigen Fähigkeiten irgendetwas nicht stimmt, dann kann ich nur versichern: Nein, sie ist geistig vollkommen gesund und klug und freundlich und ein großzügiger Mensch. Was man von den meisten Leuten nicht behaupten kann, finden Sie nicht?«

Er bezahlte die Zigaretten, sagte, das Wechselgeld solle sie in die Sammeldose der Wohltätigkeitsorganisation stecken, und lief von seiner Wut beflügelt zurück zum Haus. Polly trabte neben ihm her. Als er sich wieder an die Arbeit machte, folgte sie ihm, setzte sich hin und sah ihm freundlich eine Weile zu, als hätte er irgendeinen Test bestanden.

Peter brauchte einige Tage, bis er mit den Büchern durch war. Tagsüber sah er wenig von Eleanor, allerdings hörte er sie im Haus – manchmal mit einem Besucher, manchmal spielte sie Hörbücher ab, gelegentlich stieß sie in der Küche gegen etwas oder ließ etwas fallen. Und ab und zu blickte er von der Arbeit auf und erspähte sie im Garten. Mit nassen Schuhen schritt sie durch das hohe Gras und die wehenden Laubhaufen und fuhr mit dem Stock energisch vor sich hin und her, um sich an diesem ihr so wohlbekannten Ort zu orientieren. Bei den Rosen blieb sie stehen und hob den Kopf, als stiege ihr der Duft der letzten Blüten in die Nase. Eines Morgens sah er sie den Weg hinunter zum Wald gehen, bis ihre schmächtige Gestalt von den säulenartigen Baumstämmen verschluckt wurde.

Nachmittags spielte sie Klavier. Er kannte die Musik nicht, doch es gefiel ihm, wenn die Töne durch das Haus plätscherten wie ein Strom, ein Fluss, hüpfend und fröhlich und dann wieder ernst, meditativ. Er sah beinahe das Licht auf dem Wasser vor sich. Dieselben Töne, immer und immer wieder, sodass ihn noch Jahre später, wenn er sie hörte, eine intensive Sehnsucht nach jener Zeit überkam, als er sich selbst überlassen gewesen war und frei. Doch manchmal war sie gereizt: Dann hörte er sie mit ihren arthritischen Händen misstönend auf die Tasten hauen und den Deckel zuknallen. Einmal wachte er mitten in der Nacht auf, da stieg leise Musik zu ihm auf. Er wusste, dass sie wenig schlief. Sie hatte ihm erklärt, schlafen werde sie im Grab. Sie hatte es ganz ruhig gesagt. Für die Uralten, hatte sie hinzugefügt, die schon so viele geliebte Menschen verloren hatten, sei der Tod ein Freund.

»Meine Kinder meinen, ich wäre ein zäher alter Knochen, ich würde ewig leben, aber ich fühle mich eher wie eine Feder, die dicht über der Oberfläche schwebt. Ein Windhauch ... « Dabei fuhr sie mit der Hand durch die Luft. »Und ich fliege davon, ganz leicht. Nicht wie meine Schwester. Sie ist eine Klette, die man irgendwann abpulen muss.«

Peter hätte sie gern nach ihrer Schwester gefragt, doch er hatte gelernt, dass sie bei direkten Fragen die Schotten dicht machte. Sie erzählte ihm Dinge, wenn sie es wollte, und dann sprach sie in langen Absätzen, folgte ihren Gedanken, spann sie wie Wolle, um sie dann miteinander zu verflechten. Also merkte er nur an, der Dichter John Donne habe in seinem Sarg geschlafen, als Mahnung an den eigenen Tod, und Eleanor nickte.

»Es gab eine Zeit, da wollte ich sterben«, sagte sie fast beiläufig. »Doch jetzt nicht mehr. Ich sehne mich nicht nach Tod und Dunkelheit, aber ich sehne mich auch nicht nach Leben. Nicht wie früher, als ich Dinge unbedingt haben wollte.«

Sie hob den Kopf und lächelte den jungen Mann an.

»Konnten Sie denn nicht haben, was Sie so unbedingt haben wollten?«, fragte er betont leichthin, als könnte er sie so dazu verleiten, sich ihm anzuvertrauen.

Sie schüttelte den Kopf.

»So einfach war das nicht«, versetzte sie. »Hüten Sie sich vor Ihren Wünschen.« Überraschend behände stand sie auf und klopfte mit ihrem Stock auf den Boden. » Heute Abend essen wir zusammen, wenn Sie möchten. Sie können mir helfen, einen Zitronen-Überraschungs-Pudding zu machen. «

» Toll. Pudding habe ich noch nicht oft gemacht. «

» Ich zeig's Ihnen. Es ist schön, Wissen weiterzugeben. «

Die Bücher hatte er in Pappkartons gepackt, die er am ersten Tag mit ihrer Erlaubnis bestellt hatte. Sie waren gefaltet geliefert worden, und er musste sie alle auffalten. Am nächsten Tag würde er mit den Fotos anfangen. An dem Abend saßen sie vor dem Essen am Kaminfeuer, das Peter angezündet hatte, und sie erzählte ihm von ihrer Familie, während Pollys warmer Kopf auf seinem Schoß ruhte.

» Über dem Flügel hängt ein Foto «, sagte sie. » Holen Sie es doch bitte einmal her. «

Peter stand auf und nahm das große, gerahmte Foto von der Wand. Dahinter hatten sich Spinnweben und Staub angesammelt.

» Sie nehmen es, und ich erkläre Ihnen, wer wer ist «, sagte Eleanor. » Ich glaube, ich kann mich noch erinnern, wer wo gestanden hat. Bei den Enkelkindern mag ich mich hier und da irren, aber das macht nichts. «

Peter hatte das Foto auf den Knien und betrachtete es. Eleanor stand in der Mitte, alt, aber noch nicht uralt, mit klaren Augen und wunderschönem silbergrauem Haar, zu einem Knoten aufgesteckt. Neben ihr wirkten alle anderen fröhlich und flüchtig. In ihrem grauen Kleid ragte sie aus der Gruppe heraus, die sich um sie versammelt hatte, denn die anderen lächelten oder zogen komische überraschte Grimassen, doch sie blickte ernst und ruhig. Es wirkte beinahe, als stünde sie allein und dächte über etwas nach und die anderen wären mit Photoshop später um sie herum gruppiert worden.

»Der Mann neben mir ist natürlich mein Ehemann, Gil«, fuhr sie fort. »Gilbert. Es war eine der letzten Aufnahmen, die von ihm gemacht wurden.«

Peter betrachtete Gilbert. Er war groß und wirkte wie ein kräftiger Mann, der plötzlich abgemagert war. Er hatte dichtes graues Haar und eine hohe Stirn, und er blickte nicht in die Kamera, sondern auf seine Frau, und er lächelte gehorsam, aber auch ein wenig flehend. Jetzt sah Peter, dass Eleanors Hand beruhigend auf seinem Ellbogen lag, als würde sie ihn stützen.

»Er hatte Krebs«, sagte sie. »Er war dem Tode nahe. Alle sind zu seinem Geburtstag gekommen.«

Peter murmelte etwas.

»Er war ein guter Mensch«, überging Eleanor seine höfliche Floskel und fuhr fort: »Ein viel besserer als ich. Ich glaube nicht, dass ich je einem freundlicheren Menschen als Gil begegnet bin. Alle haben ihn geliebt. Im Tod hat er nach seiner Mutter gerufen.«

»Oh!«, sagte Peter. »Eine beängstigende Vorstellung.«

»Viele Menschen tun das«, sagte Eleanor. »Haben Sie das nicht gewusst? Gil sagte, im Krieg habe er zahllosen jungen Männern die Hand gehalten, die nach ihrer Mutter schrien. Ich werde das sicher nicht tun, aber man weiß ja nie. Gils Mutter war keine besonders nette Frau, aber darum geht es vermutlich auch nicht. Er liebte Gartenarbeit. Und Bäume. Deswegen haben wir das Wäldchen da unten gekauft.«

»Es tut mir leid«, sagte Peter.

»Was?«

»Dass er gestorben ist.«

»Er hatte ein langes und erfülltes Leben. Wenn Menschen vor ihrer Zeit sterben, trauert man am meisten.«

»Natürlich.«

Er betrachtete ihr Gesicht und sah etwas darüberstreichen wie der Wind über das Meer. Dann war es fort, und ihre Züge glätteten sich.

»Ich bewahre ihn hier«, sagte sie und legte ihre knorrige Hand auf ihre Brust. »Die Toten leben in unserem Herzen fort. Also, mal sehen.« Sie schloss kurz die blinden Augen, um sich das Foto zu vergegenwärtigen. »Der Mann links von mir in dem Anzug ist mein Sohn Leon. Sie werden ihn bald kennenlernen. Er kommt gern her, um sich meine Füße anzusehen und meinen Blutdruck zu messen. Sehr angsteinflößend. Er ist auch Arzt. Er sieht seinem Vater unheimlich ähnlich. Dunkles Haar und dunkle Augen und ein markantes Gesicht.«

»Das sehe ich.«

»Neben ihm steht seine Frau Giselle. Sie ist Russin und eine sehr gute Malerin. Die Liebe ist über Leon gekommen wie ein Donnerschlag«, fügte sie hinzu. Wieder überlegte Peter, ob sie auch mit anderen Menschen so sprach oder nur mit ihm, weil er wie ein Schiff war, das in der Nacht vorüberfuhr. Er betrachtete Giselle und glaubte in ihrem verträumten Gesicht Jonah zu erkennen, obwohl ihr Mund offen stand, als sei sie mitten im Wort erwischt worden.

»Esther kennen Sie ja schon«, sagte Eleanor.

Da war sie in einem langen Kleid mit Blumenmuster und ihrer wilden Haarmähne.

»Ist sie auch Ärztin?«

»Nein. Sie war an der Uni, hat Kunstgeschichte gelehrt. Jetzt ist sie im Ruhestand. Sie hat lauter Enkelkinder, die vielleicht gar nicht alle auf dem Foto sind – das Foto wurde vor einer Ewigkeit aufgenommen. Neben ihr, das ist ihr Mann Luke. Er hat sie für eine Frau verlassen, die halb so alt war wie sie und halb so viel wert, und dann hat er einen Herzinfarkt bekommen und ist gestorben. Er war ein Schwächling und ein Idiot«, fuhr sie fort. »Männer mögen starke, erfolgreiche Frauen oft nicht. Esther war niemals weich, niemals süß und gefällig. Sie ist sauer und kräftig, wie ein guter Rotwein. Dann kommen, glaube ich, Quentin und Marianne. Quentin und Leon haben sich einmal sehr nahgestanden, aber sie haben sich zerstritten.«

»Worüber?«

»Quentin hat sich der Erweckungsbewegung zugewandt, und Leon ist ein streitbarer Atheist. Er hat Quentin Vorträge gehalten, und Quentin hat ihm zärtlich vergeben, auf eine Art, die Leon absolut unerträglich fand. Inzwischen reden sie kaum noch miteinander. Aber auf meinem Geburtstagsfest müssen sie.«

»Glauben Sie an Gott?« Peter war selbst überrascht, dass er so etwas fragte, doch diesmal antwortete sie.

»Nein. Ich nicht. Kein bisschen. Schon sehr lange nicht mehr, wenn überhaupt je. Gil besaß eine Art seriösen, zivilisierten, undramatischen Glaubens – wie ein wahrer Engländer. Das heißt, bis auf die letzten Monate, wo er an gar nichts mehr glaubte als an Schmerz und das Ende. Und an das Ende des Schmerzes. Keinen Hund würde man erdulden lassen, was er aushalten musste.«

»Wie schrecklich«, sagte Peter. »Wer ist der Mann, der allein steht?« Er betrachtete eine schlanke Gestalt mit grauem

Haar und knochigem Gesicht. Er lächelte, doch über etwas, was nicht von der Kamera erfasst wurde, und hatte einen Arm halb gehoben. Er sah aus wie ein alternder Tänzer.

»Ah.« Ihre Stimme wurde weicher und tiefer. Sie hob wieder die Hand, um sie auf die Brust zu legen. »Das ist mein Samuel, mein Ältester. Ich habe ihn nach meinem Vater genannt. Fleisch von meinem Fleisch.« Sie verbesserte sich augenblicklich. »Sie sind natürlich alle Fleisch von meinem Fleisch, aber speziell um ihn habe ich mir immer Sorgen gemacht. Wenn man Kinder hat, trifft der Kummer wie ein Pfeil ins Herz, direkt und unmittelbar. Er verfehlt sein Ziel nicht.«

»Warum haben Sie sich um ihn besondere Sorgen gemacht?«

»Manche Menschen scheinen zu wissen, wie man das Leben anpackt. Selbst wenn sie schwere Zeiten durchmachen, hat man das Gefühl, sie besitzen eine gewisse Unverwüstlichkeit und Kontrolle. So ist Samuel nicht. In seinem Leben gab es Phasen, da habe ich Angst um ihn gehabt.«

»War er … ?«

»Wollen mal sehen.« Sie zeigte auf das Foto in Peters Händen. »Die vielen Kinder und Teenager vor uns auf dem Boden sind natürlich unsere Enkel. Die muss ich Ihnen nicht alle erklären. Ich kann mich nicht erinnern, wer wo saß, außerdem haben sie sich alle sehr verändert. Sind groß geworden, zu Hause ausgezogen, haben Berufe ergriffen und Partner gefunden. Einige haben selbst schon Kinder. Ein paar sind noch unentschieden. Wer möchte heutzutage jung sein? Ich glaube, wir machen ein Familienfoto, wenn sie alle zu meinem Geburtstag kommen. Da werden wir ganz schön viele sein. Ich habe fast den Überblick verloren, aber ich war noch nie gut im Rechnen, obwohl ich es manchmal unterrichten musste.«

»Unterrichten?«

»Ja.«

»Dann waren Sie Lehrerin?«

»Warum klingen Sie so überrascht?«

»Ich dachte nur …« Ihm fiel jetzt wieder ein, dass Jonah ihm erzählt hatte, sie sei Lehrerin gewesen. Doch Peter hatte sie sich immer hier vorgestellt, in diesem großen, alten Haus.

»Haben Sie gedacht, ich stammte aus dem frühen Mittelalter, als Frauen keinen Beruf hatten – ich hätte nie etwas anderes getan, als schöne Kleider zu tragen, Kinder zu bekommen und mich um den Garten zu kümmern?«

»Nein. Ich weiß nicht, was ich gedacht habe.«

»Ich musste mir immer meinen Lebensunterhalt verdienen. Ich war Lehrerin. Außerdem hätte ich ein müßiges Leben nicht ertragen. Ich habe meinen Schulabschluss gemacht, Pädagogik studiert und dann in einer Londoner Schule im East End unterrichtet, bis der Krieg kam und dann …« Sie unterbrach sich abrupt. »Die Kinder, die ich unterrichtet habe, sind inzwischen wohl fast alle tot. Ich glaube, wir sind fertig, oder?«

»Wer ist die kleine ältere Dame?«

»Oh! Wie seltsam, ich hatte ganz vergessen, dass sie dabei war.« Sie kicherte leise. »Eine freudsche Fehlleistung sozusagen. Das ist meine Schwester Meredith. Wir haben sie immer Merry genannt. Der Name hat gut zu ihr gepasst. Sie war sehr hübsch: weiches, rundes Gesicht und blondes Haar. Die Jungen waren ganz verrückt nach ihr. Die Männer

waren verrückt nach ihr. Alle. Ihr Lachen war wie Glöck-
chenklang oder wie diese Chimes, die meine Urenkelin mal
gesammelt hat.«

»Hat sie auch Familie?«

»Sie hat eine Stieffamilie. Ihr Mann war älter als sie und
ist schon lange tot. Also, man könnte sagen, sie ist auch
schon lange tot. Es ist schon Jahre her, dass sie sich noch an
etwas erinnern konnte. Normalerweise erkennt sie uns
nicht; manchmal glaubt sie, ich wäre ihre Stiefmutter – also,
meine Mutter. Aber lachen tut sie noch. Wenn ich ihr Lachen höre, stellen sich mir die Nackenhaare auf.« Sie griff
nach ihrem Gehstock und stand abrupt auf. »Wollen wir
uns jetzt unser Abendessen machen? Ich habe einen Bärenhunger. Es heißt immer, im Alter würde man den Appetit
verlieren, aber ich habe unablässig Hunger. Als hätte ich ein
großes Loch in mir, das ich einfach nicht gefüllt kriege.«

6

Die Tage bekamen eine gewisse Struktur. Früh aufstehen (auch wenn sie immer vor ihm auf war), mit Polly über die Feldwege joggen, immer dieselbe Runde, die ihn hinunter ans Meer führte, dabei ein »Hallo!« zu den Hundespaziergängern und den Straßenkehrern, zu dem alten Mann, der Wellhornschnecken sammelte. Danach die regelmäßige Arbeit bis zum Mittag, die Mittagspause, die er in der Regel im Wald verbrachte, um den Kopf freizukriegen und sich die Beine zu vertreten. Wenn er sein Pensum erledigt hatte, war vor dem abendlichen Treffen noch einmal das Meer dran. Er fuhr mit dem Fahrrad hin und ging am Strand spazieren, folgte dem zottigen Saum der Flutlinie. Der Wind war scharf und salzig und ließ seine Augen tränen, und an diesen Herbsttagen war das Meer meistens braun und grau. Doch wenn die Sonne durchbrach, blitzte es manchmal auf wie Diamanten. Er liebte es, die langbeinigen Seevögel mit den scharfen Schnäbeln zu beobachten, deren Namen er nie in Erfahrung bringen sollte, und ihnen zuzuhören – bei ihren durchdringenden, einsamen Schreien lief ihm ein Schauder den Rücken hinunter. Dann war er einsam und froh.

Das Musikhören über Kopfhörer bei der Arbeit hatte er aufgegeben; irgendwie erschien ihm die Musik zu aufdringlich, als behinderte sie ihn bei seiner Reise in Eleanors Vergangenheit. Und er schaute auch nicht mehr andauernd auf sein Handy, ob E-Mails oder SMS gekommen waren, ja, er hatte es nicht einmal mehr aufgeladen. Er rief nur seine Mutter an, um sie zu beruhigen. Seit Tagen hatte er sich nicht rasiert – die Stoppeln verdichteten sich allmählich zu einem Bart, der dunkler war als sein Haupthaar. Wenn er in den Spiegel sah, wunderte er sich über das Gesicht, das ihn anblickte – die langen Haare und der nicht dazu passende Bart verliehen ihm etwas leicht Unsolides, wenn nicht gar Forsches. Doch die Einzigen, die ihn sahen, waren er selbst und Fremde, die keine Rolle spielten, sowie die Besitzerin des Dorfladens, bei der er seine Zigaretten kaufte und die ihn mit geschürzten Lippen aufgebracht anglotzte. Eleanor wusste nicht, dass sie am Kamin jemandem gegenübersaß, der aussah wie ein Pirat. Sie hingegen achtete sehr auf ihre Erscheinung und trug Kleider aus weichen, farbenprächtigen Stoffen, auch wenn sie oft mottenzerfressen und abgewetzt waren. Sie erklärte ihm, sie trage auch schöne Kleider und stecke sich die Haare hoch, wenn sie allein sei. »Ich mache mich für mich schön«, sagte sie. »Ich beeindrucke mich selbst.«

Die Welt rückte weit fort. Er empfand das Haus wie ein Schiff, unerschütterlich in den Herbststürmen, und er und Eleanor waren die einzigen Passagiere, selbst an Tagen, da sie einander kaum sahen. Er hörte ihre Schritte in den Räumen, lauschte ihrem Klavierspiel, registrierte, wenn Autos kamen, um sie abzuholen oder wieder nach Hause zu bringen. Manchmal waren auch andere Leute im Haus, doch Peter begegnete ihnen selten. Er hatte keine große Lust darauf, denn er kam sich dann wie ein Fremder vor, an einem Ort, an dem er sich, wenn er allein war, mittlerweile seltsam heimisch fühlte, sicher eingefügt in eine Struktur, wo jeder Tag demselben Muster folgte.

Er arbeitete sich inzwischen verbissen durch die Fotos. Die medizinischen Aufnahmen hatten ihn anfangs so schockiert, dass ihm bei ihrem Anblick übel geworden war. Und dann hatte er sich geschämt für seinen Ekel. Gilbert Lee war auf Gesichtsrekonstruktion spezialisiert gewesen. Eleanor erklärte ihm, das begründe sich in dem, was er im Krieg gesehen hatte. Er war ein früher Pionier gewesen, und die Fotografien waren Dokumente von unschätzbarem Wert, doch als Peter das erste Bild eines Gesichts vor der Operation zur Hand nahm, überkam ihn ein solches Entsetzen, dass er nach draußen gehen und zwischen den welken Rosen eine Zigarette rauchen musste. Es war ein Gesicht, das kein Gesicht mehr war, sondern eine Karikatur des Menschlichen – entstellte Züge, verzerrte Lippen, die den Blick auf zwei zertrümmerte Zahnreihen freigaben, ein Krater anstelle der Wange. Wie ertrug man es, am Leben zu sein und so auszusehen? Doch seine Abscheu verstörte ihn auch – schließlich, sagte er sich, blickte ein leidender Mensch aus diesem zerfetzten Gesicht. Als er später mit Eleanor darüber sprach, nickte sie. »Man muss ihnen in die Augen blicken«, sagte sie. »Darüber hinwegsehen.«

»Worüber?«

»Über die oberflächliche Fremdartigkeit. Und auf ihre Menschlichkeit blicken.«

»Ja. Ja, genau.«

»Die Menschen haben oft Angst«, sagte sie. »Gil hat immer gesagt, dass viele Kinder weinten oder anfingen zu schreien, wenn sie seine Patienten sahen. Oder wegliefen.«

»Das ist Material für Albträume«, bemerkte Peter.

»Aber wovor haben wir eigentlich solche Angst?«

»Ich weiß nicht.« Er dachte an die Fotos, die er durchgesehen hatte. »Ein Gesicht scheint auszudrücken, wer wir sind. Also ist es gewissermaßen eine Verunstaltung der eigenen Identität.«

»Gefährlich oder? Äußere Hässlichkeit zu moralisieren?«

»Ja«, sagte Peter, »ich weiß.«

Nach und nach gewöhnte er sich an das primitiv Entsetzliche dieser Bilder und verweilte eher bei dem, was noch da war: dem Lächeln hinter den verzerrten Lippen, dem Schmerz in den Augen. Er begriff auch, welchen Akt der Wiedergutmachung Gil und sein Team geleistet hatten – denn es gab auch Fotos von »danach«, auf denen Nasen rekonstruiert, Haut verpflanzt, Kiefer wieder aufgebaut worden waren und aus der Zerstörung durch Waffen, Bomben, Brände und in einem Fall einem durchgedrehten Hund wieder ein Mensch aufgetaucht war.

Außerdem gab es Hunderte und Tausende weiterer Fotografien – viele unscharf, vergilbt, in Bündeln zusammengeklebt, auf denen nichts mehr zu erkennen war. Manche aber auch so gestochen, dass sie vergangene Augenblicke zurückbrachten. Einige Personen blitzten kurz auf und verschwanden dann wieder, doch es gab natürlich auch etliche Gesichter, die immer wieder auftauchten, bis Peter das Gefühl hatte, sie zu kennen. Gilbert Lee etwa, zuerst jung, doch dann immer stattlicher, immer grauer und im hohen Alter immer krummer. Peter mochte ihn gleich von Anfang an wegen seines freundlichen Gesichts und der Klarheit seines Blickes unter den schweren Augenlidern.

Von Eleanors Kindern gab es Hunderte von Aufnahmen als Babys und Kleinkinder, dann in dem Maße weniger, wie sie heranwuchsen und zu Hause auszogen; viele Schnappschüsse am Meer und von solchen Anlässen wie Geburtstagen, Abschlüssen und Hochzeiten.

Die Fotografien von Eleanors Schwester Meredith betrachtete Peter wegen dem, was Eleanor ihm über sie erzählt hatte, mit besonderem Interesse. Hinter der Art, wie Eleanor ihren Namen sagte und dabei müde seufzte, verbarg sich eine ganze Geschichte. Auf Peter wirkte Merry gar nicht so kompliziert. Als junge Frau war sie unleugbar hübsch gewesen: zierlich und schlank, mit herzförmigem Gesicht mit Grübchen und einem entzückenden Lächeln. Sie sah lebhaft aus und ausdrucksvoll – die Kamera hatte ihre Gesten festgehalten, ihren gehobenen Kopf, ihren beredten Blick, eine zum Gruß gehobene Hand, ihr Lachen. Mit dem Alter wurde sie rundlicher, doch sie war immer noch hübsch und gefällig. Ihr blondes Haar war zu einem blassgelben Grau geworden und ihre rosige Süße verwittert. Sie trug wadenlange Faltenröcke und gute Schuhe und hielt auf Gruppenaufnahmen der Familie ihren Mann untergehakt. Sie sah ganz anders aus als Eleanor, fand Peter.

Eleanor faszinierte ihn mit jedem Tag mehr – die alte Frau, die er am Morgen und am Abend traf und die so frei und doch so unpersönlich mit ihm sprach, genauso wie die junge Frau auf den Fotos. In die jüngere Frau war er regelrecht verliebt, doch sie schüchterte ihn auch ein, denn sie wirkte groß und schön und frei, unerreichbar für jemanden wie ihn. Am Abend, vor dem Kaminfeuer, starrte er unablässig auf Eleanors blindes, faltiges Gesicht, um das Antlitz darunter zu sehen: das dunkelhaarige Gesicht mit den rauchgrauen Augen, die zarte Haut, den glatten Hals und das reine Profil. Merry schien sich selbst auf den Fotos zu bewegen, zu flirten und zu bezirzen, doch Eleanor war reglos. Ihr Mann hielt oft die Augen auf sie gerichtet, und sie schaute hinaus in die Welt, als erblicke sie etwas, was sonst niemand sehen konnte.

Es gab ein paar Fotos, zu denen er immer wieder zurückkehrte. Auf dem ersten stand sie im Kreis ihrer Schülerinnen. Er wusste nicht, aus welchem Jahr es stammte, doch er tippte auf Ende der dreißiger Jahre, kurz vor dem Krieg. Das Foto gehörte in eine andere Welt: Dutzende von blassen Mädchen mit blanken Gesichtern, zehn oder elf Jahre alt, alle in ordentlichen Trägerschürzen, die Haare zu Rattenschwänzchen oder Zöpfchen gebunden, lächelten angestrengt und gehorsam die Person hinter der Kamera an. Unter einem Tuch, dachte Peter. So hatte man das damals gemacht. Und alle hatten sich eine Weile nicht rühren dürfen. Erstarrt in der Zeit, kurz bevor die Katastrophe über das Land hereingebrochen war. Wie viele von ihnen waren jung gestorben? Ein Mädchen am Ende der Reihe hatte sich wohl bewegt, denn sie war unschärfer als die anderen. In der Mitte der Gruppe stand, an jeder Hand eine Schülerin, Eleanor Wright, wie sie damals geheißen hatte. Groß und schlank, in einem schlichten, hochgeschlossenen Kleid, ihr glänzendes Haar nach hinten frisiert. Ihr Gesicht war ernst, doch ihre Lippen umspielte ein Lächeln, und ihre Augen bargen ein Geheimnis. Diese Augen betrachtete Peter unablässig. Er hätte die alte Frau gern gefragt, woran sie gedacht hatte, doch er wagte es nicht.

Das zweite Bild war ein viel kleineres Foto von ihr, wie sie über ihre nackte Schulter blickte. Da hat sie wohl ein

Abendkleid getragen, dachte er. Ihr runder, weicher Hals und ihre glatte Wange und der erkennende Ausdruck in ihren Augen verblüfften ihn. Er wäre gern so angesehen worden: verträumt, tief und sinnlich. Er überlegte, wen sie so betrachtet hatte – Gilbert vielleicht, vielleicht aber auch nur einen Fremden, der sie überrascht hatte.

Und schließlich noch ein Foto von ihr, auf dem sie einige Jahre älter war, inzwischen vermutlich Ehefrau und Mutter. Ihr Haar war kurz, hinter die Ohren gekämmt, und sie trug eine Hose und eine weiße Bluse. Mit einem leeren Glas neben ihrem nackten Fuß saß sie draußen auf einer Stufe. In der Ferne konnte man so eben ein Kind erkennen, das lief. Doch Eleanor bemerkte das Kind nicht, das bald in ihr Gesichtsfeld rennen würde; sie las ein Buch, und Peter kam sie so darin versunken vor, als wäre die Welt von ihr abgefallen und sie wäre vollkommen allein. Es war diese Fähigkeit zur Versenkung, dieses Abrücken von dem hektischen, ausgefüllten Leben, das sie lebte, was ihn so faszinierte.

Er sortierte sämtliche Fotos nach Kategorien in ordentlich beschriftete Kartons und Aktendeckel, doch diese drei nahm er mit in sein kleines Dachzimmer. Nachts blickte sie ihn an und sie zog sich vor ihm in ihr geheimes Ich zurück.

Er empfand sie als unerreichbar, wie hinter einer Tür, zu der er keinen Schlüssel besaß – bis er auf die Briefe stieß.

7

Inzwischen war Peter den dritten Tag damit beschäftigt, die Papiere durchzusehen. Er wusste nicht, wie er je damit fertig werden sollte. Es schien, als hätte Eleanor alles aufgehoben – und in keiner besonderen Ordnung. Die Schubladen der Metallschränke waren – natürlich bis auf die, deren Inhalt in Brand gesetzt worden war – vollgestopft mit Kontoauszügen, Rechnungen, Quittungen, Schulzeugnissen, Zeichnungen der Enkelkinder, Briefen, alten Aufsätzen ihrer Kinder über Themen, die von fluktuierender Asymmetrie in der Verhaltensökologie bis zu Ibsens Behandlung sozialer Fragen reichten. Postkarten, vor Jahrzehnten verschickt, neben Geburtsurkunden, Schadensgutachten, Verträgen für Gilbert Lees Bücher und ersten Entwürfen für Artikel in seiner lässig eleganten Handschrift. Peter fand einen ganzen Packen Kochrezepte in krakeliger Schrift, die Tinte braun, das Papier vergilbt. Es war nicht Eleanors Handschrift, die er inzwischen gut kannte und die er auch erkannte, wenn sie in Druckbuchstaben geschrieben hatte. Vielleicht war es die ihrer Mutter. Ihn fröstelte bei der Vorstellung, dass Eleanors längst verstorbene Mutter sorgfältig Rezepte für Linsensuppe und Himbeer-Biskuitrolle abgeschrieben hatte, um sie weiterzugeben, die dann in eine Schublade gesteckt und vergessen worden waren.

Eleanor war seit dem Vortag weg und würde erst am nächsten Tag zurückkommen. Er war verblüfft, wie anders es ohne sie im Haus war. Es war still und irgendwie leer. In ihrem Schlafzimmer liefen keine Hörbücher auf voller Lautstärke, aus dem Wohnzimmer plätscherte keine Klaviermusik. Beim Wachwerden am Morgen war Peter sofort aufgefallen, dass der tröstliche Duft von Toast und Kaffee fehlte, der ihn gewöhnlich begrüßte. Er setzte seine Routine fort – sortierte die Papiere zu Stapeln, entschied, was an ihre Kinder gehen sollte (ihre Schulzeugnisse zum Beispiel, ihre Geburtsurkunden und alte Pässe), über was er mit Eleanor sprechen wollte und was gleich in den Müll konnte (über zwanzig Jahre alte Kontoauszüge, unzählige Schnipsel, auf denen nur Zahlen notiert waren, Einkaufslisten). Es gab nicht viel, das er für eine Universitätsbibliothek interessant fand, obwohl es natürlich erstaunlich war, was manche Bibliotheken annahmen.

Mittags aß er eilig ein Stück Brot und etwas Käse und ging dann in den Wald. Es war ein blasser Tag, hier und da rissen die grauen Wolken auf und gaben opalblaue Flecken frei. Im Garten flatterten ein paar überwinternde Vögel herum – Rotkehlchen, Spatzen, ein winziger, runder Zaunkönig. Peter mochte die kleinen braunen englischen Vögel, die so unscheinbar aussahen und so wunderschön sangen. In seiner Tasche steckte ein zusammengefalteter Zettel, auf den er an diesem Morgen in dem Aktenschrank gestoßen war. Jetzt nahm er ihn heraus, faltete ihn auf und las noch einmal, was in runden Buchstaben darauf stand: »Liebe Miss Wright, vielen Dank, dass Sie unsere Lehrerin sind. Sie haben uns viel beigebracht. Wir werden Sie nie vergessen, und wir hoffen, dass Sie uns auch nie vergessen. Wir hoffen, Sie sind sehr glücklich und werden uns besuchen. Hoffentlich gefällt Ihnen Ihr Geschenk. Es war Miss Forrests Idee. Sie sagte, Grün sei Ihre Lieblingsfarbe. Wir hoffen, dass der Krieg bald vorüber ist.« Es folgte eine Sammlung von Unterschriften. Neben einer stand in winzigen Buchstaben geschrieben: »Ich finde Sie sehr hübsch.« Peter gefiel die gewissenhafte Formalität des Briefes. Er musste ihn unbedingt Eleanor zeigen, wenn sie zurückkam. Wie konnte man so etwas wegwerfen? Und doch wusste er inzwischen, dass sie gnadenlos unsentimental sein konnte bei dem, wovon sie sich trennte. Er fragte sich, wie sie so geworden war. In einer Zimmerecke standen inzwischen mehrere Müllsäcke mit Briefen, Zeichnungen und Notizen, die, wie sie sagte, für das große Lagerfeuer bestimmt waren, das sie draußen machen würden, wenn Peter fertig war.

Er rauchte eine Zigarette und kehrte dann ins Haus zurück und machte sich eine Kanne Kaffee, die er mit in sein Gerümpelzimmer nahm, um die nachmittägliche Schläfrigkeit zu vertreiben, die ihn um diese Zeit gern überkam. Er griff in den Schrank, um einen ramponierten Aktendeckel ganz hinten aus der Schublade zu holen. Er war unbeschriftet, doch als Peter ihn aufschlug, enthielt er lose Briefe und einen A4-Umschlag, in dem, wie ein kurzer Blick ergab, noch weitere Briefe steckten, alle in enger, eckiger Handschrift auf halb durchscheinendem Papier, sodass die Worte auf der anderen Seite durchschimmerten. Peter setzte sich auf den Boden neben das Schaukelpferd und schenkte sich eine Tasse Kaffee ein. Die Sonne schien durchs Fenster und lag in staubig-gelben Lichtstreifen auf dem Boden. Er war wirklich müde; seine Lider waren schwer. Entschlossen nahm er den ersten Brief zur Hand. Die Handschrift war eine andere als die der Briefe in dem Umschlag. Schließlich stellte Peter fest, dass der Brief von Gilbert stammte. Er hatte schon mehrere Briefe von Gilbert gelesen, die meisten warmherzig, aber pragmatisch und auf den Punkt. Sie waren alle zusammen in einem Plastikhefter gewesen. Dieser hier war undatiert und recht kurz, und das unsaubere Gekritzel ließ darauf schließen, dass er in großer Eile verfasst worden war. Im ersten Moment wollte Peter ihn nicht lesen – es kam ihm unrecht vor, als würde er Eleanors Vertrauen missbrauchen. Aber wurde er nicht genau dafür bezahlt? Wie auch immer, es war zu spät. Noch während er sich überlegte, ihn ungelesen zur Seite zu legen, war sein Blick darübergehuscht:

Meine geliebte Eleanor,

Du täuschst Dich: Ich habe nicht leichthin oder unbesonnen gesprochen, und ich bin weder besonders edel noch gar romantisch, außer vielleicht, wenn es um Dich geht. Ich habe Dich von dem Augenblick an geliebt, als ich Dich das erste Mal gesehen habe, und daran hat sich nichts geändert und wird sich auch niemals etwas ändern. Ich würde mich niemals gegen Dich stellen, Du würdest es vielmehr mit mir aufnehmen: mit meiner Melancholie, meinem vorsichtigen, einzelgängerischen Naturell, meinem mangelnden Charisma und meiner fehlenden Eloquenz. Ich bin, wie Du weißt, ein eher beharrlicher Gefährte, kein strahlender Stern. Ich bin Arzt, kein Held. Ich bin Rationalist und kein Dichter. Alles, was ich erreicht habe, wurde durch Geduld und Entschlossenheit errungen, aber inzwischen glaube ich, dass

*das keine zweitrangigen Tugenden sind. Ihre Wurzeln
reichen tief. Ich glaube, Du kannst mir vertrauen. Inzwischen weißt Du vermutlich, wie viel mir an Dir liegt und
dass ich immer und mit allen Kräften versuchen werde,
Dich glücklich zu machen.
Ich melde mich bei Dir, wenn ich nächste Woche wieder
da bin.
In Hoffnung und in Liebe, Dein Gilbert*

Jetzt kam er sich wirklich vor wie ein Schnüffler. Trotzdem
las er den Brief noch einmal, diesmal langsam. Er bewunderte diesen Gilbert – den Mann, der zerstörte Gesichter
rekonstruierte, um ihnen ihre Menschlichkeit zurückzu-
geben, den Mann, der auf den Fotos mit solcher Bewunderung auf Eleanor blickte, und auch den Mann, der diesen
Brief geschrieben hatte, in dem er sich zwar herabsetzte,
sich aber gleichzeitig auch kühn anbot. Gil wusste, was er
zu geben hatte: seine verlässliche Freundlichkeit, seine be-
ständige Liebe. Aber er kannte auch seine Grenzen. Peter
vermutete, dass Eleanor ihn vielleicht hatte abblitzen lassen,
und er hatte sie überzeugen müssen, ihn zu heiraten. Er
malte sich aus, wie Gil in der folgenden Woche wartete, ob
Eleanor Ja sagen würde oder nicht. Sie würde aus einer Tür
treten, blass und schlank in ihrem hochgeschlossenen Kleid
und mit dem ernsten Strahlen, das Peter auf den Fotografien
so anzog, und Gilbert würde vortreten und sie begrüßen
und in ihren Augen nach der Antwort suchen. Und sie hatte
Ja gesagt. Ja, Gilbert. Ja, ich will. Ich will deine Frau werden.

Er nahm den nächsten Brief zur Hand. Er war in einer
anderen Handschrift verfasst, derselben Handschrift wie
die Rezepte.

*Liebe Ellie, wie schön, Deine erfreulichen Neuigkeiten
zu hören. Wir alle mögen und bewundern Gilbert sehr,
und Du weißt wahrscheinlich, dass wir lange darauf
gehofft haben! Er ist alles, was Du Dir von einem
Ehemann wünschen kannst – und alles, was ich mir von
einem Schwiegersohn wünsche. Dies ist ein glücklicher
Tag, und glückliche Tage können wir ja wahrlich gut
gebrauchen, bei so viel Trauer und Verlust ringsum.
Wann ist es denn so weit? Bald, hoffe ich. Ich plane
schon, meinen blauen Mantel mit dem Zobelkragen zu
tragen. Ist es nicht seltsam und vielleicht auch ein wenig
beschämend, dass so oberflächliche Dinge wie ein Mantel oder ein Pudding mit Sirup die Stimmung heben
können?
Auch Robert schickt herzliche Glückwünsche und alles
Liebe,
Mummy*

Diesen Brief legte Peter zu Gilberts, nahm den dritten zur
Hand – auf dickem, cremefarbenem Karton und in einer
hübschen, gleichmäßigen, nach rechts geneigten Handschrift – und überflog ihn.

Mittwoch, der 21.

*Meine liebe Eleanor,
Gilbert war heute Morgen hier. Ich möchte Dir meinen
Glückwunsch und meine besten Wünsche schicken. Wie
Du weißt, bin ich Witwe, und Gilbert ist mein einziges
Kind, und daher wird es Dir nicht seltsam erscheinen,
wenn ich die Hoffnung zum Ausdruck bringe, dass Du*

*ihn so von ganzem Herzen glücklich machst, wie er es
verdient.
Mit freundlichen Grüßen
Mary Lee*

Autsch! Ob der Kälte des Briefes zuckte Peter mitfühlend
zusammen. Also: Eleanors Mutter war entzückt, und Gilberts Mutter war vergrätzt und ablehnend. Vielleicht war
Eleanor für Mrs Mary Lee zu eigenständig gewesen – nicht
unterwürfig genug, nicht ausgleichend genug, nicht eifrig
genug, zu gefallen. Vielleicht gefiel ihr auch nicht, dass sie
Lehrerin im East End war. Oder war ihr für ihren Sohn einfach keine gut genug?

Der letzte Brief, bevor Peter sich den Inhalt des Um-
schlags vornehmen wollte, war ein einseitig beschriebenes
kleines Blatt, das am oberen und am unteren Rand mit einer Reihe von Blumen geschmückt war. Die wenigen Zeilen waren exakt in der Mitte der Seite platziert, in großer,
geschwungener Handschrift.

*Liebe Eleanor, Dein Vater wäre stolz auf die junge Frau,
zu der seine Tochter herangewachsen ist. Liebe Grüße
von Winifred (Nan)*

Nun nahm Peter den Umschlag und holte den dünnen Packen Briefe heraus, die in einer anderen Handschrift verfasst waren. Doch gleich bei den ersten Zeilen legte er sie
wieder fort. »Nellie, meine Geliebte«, las er. »Was hast Du
mir angetan? Was soll ich mit mir anfangen jetzt, da ich
Dich kenne?«

Obwohl der Kaffee nur noch lauwarm war, schenkte er

sich noch eine Tasse ein und ging damit nach draußen. Er zündete sich eine Zigarette an, sog gierig den Rauch ein und legte den Kopf in den Nacken, um ihn in aschig-blauen Ranken in die Luft zu blasen. Seine Hände zitterten leicht. Nellie, meine Geliebte. Wer war der Mann, der sie so nannte? Selbst Gilbert war ein wenig formell im Umgang mit ihr, sprach sie respektvoll als seine geliebte Eleanor an. Doch dieser Mann stand ihr nah; seine Stimme kam frisch und dringlich durch die Jahre. Um den Augenblick hinauszuschieben, da er wieder hineingehen würde, rauchte Peter noch eine zweite Zigarette. Von dem beißenden Rauch, den er in die Lunge sog, wurde ihm ein wenig schwindlig. Zum Glück war Eleanor nicht da; er hatte das Gefühl, die Briefe unmöglich lesen zu können, wenn sie in der Nähe wäre.

Nellie, meine Geliebte. Was hast Du mir angetan? Was soll ich mit mir anfangen jetzt, da ich Dich kenne? Ich fühle mich recht unbändig, mein Schatz, auch wenn ich nicht sagen kann, ob unbändig vor Freude oder vor Verzweiflung. Wie kommt es, dass niemand merkt, dass mein Herz schier platzt? Ich will Dich ganz tief in mir verborgen geheim halten und gleichzeitig will ich Deinen Namen laut hinausbrüllen (keine Sorge: Ich tu's nicht). Ich muss Dich wiedersehen und Dich noch einmal halten und Deine zarte Haut spüren und Dein sauberes, schönes Haar riechen und Dich an mich drücken, bis dieses schreckliche Begehren in mir nicht mehr wehtut. Sag, dass Du genauso empfindest, Nellie. Du musst ebenso empfinden. Ich weiß es.

Na so was. Peter drückte die Fingerspitzen an die Schläfen. Wer war das? Er hatte nicht namentlich unterzeichnet – vielleicht war es sogar eine Frau? Nein, das glaubte er nicht. Und wie konnte er es wagen, Eleanor Nellie zu nennen? Nellie war ein niedlicher, salopper Name, mädchenhaft und unschuldig, doch die Eleanor, die er kannte, war ernst, aufmerksam, schön in seinen Augen und ein wenig furchteinflößend. Schon als sie jung gewesen war, auf diesen Fotografien, die er entwendet hatte und die jetzt auf der Truhe in seinem Zimmer oben unterm Dach lagen, hatte sie etwas Geheimnisvolles an sich gehabt.

Er nahm den nächsten Brief zur Hand, falls man die paar hastig hingeworfenen Worte so nennen konnte.

Morgen Abend am Quittenbaum. Ich komme so früh nach sechs, wie ich kann. Ich warte bis neun auf Dich
XXXX

Und dann ein längerer Brief, den er langsam las und dabei die Worte in seinem Kopf hörte.

Mein Schatz, begann er. *Ich schreibe dies um drei Uhr morgens, wo offenbar die ganze Welt außer mir schläft. Aber ich kann heute Nacht nicht schlafen. Es kommt mir vor, als könnte ich nie wieder schlafen. Ich trinke Whisky und rauche, und nichts kann mich beruhigen oder die Intensität dieses Augenblicks dämpfen, da alles, woran ich denken kann, was ich sehe oder höre, Du bist ...*

Peter las den Brief zweimal und legte das Blatt dann behutsam auf das vorherige. Ihm war ein wenig übel, und er war sehr aufgeregt. Und schließlich, jetzt, da er tatsächlich die Nase in die Geheimnisse steckte, die sie wahrscheinlich so lange gehütet hatte, holte er die letzte hingekritzelte Nachricht hervor.

Mein Herz ist Dein. Pass gut darauf auf. Ich komme wieder nach Hause; mein einziges Zuhause bist Du.

Auch diese Nachricht war nicht unterschrieben, aber mit einem einzelnen Buchstaben versehen, einem M, das mit einem Schwung endete.

Mehrere Minuten lang starrte Peter auf diese Worte. Dann hob er den Kopf. In seiner Kehle und hinter seinen Augen hatte sich ein dumpfer Schmerz breitgemacht. Er wusste, dass es absurd war, aber er fühlte sich verlassen, wie von der ganzen Welt vergessen. Das Haus kam ihm sehr groß und sehr leer vor. Die Stille lastete schwer auf ihm, und draußen wich das Tageslicht allmählich der Dämmerung, und der riesige Himmel verblasste. Er hatte wohl länger an diesen Briefen gesessen, als er gemerkt hatte, und die Zeit vergessen. Als hätte er zu lange in einer Position verharrt, stand er steif und schmerzend auf und schaltete die Stehlampe ein.

Dieser geheimnisvolle M hatte geschrieben, er käme sich selbst fremd vor. Peter kannte dieses Gefühl. Vielleicht kannte es jeder, aber niemand sprach darüber: Das Gefühl, sich selbst nicht zu gehören, als wäre das Leben ein großer Fluss, der in seiner starken Strömung alle mitriss – bloß einen selbst nicht. Man war in einen kleinen Seitenarm abgetrieben worden, eine kleine Ausbuchtung nahe der Küste, schlammig und flach, wo man strampelnd und immer wieder auftauchend zusah, wie die anderen alle vorbeizogen. Peter wusste, dass Eleanor, was auch immer ihr widerfahren war und was auch immer sie getan hatte, sich mitten in dem großen, zielstrebigen Strom des Lebens befunden hatte. Man sah es ihrem grandiosen uralten Gesicht an und der Art, wie sie sich immer noch hielt, aufrecht, den Kopf hoch erhoben, die Hände fest um den Gehstock gelegt, die großen blinden Augen unverwandt auf ihr Ziel gerichtet. Peter kannte sie erst wenige Tage, doch er war überzeugt, was auch immer sie erlitten hatte, sie hatte aktiv gelitten. Wenn sie je geliebt hatte, dann war sie in diese Liebe eingetaucht. Wenn sie getrauert hatte, dann hatte sie sich von der Trauer durchdringen lassen, bis sie sie ganz und gar erfüllt hatte. Wenn sie verloren hatte, dann tapfer.

Im letzten Jahr hatte es Zeiten gegeben, da hatte Peter alle Hoffnung aufgegeben und sich selbst losgelassen. Was nicht bedeutete, dass er sich in tiefer Verzweiflung verloren hätte. Verzweiflung war ein viel zu präzises und grausames Wort für die Leere in ihm. Er war abwesend gewesen, hatte versucht, sich seiner selbst gänzlich zu entledigen, bis ganz tief vergraben in seinem apathischen Körper nur noch ein winziges Fünkchen Vitalität geflackert hatte. Er hatte nur atmen wollen, ein und aus und ein und aus, in der warmen Dunkelheit liegen, das Leben ganz weit fortgerückt, bis es keine Macht mehr hatte, ihn zu verletzen oder auch nur zu berühren.

Früher, in der Schule hatte er manchmal Rugby gespielt, wenn auch nie mit so viel Begeisterung, dass er keine Angst mehr gehabt hätte vor den zusammenprallenden Körpern, den breiten Schultern, den harten Schuhen und den entschlossenen Grimassen der Gesichter, die er eigentlich zu kennen geglaubt hatte. Er konnte sich noch ganz genau an einen Tag mitten im Winter erinnern, als der Boden gefroren war und sein Atem wie Rauchwölkchen in die Luft stieg. Dauerregen hatte eingesetzt, und er war mit der Wange auf dem noch gefrorenen, schlammigen Gras gelandet; die anderen waren auf seinen Fingern herumgetrampelt, und einer hatte ihn gegen das Schienbein getreten und ihm eine klaffende Wunde verpasst, in der purpurrot das Blut gerann. Taub vor Kälte, hatte er gar nichts gespürt, bis er unter der Dusche stand, wo sein ganzer Körper plötzlich anfing zu schmerzen. Sein Gesicht brannte, als hätte er es energisch mit einer Drahtbürste abgeschrubbt, die Wunden und blauen Flecken taten weh. Und erst die Hände – wie die geklopft hatten, der Schmerz war ihm pochend die Gliedmaßen hoch in seine zerquetschten Fingerspitzen gefahren. Beinahe hätte er laut aufgeschrien, wie er da unter den spitzen Nadeln des lauwarmen Duschwassers stand und darauf wartete, dass das Toben in seinem Körper abebbte.

Ins Leben zurückzukehren war natürlich schmerzhaft, aber auch erhebend. Er hatte die Tage, die er hier verbrachte, so genossen, weil sie für ihn wie ein Tor zurück in die geschäftige, chaotische, lebendige Welt waren. Doch er hatte nicht damit gerechnet, dass ein paar Briefe – von Menschen, die längst tot sein mussten – an eine alte, blinde Frau ihm einen derartigen Kummer bereiten würden. Merkwürdig. Er ging im Zimmer auf und ab, und von den Dielen wirbelte unter seinen Schritten der Staub auf. An den Wänden stapelten sich ordentlich Fotos, Manuskripte, Bücher: die

Früchte seiner Arbeit. Hier wurde ein ganzes Leben sortiert. Doch diese Briefe – wo sollte er die ablegen? Wer war dieser M überhaupt (Matthew? Mark? Michael? Marmaduke?), der es wagte, Eleanor »Nellie« zu nennen und der von Mondenschein und Liebe sprach?

Vielleicht war er auf einer der Fotografien. Peter nahm einen Packen und blätterte ziellos darin herum – dieser Mann mit dem dämlichen Schnurrbart? Oder der blonde Hanswurst hier? Diese ganzen grässlichen Engländer, wohlgenährt und selbstgefällig, die ihren Ehefrauen ihre fleischigen Hände auf den Po legten, als wären die ihr Besitz. Er mochte Gilbert Lee und war bereit, sich Eleanor mit ihm zusammen vorzustellen, zwei Menschen, die gemeinsam durchs Leben gehen, beherrscht und würdevoll. Doch nicht als jemand, dessen Briefe vor Begehren stöhnten. Man spürte fast, wie er sie anfasste, wenn er schrieb. Herzallerliebste.

Herzallerliebste. So hatte er Kaitlin einmal genannt. Die Erinnerung durchströmte ihn. Er hatte sich auf einen Ellbogen gestützt und auf sie hinabgeblickt, während sie mit dem Gesicht auf seinem Kissen lag, ihr Haar – von der Farbe goldenen Sirups – ausgebreitet. Er hatte die Sommersprossen auf ihren Schultern gesehen und die Schlaffältchen auf ihren Wangen, und ihre länglichen Augen hatten unter dichten Wimpern zu ihm aufgeblickt.

Herzallerliebste. Er musste mehr über M in Erfahrung bringen. Was war aus ihm geworden? Wer war er gewesen?

8

Peter verließ das Gerümpelzimmer, gefolgt von Polly, die sein treuer Schatten geworden war, und ging nach draußen, um sich eine Zigarette anzuzünden und den Blick über den Garten bis zum Wald schweifen zu lassen. Er rauchte zu viel, doch das war egal. Solche Dinge spielten hier keine Rolle. Also zündete er sich noch eine an, und dann fand er, es wäre schön, dazu ein Glas zu trinken – auch das zählte nicht. Jedenfalls nicht heute Abend, wo er allein war und der Tag zur Neige ging und er kein einziges Licht sehen konnte außer den Lampen im Haus, das hinter ihm aufragte wie ein Schiff auf hoher See. Er ging wieder hinein und machte sich auf den Weg in den Keller. Eleanor hatte ihm gesagt, er solle sich nach Herzenslust bedienen, und er wollte etwas Alkoholisches. Der Keller roch feucht und muffig und nach Dingen, die im Verborgenen wucherten. Das Mauerwerk war kalt und leicht feucht unter seiner Berührung, als er nach dem Lichtschalter tastete. Im ersten Augenblick war er geblendet, bis seine Augen sich umgewöhnt hatten. Hier gab es endlos viele Flaschen, auf Gestellen und in Kartons, sehr viel mehr, als sie je trinken konnte, selbst wenn sie hundert wurde und sich jeden Tag eine Flasche gönnte. Außerdem würde sie das Haus bald verlassen; ihre Kinder und Enkelkinder und die ganze große Schar ihrer Nachkommen würden wahrscheinlich kommen, um den Keller zu plündern. Es sah so aus, als hätte schon jemand angefangen, Flaschen in Lattenkisten zu packen.

Er nahm einen Roten aus einem Gestell. Das Etikett löste sich schon ab, doch den Jahrgang konnte er noch lesen. Zweiundzwanzig Jahre alt! Fast so alt wie er. Wahrscheinlich war er inzwischen ungenießbar. Er schob sich die Flasche unter den Arm, und dann fiel sein Blick auf mehrere Flaschen auf einem anderen Regalbrett, die anders geformt waren und eine bernsteinfarbene Flüssigkeit enthielten. Whisky. Er stellte sich M vor, wie er Whisky trank und an Eleanor dachte. Nellie. Bei Mondenschein. Er nahm eine gedrungene Flasche, die halb voll war, und drehte den Verschluss ab, um daran zu riechen. Der scharfe Alkoholgeruch biss sich in seiner Kehle fest, und er trank versuchsweise einen Schluck. Jemand wie Jonah würde Whisky wahrscheinlich wie ein Kenner trinken, die Augen schließen, während die torfige Flüssigkeit ihm die Kehle hinunterrann. Mhm, würde er sagen. Jod. Karamell. Peter brannten die Augen. In ihm löste sich etwas, aber auf gute Art. Wenigstens, dachte er, auf gute Art. Er erinnerte sich, dass er gelesen hatte, wie Keats in Italien an Tb gestorben war, dass er Blut gespuckt und winzige Teile seines Körpers ausgehustet hatte.

Er nahm den Whisky und den Wein mit nach oben. Er wollte nicht im Wohnzimmer sitzen mit dem zugeklappten Klavierdeckel und dem kalten Kamin und ohne Eleanor in dem Sessel mit der hohen Rückenlehne. Also ging er erst mal in die Küche, um den Wein zu öffnen. Kurz war er versucht, direkt aus der Flasche zu trinken, den Kopf in den

Nacken zu legen und es gluckern zu lassen, damit ein Schwindelgefühl in ihm aufstieg wie Nebel, doch er würde es machen, wie es sich gehörte. Also holte er ein Glas aus dem Schrank und schenkte sich anderthalb Zentimeter der karmesinroten Flüssigkeit ein. Die zwei Katzen schlichen ihm um die Beine und versuchten, seine Aufmerksamkeit zu erregen. Was würde aus ihnen werden, wenn Eleanor fortging? Würden sie im Haus bleiben? Es schien nicht recht, sie in ein neues Zuhause zu verfrachten und sie womöglich, und bei diesem Gedanken durchfuhr ihn ein Schreck, sogar zu trennen. Das ging ganz und gar nicht.

Er ließ den Wein im Glas kreisen, wie er es schon bei anderen gesehen hatte, und schnupperte daran, dann trank er einen kleinen Schluck. Falls er verdorben war, merkte er es nicht. Er schmeckte reich und würzig, genau das Richtige für einen dunklen Novemberabend. Er korkte die Flasche wieder zu und stellte sie auf den Kaminvorsprung, um den Wein später zu trinken. Zuerst würde er sich mit einem Whisky und einer Zigarette in den Garten setzen. Er fand ein passendes Glas und kippte ein wenig von der schönen bernsteinfarbenen Flüssigkeit hinein. Und dann noch ein wenig mehr. Er fügte ein paar Tropfen Wasser hinzu und trug es hinaus in den Garten. Polly begleitete ihn. Der erste Schluck stürmte gleichzeitig auf sein Herz und auf seinen Kopf ein. Gedanken und Gefühle vermischten sich. Seine Augen tränten, und es schnürte ihm die Kehle zu. Er fühlte sich zutiefst einsam und wünschte, jemand würde aus der Dunkelheit geschlichen kommen und ihn in die Arme nehmen, wo er sich gehenlassen konnte. Ganz kurz erlaubte er es sich, an die Berührung von Kaitlins schlanken Fingern zu denken, kluge, neckende Finger, an den Geschmack ihres Lippenstifts, die kleine Kuhle in ihrem Nacken und die blauen Adern an ihren Handgelenken. An ihr heiseres, sexy Lachen. Und an Eleanors Gesicht – das, als sie jung war, über die nackte Schulter jemanden angesehen hatte. Herzallerliebste.

In der Küche kramte er im Kühlschrank nach seinem Abendessen. Er schnitt ein großes Stück von der Wildpastete ab, die er dort fand, und machte sie sich in der Mikrowelle warm, dann leerte er eine Tüte Salatblätter in eine Schüssel und gab Soße darüber. Es machte keinen großen Spaß, in diesem großen, leeren Haus für sich allein zu kochen. Er musste dem Drang widerstehen, sich ans Fenster zu stellen und mit den Fingern zu essen. Genau wie Eleanor Abend für Abend. Sorgfältig bereitete sie sich eine Mahlzeit zu und aß sie in ihren mottenzerfressenen Kleidern mit ihrem angelaufenen Silberbesteck und ihren angeschlagenen gemusterten Tellern, die sie wahrscheinlich von Mary Lee oder von ihrer Mutter geerbt hatte, am Tisch. Struktur ist wichtig, hörte er sie sagen. Den Geruch der Vergangenheit in sämtlichen Räumen und eine Zukunft, die immer mehr zusammenschrumpfte. Wie hielten alte Menschen das aus? Er schenkte sich ein großes Glas Rotwein ein, setzte sich und nahm eine Gabel voll Pastete. Die Uhr an der Wand verriet ihm, dass es kurz vor acht war, doch es war schon so lange dunkel, dass es auch Mitternacht hätte sein können. Er hätte sein Buch mit nach unten bringen sollen, um beim Essen zu lesen. Er trank noch einen Schluck Wein. Sein Glas war jetzt nur noch halb voll, also schenkte er nach.

»Das riecht gut«, sagte eine Stimme von der Tür, und Peter sprang auf und warf dabei seine Gabel zu Boden.

»Eleanor! Ich habe gar kein Auto gehört. Ich dachte, Sie kommen morgen erst zurück.«

»Ich habe es mir anders überlegt. Giselle ging es nicht gut, und ich war im Weg. Ich wollte nach Hause. Ist noch etwas übrig? Ich habe noch nichts gegessen.«

»Ja. Soll ich Ihnen etwas auf einen Teller tun? Mit Salat?«

»Danke. Ich habe großen Hunger.«

»Senf?«

»Ja, bitte. Und würden Sie mir bitte etwas Wein einschenken?«

»Selbstverständlich.«

»Wie war Ihr Tag?«, fragte sie, setzte sich ihm gegenüber und tastete mit der Gabel so lange auf dem Teller herum, bis sie das Essen gefunden hatte, das sie dann geschickt an den Mund hob und mit Appetit aß. Er sah ein Stück Pastete auf ihrem Schoß landen, ohne dass sie es merkte.

»Mein Tag? Mein Tag war … er war schön. Gut. Und Ihrer?«

»Ich war mit meinem Sohn bei einem Mittagskonzert.«

»Wie nett.«

»Ja. Ravel. Klaviermusik. Er hat herumgezappelt. Er wäre lieber auf der Arbeit gewesen, das habe ich gemerkt. Was ist los?«

»Was los ist?«

»Irgendetwas stimmt heute Abend nicht mit Ihnen.«

»Nein. Ehrlich. Mir geht es gut.« Aber irgendwann musste er es ihr sagen. Es war seine Arbeit. Außerdem, warum war es so schwer, es auszusprechen? »Ich habe heute Briefe gelesen«, brachte er schließlich heraus.

»Tatsächlich? Möchten Sie mich etwas fragen?«

»Nein. Na ja, vielleicht.«

»Verstehe.«

»Was?«

»Sie haben ein paar Briefe gefunden, die Sie überrascht haben, und Sie wissen nicht, wie Sie das Thema mir gegenüber zur Sprache bringen sollen.«

»So in etwa.«

»Liebesbriefe, nehme ich an.«

»Ja.«

»Und warum bringen Liebesbriefe, die vor siebzig Jahren an mich gerichtet wurden, Sie so aus der Fassung, Peter?« Ihr Tonfall war höflich, distanziert, ließ ihn in sich zusammensinken. »Schließlich werden Sie dafür bezahlt, meine Angelegenheiten zu regeln. Liegt es daran, dass ich alt bin und dass es undenkbar ist, dass eine alte Frau einmal eine junge Frau mit sexuellen Gefühlen war?«

»Natürlich nicht!«

»Oder weil Sie sich fragen, ob ich meinem Mann untreu war? Es vielleicht sogar missbilligen?«

Peter zwang sich, etwas zu sagen.

»Es ist schwer zu erklären. Ich komme mir vor wie ein Schnüffler. Und außerdem – ich weiß, dass das absurd ist –, aber ich hatte mir ein Bild von Ihnen und Ihrem Mann als perfekter Familie gemacht. Oder jedenfalls ziemlich. Die Art von Familie, die ich bis dato nur aus Büchern kannte.«

»Eine glückliche Familie, meinen Sie.«

»Vermutlich.«

»Selbst glückliche Familien sind kompliziert, Peter. Besser gesagt, sie sind ein Mythos.«

»Ich weiß das ja eigentlich. Aber ich hatte mir eine

Geschichte zurechtgelegt, und die wurde durcheinandergebracht.«

»Das tut mir leid.« Meinte sie das sarkastisch? Er konnte es nicht sagen.

»Was soll ich mit diesen Briefen machen?«

»Als Erstes möchte ich, dass Sie sie mir vorlesen.«

»Jetzt?«

»Warum nicht. Schenken Sie uns noch ein wenig Wein ein, und dann gehen wir ins Wohnzimmer. Sie könnten Feuer im Kamin machen. Und danach können Sie die Briefe verbrennen.« Sie schob ihren Teller fort, erhob sich und stützte sich auf den Gehstock. »Deshalb sind Sie hier, Peter«, sagte sie in sanfterem Tonfall. »Damit meine Familie – meine glückliche Familie – diese Briefe niemals lesen muss. Wo waren sie?«

»Ganz hinten in dem kleineren Metallschrank, in einem alten Papphefter.«

»Ich habe sie nicht mehr gefunden. Ich weiß nicht, warum ich gewartet habe, bis ich zu blind war, um sie zu bergen. Dumme Sentimentalität. Kommen Sie. Bringen Sie den Wein mit.«

»Es ist nicht mehr viel drin.«

»Dann holen Sie noch eine Flasche.«

Das Kaminfeuer brannte, die Gläser waren frisch gefüllt. Eleanor nahm ihren gewohnten Platz in dem Lehnstuhl am offenen Kamin ein. Sie trug einen langen Samtrock, der stellenweise ganz abgewetzt war, wodurch er aussah wie ein Pilz. Sie faltete ihre leberfleckigen Hände in ihrem Schoß und nickte.

»Dann legen Sie mal los.«

»Es sind nur vier; haben Sie das auch so in Erinnerung?«

»So wenige«, sagte sie leise. »So lange her.«

Peter nahm den ersten Brief und räusperte sich überflüssigerweise laut.

»Nellie, meine Geliebte«, sagte er. Seine Stimme brach. »Was hast Du mir angetan? Was soll ich mit mir anfangen jetzt, da ich Dich kenne?«

Er blickte auf und sah, dass um Eleanors Lippen ein Lächeln spielte.

»Ich fühle mich recht unbändig, mein Schatz«, fuhr er fort. Er hörte, wie die Worte das leere Zimmer füllten, während die Flammen zuckten und die Schatten in den Ecken dunkler wurden. Er zwang sich weiterzulesen, bis er ans Ende des ersten Briefes kam. Dann blickte er auf.

»Vielen Dank, Peter.« Eleanor klang sehr ruhig. »Würden Sie ihn für mich ins Feuer werfen?«

»Sind Sie sich ganz sicher?«

»Ja, mein Lieber«, antwortete sie in zärtlichem Tonfall. »Ich kann ihn nicht mehr lesen, und ich will nicht, dass jemand anders ihn liest, auch wenn es vielleicht keine Rolle mehr spielen würde. Nach all der Zeit jedenfalls.« Sie legte eine Hand auf ihren mageren Brustkorb. »Ich glaube, ich kann die Worte in mir bewahren. Da sind sie jetzt ganz sicher.«

Einen kurzen Augenblick erwog Peter, den Brief zu behalten. Er konnte ihn zu den Fotografien oben in seinem Zimmer legen; sie würde es nie erfahren. Dann beugte er sich vor und tat das Blatt ins Feuer, bis es schrumpelte, schwarz wurde und in aschige Blütenblätter zerfiel.

»Er ist fort«, sagte er schließlich.

»Danke. Lesen Sie den Nächsten?«

»Das sind nur zwei Zeilen. ›Morgen Abend am Quitten-baum. Ich komme so früh nach sechs, wie ich kann. Ich warte bis neun auf Dich.‹«

Eleanor nickte. »Die Quitte«, sagte sie leise zu sich selbst. »Ich hatte immer schon ein Faible für Quitten. Sie sind etwas ganz Besonderes. Ich habe welche hier gepflanzt, als wir hergezogen sind. Die Blüten im Frühjahr sind schlaff und blassrosa, und die Früchte sind flaumige Kugeln, die nach Honig duften.« Sie klang leidenschaftslos, als wäre sie in einer Gartensendung und beantwortete eine Zu-schauerfrage. »Und ich habe mich mit ihm am Quitten-baum getroffen. Ja, so war das. Tun Sie ihn ins Feuer.«

Peter gehorchte und nahm das dritte Blatt zur Hand. Er räusperte sich und begann. Seine Worte hallten in dem dunklen, nur von Flammen beleuchteten Raum wider. »Mein Schatz. Ich schreibe dies um drei Uhr morgens, wo offenbar die ganze Welt außer mir schläft. Aber ich kann heute Nacht nicht schlafen. Es kommt mir vor, als könnte ich nie wieder schlafen. Ich trinke Whisky und rauche, und nichts kann mich beruhigen oder die Intensität dieses Augenblicks dämpfen, da alles, woran ich denken kann, alles, was ich sehe oder höre, Du bist.« Er unterbrach sich, um einen Blick auf Eleanors Gesicht zu werfen, doch es war ausdruckslos.

»Von meinem Fenster aus kann ich den Mond sehen«, fuhr er fort in dem unheimlichen Gefühl, mit der Stimme eines toten Mannes zu sprechen und viele Jahre später dessen Sache zu vertreten. »Im Mondlicht wirkt alles Ver-traute fremd – ich bin mir selbst fremd. Deswegen schreibe ich dies jetzt; ich muss mit Dir sprechen, etwas sagen, irgendetwas. Sobald ich diesen Brief beendet habe, muss ich einen neuen anfangen. Was habe ich mich über die Klischees der Liebe lustig gemacht, Nell, die sentimentalen Sachen, die alte Trottel sagen, weil sie nicht geistvoll genug sind, eigene Worte zu finden – doch jetzt muss ich einsehen, dass sie wahr sind, dass ich keine besseren Worte für das habe, was ich empfinde, denn ich bin jetzt selbst ein alter Trottel. Krank vor Liebe.«

Er hielt inne. Sein Mund war wie ausgedörrt, und er trank einen tiefen Schluck Rotwein. Die Flammen flackerten und knisterten. Draußen nahm der Wind zu.

»Mir bricht das Herz vor Liebe«, sagte er in die flackernde Stille des Raumes. »In der Liebe werde ich wiedergeboren. Die Liebe verbrennt mich. Ich liebe so tief, dass es keinen Weg zurück gibt. Das hast Du zu mir gesagt, beim ersten Mal. Es gibt keinen Weg zurück.« Er hielt inne und wartete.

»Danke«, sagte Eleanor höflich.

»Soll ich ihn verbrennen?«

»Bitte.«

Er tat es und nahm den letzten Brief, um ihn vorzulesen. »Mein Herz ist Dein. Pass gut darauf auf. Ich komme wieder nach Hause; mein einziges Zuhause bist Du.«

Eleanor hob die Hand und legte die Fingerspitzen an ihre Wange.

»Ja«, sagte sie.

»Soll ich …?«

»Bitte.«

Er knüllte das letzte Blatt zu einem Ball zusammen und warf ihn in die Flammen. »Das war's«, sagte er, als es verbrannt war.

»Ja.« Sie hob den Kopf. »Vielleicht sollte ich jetzt schlafen gehen, auch wenn mir gar nicht nach schlafen ist. Ich könnte noch ein Weilchen Klavier spielen. Es würde Sie doch nicht stören?«

»Nein, es stört mich nicht.«

»Danke«, sagte sie. »Ich bin sehr froh über den heutigen Abend.«

»Ich auch.« Er zögerte und suchte nach den richtigen Worten. »Eleanor, möchten Sie mir die Geschichte nicht vielleicht erzählen?«

Jetzt war es heraus. Er wusste selbst nicht, wie er es wagen konnte, doch es war der Gedanke, die Geschichte hinter diesen Briefen niemals zu erfahren, der ihn so kühn machte. Stück für Stück hatte Eleanors Geschichte, ihre Jugend und ihre Schönheit, begonnen, ihn zu verfolgen. Ihm war, als wäre die Gegenwart mit ihren vielen drückenden Ängsten von ihm abgefallen und er wäre in eine andere – vergangene – Zeit eingetreten. Jenseits dieses Hauses lag die aufdringliche Welt, doch innerhalb dieser alten, baufälligen Mauern, zwischen dem Schein des Kaminfeuers, der Klaviermusik, den leeren, dunklen Räumen, den Schritten der alten Frau in den schlaflosen Nächten, den Fotografien von Gesichtern, die es längst nicht mehr gab und an die sich kaum noch jemand erinnerte, und jetzt diesen leidenschaftlichen Briefen, lagen Schichten um Schichten der Vergangenheit.

»Wie bitte?« Sie hob den Kopf. Ihre Haut kam ihm vor wie beschädigte Seide, so dünn, dass sie jeden Augenblick reißen konnte.

»Ihre Geschichte. Die, die ich gerade verbrannt habe. Was ist passiert? Wer war er?«

Schweigen. Ihre ausdruckslose Miene verriet Peter nicht, ob sie verärgert war.

»Was für eine seltsame Frage«, sagte sie. Er drückte die Hände fest zusammen und wartete. »Warum interessiert Sie das überhaupt?«

»Ich bin der Fremde. Sie wollten, dass ich diese Briefe finde und vernichte. Das habe ich getan. Aber ich würde es gern wissen.« Ich muss es wissen, hätte er am liebsten hinzugefügt.

»Es ist eine ganz alltägliche Geschichte, Peter, wie sie Tausende von Frauen erzählen könnten. Und es ist über siebzig Jahre her. Ich war eine junge Frau, deren Leben gerade erst begann, und jetzt bin ich sehr alt, die Einzige, die noch da ist. Alle anderen sind fort; ich bin die Einzige, die jetzt noch etwas darüber weiß, und bald bin auch ich fort.«

»Warum erzählen Sie es mir dann nicht? Reichen es weiter.«

»Weiterreichen? Es würde mich doch interessieren, warum Sie meine alten, abgenutzten Erinnerungen hören wollen.«

»Ich weiß es nicht, aber ich würde einfach gern.«

»Das genügt mir nicht.«

»Gut.« Er war zwar angetrunken, aber hellwach dabei. »Ich habe das Gefühl, es könnte uns beiden irgendwie helfen.«

»Tatsächlich?« Ihr Tonfall war trocken, und er konnte nicht sagen, ob sie sich amüsierte oder eher verärgert war.

»Ja. Für mich bedeutet die Zeit hier eine Art ...« Er zögerte, doch dann zwang er sich weiterzusprechen. »Zuflucht oder so«, sagte er. »Als wäre ich hier zur Heilung oder in einem Rehabilitationszentrum, wo ich mich auf den nächsten Schritt vorbereiten kann.«

»Das freut mich natürlich. Aber wieso sollte es Ihnen helfen, etwas zu erfahren, was vor Jahrzehnten geschehen ist?«

»Ich weiß es nicht. Es kommt mir vor, als ... das klingt sicher verrückt ... als wäre es mir auferlegt worden. Wie eine Aufgabe oder ein Talent oder so.«

»Oder ist es schlicht und einfach Neugier?«

»Vielleicht.«

»Und für mich? Sie haben angedeutet, es könnte auch mir helfen.«

»Also. Ich dachte, wenn Sie Ihre Vergangenheit ordnen, weil Sie hier fortgehen, möchten Sie Ihre Geschichte vielleicht jemandem erzählen. Endlich darüber sprechen.«

»Wenn Sie jetzt ›um mit der Sache abschließen zu können‹ sagen, gehe ich sofort ins Bett.«

Peter lachte.

»Dann sage ich es nicht. Aber es kommt mir auch eher wie das Gegenteil davon vor. Es geht eher darum, etwas zu öffnen, als es abzuschließen.« Ein Eingang zu einem verborgenen Raum, dachte er; ein Tor in einer hohen Mauer, dahinter ein prächtiger Ausblick.

»Ja, aber will ich das?«, fragte sie, auch wenn die Frage nicht an ihn gerichtet war. »Ich bin alt. Vielleicht ist es zu spät, Türen zu öffnen, die so lange verschlossen waren.«

»Sie sind nicht alt.« Peters Stimme verhallte im Raum. »Zumindest nicht in der Hinsicht, auf die es ankommt. Sie sind jung.«

»Im Herzen jung geblieben, meinen Sie?« Sie lächelte ihn an, ein wenig spöttisch und doch liebevoll.

»Ja.«

»Die Wandlungen der Seele«, sprach sie leise, denn ihre Worte galten nicht ihm. »Die glücklichen, turbulenten Träume der Jugend. Ich habe es nie jemandem erzählt.«

»Deswegen sollten Sie mit mir darüber reden.«

»Ihre Generation findet, nichts sollte verborgen bleiben, Scham und Kummer sollten laut ausgesprochen werden.«

Peter wartete. Das Feuer knisterte, und draußen fuhr der Wind durch das raschelnde Herbstlaub. »Ach, warum eigentlich nicht?«, sagte Eleanor schließlich, stellte ihr leeres Weinglas auf den kleinen Tisch neben sich und lehnte sich in dem Sessel zurück. »Obwohl bei Geschichten schwer zu sagen ist, wo man anfangen soll, wo die Reise losgeht. Als ich jung war, dachte ich, meine Geschichte würde großartig. Ich wollte alles.«

9

Eleanor Wright hatte ihren Vater nicht gekannt. Er war im Krieg gefallen, als ihre Mutter gerade im dritten Monat schwanger gewesen war. Sie war mit einem Foto von ihm aufgewachsen, das so unscharf war, dass es das Abbild eines X-Beliebigen hätte sein können: ein junger Mann in Uniform mit kurz geschorenem Haar und einem breiten, unsicheren Lächeln. Wenn Eleanors Mutter Sally ein wenig beschwipst oder weinerlich war, nannte sie ihn Sammy, doch für Eleanor war er stets Samuel. Samuel Wright, zweiundzwanzig Jahre alt und von Beruf Tischler. Er war am 2. Juli 1916 gefallen, am zweiten Tag der Schlacht an der Somme, ohne überhaupt zu wissen, dass er Vater werden würde. Sein Tod bescherte ihr ein Leben lang Albträume: ein junger Mann mit einem breiten Lächeln, der mit seinen Kameraden auf die donnernden Kanonen zuschritt. Verwundete und Tote kreuz und quer übereinander, inmitten von Matsch und Blut. Wie lange hatte es gedauert? Hatte er, als er dort lag, Zeit gehabt, darüber nachzudenken, dass er nie mehr zu seiner Frau und zu seinem Stückchen Land zurückkehren würde, wo er Kartoffeln und Zwiebeln hatte anbauen wollen? Oder rief er nach seiner Mutter, wie es die Männer laut Gil oft taten? Es war sein Lächeln, das sie erschütterte, so jung, so schutzlos.

Jahr für Jahr gedachten Sally und sie gemeinsam seines Geburtstags, als würde er an der Seite seiner Frau und seiner kleinen Tochter älter – aber natürlich blieb er immer zweiundzwanzig Jahre alt und behielt sein unsicheres Lächeln. Sie hätte ihren Vater gern kennengelernt – als würde er, wenn sie ihn kennenlernte, auch sie kennenlernen, als könnte sie ihn stolz machen –, doch es gab recht wenig, woran sie sich halten konnte. Es gab ein paar Briefe, die er Sally aus Frankreich geschickt hatte. Sie wurden in der kleinen Erinnerungsschachtel im Wohnzimmer aufbewahrt, einer Art Schrein, doch sie waren kurz, fast langweilig. So oft sie sie auch las, nie fand sie seine Persönlichkeit darin. Es gab darin auch eine Fotografie ihrer Mutter in einem blindfleckigen ovalen Rahmen und einen roten Becher, aus dem er anscheinend immer seinen Tee getrunken hatte, seine Schulzeugnisse, eine Stoffmütze, eine Bibel mit Blättern so dünn, dass sie fast durchscheinend waren, in der in ungelenken, sorgfältigen Buchstaben vorn sein Name stand.

Sally erzählte ihr, dass er das Klavier in ihrem Wohnzimmer gespielt hatte, fröhliche Lieder am Sonntagabend und zum Christfest Weihnachtslieder, bei denen er mit seiner schönen Tenorstimme die Führung übernahm und die anderen einfielen. Die Noten waren noch in der Klavierbank, neben Sallys Nähzeug. Also brachte Eleanor sich mit Hilfe einer Freundin ihrer Großmutter, die ihr die grundlegendsten Dinge erklärte, das Klavierspiel bei. Sie legte ihre Finger auf die fleckigen Elfenbeintasten – von denen einige nur einen dumpfen Schlag machten, wenn sie sie drückte – und stellte sich vor, die Finger ihres Vaters lägen dort. Sie spielte *Abide With Me* und hörte dabei seine Stimme den Text dazu singen. Sie stöberte gern im Kleiderschrank, wo noch ein paar von seinen Sachen hingen: sein guter Anzug, sein Jackett mit dem gestopften Ellbogen und sein bestes weißes Hemd mit dem steifen Kragen. Sie stibitzte seine Manschettenknöpfe aus der rosafarbenen Schmuckschatulle ihrer Mutter und legte sie sich unters Kopfkissen. Sie waren ihr Talisman. Sie besaß sie immer noch, als sie Peter ihre Geschichte erzählte, billig und übergroß lagen sie auf ihrem Nachttisch. Sie würde sie mit ins Heim nehmen. Eines Tages würde sie mit ihnen unter ihrem Kopfkissen sterben.

Ihre Mutter nähte, um ihren Lebensunterhalt zu verdienen. Die Frauen aus den eleganten Häusern gaben Kleider bei ihr in Auftrag, und sie nähte sie dann im Wohnzimmer. In der Ecke lehnten Ballen mit Seide und ägyptischer Baumwolle, und auf sämtlichen freien Flächen standen Blechdosen, in denen eine erfreuliche Vielzahl von Knöpfen und Perlen rappelte. Eleanor öffnete sie oft und fuhr mit den Fingern hindurch, glatt und bunt, wie die vom Wasser polierten Kiesel am Strand. Sally war groß. Einst war sie schlank gewesen, doch die harten Jahre der Witwenschaft hatten sie hager gemacht; ihre Hände waren rau und rot. Einmal im Monat schnitt sie sich ihr dickes, dunkles Haar mit der Zackenschere, und manchmal übertrieb sie es dabei. Über ihrer Arbeit war sie kurzsichtig geworden, und Eleanor fiel auf, wie oft sie blinzelte, wenn sie müde war. Doch wenn sie von ihrem Mann sprach, wurden ihre Züge weicher und mädchenhaft, fast schäkerte sie mit ihren Erinnerungen. Sie sprach oft davon, wie sehr sie einander geliebt hatten. Einmal ging sie sogar zu einer Séance, wo sie versuchte, Kontakt zu ihm aufzunehmen. Sie kam aufgewühlt, aber unzufrieden zurück. Durch seinen Tod verklärt, wurde er zum perfekten Liebhaber, zum vergötterten Ehemann, dem nichts Gewöhnliches mehr anhaftete. Er verkörperte das zärtliche, gemeinschaftliche Leben, das sie jetzt nicht mehr haben würde. Mit einem sanften Lächeln und feuchten Augen rief sie sich kleine Begebenheiten aus ihrer kurzen gemeinsamen Zeit in Erinnerung. Sie sagte, es vergehe kein Tag, an dem sie ihn nicht vermisse. Eleanor dagegen vermisste jemanden, den sie gar nicht gekannt hatte. Sie trauerte um eine Leerstelle und liebte einen Geist. Doch der Geist hatte sie nie geliebt. Für ihn war sie allenfalls eine vage Hoffnung gewesen. Manchmal hatte sie das Gefühl, kaum zu existieren, weil er nichts von ihr gewusst hatte.

Oft fragte sie sich, warum ihr Vater sich in ihre Mutter verliebt hatte mit ihren großen Händen, breiten Schultern und einem Höcker auf der Nase. Außerdem verlor sie leicht die Beherrschung. Überängstlich und einsam, fiel sie über Eleanor her, und dann weinte sie und Eleanor musste sie trösten. Sie sah zu, wie ihre Mutter sich die Nase putzte und die Augen wischte, mit fahrigen Händen das Haar richtete, und wunderte sich darüber, wie unberechenbar Erwachsene doch waren. So wuchs sie in dem Wissen auf, dass sie nur auf sich selbst bauen konnte.

Dreizehn Jahre nach dem Tod ihres Vaters erklärte Sally ihr eines Tages, sie habe jemanden kennengelernt. Einen sehr netten Mann namens Robert, der im Nachbardorf lebte und einen kleinen Kurzwarenladen besaß. Eleanor sollte ihn kennenlernen, und dazu würde er am nächsten Sonntag zum Tee kommen. Sally hoffte, dass sie miteinander zurechtkamen. Sie sagte das mit ängstlichem und flehentlichem Gesichtsausdruck. Eleanor hingegen verzog keine

Miene, sie war bestürzt und auch verloren. Nie hätte sie gedacht, dass Sally je noch mal einen Mann ansehen würde; aber sie hatte auch nicht gedacht, dass ein anderer Mann je ein Auge auf Sally werfen würde. Sie hatte in ihr einfach nur die ewige Witwe und Mutter gesehen, ihre Mutter: Sie beide lebten in ihrer eigenen kleinen Welt, durchtränkt von der Tragödie in der Vergangenheit der Mutter, doch den Blick fest auf die Zukunft der Tochter gerichtet. Jetzt erkannte sie, und dabei überkam sie eine plötzliche Einsamkeit, dass Sally ihre eigene Zukunft hatte und dass sie immer noch jung war und womöglich sogar attraktiv. Eleanor musterte Sally und sah, dass sie sich die Haare hatte wachsen lassen und dass es so aussah, als hätte sie am Abend zuvor sogar Lockenwickler eingedreht, sodass sie ihr jetzt in Locken ums Gesicht fielen. Sie trug einen marineblauen Rock mit schmaler Taille. Sie hatte ihre Schuhe gewienert. Ihre Lippen waren röter als sonst, und ihre Augen strahlten.

»Aber ... «, sagte sie und hielt inne. Aber was? Ihr Blick glitt zu dem vergilbten Foto ihres Vaters auf dem Kaminsims mit seinem tapferen und traurigen Lächeln. (»Warum?«, »Wie?«, »Was ist mit mir?«) »Robert?«, fragte sie stattdessen.

»Ja. Er freut sich darauf, dich kennenzulernen. Ich habe ihm viel von dir erzählt, wie klug du bist und wie nett.« Das letzte Wort war ein verschlüsselter Befehl: Sei nett zu mir. »Er liest auch gern«, fügte sie kläglich hinzu. »Ihr könnt euch über Bücher unterhalten.«

»Wir können uns über Bücher unterhalten«, wiederholte Eleanor langsam.

Robert Forrester war ein Stückchen kleiner als Sally; ein geschäftiger, rühriger Mann mit leuchtenden Augen und fliehender Stirn, einem Schnurrbart wie eine Raupe und einem rosafarbenen, runden, lebhaften Gesicht. Er steckte, wie Eleanor bald herausfand, voller Pläne und verlor auch angesichts von Pech oder Verlust nie die Zuversicht. Seine braunen Augen bewegten sich aufmerksam und hoffnungsvoll zwischen Mutter und Tochter hin und her. Er machte alles schnell – ob er seinen Mantel ablegte, den mitgebrachten Sandkuchen aus dem braunen Einwickelpapier befreite oder seinen Tee trank. Seine Stimme überraschte Eleanor, als sie sie das erste Mal hörte, denn sie war tief und melodiös und schien nicht recht zu seinem jovialen Gebaren zu passen. Sie fand ihn schneidig, und dabei rührte er sie unwillkürlich. Er hatte einen seltsamen, quirligen Charme.

Außerdem hatte er eine Tochter. Sally hatte sie nicht erwähnt; vielleicht hatte sie es nicht gewagt. Doch das Mädchen begleitete ihn bei diesem ersten Besuch und stand neben ihrem Vater, als Eleanor an die Tür ging. Sie hing an seinem Arm, den Wollmantel gegen den Märzwind bis oben hin zugeknöpft, eine Mütze tief in die Stirn gezogen und einen Schal um den Hals, sodass nicht mehr zu erkennen war, als dass sie noch klein war, ein rosig-weißes Gesicht hatte und kornblumenblaue Augen. Eleanor sah sie an und wandte sofort den Blick ab. Das war einfach zu viel auf einmal. Ihre Mutter hatte einen Mann kennengelernt, das allein war verwirrend genug; die Tatsache, dass sie einen Mann mit einer Tochter getroffen hatte, ließ Eleanor vorübergehend vor Ablehnung verstummen. Sie sah das neue Leben vor sich: nicht länger nur sie und ihre Mutter, die zum Abendessen gekochte Eier aßen oder am spärlichen Kaminfeuer saßen, Sally mit einem Stickzeug und Eleanor mit gerunzelter Stirn über einem Buch, sondern außerdem Robert und dieses zarte Mädchen, das vermutlich ihre Schwester werden würde. Sie sah süß aus; und dass sie so süß war, ließ Eleanor schaudern. Sie nahm ihre Mütze ab, und darunter kam ihr langes Haar zum Vorschein, das die Farbe von Zitronen hatte; es war zu einem einzelnen Zopf geflochten, mit einer Schleife am Ende. Ihr Vater nahm ihr den Schal ab und knöpfte ihren Mantel auf, und vor ihnen stand eine zarte, adrette Gestalt, die das Gesicht zu Sally hob, um einen Kuss auf die Wange zu bekommen, und sich dann Eleanor zuwandte, als erwartete sie von ihr dasselbe.

»Das ist Meredith. Meine kleine Merry«, sagte Robert, als bedeutete sie zu kennen, sie zu lieben. »Ein fröhlicher Name für ein fröhliches Mädchen.«

Er und seine Tochter lachten, und Merrys Lachen war hell und klar wie ein silbernes Glöckchen. Sally schloss sich ihnen nach einem kurzen Augenblick an. Eleanor bemühte sich um ein Lächeln. Sie gab dem Mädchen einen Kuss auf ihre rosa, vom Wind noch ganz kalte Wange und fühlte sich unwohl mit ihrer Größe und ihrer Dunkelheit und ihrer im Zaum gehaltenen Wut. Dann reichte sie Robert die Hand, der sie eifrig ergriff und länger festhielt, als ihr recht war, während er ihr erklärte, sie sei Sally wie aus dem Gesicht geschnitten, während die kleine Merry nach ihrer Mutter komme, was ein Glück für sie sei.

»Es wäre ihr sicher nicht recht, so dick und rothaarig zu sein wie ich«, sagte er.

»Sie ist ein schmales Wesen«, pflichtete Sally ihm bei.

Das schmale Wesen setzte sich bei ihrem Vater auf den

Schoß und nahm die Zopfspitze in den Mund. In Eleanor, die ihr gegenübersaß, wallte Jähzorn hoch, doch sie verzog keine Miene

»Deine Mutter hat mir erzählt, dass du gerne liest, Eleanor? Oder kann ich dich Ellie nennen?«

»Ich ziehe Eleanor vor.« Sie sah, dass er ein wenig rot wurde, und fügte hastig hinzu: »Ich lese sehr gern«, obwohl ihr nicht ein einziges Buch einfiel, über das sie sprechen könnte. Merry zappelte auf Roberts Knien, sie wollte Aufmerksamkeit.

»Du willst schreiben, wenn du erwachsen bist, habe ich das richtig verstanden?«

Eleanor starrte ihn an. Inzwischen kochte sie innerlich vor Wut. Sie wäre gern abweisend und unhöflich gewesen, doch sie spürte den Blick ihrer Mutter.

»Sie schreibt gut«, sagte Sally. »Du solltest ihre Kurzgeschichten sehen.«

»Ich weiß nicht«, sagte Eleanor. »Ich lese halt gern.«

Sie floh gern, darum ging es. Auch jetzt sehnte sie sich danach, mit einem heißen Ziegelstein, um die Laken anzuwärmen, unter die Bettdecke zu kriechen und in eine fremde Welt abzutauchen: Eis, Feuer, Abenteuer, Reisen durch Ödnis und Gefahr. Liebe. Einstürzende Mauern, Welten, die sich öffneten. Ihr eigenes Haus kam ihr überheizt und klein vor. Vier passten hier einfach nicht rein. Robert und ihre Mutter auf der anderen Seite der dünnen Wand; ihre Wangen brannten. In der Nacht konnte sie ihre Mutter schnarchen oder sogar im Tiefschlaf seufzen hören. Und dann mussten sie und diese Merry sich ein Zimmer teilen. Erstickend. Sie würde nie wieder allein sein, sondern die verantwortliche ältere Schwester dieses liebreizenden

Dings werden. Sie blickte zum Foto ihres Vater, als könnte er sie retten. Er lächelte und lächelte, doch sein Lächeln galt nicht ihr.

»Merrys Mutter ist vor achtzehn Monaten gestorben«, erklärte Robert Forrester ihr gerade.

»Oh.« Eleanor sah das Mädchen an. »Das tut mir sehr leid«, murmelte sie. Das machte alles noch viel schlimmer: Sie konnte ihr nicht einmal die kalte Schulter zeigen, ohne sich gemein vorzukommen.

Merry lutschte noch fester an ihrem Zopf, und ihre blauen Augen füllten sich mit Tränen. Eleanor sah, dass ihre Nägel bis aufs Fleisch abgekaut waren und ihre weißen Socken zwar sauber, aber durchgescheuert waren. Sally beugte sich vor und tätschelte ihr das Knie, und ihr Vater stützte das Kinn einen Augenblick auf ihren blonden Schopf. Die drei gaben ein zärtliches Bild ab.

Sechs Monate später teilte Eleanor sich ein Zimmer mit Merry. Es war klein, und sie musste nur die Hand zwischen ihren Betten ausstrecken, um ihre neue Schwester zu berühren (den Begriff Stiefschwester hießen Sally und Robert in ihrem Bemühen, eine glückliche Familie zu sein, nicht gut). Nachts konnte sie Merrys Atemzüge hören, und manchmal murmelte sie im Schlaf. Im ersten Jahr wachte Merry regelmäßig panisch auf, saß kerzengerade im Bett, die blauen Augen glasig und das Gesicht verkniffen, während ihr Herz unter dem Nylonvelours ihres Nachthemds raste. Sie redete wild durcheinander. Eleanor ging Robert nie wecken. Sie wollte das Schlafzimmer ihrer Mutter nicht betreten müssen, wo die beiden unter ihren Decken lagen und schnarchten, in der Luft ein leicht muffiger Geruch. Sie

stieg vielmehr aus dem Bett und setzte sich zu Merry, fasste
sie an den Schultern und sprach tröstend auf sie ein, legte
sie wieder hin, drückte ihr ihre Stoffpuppe in die Hand und
wischte ihr die zitronenblonde Haarsträhne aus der verschwitzten Stirn. Am Morgen konnte Merry sich an nichts
erinnern, und ihr Gesicht war wieder hübsch und frisch.
»Habe ich das wirklich gesagt? Hatte ich wirklich die
Augen offen?« Sie liebte es, Geschichten über sich selbst zu
hören, ja, ihre ganze Welt war eine einzige Geschichte über
sich selbst.

Jeden Morgen bürstete Eleanor ihrer Schwester die
Haare und frisierte sie zu Zöpfen oder Rattenschwänzen.
Sie zeigte ihr, wie man Fadenspiele spielte, und brachte ihr
das Häkeln bei, und es dauerte nicht lange, da gab sie ihr
erste Stunden auf der Blockflöte und dem Klavier. Sie half
ihr beim Lesen und beim Rechnen und sah zu, wie sie ihre
Ballettschritte übte: erste Position, zweite Position, dritte,
vierte, kleine Sprünge und Pirouetten. Sie gingen zusammen zur Schule, Merrys Hand in ihrer, und nach dem Un-
terricht wieder nach Hause. Sie änderte ihre abgelegten
Kleider und fügte Volants und Blumen hinzu, um sie schöner zu machen. Sie trocknete Merry die Augen, wenn diese
heulte, was sie oft tat. Eleanor weinte nie. Sie konnte sich
nicht erinnern, wann sie das letzte Mal Tränen vergossen
hatte.

Sie führte alle an der Nase herum und manchmal sogar
sich selbst. Sie war die große Schwester, die pflichtbewusste
Tochter, graue Augen, aufmerksam und ernst. Sie zeigte
niemals, wie sehr es ihr zu schaffen machte, dass der ganze
Haushalt sich um Merry drehte, die verletzlich war und vertrauensvoll, die lachte und weinte und tanzte und ihre

blauen Augen weit aufriss, die auf dem Schoß ihres Vaters saß und Sally Geheimnisse ins Ohr flüsterte und wusste, wie sehr alle sie anbeteten, denn sie war natürlich anbetungswürdig. Wie ein Strauß Frühlingsblumen, wie eine Duftwicke, ein verhätscheltes Haustier. Eleanor ballte die Fäuste in der Tasche, das Gesicht ausdruckslos vor Wut.

»Das Schlimmste war«, sagte Eleanor zu Peter, »dass sie wirklich süß war. Ich habe immer wieder versucht, sie zu erwischen, ihre Scheinheiligkeit aufzudecken, aber das ist mir nie gelungen. Sie war hilfsbereit und hübsch und brav; sie war zwar selbstgefällig, aber nicht unbedingt verzogen. Nur dass sie immer ihren Willen kriegen musste, und wenn jemand sich ihr verweigerte oder ihrem Charme nicht erlag, dann war es, als würde ihr der Himmel auf den Kopf fallen. Sie besaß keinen inneren Halt, keine rechte Widerstandskraft. Ihr Wohlergehen war davon abhängig, dass alles so lief, wie sie es wünschte; wenn nicht, dann brach ihr ganzes Ich-Gefühl zusammen. Das muss sehr beängstigend gewesen sein. Doch sie hatte wie ihr Vater ein fröhliches Naturell und zweifelte keinen Augenblick daran, dass ich sie liebte und nur ihr Bestes wollte. Mir kam es vor, als lebte sie in einer Bilderbuchwelt, in der sie selbst die Heldin war. Wir anderen waren bunte Gestalten, die Statistenrollen innehatten und ihr Publikum waren. Ich war ihre Pseudo-Schwester. Sie benahm sich mir gegenüber so, wie sie glaubte, sich ihrer älteren Schwester gegenüber verhalten zu müssen, und von mir erwartete sie umgekehrt dasselbe. Und das tat ich auch.« Sie runzelte die Stirn. »Zumindest bis zu jenem Sommer.«

»Welchem Sommer?«

»Dem Sommer, um den es in dieser Geschichte geht.«

Viele Jahre später, als sie Ende sechzig war und es nicht mehr zu übersehen war, dass Merry ihr Gedächtnis verlor, ging Eleanor zu einer Therapeutin. Sie erzählte niemandem von dieser Sitzung, nicht einmal Gil. Es war ihr ein wenig peinlich: eine ältere Frau, die sich endlich ihren Gefühlen – Scham und Schuld – stellen wollte. Die Therapeutin hatte vorgeschlagen, sie solle sich auf die grüne Couch vor dem niedrigen Fenster legen. Eleanor musste ihre schweren Stiefel aufschnüren und den Kopf auf einen lächerlichen Kopflehnenschoner legen, der an ein Zierdeckchen erinnerte. Matt und müde, ganz benommen von den Gefühlen, die sie hergeführt hatten, lag sie da und blickte aus dem Fenster in den Frühlingstag, wo die Sonne ihre Strahlen durch die knospenden Bäume warf, und dachte an all die Menschen, die vor ihr schon hier gelegen hatten und die nach ihr hier liegen würden, um ihre Geheimnisse und ihren Schmerz hinauszuweinen.

Obwohl sie die Worte eingeübt hatte, fiel es ihr schwer, sie auszusprechen. Die Frau, die am Kopfende saß, unsichtbar, doch hörbar atmete und gelegentlich ein trockenes Husten ausstieß, war zu jung, mindestens zwanzig Jahre jünger als sie. Manchmal stellte sie Fragen, die Eleanor lästig oder unwichtig fand. Sie wollte über ihre Schwester sprechen und erklären, was passiert war, als sie beide jung gewesen waren. Sie versuchte etwas zu sagen, was die Tür zu dem Raum öffnen würde, den sie all die Jahre nicht betreten hatte, doch sie hatte die Vergangenheit so lange als Geheimnis behandelt, dass es ihr inzwischen schier unmöglich war, das Schweigen zu brechen. Vermutlich wollte sie beichten, aber nicht dieser Frau, nicht auf dieser Couch. Vielleicht wäre ein Priester besser, hinter einem Gitter:

Jemandem leise murmelnd etwas anvertrauen, der einen nicht sehen kann, wie Midas Schneider, der ins Schilf flüstert. Ich bin nicht das, was ich zu sein scheine; ich bin jemand anders.

Bilder tauchten in ihrem Kopf auf, wie Schnee, der langsam fällt und die Vergangenheit wie eine Decke über die Gegenwart legt. Merrys weiches, rundes Gesicht und ihr eigenes schmales Gesicht zusammen im Spiegel: die beiden Schwestern, blond und dunkel, süß und unergründlich. Dieser Tag, der Tag, über den sie hier reden wollte, und Merry, die sie mit ihren unschuldigen blauen Augen anstarrte. Hatte sie etwas gemerkt? Hatte sie es damals schon gewusst, und wusste sie es in ihrer ziellosen Vergesslichkeit und den vernebelten Sphären ihres Geistes immer noch? Lachte sie deswegen zuweilen mit solch silbriger Wildheit, wenn sie das Gesicht ihrer Schwester erblickte? Manchmal fragte Eleanor sich, ob hinter Merrys Arglosigkeit nicht in Wirklichkeit abgrundtiefe Verschlagenheit steckte. War sie so geübt in ihrer Rolle, dass sie sich niemals jemandem zu erkennen gab, nicht einmal sich selbst?

»Sie haben gesagt«, erinnerte die Therapeutin sie schließlich, »dass etwas Spezielles aus Ihrer Vergangenheit Sie bedrückt.«

»Irgendwie schon.« Eleanor blickte den winzigen Wolken hinterher, die über den endlos blauen Himmel segelten.

Und doch hatte sie sich nie gewünscht, es wäre nicht passiert, nicht einmal in den finstersten Tagen. Wie hätte sie auch? Freude stieg ihr in die Kehle, ein mächtiges Sehnen, das jedes Wort erstickte. Verzehrt von Begehren und Verlust, lag sie da auf der Couch, eine ältere Dame, Ehefrau und Mutter erwachsener Kinder, mit einer Laufmasche in der Strumpfhose. Sie konnte unmöglich mit dieser Frau sprechen. Sie konnte sich niemandem anvertrauen.

»Vielleicht habe ich falsch angesetzt«, sagte sie schließlich zu Peter. »Obwohl ich mit Merry anfangen musste. Mit Merry fing alles an.«

Er stand auf und legte noch ein paar Scheite aufs Feuer. Sie waren ein wenig feucht, es zischte und grüne Flämmchen züngelten hoch. Er fand, Eleanor wirkte erschöpft. Ihr Mund war seltsam verzogen, und ihm ging durch den Sinn, dass sie vielleicht einmal einen Schlaganfall gehabt hatte, wie seine Großmutter mit ihrem heruntergezogenen Mundwinkel und ihrer verwaschenen Aussprache. »Pether.« Was würde er tun, wenn so etwas wieder passierte, er allein mit ihr in diesem abgelegenen Haus?

»Anfangen ist immer schwer«, sagte er und erinnerte sich an die Tage, an denen er an seinem Computer gesessen hatte, vor sich die leuchtende Leere des Bildschirms, und unfähig gewesen war, eine einzelne Taste zu drücken. Stundenlang hatte er so dagehockt, fest im Griff einer abscheulichen Langeweile, während sein Geist nutzlos zuckte.

»Ich bin zu weit zurückgegangen.«

»Vielleicht brauchen Sie ein bisschen Anlauf.«

»Ja?« Sie lächelte im Düstern, ein nach innen gerichtetes Lächeln. »Könnte sein.«

»Und wo wäre der richtige Anfang?«

10

An den Geburtstag des Vaters, den sie nie kennengelernt hatte, dachte Eleanor Wright immer. Sie und ihre Mutter begingen ihn damit, in ihrer Kirche eine Kerze anzuzünden, auch wenn er dort natürlich kein Grab hatte. Später ersann sie ihre eigenen Rituale, las mit ihrer klaren, leisen Stimme laut Gedichte von Tennyson vor, sagte ihm zärtliche Dinge und versicherte ihm, dass er nicht vergessen war. An diesem wunderschönen Frühlingstag, an dem die ganze Welt jung war, wäre er sechsundvierzig Jahre alt geworden; sein braunes Haar wäre nachgedunkelt und vielleicht an der Stirn schütter, sein Lächeln wäre nicht mehr so strahlend und nicht mehr ganz so breit. Doch er war für immer jung. Bald würde sie älter sein als er.

Sie knotete ihre Schürze auf, zog ihre Mütze und ihren leichten Mantel an und verließ ihr Klassenzimmer und nickte dabei den Schülerinnen zu, die an der Tür herumstanden. Zwei Mädchen, die vor ein paar Minuten ihre wöchentliche Portion Feigensirup bekommen hatten, prellten einen gelben Ball zwischen sich hin und her und zählten in hohem Singsang laut mit. Es war ein warmer Tag, doch sie trugen immer noch kratzige Pullover, blaue Röcke und schmuddelig-weiße Söckchen. Eine hatte Holzschuhe an den Füßen, und ihr Gesicht war ungesund blass, fast grau, als lebte sie unter der Erde. Gil wartete auf der anderen Straßenseite im Schatten des hohen Gebäudes auf sie. Er lächelte nicht, als er sie sah, doch seine Züge entspannten sich, und er beobachtete, wie sie auf ihn zukam, sodass ihr plötzlich bewusst wurde, dass ihre schwarzen Schuhe über das Pflaster klackerten, eine lockige Strähne sich aus ihrer Frisur gelöst hatte und ihr über den Hals strich, wie rau der Stoff ihres Kleids an ihren Beinen war. Die Sonne stand tief und unbewegt. Sie schob ihre Hand in seine, lächelte zu ihm auf und spürte das leichte Zittern, das ihn bei ihrer Berührung durchfuhr. Sie sprachen nicht, und für einen Augenblick verschwand die geschäftige Straße, und sie waren allein unter einem strahlenden Himmel.

War das Liebe? Ihre Freundin Emma sagte, wahrscheinlich schon, und ihre Mutter hatte es gehofft, als Eleanor Gil am Telefon erwähnte. Ihre Schülerinnen, die sie mit diesem großen, dunkelhaarigen jungen Mann gesehen hatten, kicherten und flüsterten hinter vorgehaltener Hand. Er war Medizinstudent und würde in die Fußstapfen seines Vaters treten, der ein großer Arzt gewesen war. Leider war er vor zwei Jahren bei einem unseligen Verkehrsunfall ums Leben gekommen (es ging das Gerücht, er sei betrunken gewesen, als er um elf Uhr morgens einem Ford direkt vor die Räder gelaufen war).

Eleanor war Gil im Haus von Rosalind begegnet, einer entfernten Cousine väterlicherseits, mit der sie Kontakt aufgenommen hatte, als sie nach London gezogen war, und die sie gelegentlich zu ihren kleinen, spontanen Partys einlud, die sie ihre »Sausen« nannte. Gil hatte sich zu ihr gestellt, als sie am Erkerfenster stand. Sie kannte niemanden, doch sie war es recht zufrieden, die Blüten auf dem Platz draußen zu betrachten, während das Stimmengewirr hinter ihr auf und ab wogte und jemand ein Grammophon aufzog und knisternde Liebeslieder den Raum erfüllten. Später würde man den Teppich zusammenrollen, um zu tanzen; Rosalind würde, vom Gin gelockert, auf den nackten Dielen Shimmy tanzen und dabei den Kopf nach hinten werfen, dass die Haare ihr über die Schultern flossen. Normalerweise war Eleanor dann schon auf dem Heimweg, obwohl sie gern tanzte – ihr schlanker Körper wurde geschmeidig und ihr Gesicht verträumt, wenn sie sich von der Musik durchfluten ließ. Als Teenager hatte sie viel getanzt, in Dorftanzsälen und bei Freunden und manchmal auch in ihrem Zimmer, wenn die Musik vom Radio aus der Stube nach oben drang.

Gil hatte sich ihr vorgestellt. Er sah älter aus, erwachsener als die übrigen jungen Männer in dem überfüllten Raum, und er hatte eine entspannte, fast gemächliche Art, still, aber nicht reserviert. In all den Jahren ihrer Ehe erlebte Eleanor ihn nie hektisch und hörte ihn nie prahlen. Er stand nicht gern im Mittelpunkt und fand nicht nur nichts dabei, wenn er überstrahlt wurde, sondern es war ihm sogar lieber, denn er zog es vor, die anderen zu beobachten.

Bald erzählte sie ihm von ihrer Schule im East End, ihrer Klasse von Mädchen mit verkniffenen Gesichtern, die sie »Miss« nannten und gekochte Kartoffeln oder mit Bratfett geschmierte Brote zu Mittag aßen, von ihrem in den Wintermonaten eiskalten möblierten Zimmer in Islington und dass sie ins Kino ging, um sich aufzuwärmen. Sie sprach darüber, dass sie vom Land stammte, und von dem Matsch und der Dunkelheit, wenn die Tage kürzer wurden, davon, dass sie im Sommer bei der Obsternte geholfen hatte, um sich ein wenig Geld zu verdienen. Sie erzählte ihm, dass es für sie immer schon klar gewesen war, dass sie so bald wie möglich weggehen würde, ohne hinzuzufügen, dass das ihre einzige Chance war, frei zu sein und selbst über ihr Leben zu bestimmen. Sie erzählte ihm nicht von ihrem Vater oder dass sie Bücher liebte oder von ihrer Stiefschwester Merry – viele Wochen lang nicht und danach auch nur in kleinen Häppchen. (Als er starb und sie seinen blauen Schal zusammenfaltete und neben ihn in den Sarg legte, ihm die Haare, die einst schwarz gewesen waren, hinter die Ohren strich und ihm ein letztes Mal die Hand an die Wange legte, hatte sie ihm womöglich immer noch nicht alles erzählt. Sie war eine Frau, die gern Dinge für sich behielt. In ihr war ein Ort, der geheim war und fast jedem verschlossen.)

Er neigte sich ihr zu, aufmerksam, neugierig, die Stirn gerunzelt. Er würde sie niemals von oben herab behandeln. Er war älter als sie, gebildeter, wohlhabender und erfolgreicher, doch er glaubte immer, dass sie klüger sei als er und in jeder Hinsicht mehr zählte. Eine Woche später schrieb er ihr – eine kurze Nachricht, in der er sie fragte, ob sie ihn ins Theater begleiten wolle. Sie trafen sich in einer Bar mit kleinen dunklen Nischen, wo Eleanor heiß war in ihrem schwarzen, hochgeschlossenen Wollkleid mit den langen Ärmeln, dessen Reißverschluss knubbelig auf ihre Wirbelsäule drückte, und tranken Martini. Ihr Lippenstift hinterließ einen Abdruck an dem Glas, den sie mit einem Finger abzuwischen versuchte, als Gil nicht hinschaute, denn es kam ihr ein wenig anzüglich vor. Sie fühlte sich angenehm benommen. Dann gingen sie zusammen ins Theater, saßen im Parkett und sahen sich ein schlechtes Stück an. Er nahm weder ihre Hand, noch versuchte er, sie zu küssen, sondern er begleitete sie durch dunkle Straßen bis Islington und verabschiedete sich vor ihrer Haustür.

Er war gediegen, groß, mit wuscheligem, dunklem Haar, dunkelblauen Augen und einer zerstreuten, gutmütigen Art, die, wie Eleanor glaubte, daher stammte, dass er das einzige Kind von nachsichtigen, wohlhabenden Mittelschichtseltern war. Sie lernte bald, dass er stets eine Spur von vergessenen Besitztümern hinter sich herzog. Bei dieser ersten Verabredung musste er in die Bar zurückgehen, um seinen Schal zu holen – jenen blauen Schal, den er bis an sein Lebensende besitzen und den sie ihm in den Sarg legen würde, als er starb. Das erste Mal, als er sie besuchte, ließ er seine Schlüssel auf dem Tisch liegen. Im Kino vergaß er seinen Mantel, auf dem Tisch des Cafés, in das sie oft gingen, um Tee zu trinken und Teilchen mit Zuckerguss zu essen, seinen Hut. Er vergaß, wo er sein Fahrrad abgestellt hatte, setzte seine Arzttasche irgendwo in einem Foyer ab und vergaß, sie wieder mitzunehmen. Auf Frauen wirkte seine Zerstreutheit anziehend, sie hätten ihn gern umsorgt, doch das schien er gar nicht zu bemerken. Wenn sie mit ihm flirteten, sah er sie freundlich an und richtete den Blick dann wieder auf Eleanor. Ihr schien, als hätte er in dem Moment, als sein Blick auf sie fiel, wie sie da allein am Fenster stand, schlicht und ergreifend beschlossen, sie sei diejenige welche. Sie hatte das Gefühl, er sehe etwas in ihr, was niemand sonst sah und von dem sie selbst kaum wusste, dass es existierte, eine Tugend, die sie nur erstreben oder ablehnen konnte.

Heute gingen sie in den kleinen Park, wo an einigen Ästen noch Blüten waren und die Vögel sich das Herz aus dem Leibe sangen. Unter dem Baum, wo sie sich normalerweise hinsetzten, hockte ein trauriger Chinese so reglos, dass Eleanor sich zuerst fragte, ob er womöglich dort gestorben war, die Augen weit geöffnet und auf einen geheimnisvollen Horizont gerichtet. Wahrscheinlich arbeitete er in einer der neuen Fabriken, die ihren Qualm in den Londoner Himmel stießen. In Islington wohnte auf der Etage unter ihr Terence. Er hatte einen dicken Bauch und spillerige Beine, führte in seinem winzigen Zimmer Selbstgespräche und sagte, sie dürfe auf keinen Fall mit den Chinesen sprechen. Als könnten sie sie mit einem Fluch belegen, wenn sie nur ihre braunen Augen auf sie richteten. Sie betrachtete das glatte, sorgenvolle Gesicht dieses Mannes und seine sauberen Hände, die gefaltet in seinem Schoß lagen. Sie stellte sich ein riesiges Land mit Reisfeldern, Bergen, friedlichen Ochsen und kleinen Tempeln vor, und im Gegensatz dazu das Leben im East End, mit der ganzen Familie in einem viel zu kleinen Zimmer, während die rotgesichtigen, verschwitzten, nach Bier stinkenden Engländer ihnen Beleidigungen zuzischelten.

Gil legte seinen Mantel auf den gelblichen Rasen, und sie setzten sich darauf. Er hatte Orangen gekauft, und er holte das Taschenmesser mit dem Perlmuttgriff heraus, das er immer bei sich trug, und schnitt die Schale sorgfältig kreisförmig ein, pellte sie ab und reichte Eleanor Stücke, die sie langsam aß und dabei die Säure in der Kehle spürte. Währenddessen beobachtete sie Gils sachkundige Hände: Haare auf den Knöcheln, starke Handgelenke. Vielleicht hatte er mit diesen Händen Menschen aufgeschnitten, auf jeden Fall hatte er ihre Körper berührt, gedrückt, getastet, nach Schmerz und Unbehagen gesucht, verborgene Knoten entdeckt. Ihre Mandeln schmerzten plötzlich ein wenig. Als spürte er es, nahm Gil seinen Schal ab, wickelte ihn ihr um den Hals und sagte, es werde jetzt, da die Sonne schon so tief stand, merklich kühler. Sie fand seine Fürsorglichkeit sowohl beruhigend als auch ein wenig tyrannisch, eine weiche, schwere Decke, in die sie sich einhüllen konnte.

»Heute ist der Geburtstag meines Vaters«, sagte sie.

»Tatsächlich?« Gil setzte sich gerader hin und wartete, dass sie noch etwas hinzufügte.

»Ja.«

Gil wartete, doch sie sagte nichts weiter, blickte nur zu dem Mann hinüber, der unter dem Baum saß. Ihr Mund, dachte er, ist wie eine Blume. Er sah zu, wie sie ihn für das letzte Stück Orange gerade weit genug öffnete.

»Denkst du oft an ihn?«, fragte er schließlich.

»An seinem Geburtstag«, antwortete Eleanor. »Und auch an meinem Geburtstag. Und wenn etwas Wichtiges geschieht, denke ich an ihn und frage mich, was er davon gehalten hätte, und dann tut es mir leid, dass er all das nicht erleben kann. Sooft von Krieg gesprochen wird, muss ich an ihn denken. Dass es wieder passiert.« Sie schauderte. »Jetzt, da die Einberufung bekannt gegeben wurde, liegt die Aufregung förmlich in der Luft. Junge Männer, Jungen, wollen Helden sein. Junge Frauen wollen, dass sie gehen, damit sie mit einem weißen Taschentuch an den weinenden Augen auf sie warten können. Die Mütter natürlich nicht; Mütter wissen es im Allgemeinen besser.« Sie sah ihn an, und er spürte die Kraft ihres Blickes.

»Würdest du gehen?«, fragte sie.

»Selbstverständlich, wenn ich dort gebraucht würde und hier nicht. Ich bin kein Pazifist.«

»Nein.«

»Aber ich würde zurückkommen.« Sein Ton war flehend. »Eleanor, ich würde zurückkommen.«

»So muss man denken. Ihr müsst glauben, dass ihr zurückkommt, sonst würdet ihr nicht gehen. Für Jungen ist der Tod nicht real und der Krieg ein Spiel.«

»Ich bin kein Junge.«

»Nein, das stimmt. Aber du würdest trotzdem gehen.«

»Würde es dir denn so viel ausmachen?«, fragte er und hielt inne. Sie antwortete nichts, und da beugte er sich vor – sehr langsam, sodass sie jederzeit hätte ausweichen können – und küsste sie auf den Mund, der aussah wie eine Blume, und auf ihren weißen Hals, der ihn an einen Stängel erinnerte.

Er hatte sie noch nie geküsst, außer auf die Wange, zur Begrüßung oder zum Abschied. Er hatte zu große Angst gehabt, sie würde ihn freundlich, aber entschieden wegschieben. In Eleanor verliebt zu sein war untrennbar mit dem Gefühl verbunden, sie wäre unerreichbar: ein grauäugiges, geheimnisvolles Mädchen vom Land. Er legte die Hand um ihren Hinterkopf und hielt sie. Sie schmeckte sauber und ein wenig salzig, und er spürte ihre Wimpern über seine Wange streichen. Ein paar Meter weiter wandte der traurige Chinese höflich den Blick ab und betrachtete die kleinen weißen Wolken und die grünen Blätter, die nach der Tageshitze matt herunterhingen. Gil löste sich schließlich von ihr und sah sie glücklich an. Sie schenkte ihm ein Lächeln und strich ihm die widerspenstigen Haare aus dem Gesicht.

»Was denkst du?«, fragte er dümmlich.

»Ich habe gedacht, wir könnten in die Kirche gehen und für meinen Vater eine Kerze anzünden. Das mache ich sonst an seinem Geburtstag mit meiner Mutter. Ich würde es gern mit dir machen.«

Elf Tage später besuchte er sie in ihrem möblierten Zimmer. Er hatte ein Kondom in der Tasche und eine Flasche Sekt in einer Tüte. Zu ihm konnten sie nicht; er wohnte noch bei seiner Mutter in Chelsea. Eleanor war einmal zum Mittagessen dort gewesen. Mary Lee hatte ihr am Tisch gegenübergesessen – und während sie Messer und Gabel wie Waffen fest in der Hand hielt, mit gegen den im Korsett eingeschnürten Oberkörper gepressten Ellbogen, hatte sie ihr einen ganzen Katalog von Fragen gestellt, die sie sich offenbar im Voraus zurechtgelegt hatte: was Eleanors Vater machte, was für eine Ausbildung sie erhalten hatte, an was für einer Schule sie jetzt unterrichtete, ob sie Französisch oder Deutsch sprach. Eleanor hatte das Gefühl, einem Bewerbungsgespräch für eine Stelle unterzogen zu werden, für die sie schrecklich ungeeignet war. Sie reagierte kühl und reserviert. Erst viele Jahre später sollte sie begreifen, dass Gils Mutter Angst vor ihr gehabt hatte, weil sie aus einer anderen Welt kam und weil ihr vergötterter Sohn bis über beide Ohren in Eleanor verliebt war und sie befürchtete, ihn ganz zu verlieren. Sie hatte sich eine ganz andere Frau für Gil ausgemalt: eine zierliche, blonde und schüchterne Frau, die in die alte, sich auflösende Ordnung gehörte und zu Mary Lee aufsah. Vor allem aber eine, die ihr den Sohn nicht wegnehmen würde. Eleanor versagte in jedem Punkt: Sie war modern, streng und entschiedenermaßen unabhängig. Sie unterrichtete Kinder, die Läuse und Tb hatten und deren Väter in Fabriken schufteten – falls sie überhaupt Arbeit hatten. Sie las Gedichte, die sich nicht reimten, und Zeitschriften, die links waren und andeutungsweise gewagt. Sie mochte T. S. Eliot, James Joyce und Virginia Woolf, und wahrscheinlich rauchte sie auch und trug Hosen. Sie fuhr Fahrrad.

Gil läutete an der Tür, doch noch bevor er den Finger vom Klingelknopf lösen konnte, wurde die Tür aufgerissen und vor ihm stand Gladys Bartoli aus dem Erdgeschoss (»Nennen Sie mich Signora«, sagte sie und zwinkerte übertrieben), deren italienischen Ehemann Eleanor nie zu Gesicht bekommen hatte, sodass sie sich ziemlich sicher war, dass er gar nicht existierte, sondern nur eine glamouröse Erfindung war, die es Gladys erlaubte, erhobenen Hauptes durchs Leben zu gehen. Trotz der warmen Temperaturen trug sie einen mottenzerfressenen Pelzmantel und hatte nicht zueinanderpassende Rougekleckse auf den Wangenknochen. Sie bewunderte Gil, mochte Eleanor, konnte Terence nicht ausstehen (der sie wiederum eine Schande für die Nachbarschaft nannte) und hielt in ihren Zimmern eine Katze, was der Vermieter eigentlich nicht erlaubte. Sie dachte, niemand wüsste es, obwohl das Miauen des Tiers doch die ganze Nacht zu hören war und es sich tagsüber mit anderen Katzen in dem kleinen Hinterhof zankte oder Mäuse und manchmal sogar Ratten fing und sie vor die Tür legte.

»Ich wollte gerade weg!«, trällerte sie. »Aber Sie kennen ja den Weg.«

Gil hatte das Gefühl, es stand ihm ins Gesicht geschrieben, was er vorhatte. Das Kondom in seiner Tasche hätte laut schreiend von seiner Existenz künden können, der Korken aus der Sektflasche ploppen. Er fühlte sich schäbig und wäre am liebsten wieder gegangen.

»Danke, Gladys«, sagte er. »Ja, ich kenne den Weg.«

»Ich weiß, dass sie zu Hause ist, ich habe nämlich das Badewasser gehört. Sie macht sich schön für Sie.«

Gil ging die zwei Treppen hinauf. Er hörte Terence in seinem Zimmer im ersten Stock. Er hatte das Gefühl, zu warm angezogen zu sein. Sein Kragen war zu eng. Seine Schuhe knarrten auf den nackten Treppenstufen.

»Komm rein.«

Eleanor stand in Hose und weißer Bluse vor ihm. Als sie sich umdrehte, konnte er darunter ihre Schulterblätter erkennen. Ihre Haare waren noch feucht und lagen in Kringeln an ihrem Hals (dem Hals, an den ich meine Lippen gedrückt habe, dachte er), und sie trug keine Schuhe.

Gil trat ein und küsste sie auf die Wange, befangen, weil Gladys ihm mit ihren schweren Augenlidern zugezwinkert hatte, wegen der Kochdünste, die aus Terence' Zimmer heraufdrangen, wegen dem, was in seiner Tasche war. Doch Eleanor wirkte ganz entspannt oder zumindest nicht verlegen. Sie nahm ihm den Mantel ab und hängte ihn über den Stuhl und bot ihm Tee an. Sicher bewegte sie sich um den Tisch und die Stühle der Küchenecke, erzählte ihm von ihrem Tag, machte einen Lehrerkollegen nach, zeigte aus dem Fenster auf St. Pancras in der Ferne. Eigentlich hätte er beruhigend auf sie einwirken müssen, doch es war genau umgekehrt. Die Tür zum Schlafzimmer war zu. Er versuchte, nicht daraufzuschauen.

»Wie geht es jetzt weiter?«, sagte sie lächelnd zu ihm. »Du bist der Experte.«

»Ich bin wahrlich kein Experte, Eleanor! Glaub mir.«

»Na ja, du weißt schon, was ich meine.«

»Vielleicht sollten wir ein Glas Sekt trinken.«

»Gut.«

Er holte die Flasche aus seiner Tasche. Sie war warm, und als er den Korken herausdrückte, gab er nur einen gedämpften Plopp von sich. Er schenkte etwas in ein Wasserglas und in Eleanors Zahnputzbecher aus Plastik, was dem Sekt eine minzige Note gab, die er jedoch nicht unangenehm fand und herunterkippte. Er brauchte Mut.

»Du musst nicht, wenn du nicht willst«, sagte er und hoffte beinahe, sie würde einen Rückzieher machen.

»Ich weiß.«

»Du musst es nur sagen ... «

»Gil. Ich weiß. Es ist okay.«

Er stand zwischen den Küchenstühlen und kam sich dumm und verloren vor, und sie trat näher, legte die Arme um ihn und küsste ihn auf den Mund. Dann nahm sie ihn an der Hand und führte ihn zwischen den Möbeln hindurch zu der Tür ihres Schlafzimmers, öffnete sie und trat ein. Er setzte sich auf das schmale Bett, das ächzend unter ihm nachgab, und überlegte, ob Terence es auch hören konnte. Er zog die Schuhe aus, zerrte unbeholfen an den Schnürsenkeln, die er am Morgen mit einem Doppelknoten zugebunden hatte. Sie öffnete die Knöpfe ihrer Bluse und ließ sie von den Schultern gleiten und zu Boden fallen. Er starrte auf ihre blassen Arme, die auf der Innenseite noch blasser, fast blau waren, und auf ihre kleinen Brüste unter ihrem dünnen Hemdchen.

»Du bist nicht wie andere Frauen.« Er hielt einen schwarzen Halbschuh auf dem Schoß wie ein Haustier.

»Keine Frau ist wie andere Frauen. Das müsstest du eigentlich wissen.«

»Du hast recht, eigentlich müsste ich das wissen. Diese Sachen musst du mir beibringen.«

Er stellte den Schuh ab, und sie zog ihr Hemdchen aus und öffnete ihren BH, wobei sie sich von ihm abwandte und sich dann wieder zu ihm drehte. Das Fenster stand halb offen, und durch die flatternden Falten des gestreiften Vorhangs drangen von der Straße Stimmen herauf. Er fühlte sich schwer und benommen, der Sekt kribbelte noch in seinen Nasenlöchern. Er nahm die Krawatte ab, die seinem Vater gehört hatte, und sie rutschte ihm durch die Finger auf die Tagesdecke. Er versuchte, sein Hemd auszuziehen, doch er fummelte nur ungeschickt an den Knöpfen herum. Es bedeutete ihm zu viel. Er war taub und schwerfällig vor Liebe und konnte sich kaum bewegen. Als er zerrte, sprang ein Knopf ab. Auf der Straße kicherte jemand. Von der Frisierkommode lächelte ihn das Foto eines jungen Mannes in Uniform mitleidig an.

Eleanor öffnete ihre Hose und stieg heraus, dann stand sie vor ihm.

»Ist das okay?«, fragte sie. Sie war weder schüchtern noch kokett, sie fragte ihn nur um Rat.

Er streckte die Hand aus, und sie ergriff sie.

»Du bist schön«, sagte er mit belegter Stimme.

»Und du bist noch angezogen. Ich fühle mich im Nachteil.«

»Tut mir leid.«

Ihre Mutter hätte es ihr sagen sollen. Als sie mit Gil auf ihrem Bett lag, er auf dem Bauch neben ihr, einen Arm auf ihr, schwor sie sich, wenn sie je eine Tochter haben würde, würde sie dafür sorgen, dass die vorher wusste, was sie erwartete. Hatte sie wirklich auf das hier geharrt? Blut, Schmerzen, Schweiß, klebrige Demütigung, Verlegenheit? Das Keuchen und der Geruch eines anderen Menschen, die unerträgliche Nähe. Wie wild entschlossen er sich auf ihr abgemüht und sie dabei zum Objekt gemacht hatte, zur Aufgabe, zu einem Stück Erde, das er beackerte. Sein Atem in ihrem Mund und seine Stoppeln an ihrer Wange, sein Schweiß auf ihrer Haut und seine Finger da, wo noch nie Finger gewesen waren. Doch viel schlimmer als das war sein jähes aufdringliches Verlangen. Er war plötzlich wie ein Kind, nicht wie ein Mann, und sie wurde quasi zu seiner Mutter, die ihn wiegte und tröstete. Vielleicht hatte ihre Mutter sich ihre Ratschläge ja für die Nacht vor ihrer Hochzeit aufgespart. Sie lächelte bei dem Gedanken an die peinliche Verlegenheit dieses Gespräches. Sie fühlte sich matt und ruhig, und Gils Atemzüge neben ihr störten sie nicht, jetzt wo er von ihr heruntergerollt war, so wenig wie die Stimmen, die von der Straße heraufdrangen, wo Kinder auf dem Gehwegpflaster Himmel und Hölle spielten und ihre Füße einen Rhythmus schlugen, der sie in die eigene Kindheit zurückversetzte.

»Was denkst du?« Gil drehte sich um und stützte sich auf einen Ellbogen.

»Ach, alles und nichts.«

»Alles und nichts.« Er musterte sie. »Du weißt, dass ich rettungslos in dich verliebt bin, oder?«

»Ja.«

»Und du …«

»Scht. Nicht. Dies ist jetzt.«

»Na gut.«

»Ich werde dich niemals anlügen«, sagte Eleanor, auch wenn sie in diesem Augenblick ahnte, dass das vielleicht schon gelogen war.

»Wieso sagst du das?« Er klang erschrocken.

»Ich weiß nicht. Aber es kommt mir wichtig vor, es zu sagen: Ich werde dich niemals anlügen, Gil. Das verspreche ich dir.«

Es herrschte tiefes Schweigen, nur das Knistern des Feuers war zu hören.

»Haben Sie Ihr Versprechen gehalten?«, fragte Peter schließlich.

»Wie bitte?« Eleanor klang, als hätte er sie aus einem Traum geweckt.

»Ihr Versprechen, Gil niemals anzulügen. Haben Sie es gehalten?«

»Was ist eine Lüge? Ich war sehr jung, jung und dumm, wie es in dem Lied heißt. Ich dachte, Ehrlichkeit wäre wichtiger als Freundlichkeit. Ich glaube, ich habe ihm nie eine Unwahrheit gesagt. Aber vielleicht bin ich da nur dem Buchstaben des Gesetzes gefolgt und nicht seinem Geist. In gewisser Weise müssen wir einander alle anlügen, oder?«

»Ich weiß nicht.«

»Die Wahrheit würde uns alle in den Wahnsinn treiben.«

Peter wartete darauf, dass sie fortfuhr, doch sie schwieg. Ihm fiel auf, dass ihre Wollstrumpfhose ein großes Loch hatte und der Kragen ihrer Bluse durchgescheuert war. Einer der großen Knöpfe an ihrer Strickjacke hing nur noch an einem Faden. Sie schien in Auflösung begriffen.

»Was geschah dann?«, fragte er leise, denn er fürchtete, auf eine direkte Frage würde sie die Schotten dicht machen.

»Dann?« Sie blinzelte mit ihren blinden Augen und rieb sie mit ihren knubbeligen Händen. »Ich bin sehr müde.«

»Ich habe Sie am Schlafengehen gehindert«, sagte Peter und hätte doch am liebsten geschrien: »Wer war M?«

»Lassen Sie uns morgen weiterreden«, sagte Eleanor. »Jetzt nicht.«

»Morgen Vormittag?«

»Nein. Da müssen Sie arbeiten, und Jonah ist hier.«

»Jonah?« Er hatte ihn seit der Sache mit Kaitlin nicht gesehen. Doch er war davon ausgegangen, dass er ihm hier wahrscheinlich über den Weg laufen würde, ja, es war mit ein Grund gewesen, warum er die Aufgabe übernommen hatte. Der Tag der Abrechnung.

»Ja. Alle kommen sie her, um sich davon zu überzeugen, dass ich noch lebe. Es vergeht kaum ein Tag, ohne dass jemand kommt, und morgen ist Jonah dran.«

»Wie nett.«

»Sie sind reizend«, versetzte sie mit leiser Ironie.

Eleanor tastete nach ihrem Gehstock, doch er entglitt ihr und klapperte über den Boden. Peter hob ihn auf und reichte ihn ihr, indem er ihre Hand leicht damit anstieß, damit sie ihn ertasten konnte.

»Könnten Sie mir aus dem Sessel helfen?«, fragte sie. »Es war ein langer Tag.«

»Selbstverständlich.«

Er beugte sich leicht über sie, fasste sie am Oberarm und zog behutsam. Halb fürchtete er, sie würde zerbrechen oder er könnte ihr den Arm auskugeln. Doch sie kam mühelos hoch, leicht wie ein Kind. Sie roch ein wenig muffig; ihr Haar war weiß und weich, die rosa Kopfhaut schimmerte hindurch. Peter spürte, wie unter den Kleidern die Haut über ihre Knochen glitt.

»Soll ich Ihnen nach oben helfen?«, fragte er.

»Wenn Sie so freundlich wären.«

Selbst vollkommen erschöpft bewies sie noch gute Manieren.

Er legte ihr einen Arm um die Taille und den anderen unter den Ellbogen und ging mit ihr in die Halle, wo er sie aus Versehen gegen eine Wand stieß und sie unbeholfen zur Treppe bugsierte, die sich nach oben wand. Sie humpelten in den Flur wie bei einem Dreibeinlauf, der irgendwie schiefgegangen war, und er blieb vor ihrer Schlafzimmertür stehen und drückte sie auf.

Er hatte ihr Schlafzimmer noch nie betreten und wusste nicht, was ihn dort erwartete, also zögerte er.

»Danke«, sagte sie leise und entließ ihn. »Oh. Ich habe meine Reisetasche in der Halle stehen lassen. Könnten Sie sie mir holen?«

Peter lief zwei Stufen auf einmal die Treppe hinunter, holte die kleine Gobelintasche und flog wieder hinauf. Ihre Tür war nur angelehnt, doch er klopfte und wartete, bis sie ihn hereinrief. Inzwischen saß sie auf dem Bett, die Hände im Schoß. Das Zimmer war groß und hatte zwei Fenster, die den Rosengarten überblickten. Die Wände waren voller Bücher, die sie nicht mehr lesen würde. Einige stapelten sich sogar entlang der Wand. Über ihrem Bett hing eine Fotografie von Gil als junger Mann und eine weitere von einem noch jüngeren Mann in Uniform, das mit der Zeit so verblasst war, dass seine Umrisse ganz verschwommen

142

waren. Er hatte ein sehr breites Lächeln. Auf ihrer Frisierkommode sah er eine Bürste mit weichen Borsten, eine Schmuckschatulle und ein Hochzeitsfoto. Er hätte es sich gern genauer angesehen, doch er konnte ja schlecht einfach in ihrem Schlafzimmer herumspazieren, während sie kerzengerade und völlig erschöpft auf ihrem Bett saß.

»Hier.« Peter stellte die Tasche neben ihre Füße. Oben drin lag ein dickes Baumwollnachthemd, auf links gedreht, und er holte es leise, damit sie ihn nicht hörte, heraus und zog es auf rechts.

»Danke.«

»Brauchen Sie sonst noch etwas?«, fragte er.

»Sie müssen mich nicht ausziehen, falls Sie sich deswegen Sorgen machen«, sagte sie. »Gehen Sie.«

»Dann gute Nacht.«

»Gute Nacht, Peter.«

»Träumen Sie schön«, sagte er.

11

Peter war vor Eleanor auf, und er zwang sich trotz der Müdigkeit hinter seinen Augen zu seiner täglichen Laufrunde nach draußen. Der Morgen war feucht und dunkel. Vögel kämpften gegen die jähen Windböen an, und das Laub lag in einer dicken, nassen Schicht am Boden. Viele Bäume waren inzwischen kahl. Auf der Rückrunde lief er beim Dorfladen vorbei und kaufte Zigaretten, um nicht ganz zum Tugendapostel zu werden. Er konnte sich nicht entscheiden, ob er gerade gesünder lebte, weil er sich sportlich betätigte und anständig aß, oder kränker, weil er plötzlich viel mehr rauchte.

»Hallo, wie geht es Ihnen heute?«, sagte er wie immer beim Eintreten. Er war demonstrativ freundlich zu allen, die er hier traf, denn er hielt an der Vorstellung fest, es sei Brauch auf dem Land, jeden zu grüßen, dem man begegnete, Gespräche zu beginnen und seine Hilfe anzubieten, wenn jemand mit dem Auto liegenblieb. Vor allem aber zu lächeln. Also verzog er seine vom kalten Wind steifen Züge zu einem Grinsen.

Die Frau nickte ihm misstrauisch zu.

»Ganz schön schwer, am Morgen rauszukommen, was?«, fuhr Peter fort.

»Für manche schon«, erwiderte sie, und er trollte sich,

die Fluppen fest in der Hand, voller Dankbarkeit für Polly, weil sie ihm so ausdauernd die Treue hielt, und voller Sehnsucht nach seinem ersten Becher schwarzen Kaffee.

Eleanor war immer noch nicht aufgetaucht, doch eine der Helferinnen war da, Gail. Sie hatte Lebensmittel mitgebracht, die sie im Kühlschrank und in den Schränken verstaute. Ihr kleiner Sohn war auch dabei (»Lehrerfortbildung«, sagte sie und schüttelte fassungslos den Kopf, »mal wieder!«). Er amüsierte sich damit, unter großer Mühe, wie ein Bergsteiger, der eine Klamm durchquert, den Hocker zu ersteigen und dann wieder hinunterzuspringen. Ab und zu stolperte er, landete auf den Knien, stieß einen Schrei aus und fing von vorn an. Und ein Fensterputzer war da. Er stand draußen vor dem hohen Fenster, rieb die Scheiben mit Seifenwasser ein und zog sie dann mit dem Wischer ab. Das Quietschen drang zu ihnen herein. Peter fand es ein wenig peinlich, Kaffee zu trinken, während ein Mann hereinglotzte und mit den Händen kreisende Bewegungen machte wie ein Pantomime. Peter lächelte ihm versuchsweise zu, doch der Mann schien es nicht zu bemerken oder gar nicht zu wissen, dass nur wenige Zentimeter von ihm entfernt auf der anderen Seite der Scheibe jemand war.

»Ich habe Mrs Lee einen Kaffee hochgebracht«, sagte Gail. »Sie ist müde heute Morgen.«

»Sie war lange auf.«

»Die Arme.« Gail seufzte schwer.

Plötzlich standen auf der anderen Seite der Scheibe zwei Menschen und glotzten herein: der Fensterputzer, der aufgehört hatte zu wischen, und noch jemand, der in die Küche spähte wie ein Besucher in ein Aquarium. Peters

Hände zitterten, und er stellte seinen Kaffeebecher behutsam ab.

»Scheiße«, sagte er.

»Scht!« Gail legte den Finger an die Lippe und blickte zu ihrem Sohn, der gerade vom Hocker sprang und krachend am Boden landete.

»Das ist Jonah.«

»Wer ist Jonah?«

»Er ist früh dran. So früh habe ich nicht mit ihm gerechnet. Ich bin noch nicht so weit.«

»Womit?«

»Nicht so weit halt.«

Jonah stand immer noch da, aber der Fensterputzer hatte die Scheibe eingeseift, und sein Gesicht war verschwommen. Er sah aus wie einer von diesen Verdächtigen im Fernsehen, deren Gesichtszüge unkenntlich gemacht werden. Doch sein schön geschnittener Mantel und seine grauen Schuhe mit den blauen Schnürsenkeln waren gut zu erkennen. Dann war er verschwunden.

Peter stand auf. Er trug noch die Laufklamotten, nasse Flecken unter den Armen, auf der Brust, am Rücken. Inzwischen war der Schweiß abgekühlt und klamm. In dem Versuch, sie zu bändigen, fuhr er sich durch seine feuchten Haare, die in alle Richtungen abstanden, und sein Piratenbart fiel ihm ein, den hatte er noch abrasieren wollen.

»Tja«, sagte er. Was spielte es schon für eine Rolle?

Jonah segelte zur Tür herein. Geschmeidig und strahlend, leichtfüßig in seinen eleganten Schuhen. Peter erinnerte sich an ein Spiel, das er als Kind mit seiner Mutter auf Autofahrten gespielt hatte: Welchem Tier ähnelten die

Menschen? Jonah war ein Panther – vielleicht auch ein Unterwasserwesen, stromlinienförmig und lautlos.

»Guten Morgen«, sagte er, als hätten sie sich am Abend zuvor »Gute Nacht« gewünscht.

»Hallo, Jonah.« Seine Stimme war ruhig. Er wartete ab, was er empfand: Zorn oder Schmerz. Doch er empfand nichts von beidem, nur eine eiserne Entschlossenheit, das hier richtig zu machen.

»Gibt es noch Kaffee?«

»Ja. Milch?«

»Nein.«

Peter erinnerte sich, dass Jonah noch nie ein Freund vieler Worte gewesen war. Er nahm einen Becher hinten aus dem Schrank, der mit einem Spruch bedruckt war. »Husch, husch, ihr Wolken!«, las er und schenkte Kaffee ein.

Jonah zog den Mantel aus und hängte ihn über eine Stuhllehne. Darunter trug er eine dunkelblaue Strickjacke, die weich und teuer aussah. Dann stellte er sich Gail vor, die ihn, halb hinter der Kühlschranktür versteckt, neugierig musterte.

»Hallo.« Er verneigte sich sogar ein wenig vor ihr. War das ironisch gemeint? »Ich bin Jonah, ein Enkel von Eleanor.«

»Gail«, sagte Gail, ein Stück Parmesan in einer Hand und ein Bündel Selleriestangen in der anderen. »Ihre Großmutter ist noch im Bett. Ich hab ihr Kaffee raufgebracht.«

»Und wer bist du?«, fragte Jonah und ging neben dem kleinen Jungen, der den Hocker gerade wieder halb erklommen hatte, in die Knie. Seine Beine standen gefährlich ab, und sein Gesicht war gerötet vor Anstrengung. Er sah müde aus.

»Das ist Jamie«, sagte Gail. »Die Lehrer haben heute Fortbildung. Er ist in der Vorschule. Ich musste ihn mitbringen. Sie stört es nicht.« Mit einem kleinen Ruck des Kopfes deutete sie an, dass sie Eleanor meinte. »Sie sagt, sie hat gern junges Leben im Haus.«

»Das stimmt«, bemerkte Jonah, packte den Jungen unter beiden Achseln und hob ihn auf den Hocker. Dann setzte er sich. Er hatte sich die Haare ein Stück wachsen lassen, doch sein Hinterkopf war rasiert, und er trug jetzt einen kurzen Bart und einen Ohrstecker und an den Fingern mehrere Ringe. Peter sah, dass seine Daumennägel silbern lackiert waren. Innen auf dem Handgelenk hatte er eine winzige Tätowierung, die aussah wie ein Labyrinth.

Gail ging aus der Küche, und ihr Sohn trottete ihr hinterher. Jonah trank einen Schluck Kaffee. Er nickte. »Gut.« Dann schaute er Peter mit seinen schlehenfarbenen Augen an, drohend und dunkel wie ein Tunnel, an dessen Ende man nie gelangt. »Wie läuft's?«

Das konnte alles Mögliche bedeuten: Wie geht es dir? Ist alles okay in deinem Leben? Bist du gern hier? Kommst du mit der Arbeit voran? Peter überlegte, welche von den Fragen er beantworten wollte. Er wollte das hier in Würde bestehen, vor Jonah wie vor sich selbst. Er hatte Kaitlin geliebt, und eine Zeit lang hatte sie ihn auch geliebt. Doch in seinen schwärzesten Tagen hatte er sie verlassen und war viele Monate lang verwaist gewesen, schuldig, aufgelöst. Wenn er dieses Haus verließ, wollte er wiederhergestellt sein und eine gute Meinung von sich selbst haben. Das hatte er sich zur Aufgabe gestellt, sich selbst versprochen.

»Die Arbeit läuft gut«, sagte er schließlich. »Ich bin noch nicht fertig. Aber mit den Büchern bin ich durch. Ein paar kostbare Erstausgaben habe ich in Kartons gepackt, damit du sie dir ansehen kannst. Wegen der Papiere musst du später noch mal kommen.«

»Gut.« Jonah nahm sich aus einer Schüssel mitten auf dem Tisch einen glänzenden grünen Apfel, polierte ihn am Ärmel und biss kräftig hinein.

»Und ich bin gern hier. Deine Großmutter ist eine außergewöhnliche Frau.«

»Ja, nicht wahr? Von ihrer Sorte gibt's nicht mehr viele.«

»Ich glaube, es gab noch nie viele davon.«

Jonah nickte. Peter trank einen Schluck Kaffee. Allmählich wurde er ruhiger.

»Ich hab mich gefragt: Warum hast du mir angeboten, hier zu arbeiten, Jonah?«

»Warum? Na ja, erstens wusste ich, dass du ein bisschen neben der Spur warst, und dann, dass du so was gut kannst.« Peter sagte nichts, sondern wartete, dass Jonah fortfuhr. »Aber vielleicht auch, um etwas wiedergutzumachen.«

»Aha. Hast du mir denn Unrecht getan?«

»Etwa nicht?«

»Ich weiß nicht. Kaitlin war nicht mehr in mich verliebt, oder jedenfalls hatte sie begriffen, dass wir einander nicht gutgetan haben, dass wir einander nur wehtaten. Sie hat sich in dich verliebt. Was die Reihenfolge angeht, bin ich mir nicht ganz sicher, aber das will ich, glaube ich, auch gar nicht so genau wissen. Was hättest du denn machen sollen?«

»Müsste ich das nicht sagen?«

»Oh.« Er stellte seinen Becher auf den Tisch und wischte sich mit dem Handrücken über den Mund. Allmählich wurde ihm richtig kalt, er musste unbedingt unter die Dusche. »Mir liegt, glaube ich, nicht mehr viel daran, wer was zu wem sagt.«

»Ich wollte wohl, dass es dir wieder gut geht«, sagte Jonah langsam.

»Damit es dir auch gut gehen kann?«

»Vielleicht. Und ich mag dich gern.« Das kam unerwartet, so unerwartet wie die Freude, die Peter überkam, als er es hörte.

»Ehrlich?«

»Ja.« Es gab eine Pause. »Du musst jetzt nichts sagen.«

»Wollte ich auch gar nicht.«

Sie grinsten einander an.

»Dann lass mich dir dieselbe Frage stellen: Warum hast du zugesagt?«

»Ich wollte mich den Dingen stellen und mich nicht länger davor verstecken. Das habe ich über. Ich will mit meinem Leben weitermachen, ganz einfach. Ich mag nicht im Würgegriff meiner Vergangenheit sein. Und ich dachte, es könnte Spaß machen.«

»Spaß?«

»Ja.«

»Und?«

»Es ist befriedigend und faszinierend. Also kann man es vermutlich Spaß nennen.« Er senkte den Blick in seinen Becher und sah dann wieder auf. »Geht es Kaitlin gut?«

»Ja.«

»Gut. Sagst du ihr …?« Er hielt inne. Was? »Sag ihr, dass ich Grüße ausrichten lasse.« Er hatte herzliche Grüße sagen wollen, doch das schien zu viel.

»Mach ich. Sie spricht von dir.«

»Ehrlich?«

»Ja. Sie erzählt mir Geschichten.«

»Oh.«

»Meistens fröhliche.«

»Sehr großmütig von ihr.«

»Ja. Sachen, die ihr zusammen gemacht habt; Sachen, die du gesagt hast.«

Jonah ging zum Kühlschrank und öffnete ihn. Er musterte den Inhalt, fand offensichtlich nichts, was ihm zusagte, und schloss ihn wieder. Peter, der ihn beobachtete, war ganz zufrieden, wie die Sache lief. Er hatte einen klaren Kopf und fühlte sich offen und von neuer Energie erfüllt.

»Ich komme etwa alle zwei Wochen her und lese Gran Gedichte vor.«

»Oh. Wie nett.«

»Sie liebt Gedichte. Sie kennt endlos viele auswendig oder kannte sie zumindest. Vielleicht vergisst sie sie allmählich.«

»Ich glaube nicht, dass sie vieles vergisst. Sie spielt immer noch Klavier.«

»Ehrlich? Ja. Das wird ihr immer bleiben. Musik ist das Letzte, was geht.«

»Du sprichst von ihr, als würde sie verschwinden.«

»Als Kind war ich oft in den Ferien hier, wenn meine Eltern verreist waren. Sie waren ständig unterwegs, trotz der Position meines Vaters im Krankenhaus. Konferenzen in der ganzen Welt, nehme ich mal an, und Reisen in die

Heimat meiner Mutter. Ich habe den Globus im Wohnzimmer gedreht und zugesehen, wie die Länder, die sie besuchten, kreiselten. Egal, jedenfalls haben meine Großeltern, wenn ich hier war, in der Abenddämmerung immer einen Spaziergang durch den Garten gemacht. Dabei hat sie keiner von uns begleitet. Sie haben es uns nicht verboten, aber irgendwie haben wir gewusst, dass es ihr Ritual war, bei dem wir nicht willkommen gewesen wären. Sie sind immer dieselben Wege gegangen und vor denselben Sträuchern und Bäumen stehen geblieben. Normalerweise hielten sie sich an der Hand, aber sie redeten nicht viel, gingen nur in geselligem, seltsam höflichem Schweigen. Sie waren immer sehr höflich zueinander, sehr rücksichtsvoll. Mein Vater hat mir erzählt, das sei schon so gewesen, als er noch ein Kind war. Sie sind jeden Abend ohne Ausnahme – im Winter früher, weil es da früher dunkel wird, im Sommer später – zusammen in den Garten gegangen. Selbst als mein Großvater sehr krank und schwach war, sind sie Hand in Hand rausgegangen und haben zwischen den geliebten Rosen gestanden oder unter der Hainbuche da, die um ein Vielfaches älter ist als meine Großmutter.«

Peter sagte nichts. Er hatte Jonah noch nie so viel reden hören.

»Als er starb«, fuhr Jonah fort, »habe ich oft daran gedacht, dass sie jetzt allein ist, und mich bei Einbruch der Abenddämmerung gefragt, ob sie immer noch durch den Garten spaziert, und wenn ja, woran sie dabei denkt. Ob er sie immer noch begleitet? Spürt sie ihn an ihrer Seite, so wie sie die Erinnerung an die Musik in den Händen spürt, wenn sie spielt? Und wie lange dauert es, bis jemand wirklich verschwindet?«

Er unterbrach sich und sah Peter an, als erwartete er eine Antwort.

»Ich weiß es nicht«, sagte Peter.

»Natürlich nicht.« Jonah stand in einer einzigen flüssigen Bewegung auf. »Und ich halte dich vom Duschen ab.«

»Kein Problem.«

»Es war schön, dich zu sehen«, sagte Jonah. Und dann legte er Peter die Hand – seine langgliedrige, schöne Gelehrtenhand – auf den verschwitzten Kopf und ließ sie einen Augenblick dort liegen, wie um ihn zu segnen, bevor er seinen Mantel vom Stuhl nahm und die Küche verließ.

»Wow!«, sagte Peter laut.

Als Peter später an der Wohnzimmertür vorbeiging, hörte er Jonahs Stimme, verstand aber nicht, was er vorlas. Er fragte sich, was wohl Eleanors Lieblingsgedichte waren, und malte sich aus, wie sie mit einem Gedichtband im Schatten der Hainbuche saß, den dunklen Schopf gesenkt, auf dem Gesicht den versonnenen Ausdruck, den er von den Fotografien kannte.

Er traf Jonah noch einmal, als dieser, bevor er ging, mit Eleanor in das Gerümpelzimmer kam. Jonah hatte Eleanor am Ellbogen gefasst, und nach der Erschöpfung des vorangegangenen Abends wirkte sie überraschend munter. Auf ihren Wangen lag ein Hauch Farbe, und sie trug einen grünen Seidenschal um die Schultern und lächerliche Pantoffel mit Rosetten darauf.

»Hallo«, sagte sie und lächelte ein wenig links an ihm vorbei. »Wir treffen uns später, ja?«

»Wenn Sie möchten.«

»Ich habe Jonah gesagt, dass wir an meinem Geburtstag ein riesiges Feuer anzünden, um die Vergangenheit in Rauch aufgehen zu lassen. Sie sollten dabei sein.«

»Ich glaube nicht ... «

»Sie sollten dabei sein«, wiederholte sie. »Sie sollten all die Menschen kennenlernen, die Sie studiert und katalogisiert haben.«

»Ich weiß nicht recht.«

»Feuerwerk«, sagte Eleanor. »Wir machen ein Feuerwerk. Darum können die Enkelkinder sich kümmern.« Sie berührte Jonah am Arm. »Findest du nicht auch, Jonah?«

»Dass wir ein Feuerwerk machen sollten?«

»Nein, dass Peter dabei sein sollte.«

»Oh, auf jeden Fall.« Sein Tonfall war glatt wie polierter Marmor, auf dem jede Bedeutung abglitt. Peter konnte nicht sagen, ob seine Worte ehrlich gemeint waren oder pure Ironie. »Und wir sollten unbedingt das große Feuer machen. Alles in Flammen aufgehen lassen.« Er hob eine behandschuhte Hand. »Adieu.«

12

Peter und Eleanor saßen am Kaminfeuer. Eleanor hatte sich einen wunderschönen gemusterten Schal um die Schultern gelegt und trug eine lange Bernsteinkette. In ihren Gläsern funkelte Rotwein, und auf dem niedrigen Tisch stand ein Schüsselchen mit Rauchmandeln. Polly hockte neben Peter. Sie hatte ihm den Kopf auf den Schoß gelegt und klopfte mit dem Schwanz leise auf den Teppich. Er kraulte ihre Nase.

»Was geschah dann?«, fragte er.

Zwei Wochen danach fuhr Eleanor am Freitag mit dem Zug nach Hause. Es war Mai, und Meredith hatte am Samstag Geburtstag. Da es warm war, hatte Meredith ein Picknick vorbereitet. Sie würden über die Felder zum Fluss spazieren, und wer wollte, konnte schwimmen gehen. Sie hatte Eleanor vor zwei Wochen geschrieben, sie hoffe, sie werde kommen – der achtzehnte Geburtstag sei schließlich ein wichtiger Meilenstein, auch wenn es noch drei Jahre dauern würde, bis sie wählen durfte. Ihre Handschrift war rund und ordentlich. Eleanor stellte sich vor, wie sie die Einladung geschrieben hatte, die Spitze ihrer rosa Zunge an der Oberlippe, die Stirn konzentriert gerunzelt. Sie schrieb, sie hoffe, Eleanor werde ihren jungen Mann mitbringen – das waren ihre Worte, »junger Mann«, als hätte Sally ihr die Formulierung diktiert –, denn sie sei sehr gespannt darauf, ihn kennenzulernen, genau wie ihr Vater und Sally. Eleanors alte Freundin Emma würde auch kommen. Und dann gab es da noch jemanden, den sie ihr gern vorstellen würde.

Zuerst hatte Eleanor gezaudert, ob sie Gil wirklich fragen sollte, doch schließlich tat sie es, wenn auch nur zögernd. Er nahm die Einladung begeistert an und würde am nächsten Tag nachkommen. Etwas in ihr, etwas Mächtiges, stemmte sich dagegen, Gil mit nach Hause zu nehmen. Er gehörte zu ihrem heimlichen Leben, das sie sich in London aufgebaut hatte. Sie war sich uneins, ob sie wirklich wollte, dass er ihre Familie kennenlernte, und der Gedanke, dass sie ihn trafen, ihn guthießen und sie zur Seite nahmen, um ihr zu gratulieren, behagte ihr nicht. Eleanor hatte ihm von ihrer Familie erzählt, aber sparsam, nur das Nötigste: Robert besitzt einen Kurzwarenladen, der kaum etwas einbringt; Sally näht Kleider, aber nur noch für ihre Lieblingskundinnen; Meredith hat eine Ausbildung zur Sekretärin gemacht. Bei Merry kamen sämtliche Gedanken knirschend zum Stehen. Eleanor musste daran denken, wie einmal, als sie noch zu Hause gelebt hatte, ein junger Mann – eigentlich eher ein Junge – sie daheim abholen wollte, um tanzen zu gehen. Sie war in ihren Satin-Pumps ganz aufgeregt die Treppe hinuntergekommen, doch Merry war zur Haustür gelaufen, um aufzumachen. Die beiden hatten in der Tür gestanden, und Merry hatte voller Bewunderung zu dem Jungen aufgeblickt, einen kleinen Schrei ausgestoßen und ihr silbrig perlendes, bezauberndes Lachen erklingen lassen. Eleanor hatte den Gesichtsausdruck des Jungen gesehen:

geschmeichelt und hingerissen – und wie auch nicht? Merry war so liebenswürdig, so anpassungsfähig, sie hing förmlich an seinen Lippen. Sie war nicht bewusst manipulativ; auch Frauen gegenüber verhielt sie sich so. Sie war immer noch wie ein kleines, verwöhntes Kind, das alle lieb haben und dafür von allen geliebt werden wollte. Gemocht, geliebt, bewundert. Eleanor erwog, Gil zu sagen, wenn er mit ihrer Schwester flirtete oder sich von ihrem gewinnenden, liebreizenden Charme gefangen nehmen ließe, wollte sie ihn nie wiedersehen. Doch am Ende fand sie es besser, ihn nicht im Voraus zu warnen. Sie würde ihn einfach im Auge behalten und sehen, wie er reagierte.

Es ist seltsam, nach Hause zu fahren, dachte sie, als der Zug durch die grüne Landschaft rollte, an leeren, im goldenen Licht daliegenden Bahnhöfen hielt, Weidenröschen neben den Gleisen. Verborgene Flüsse und kleine Hintergärten. Es kam ihr vor, als würde sie wieder in ihre Kindheit versetzt, die Jahre liefen rückwärts, bis sie schließlich mit ihrer Reisetasche auf dem Bahnsteig gegen die Sonne, die tief am Himmel stand und sie blendete, Ausschau nach Robert hielt.

Über siebzig Jahre später konnte sie sich noch genau an alles erinnern. Sie trug die Kleider, die sie zum Unterrichten angehabt hatte, denn sie war direkt von der Schule zum Bahnhof gegangen: einen schwarzen Rock und eine weiße, hochgeschlossene Bluse, schlichte schwarze Schuhe, die zum Schuster mussten, weil die Sohlen allmählich dünn wurden. Sie erinnerte sich, dass ihr Stiefvater aus dem Schatten getreten war, um sie zu begrüßen, untersetzter und kahler als in ihrer Erinnerung. Sein schütteres Haar hatte, feucht von der Hitze, in Büscheln abgestanden wie der Schopf eines Vogels, und er hatte nach etwas gerochen, was sie in die Kindheit zurückversetzte: Holzrauch und Pfeifentabak, gebratener Speck und saurer Schweiß. Das Kratzen seiner Wange auf ihrer Haut. Er war älter, rotgesichtiger, besorgter. Seiner Schnelligkeit haftete jetzt etwas Hektisches an, seine Fröhlichkeit war wie eine aufgesetzte Munterkeit, die sie nervös machte. Sie erinnerte sich an die Hitze des Tages und daran, dass die Straße staubig war unter den Rädern des kleinen Autos, erinnerte sich an seinen Stolz und seine Freude und dass sich im Dämmerlicht die Blätter an den Bäumen entfalteten.

Sally begrüßte sie in einer weißen Schürze über ihren Kleidern an der Tür. Auf einem Nasenflügel klebte noch ein wenig Feuchtigkeitscreme. In ihrem Gesicht waren neue Falten und an ihrem Kinn ein paar winzige Haare, und Eleanor fiel auf, dass sie noch öfter blinzelte, wie um deutlicher sehen zu können. Vielleicht hatten die vielen Jahre über Seide und Musselin ihre Augen endgültig verdorben. Sie reckte sich und küsste Eleanor auf beide Wangen. Ihre Hände waren kalt, doch ihr Gesicht fühlte sich warm an, gerötet vom Kochen. Sie roch nach Keksen und Bügeleisen, ein trockenes, häusliches Aroma, das Eleanor in ihre frühesten Tage zurückversetzte, bevor Robert und Merry ihre kleine Familie vergrößert hatten.

»Das riecht aber gut«, sagte Eleanor.

»Ich mache eine Speck-Eier-Pastete. Ich weiß doch, wie gern du die immer mochtest.«

Hatte sie das? Eleanor gab einen erfreuten Laut von sich.

»Und morgen musst du mir bei den Vorbereitungen für das Picknick helfen. Ich weiß nicht, wie ich das sonst alles rechtzeitig schaffen soll. Was Merry sich alles wünscht!«

Sie stieß einen Laut aus, in dem sich Verärgerung und Anerkennung mischten.

»Gern.«

»Um wie viel Uhr kommt dein junger Mann?«

»Er heißt Gil«, sagte Eleanor wie jedes Mal. »Um zwanzig nach zwölf. Ich bringe meine Tasche rauf, ja? Ich habe Merrys Geschenk dabei. Soll ich es ihr heute Abend schon geben?« Ein silbernes Medaillon an einer dünnen Kette in einem hübschen seidenen Säckchen.

»Hör mal.« Sally strich mit den Händen über ihre Schürze. »Ich wollte dir noch etwas sagen, bevor du sie siehst. Wir machen uns ein wenig Sorgen um Merry. Könntest du mal mit ihr reden? Auf dich hat sie immer gehört.«

»Das glaube ich nicht.«

»Oh, doch.«

»Und warum macht ihr euch Sorgen?«

»Du weißt doch, wie sie ist. Stur.«

Ja. Eleanor wusste, wie stur Merry sein konnte.

»Sie hat da einen jungen Mann kennengelernt und ihr Herz an ihn gehängt.«

»Wer ist er?«

»Ach.« Sally ließ sich schwer auf einen Stuhl plumpsen. »Das ist es ja. Wir wissen eigentlich kaum etwas über ihn, außer … « Und hier senkte sie die Stimme, als wäre die Sache ein heimlicher Skandal. »Er war unter denen, die den Freiwilligenexpress genommen haben.«

»Du meinst, er ist nach Spanien, um zu kämpfen?« Ein aufgeregtes Kribbeln durchfuhr Eleanor. Sie hatte vieles über die Dichter, Künstler und Idealisten gelesen, die nach Spanien gegangen waren, um gegen Franco zu kämpfen, doch sie war noch nie einem begegnet.

»Ja.« Sally schniefte empört. »Und wurde natürlich verwundet. Er hat keine Arbeit, nichts Festes. Er schreibt Sachen für Zeitschriften.« Sie verzog ein wenig das Gesicht. »Er lebt hier bei einer Tante oder Cousine, um zu genesen. Ich weiß nicht. Er ist nicht wie Merrys andere junge Bekannte. Er hat so Ideen und kommt mir ein wenig … ich weiß nicht, wie ich es ausdrücken soll … seltsam vor.« Sie sah Eleanor flehentlich an. »Und er besitzt keinen roten Heller, doch das scheint ihn nicht zu stören. Robert hält gar nichts von ihm. Er findet ihn unzuverlässig.«

»Aber Merry ist verliebt?«

»Sie bildet sich ein, verliebt zu sein. Ich nenne das Vernarrtheit. Sprichst du mit ihr?«

»Soll ich ihr etwa ihre Verliebtheit ausreden? Nein.«

»Dann warne sie wenigstens.«

»Ich soll sie warnen, nicht auf ihr Herz zu hören? Nein.«

»Eleanor! Sie ist zu jung.«

»Wofür?«

»Wir dachten alle, sie würde sich mit Clive Baines verloben. Du erinnerst dich doch an Clive? Er hat seit Jahren eine Schwäche für sie, und sie mag ihn. Ein reizender junger Mann. Er wurde schon eingezogen und ist im Ausbildungslager. Ich bin mir sicher, dass er gern heiraten würde, bevor er ins Feld muss.«

»Du meinst, sie ist alt genug, um Clive Baines zu heiraten, aber zu jung, um sich in diesen anderen Mann zu verlieben, weil er seltsam ist?«

»Wenn du das so sagst, klingt es unsinnig. Wir wollen bloß nicht, dass sie eine Dummheit begeht, die sie für den Rest ihres Lebens bereut. Dieser Mann … ich glaube, er hat nicht dieselben Werte wie wir. Aber Clive würde sie glücklich machen.«

»Warum muss sie im Augenblick überhaupt eine Entscheidung treffen? Frauen müssen nicht zwischen einem Mann und einem anderen wählen, als gäbe es am Ende sonst nichts.« Sie erregte sich zu sehr, argumentierte im Grunde für sich selbst und nicht für Merry, und deswegen besann sie sich und senkte die Stimme wieder. »Es gibt im Leben noch mehr, weißt du. Heiraten ist nicht alles. Die Zeiten ändern sich.«

»Du hast gut reden. Du hast dir einen wohlhabenden, gutaussehenden Arzt zugelegt.«

»Sag so was nicht! Ich habe mir überhaupt nichts zugelegt. Außer vielleicht einen Beruf«, fügte sie leise hinzu.

»Ich dachte, du würdest das verstehen.«

»Ich glaube nicht.« Eleanor erschrak ob der Kälte in ihrer Stimme und lenkte ein. »Ich kann mit ihr reden und ihr sagen, sie soll nichts überstürzen. Aber ich werde nicht auf sie einwirken, Clive Baines' Antrag anzunehmen.«

»Merry ist nicht wie du. Sie ist sehr empfindlich. Ich will nicht, dass man ihr das Herz bricht.«

Die alte Leier, seit Sally und Robert sich kennengelernt hatten: Merry ist nicht wie du, du bist stark und widerstandsfähig, du kannst dich um dich selbst kümmern, aber Merry ist zart, zerbrechlich – was natürlich zu ihrem Charme beitrug und einen Großteil ihrer Macht ausmachte.

»Gebrochene Herzen kann man nicht verhindern.«

Merry war in dem Zimmer, das sie und Eleanor sich sechs Jahre lang geteilt hatten. Die Wände waren immer noch mit roten Rosen auf rosa gemustertem Hintergrund tapeziert.

Eleanor hatte die Tapete noch nie gemocht, und auf den Betten lagen Tagesdecken mit demselben Muster, gelb auf Eleanors Bett, hellblau auf Merrys. Auf der kleinen Truhe zwischen den Betten stand immer noch der ovale Spiegel und in der Ecke ein Kleiderschrank. In der obersten Scheibe des Fensters, das den Garten überblickte, wo Robert gerade Unkraut jätete, war noch derselbe winzige Riss und im Teppich noch der alte Fleck. Und doch war das Zimmer jetzt unmissverständlich Merrys Zimmer. Ihre Kleider bildeten einen bunten Berg auf Eleanors Bett, ihr Lippenstift lag unter dem Spiegel, daneben eine Modezeitschrift. Ihr Duft erfüllte den Raum: Lavendel und etwas Moschusartiges. Sie stand im Unterrock vor dem offenen Kleiderschrank und hielt sich ein Kleid vor, weiß mit einem Muster aus blauen Zweigen darauf. Ihre Arme waren rund und weiß, ihr blondes Haar zu kindlichen Zöpfen geflochten, die in Auflösung begriffen waren. Sie sah sehr jung und hübsch aus, ein Geschöpf des Frühlings.

»Hallo, Merry.«

»Eleanor! Oh, liebste Eleanor, ich hab dich gar nicht kommen hören.«

Sie warf sich Eleanor in die Arme und blieb dort ein Weilchen. Das Kleid knisterte zwischen ihnen, und Eleanor spürte den sanften Druck ihrer Brüste, das Kitzeln ihrer Haare.

»Überlegst du, was du zu deinem Picknick tragen willst?«

»Ja. Ist das nicht dumm? Ich bin schrecklich aufgeregt und nervös.«

»Aufgeregt darfst du schon sein an deinem achtzehnten Geburtstag, aber warum bist du nervös?«

Merry stieß ein kleines Lachen aus.

»Ich hab noch nie eine Party gegeben. Und ... « Sie warf von der Seite rasch einen Blick auf Eleanor. »Michael kommt.«

»Michael.« Nie wieder würde sie diesen Namen so ruhig aussprechen.

»Ja. Der Mann, den ich dir vorstellen möchte.« Sie packte Eleanors Hand. »Er ist wunderbar.«

»Ja?«

»Einfach wunderbar. Du wirst sehen.«

»Ich freue mich.« Sie zögerte. »Magst du ihn sehr?«

Merry betrachtete Eleanor, und zwischen ihren Augen bildete sich eine misstrauische kleine Falte.

»Was hat Sally gesagt?«

»Nur, dass sie sich Sorgen macht. Und Robert auch. Sie wollen nicht, dass du etwas überstürzt, bevor du dir ganz sicher bist.«

»Und was meinst du?«

»Warum beantwortest du nicht zuerst meine Frage: Magst du ihn sehr?«

»Ja! Er ist so geheimnisvoll und grüblerisch.« Sie schauderte ein wenig und schlang sich die Arme um den Oberkörper. »Wie jemand aus einem Roman von Georgette Heyer.«

»Aha«, sagte Eleanor zweifelnd. »Und mag er dich auch sehr?«

»Er weiß es vielleicht noch nicht. Aber ... « Sie setzte ihr gewinnendstes Lächeln auf, und in ihren Wangen bildeten sich Grübchen. »Du kennst mich, Eleanor. Wenn ich etwas will, kriege ich es auch.« Für einen Augenblick wurden ihre Züge hart, ihre Lippen schmal. »Mir stellt sich nichts in den Weg.«

»Aber … «

»Und ich werde nicht den langweiligen Clive Baines heiraten.«

»Ich mag Clive.«

»Dann heirate du ihn doch – aber du hast ja schon einen Schatz, nicht wahr? Deinen Arzt.«

»Er ist nicht … «

»Jetzt bist du der Liebling, nicht ich. Was für eine Partie. Du solltest Sallys Gesicht sehen, wenn sie von ihm spricht.«

»Merry … «, setzte Eleanor an.

»Aber mach dir um mich keine Sorgen«, fuhr Merry fort. »Die kriegen sich schon wieder ein. Wart's nur ab.«

Als sie an diesem Abend in den Betten lagen, als wären sie wieder kleine Mädchen, flüsterte Merry: »Eleanor?«

»Ja.«

»Hast du schon … du weißt schon?«

Eleanor wusste, was sie meinte, wollte aber nicht darauf antworten.

»Und? Hast du?«

»Warum fragst du?«

»Tut es sehr weh?«

»Das kommt sicher darauf an«, antwortete Eleanor ausweichend. »Und jetzt schlaf. Du hast morgen einen großen Tag vor dir.«

»Mit Clive würde ich niemals. Igitt. Aber mit einem wie Michael … Ich wette, der hatte schon viele Frauen. Man sieht es ihm einfach an.«

»Hör zu«, sagte Eleanor mit leiser, aber klarer Stimme. »Du musst nicht tun, was ein anderer will. Du musst tun, was du willst – was die Arbeit angeht, die Liebe, Sex, Ehe. In allem. Aber das bedeutet nicht, jedem unmittelbaren Bedürfnis nachzugeben. Es bedeutet, dass du wissen musst, was du ganz tief in dir wirklich willst. Es geht um Freiheit, die Freiheit, du selbst zu sein.«

In der Dunkelheit stieg aus dem anderen Bett ein trillerndes Kichern auf.

»Gütiger Himmel«, sagte Merry. »Ich hatte ganz vergessen, wie ernst du sein kannst. Ich will nur sicher und glücklich sein und Spaß haben.«

Eleanor erinnerte sich auch noch daran, was sie bei dem Picknick vor fünfundsiebzig Jahren getragen hatte: ein salbeigrünes Kleid mit kurzen Ärmeln und winzigen Perlmuttknöpfen, die Brosche, die Gil ihr geschenkt hatte, am Kragen und dazu einen kleinen Strohhut, den ihre Mutter vor vielen Jahren für sie zurechtgemacht hatte. Sie war früh aufgestanden und hatte Sally geholfen, die Speisen für das Picknick vorzubereiten, während Merry im Bett blieb und noch ein bisschen döste. Dann zog Eleanor sich ihr Kleid an, steckte sich die dunklen Haare hoch und fuhr mit Robert zum Bahnhof, um Gil abzuholen. Sie erinnerte sich noch gut an die Autofahrt nach Hause, an Roberts munteres Geplauder und an Gils liebenswürdige Antworten – und wie dankbar sie gewesen war für seine Freundlichkeit, seine Art, mit allen entspannten Umgang zu pflegen, das, was fremd war, vertraut erscheinen zu lassen und was vertraut war gutzuheißen. Ab und zu drehte er sich auf dem Beifahrersitz um und warf ihr einen kurzen Blick zu, und sie schob einen Finger unter sein unordentliches Nackenhaar und spürte, wie er unter ihrer Berührung erschauerte. Sie wusste, wie viel Macht sie über ihn besaß, und doch musste sie immer wieder darüber staunen.

Sie sah das Haus, als sie näher fuhren, mit Gils Augen, und plötzlich war es klein und schäbig, mit dem Schornstein, der blauen Tür und dem ordentlichen Vorgarten, dem angebauten Wasserklosett, wo sie als Kind gesessen und dem Regen gelauscht hatte, der wie Kugelhagel auf das Wellblechdach einschlug, und dem Klavier mit den fehlenden Tönen im Wohnzimmer, auf dem sie spielen gelernt hatte.

Sallys Begrüßung fiel vor lauter Nervosität ein wenig steif aus, doch Gil war warmherzig und entspannt. Bald unterhielten sie sich über Abessinien, ihre ehrenamtliche Arbeit für das Rote Kreuz (Merry half auch mit, sagte sie, jeder musste seinen Beitrag leisten), das Gemüse, das sie im Garten hinter dem Haus anbauten. Eleanor sah ihnen zu. Sie war Gil dankbar, und doch störte es sie, dass Gil sie zurück in den Schoß ihrer Familie brachte, dem sie ja unbedingt hatte entkommen wollen. Sie spürte sehr genau, dass er gern Brücken zwischen Menschen baute, mochten sie noch so weit voneinander entfernt sein. Er machte es auf der Arbeit, aber auch im Privatleben. Er glaubte immer und überall an Verbundenheit, an Toleranz und daran, die andere Seite zu sehen und irgendeine Gemeinsamkeit zu entdecken. Er wollte, dass alle miteinander zurechtkamen, und hatte eine überpersönliche Güte und ein Mitgefühl, das zutiefst anziehend wirkte. Seine solide, unerschütterliche Freundlichkeit war mit ein Grund, warum Eleanor sich in ihn verliebt hatte, und gleichzeitig schreckte sie auch davor zurück, denn sie war allzu einlullend.

Die Gäste waren noch nicht gekommen, und Sally sagte,

Merry mache sich fertig, und verdrehte dabei liebevoll die Augen (diese jungen Dinger!). Es war, als wäre Merry ihre leibliche Tochter, die sich oben hübsch machte, während Eleanor nur zu Besuch war. Die beiden Männer gingen nach draußen, um sich Roberts Garten anzusehen. Sie waren kaum aus der Tür, da wandte Sally sich zu Eleanor um und legte ihr eine Hand auf den Arm.

»Was für ein *netter* junger Mann.«

»Ja.«

»Und so gutaussehend.«

Eleanor schwieg.

»Und zuverlässig.«

»Das kannst du nach zwei Minuten sagen?«

»Ach. Sei nicht so. Ich sehe doch, dass er in dich verliebt ist. Halt ihn bloß fest!«

Sie wusste auch noch, was Merry getragen hatte, als sie schließlich die Treppe heruntergekommen war: ein hellgelbes Kleid, das Sally ihr genäht hatte und das sich gut mit ihrem blonden Haar und ihren großen blauen Augen vertrug. Sie hatte es wohl angezogen, weil sie fand, es passte zu dem Essen: kleine Sandwiches mit Gurke oder Zitronencreme und Gelee, falls es der Hitze des Tages standhielt, außerdem Erdbeeren. Das Kleid hatte einen weitgeschnittenen Rock, der sich bauschte, wenn sie sich im Kreis drehte. Und Merry drehte sich gern im Kreis. Wusste sie, wie reizend sie aussah, wenn sie hüpfte, tanzte und den Kopf beim Lachen zurücklegte, dass ihr welliges Haar ihr über den Rücken floss wie Bänder aus Licht? Selbstverständlich wusste sie es, wenn sie sich zu ihrem lieben, alten Vater umwandte, zu ihrer Stiefmutter, die sie immer behandelt hatte wie eine eigene Tochter, zu ihrer lieben älteren Schwester, die extra aus London gekommen war, zu ihren Freunden, die sich zu diesem Anlass versammelt hatten, ihnen leicht die Hand auf den Arm legte und die Lippen zu einem entzückenden Lächeln öffnete. Auch wenn sich Gewitterwolken ballten. Auch wenn sich Unheil ankündigte, Schritte im Dunkeln. Heute war Merrys Geburtstag, und die jungen Männer und Frauen würden zum Fluss gehen und den Korb mitnehmen und die karierten Decken, die nach Mottenkugeln rochen, dahin, wo die Weide ihre Äste ins Wasser tunkte, und picknicken.

Doch Merry war irgendwie anders an diesem Tag. Eleanor hatte es gleich bemerkt und erinnerte sich auch später noch gut daran. Sie war ein wenig nervös, ein wenig schrill. Ihre Lebhaftigkeit war oberflächlich und hatte etwas leicht Künstliches. Ihr Blick blieb nicht auf den Gesichtern, zu denen sie aufschaute, sondern schoss hierhin und dorthin. Sie hing an Gils Arm und erklärte ihm mit verführerischer Stimme, wie entzückt sie sei, ihn endlich kennenzulernen, doch mit dem Herzen war sie nicht dabei. Sie wartete.

Sie wartete auf den jungen Mann, der sich verspätete. Alle waren vor dem Haus versammelt, unter dem blauen Himmel. Clive Baines war da. Und sein Bruder Jeremy, der in der Woche zuvor ebenfalls einberufen worden war und schon einen Bürstenhaarschnitt trug und von einem gewissen Ernst umflort war. Eleanor plauderte eine Weile mit den Leuten, die sie kannten, auch wenn die ihr gegenüber ein wenig distanziert blieben – schließlich war sie die ältere Schwester, die mit ihrem Freund, einem Arzt, aus London gekommen war. Dann kam Emma, mit der Eleanor befreundet war, seit sie sieben Jahre alt gewesen waren. Emma war ein heller Typ mit rötlich blondem Haar, vollen Lippen, weit auseinanderstehenden Augen und ein paar Sommersprossen auf der Nase. Sie hatte etwas Belustigtes und Ungläubiges an sich und weigerte sich, die Dinge allzu ernst zu nehmen. Eleanor stellte sie Gil vor und zog sich nach ein paar Minuten in den Schatten des Hauses zurück, weil die Hitze sie schläfrig machte, und ein wenig abseits von der Gruppe, um diese zu beobachten. Gil plauderte mit Emma und einer anderen jungen Frau, und nach einer Weile trat Robert zu ihnen. Sie bemerkte, dass Gil ihren Stiefvater in die kleine Gruppe einbezog und ihm jegliche Befangenheit nahm.

Sie hätte keine Angst haben müssen, dass Gil sich als nicht vertrauenswürdig erweisen würde. Die Gefahr lag ganz woanders – in der Gestalt, die jetzt die blendend helle Straße herunter auf sie zukam, mit raschen Schritten, weil er zu spät dran war, doch mit unregelmäßigem Gang. Er zog ein Bein nach. Er rauchte eine Zigarette, der blaue Rauch kräuselte sich über seiner Schulter. Dann ließ er die Kippe auf die Straße fallen und trat sie mit der Ferse seines gesunden Fußes aus. Auch Merry sah ihn. Sie löste sich aus der Gruppe und ging ihm entgegen, blieb vor ihm stehen und nahm seine Hände in die ihren. Für einen Moment sah sie aus wie eine Frau, nicht wie ein Mädchen.

Eleanor, die ein Stück abseits stand, sah ihn lange bevor er sie sah. Sie hatte die Gelegenheit, ihn aufmerksam zu betrachten, bevor die Liebe ihn verklärte. Er war schlank und nicht besonders groß, und sein Haar hatte die Farbe eines Maulwurfs – ein weiches Braun, das ins Grau ging – und fiel ihm weich in die Stirn. Seine Haut war blass wie bei einem Iren. Sein Mund war, wie sie sah, als er näher kam, breit. Er trug einen dünnen dunklen Anzug, dessen Hose von einem Gürtel hochgehalten wurde ... oder, nein, von einer Krawatte. Ihr erster Eindruck von ihm, wie er da bei Merrys Party auftauchte, war der von Schwungkraft und Elan. Sein Lächeln war großzügig, er wandte sich von einem Gast zum nächsten, zugänglich, schnell, schüttelte Hände, nickte zustimmend. Doch sie spürte auch eine dazu im Widerspruch stehende Düsterkeit, ein Losgelöstsein, das nicht zu seiner oberflächlichen Verbindlichkeit passen wollte. Sie dachte – oder erklärte es sich später so –, dass er zwar dabei war, aber nicht wirklich teilnahm, als spielte er eine Rolle, wenn auch nicht unaufrichtig. Sie hielt ihn nie für einen Scharlatan, doch er stürzte sich mitten ins Getümmel und hielt sich gleichzeitig heraus.

Sie sah zu, wie Merry ihn, immer noch bei ihm untergehakt, Gil vorstellte. Die beiden Männer gaben sich die Hand. Ein leichtes Schaudern durchfuhr sie, als würde dieser junge Mann ihre Hand drücken. Gil sah gediegen aus, gutaussehend, sicher, warmherzig und real. Sie wollte, dass er zu ihr kam und sie in ihr altes Leben zurückbrachte, das ganz plötzlich sehr weit weg zu sein schien: ihr sauberes, nüchternes möbliertes Zimmer, wo Terry unter ihr hustete und knarrte und Gladys ihr im Flur auflauerte; das Klassenzimmer mit den Pultreihen, den versenkten Tintenfässern und verkratzten Tischplatten, die Mädchen mit ihren Zöpfchen und dem heruntergeleierten Einmaleins; die Scharen von Männern an den Docks mit traurigen Augen und schwieligen Händen und Stiefeln ohne Schnürsenkel; die Sonntagnachmittage im Kino, die Straßenbahnen und Busse und der träge braune Fluss. Was machte sie hier? Ein Picknick mit Limonade und Wackelpeter und nun dieser junge Mann, der aus dem versengten Zipfel Europas zurückgekommen war, um am achtzehnten Geburtstag der hübschen Merry dabei zu sein. Sie zog sich noch weiter zurück.

Völlig ausgeschlossen, dass Merry den Antrag des annehmbaren Clive Baines akzeptierte, der in der Gruppe war, die sich um sie drängte, und tapfer lächelte, obwohl ihm die Niederlage ins Gesicht geschrieben stand. Eleanor spürte das heiße Pulsieren des Blutes unter ihrer Haut. Sie betrachtete den zufrieden und entspannt wirkenden Gil, und dann wandte sie den Blick ab. Und richtete ihn wieder auf ihn.

Merry sah sich um, entdeckte ihre Schwester und stieß einen kleinen entzückten Schrei aus. Sie kam mit dem jungen Mann an der Hand auf Eleanor zu. Die Hitze legte einen feuchten Film über Eleanors Haut, und sie musste an die ausgedörrte Landschaft Spaniens denken, an Zikaden und Olivenbäume. Kräftige junge Frauen mit dunkler Haut, die ihre Handarbeiten weglegten und ihre Kinder verließen, um neben den Kameraden an den Barrikaden zu stehen. Schicht für Schicht blätterte alle Achtbarkeit ab, und was übrig blieb, war das Einzige, was je gezählt hatte: Liebe und Kampf, Liebe und Tod. Sie hatte sich mit Gil zusammen die Bilder angesehen, doch dieser junge Mann war dort gewesen, war zusammen mit den anderen, die ihr Leben für die Sache zu opfern bereit waren, am Gare d'Austerlitz in den Freiwilligenexpress gestiegen. Sie sah ihm ins Gesicht, und ganz plötzlich verschwand das Lächeln, hinter dem er sich versteckte, als fiele eine Maske ab, und für einen kurzen Augenblick verwandelte sich sein Gesicht und wurde streng und einsam. Es konnte höchstens eine Sekunde gedauert haben, doch der Blick zwischen ihnen war zu intim, und Eleanor spürte, wie in ihr eine Tür aufging und ein kalter Wind durch sie hindurchfegte.

Später benutzte er fast dieselben Worte. »Ich hatte das Gefühl, eine Tür würde sich öffnen«, sagte er. Oder war es »Ich hatte das Gefühl, ein Abgrund würde sich auftun«? Oder hatte sie das auch nur erfunden, später, als alles vorbei war und sie eine Geschichte daraus machen musste, um nicht daran zu zerbrechen? Sein Blick war wie ein endloser Korridor, der sich in sie hineinbohrte. Wenn Gil sie ansah, wusste Eleanor, dass er das sah, was gut in ihr war, oder was er dafür hielt. Seine Liebe machte sie besser, als sie je ohne ihn sein konnte. Doch wenn er sie ansah, hatte sie das Gefühl, er sähe alles, was sie unter der Decke halten wollte, geheim. Das verbotene Ich: Zorn, Egoismus, heiß aufflammendes Begehren, kleine Knäuel und Ranken in ihr.

»Ellie«, sagte Merry und wandte sich von einem zum andern. Eleanor wurde ganz heiß vor Nervosität und Aufregung; sie stand förmlich unter Hochspannung. »Das ist Michael. Michael, das ist meine Schwester, Stiefschwester Eleanor. Ihr müsst euch mögen! Ich bestehe darauf.« Dann ließ sie ihr typisches Lachen erklingen, das sich wie ein dünnes Band um sie wickelte.

»Hallo, Michael«, sagte Eleanor, und ihre Ruhe spannte sich wie eine Haut der Gleichgültigkeit über ihrer wachsenden Nervosität. Sie reichte ihm ihre behandschuhte Hand. »Ich will mir Mühe geben.«

»Davon bin ich überzeugt«, sagte er. »Und ich ebenso.« Er hatte einen nordischen Einschlag. Später erzählte er ihr, dass er aus einer Arbeiterwohnsiedlung in Leeds stammte. Sie war inzwischen plattgewalzt worden, um Platz für die großen Wohnsilos zu machen, die das Stadtzentrum beherrschten. Sein Vater war ein Säufer gewesen und an schlechten Tagen auch gewalttätig. Sein jüngster Bruder war an Diphtherie gestorben. Seine Mutter war ehrgeizig, entschlossen hatte sie ihre Kinder gedrängt, etwas aus sich zu machen. Er war ein Bücherwurm, ein leidenschaftlicher Autodidakt, hatte Stipendien bekommen. Natürlich verglich Eleanor das mit Gils wohlhabendem Hintergrund, hohe Räume, Silberbesteck und ein Auto in der Garage. »Der arme Gil«, sagte sie siebzig Jahre später zu Peter, und ihr Gesicht strahlte vor Zärtlichkeit und Mitgefühl. »Mein armer Schatz. Er hatte nicht die geringste Chance.«

Jetzt nahm Michael ihre kühle Hand in seine warme, trockene Hand (die Hand eines Musikers, dachte sie bei sich, wo er doch gar kein Instrument spielte und keinen Ton halten konnte, Hände wie ihre eigenen, lange, schlanke Finger, abgekaute Nägel) und neigte den Kopf darüber, die Andeutung einer Verbeugung, vielleicht ein wenig spöttisch. Sie verharrte reglos, dabei hatte sie das Gefühl, ihr ganzer Körper dröhnte, bebte. Er sagte, er habe schon viel von ihr gehört. Seine Stimme hatte die leichte Heiserkeit, die von zu viel Rauchen kam. Sie sagte (war das ihre Stimme, so leicht und sorglos?), da sei er ihr gegenüber im Vorteil, sie habe gerade erst von seiner Existenz erfahren. Und dann flüsterte Merry ihm etwas ins Ohr und zog an seinem Arm, denn sie wollte, dass sie endlich losgingen, und er wandte sich von ihr ab. Oder sie wandte sich von ihm ab.

Unten am Fluss stand die Hitze förmlich, und es herrschte ein stark veränderliches Licht. Der Himmel war türkisfarben, später violett wie ein blauer Fleck. Die Sonne schien durch das frische Laub. Sie ließen sich in Grüppchen auf der Böschung nieder. Eleanor legte eine Decke unter die Weide, in die sie früher immer geklettert war. Sie erinnerte sich, wie sie stundenlang auf dem Ast gelegen hatte, der weit über den Fluss ragte. Von den Blättern umgeben wie von grünen Wimpeln, hatte sie in das wirbelnde Wasser geblickt und geträumt, hatte die Träume durch sich hindurchziehen lassen.

Gil setzte sich neben sie, ohne sie zu berühren, doch so nah, dass sie seine Körperwärme spürte. Er zog Schuhe und Strümpfe aus und rollte seine Hemdsärmel hoch. Sein Haar war ein wenig feucht, und unter seinen Achseln bildeten sich dunkle Flecken. Eleanor musste daran denken, wie er sich auf sie legte, und es schauderte sie unwillkürlich ein wenig. Sie spürte den Schweiß zwischen ihren Brüsten und am Rücken, doch gleichzeitig war ihr kalt bei all der Hitze und sie hatte Gänsehaut, als würde sie einen Infekt ausbrüten.

Emma gesellte sich zu ihnen, setzte sich auf die Decke, entledigte sich ihrer Strümpfe und streckte behaglich ihre kräftigen, weißen Beine aus. Sie hatte Sommersprossen auf den Knien. Sie bedeckte das Gesicht mit einer Hand und döste ein wenig. Eleanor schlüpfte aus ihren Sandalen und schlug ihre nackten Beine unter. Sie kehrte den beiden den Rücken zu und blickte zum Fluss. Hinter ihr wurden die Stimmen lauter und leiser. Sie wusste, dass sie sich mehr Mühe geben sollte, Konversation zu machen: mit dem armen Clive Baines oder der netten Lily Glover, die seit Urzeiten Merrys beste Freundin war und der Eleanor auf dem verstimmten Klavier zu Hause *Sweet and Low Down* und *Don't Stay Up Too Late* beigebracht hatte. Sie trank

Limonade und spielte mit einem Sandwich. Es war zu heiß zum Essen. Gil erzählte ihr etwas über Schulferien, an die er sich erinnerte, und dass die Regierung tonnenweise Sand in den St. James's Park hatte bringen lassen, damit die ärmeren Kinder so tun konnten, als spielten sie am Strand. Sie ließ zu, dass er mit der Hand über ihre Hand strich. Ihr Körper war ihr vom Kopf bis zu den Zehen überbewusst. Sie spürte das Gewicht ihres Kopfes auf dem Hals und die Rundung ihrer Brüste, das Blut, das sie durchströmte, und den Rhythmus ihres Herzens. Hitze prickelte auf ihrer Haut. Sie drehte ihr Handgelenk unter Gils Hand und betrachtete die blaue Vene. Es war, als wäre sie jemand anders. Sie probierte ihre Stimme an Gil aus, ihr Lächeln. Der Schatten des Baumes fiel auf ihre Arme und auf Gils Gesicht.

Es war ein Fehler gewesen. Sie konnte nicht mit Gil zusammen sein. Wie ein kalter Schatten legte sich diese Gewissheit über sie. Sie malte sich aus, wie sie es ihm sagte, jetzt gleich, während sie hier saßen und hinter ihnen eine Party gefeiert wurde, wie auf eine Leinwand projiziert. Sie riss ein Stück von ihrem Sandwich ab und steckte es sich in den Mund, kaute und schluckte. Dann noch eins. Gil sagte wieder etwas, und sie nickte und lächelte und ihre Hand lag immer noch unter seiner.

»Lust auf ein paar Erdbeeren?«, fragte eine Stimme, und Freude durchschoss sie. Sie wandte sich um. Er hatte die Anzugsjacke ausgezogen und die Hemdsärmel hochgekrempelt wie Gil, doch seine Arme waren dünn und braungebrannt. Die Sonne des Südens, dachte sie, nahm eine Erdbeere und biss hinein. Aus dem Augenwinkel bekam sie mit, wie ein junger Mann in den Fluss sprang. Einen Augenblick schwebte er in der Luft, die blassen Arme und

Beine weit von sich gestreckt, bevor er ins Wasser platschte. Mit einem Schrei tauchte er wieder auf und warf triumphierend die Arme hoch.

»Geht ihr schwimmen?«, fragte Michael gerade, da lief schon ein weiterer Gast, eine Frau, ans Ufer. Sie trug einen eng sitzenden schwarzen Badeanzug und eine Badekappe, die mit labberigen Plastikblumen verziert war, und kreischte schon in Erwartung des Schocks durch das kalte Wasser.

»Wollen wir?« Gil war begeistert wie ein kleiner Junge, kniete sich hin und langte nach dem Handtuch, das über einem niedrigen Ast hing. »Ich könnte eine Abkühlung gebrauchen.«

Emma setzte sich auf. Sie hatte wohl doch nicht geschlafen.

»Ich auch«, sagte sie und stand in einer einzigen, ruhigen Bewegung auf.

»Geht nur«, sagte Eleanor. »Vielleicht komme ich nach.«

Emma verschwand mit ihrem Handtuch außer Sichtweite. Gil ging ins Gebüsch, um sich die Badehose anzuziehen. Michael und Eleanor sahen ihnen hinterher. Eine Weile sagten sie nichts. Sie zupfte an den Fransen der Decke und spürte seinen Blick wie eine Berührung.

»Merry hat gesagt, du wärst die Kluge.«

Sie war die Kluge, Merry die Hübsche. Die Rollen waren von Anfang an klar verteilt gewesen. Gereizt wandte sie den Kopf ab.

»Ich weiß nicht«, sagte sie. »Es bedeutet nichts. Ich weiß nur gern Bescheid. Ich lese gern.«

»Was liest du gerade?«

»Ich bin versucht zu erzählen, ich würde *Die Fahrt zum*

Leuchtturm lesen, weil ich diesen Roman über alles liebe. Aber es wäre gelogen. Im Augenblick lese ich *Rebecca*.«

»Ist es gut?«

»Ja. Phantastisch.«

»Aber Virginia Woolf findest du besser?«

»Ich liebe Virginia Woolf.«

»Sie ist ein großer Snob.«

»Ich weiß nicht. Sie tritt für Frauen ein.«

»Privilegierte Frauen.«

»Ich bin keine privilegierte Frau.«

»Nicht?«

»Nein.«

»Du bist Lehrerin«, sagte er.

»Ja.«

»In London?«

»Im East End, an den Docks.«

»Ja«, sagte er, als würde sie nur bestätigen, was er längst wusste. »Magst du deine Arbeit?«

»Ja«, sagte sie, »sehr sogar.«

»Warum?«

Eleanor überlegte.

»Ich zeige den Kinder gern etwas«, sagte sie.

»Was denn?«

»Manchmal beißen sie bei etwas an. Oft geht es nur um Pauken und Auswendiglernen oder das Einmaleins herunterleiern. Aber dann plötzlich verstehen sie es. Nicht nur die Klugen. Nicht nur die, die leicht zu unterrichten sind. Ich habe ein Mädchen namens Mary in der Klasse, sehr arm, mit Rotznase und Läusen auf dem Kopf, ein schwerfälliges Ding, das abgetragene Kleider anhat, kaum einmal den Mund aufmacht und sich abseits hält. Aber sie liebt Gedichte. Man sieht förmlich, wie ein Licht in ihr angeht. Plötzlich merkt sie, dass die Welt aus mehr besteht. Das gefällt mir. Und«, fügte sie hinzu, »es gefällt mir, wenn ich weiß, dass ich gut bin in dem, was ich tue.«

»Dann bist du eine gute Lehrerin?«

»Ja. Auch wenn ich nicht ein Leben lang unterrichten will. Es gibt noch so viel anderes. Aber das Wichtigste ist, dass ich gern arbeite. Die anderen stöhnen oft darüber. Sie wären lieber mit einem reichen Mann verheiratet, aber mir gefällt es, mein eigenes Geld zu verdienen, auch wenn es nicht viel ist. Ich mag es, in der Stadt zu leben – allein, niemand schreibt mir vor, was ich zu tun oder zu lassen habe, wohin ich gehe, was ich denke. Ich mag die Freiheit. Ich brauche sie.«

Er legte sich auf die Decke, den Kopf in den Händen.

»Freiheit braucht jeder.«

»Ja. Aber viele haben sie nicht. Frauen hatten keine Freiheit. Jetzt sind wir mal dran.«

Sie sagte es, als rechnete sie mit Widerspruch. Doch er lächelte sie an und sagte: »Selbstverständlich. Wir Männer haben lange genug das Ruder in der Hand gehabt, und sieh dir nur an, was für ein Unheil wir angerichtet haben.«

Sie schwiegen. Eleanor betrachtete die weißen Leiber in dem grünen Wasser und fragte sich, wo Gil und Emma eigentlich so lange blieben.

Dann fragte sie ganz unvermutet: »Tut das Bein weh?«, obwohl sie eigentlich wissen wollte, wie es gewesen war, angeschossen zu werden und womöglich in einem fremden Land zu sterben. Woran hatte er da gedacht? War ihm bewusst gewesen, dass er wenigstens an der Geschichte teilhatte und nicht nur ein Zuschauer am Spielfeldrand war?

»Nicht besonders«, antwortete er. Er setzte ein Lächeln auf, das eigentlich gar kein Lächeln war, eher ein Mittel, den Ernst der Sache in Schach zu halten. »Weder sagt es mir voraus, ob es regnen oder schneien wird, noch ist es zu meinem Gewissen geworden.«

Eleanor warf ihm von der Seite einen Blick zu. »Warst du lange dort?«

»Nein, eine peinlich kurze Zeit.«

»War es sehr schlimm?«

»Nein, Eleanor.« Er sprach ihren Namen mit Bedacht, Silbe für Silbe. »Für andere war es schlimm. Für die Spanier ist es eine Tragödie. Doch was mich und mein Engagement betrifft, war es eine Farce.« Seine Züge wurden hart, sein Lächeln bekam etwas Höhnisches. »Ich bin kein Held. Das darfst du nicht denken.«

»Ich glaube nicht, dass ich das gedacht habe.« Sie überlegte. »Ich weiß nicht, ob ich überhaupt an Helden glaube.«

»Nicht?« Er musterte sie. »Das ist gut.«

»Ich bin gern mit Menschen auf Augenhöhe, nicht unter ihnen, aber auch nicht über ihnen, weder besser noch schlechter«, sagte sie, auch wenn sie nicht recht wusste, was sie damit meinte. Doch es war interessant, und sie schwor sich, darüber nachzudenken.

Diesmal hüllte das Schweigen nur sie beide ein, während außerhalb davon das fröhliche Treiben der Party weiterging.

»Ich komme bald nach London«, sagte er schließlich. »Ich habe lange genug auf dem Land gefaulenzt. Kann ich dich dort treffen?«

Das war seltsam formuliert. *Kann ich* im Sinne von: bin ich dazu in der Lage? Oder *kann ich* im Sinne von: erlaubst du es mir? So wie er es sagte, klang es, als stellte er sich selbst die Frage und nicht ihr. Eleanor antwortete nicht, sondern aß noch eine Erdbeere und fragte: »Und was hast du vor?«

»Dies und das. Ich habe keinen richtigen Beruf, was deine Mutter dir wahrscheinlich schon erzählt hat. Ich muss ein paar Leute treffen. Und warten tun wir schließlich alle.«

»Auf den Krieg.«

»Natürlich. Für mich heißt es vom Regen in die Traufe.«

»Vielleicht ist das Warten überhaupt das Schlimmste«, sagte sie.

»Oh, das glaube ich nicht. Nein. Wir sollten das Beste aus der Wartezeit machen, bevor es losbricht.«

Er hob die Hände, die Handflächen zu ihr. Von der Daumenwurzel zog sich eine dicke weiße Narbe über die rechte Hand.

Eleanors Blick blieb darauf haften, und ihr wurde ein wenig übel. Sie schaute weg und betrachtete die Schwimmer im Wasser. Inzwischen waren es mehrere, blass zitternde Unterwasserkörper wie durchsichtige Fische in dem grün gefilterten Licht. Sie hielt sich die Hand über die Augen und sah ihnen zu. Gil kam und legte seine Kleider, ordentlich gefaltet, neben sie, dann bückte er sich und drückte ihr einen leichten Kuss auf den Kopf, bevor er an den Fluss hinunterging. Sein Handtuch hatte er sich um die Taille geknotet. Er löste es erst im letzten Augenblick, als wäre er schüchtern. Es war das erste Mal, dass Eleanor ihn in Ruhe betrachten konnte. Er hatte nackt neben ihr gelegen, doch da hatte sie sich ihn nicht genauer angesehen. Außerdem war es dunkel gewesen, die Vorhänge vorgezo-

gen, und meistens hatte sie die Augen vor seinem beharr-
lichen Blick geschlossen. Jetzt sah er vom Ufer zu ihr herüber, wie ein Junge, der um Erlaubnis bat, und als sie die
Hand hob, ließ er sich in die Strömung gleiten.

»Kann ich?«, fragte Michael noch einmal, und sie fühlte
sich wie auf einer Schaukel, ganz oben, bevor es im Sturz-
flug hinunterging. Alles verharrt schwebend und klar, bevor
die Welt in einem verschwommenen Wirbel auf einen zu-
stürzt. Dann kam Merry zu ihnen, ihre Freundin Lily im
Schlepptau. Mit ihren blonden Haaren und ihren bunten
Röcken sahen die beiden aus wie zwei Sommerblumen.

»Kommt!«, riefen sie, und Michael ließ sich wegführen.

Eleanor ging später allein ins Wasser. Emma verabschiedete
sich, umarmte sie und sagte, sie würden sich bald in London wiedersehen, denn sie hatte dort Arbeit gefunden. Gil
lag auf dem Rücken im Gras, die Hände hinter dem Kopf,
die Augen halb geschlossen. Merry und ihre Freunde hockten am Ufer. Merry hatte den Kopf an Michaels Schulter
gelehnt, ihr blondes, noch leicht feuchtes Haar offen. Ihre
Haut war rosig, und sie sah sehr jung aus.

Eleanor schwamm gegen den Strom an der Gruppe vorbei und legte sich in der dunklen Stille unter den Bäumen
auf den Rücken. Sie schloss die Augen, das Muster der Blätter auf ihren Augenlidern. Das durfte sie nicht. Nein, das
durfte sie auf keinen Fall. Ungeheuerlich, undenkbar. Sie
durfte nicht einmal daran denken. Oder es spüren oder den
Gedanken ihren Körper berühren lassen. Sie schwamm
weiter den Fluss hinauf, gegen die Strömung.

13

Am nächsten Tag kamen zwei junge Frauen zu Besuch. Peter hörte das Auto, dann das Läuten an der Haustür, Stimmen in der Halle. Ungefähr eine halbe Stunde später klopfte es und die Tür wurde geöffnet und sie kamen herein. Eine hatte einen großen, überschwappenden Becher Kaffee dabei und die andere ein Stück Kuchen auf einem kleinen Teller, den sie vor sich hertrug wie eine Opfergabe.

»Peter?« Sie kamen weiter ins Zimmer. »Kaffee?«

Er stand auf. Er war gerade einen Packen Briefe von dankbaren Patienten an Gil durchgegangen.

»Ja«, sagte er. »Danke.« Die junge Frau mit der Haarfarbe wie glänzende Kastanien glaubte er von den Fotos zu kennen. Sie hatte noch ein paar blasse Sommersprossen auf dem Nasenrücken und einen breiten, großzügigen Mund. Ihre Kleider waren weit und bunt, und im Haar trug sie ein knalliges Tuch. Die andere erkannte er nicht – aber sie hatte sich auch ganz offensichtlich verkleidet. Ihr Haar war sehr kurz geschnitten und in einem violetten Rotton gefärbt; ihr Gesicht war künstlich weiß, verschmierter schwarzer Eyeliner um die Augen und Piercings in Lippe, Nase, Augenbrauen und etliche in den Ohrläppchen. Sie war rappeldünn; er konnte unter ihrer Männeranzughose die Beckenknochen ausmachen und unter dem Hemd die

Schlüsselbeine. Er versuchte sich das Make-up und die Ringe wegzudenken und stellte fest, dass er ein kleines, schutzloses Gesicht vor sich hatte, süß und jung und fast unscheinbar. Sie waren beide eher groß, wie ihre Großmutter, und hatten etwas Langgliedriges, Langbeiniges, was Peter völlig grundlos mit Wohlstand und Anspruch assoziierte.

»Verzeihung.« Die Kastanienbraune lachte. Sie hatte eine hübsche Stimme, tief und klar. Eleanors Stimme, dachte er. »Ich bin Rose, und das ist Thea.«

»Esthers Töchter«, sagte Thea. Ihre Stimme war heiser. Raucherin, dachte Peter und hatte plötzlich Sehnsucht nach einer Zigarette. »Die zwei Jüngsten.«

»Natürlich.« Rose musste ein wenig jünger sein als er. Theas Alter war unmöglich zu schätzen; ihr Gesicht war glatt wie ein Kieselstein.

»Sie sind inzwischen wahrscheinlich Experte für unsere Familie«, sagte sie. Ein Hauch Patschuli und Tabak stieg ihm in die Nase.

»Ich räume bloß auf.«

»Schon gut«, sagte Rose freundlich und seltsam mütterlich. »Wir sind Ihnen alle sehr dankbar. Ich wollte es ja machen, aber Gran hat auf jemand von außerhalb der Familie bestanden. Keine Ahnung, warum.«

»Und was haben Sie gefunden?«, wollte Thea wissen. »Gab es Leichen im Keller?«

»Tut mir leid, da muss ich Sie enttäuschen. Nichts dergleichen.«

»Doch, doch. Niemand ist ohne Fehl und Tadel.« Die Art, wie sie die Worte rollte, erinnerte Peter an Jonahs Art zu sprechen: theatralisch, ironisch, selbstironisch. Vielleicht war das der Lee-Stil. »Jeder hat seine Geheimnisse.«

»Aber nicht jeder hat Geheimnisse, die er in Aktenschränken verbirgt«, warf Rose vernünftig ein. »Die meisten Leute bewahren ihre Geheimnisse im Kopf.«

Thea fing an herumzuspazieren und nahm etwas in die Hand.

»Schau, Rose: Erinnerst du dich an das hier?« Sie hielt ein sechseckiges, buntes Ding hoch. Es klapperte müde und sie verzog das Gesicht. »Eigentlich müsste da eine Melodie rauskommen«, sagte sie.

»Was ist damit?« Rose hatte zwei Marionetten aus dem Karton geholt, in dem Peter sie verstaut hatte, und entwirrte vorsichtig die Fäden, bevor sie sie auf ihre mit Gewichten versehenen rhombenförmigen Füße stellte und sie vorwärtszuckeln ließ; Gliederarme, die sich hoben, und Knie, die bei jedem Schritt einknickten. Ihre runden Holzköpfe mit den aufgemalten Gesichtern baumelten, als sie mit winzigen Schritten über die Dielen tappten. »Haben wir damit gespielt?«

»Ich kann mich nicht daran erinnern. Irgendwie sind die doch ein bisschen gruselig, oder?«

»Ich gehe raus, eine rauchen«, sagte Peter.

»Ich komme mit.« Thea erhob sich eifrig, und die beiden gingen hinaus in den kühlen Morgen. Er war schwer und grau, Regen hing in der Luft. Von da, wo sie standen, sahen sie Rose auf der anderen Seite der Fensterscheibe verschwommen zwischen wiedergefundenen Objekten ihrer Kindheit herumgeistern. Thea war eine gierige Raucherin, die den Rauch einsog, dass ihre Wangen noch magerer wurden, ihn in der Lunge festhielt und langsam wieder ausatmete. Peter fand, dass sie etwas Bitteres und Kindliches zugleich hatte.

»So. Sie sind also Grans neueste Entdeckung«, sagte sie schließlich hinter dem Rauchkranz um ihr kalkweißes Gesicht. Es klang, als wäre er ein Gegenstand, der in einem obskuren Antiquitätenladen gelegen und darauf gewartet hatte, dass ihn jemand mitnahm.

»Jonah hat mich empfohlen.«

Sie ließ die Zigarette zu Boden fallen und trat sie so energisch mit der Spitze ihres Motorradstiefels aus, als wollte sie eine Kakerlake vernichten und nicht bloß ein paar Funken auslöschen. Dann zündete sie sich noch eine an. Ihre Bewegungen waren ungeduldig und ein wenig nervös.

»Es ist komisch, dass Gran hier weggeht«, sagte sie.

»Es geht nicht anders.«

»Ich komme nicht mehr so oft her. Jedenfalls nicht so oft, wie ich sollte. Auf dem Land ist es langweilig, finden Sie nicht? Trotzdem kommt es mir vor, als würde man uns die Kindheit wegnehmen. Sie hatten natürlich ihre Wohnung in London, für den Alltag, die Arbeit, ihren ganzen Freundeskreis, Dinnerpartys und Grans politisches Engagement. Sie hat uns zu Märschen und Demos mitgenommen. Sie hat darauf bestanden, so wie andere Eltern und Großeltern darauf bestehen, dass man seine Hausaufgaben macht und nachts genug Schlaf bekommt. Aber das hier war weit weg von alldem und unser aller Leben. Weit weg von Politik und Arbeit. Ein Traumland. Manchmal waren wir wochenlang hier. Alle Cousins und Cousinen.«

»Acht.«

»Wir haben den ganzen Tag im Wald gespielt. Manchmal sind wir natürlich auch am Meer gewesen, aber oft haben wir den ganzen Tag hier verbracht. Von der Morgendämmerung bis zum Abend. Wir waren eine große wilde

Horde. Ab und zu waren natürlich auch unsere Eltern hier, aber das haben wir kaum mitbekommen. Außer Samuel – er war anders, aber er hatte keine Kinder und keine Verantwortung. Ich weiß noch, wie er einmal über die ganzen kleinen Buchshecken da gesprungen ist.« Sie zeigte auf die Hecken, die jetzt hoch und struppig waren. »Er trug einen langen Mantel, der hinter ihm herflatterte, und sprang wie ein Rennpferd. Das werde ich nie vergessen.«

»Das klingt … «

»Wenn wir hier waren«, fuhr sie fort, als hätte er gar nichts sagen wollen, »spielte es keine Rolle, wie unser anderes Leben war. Gran ist jetzt uralt, fast wie ein Relikt oder so, aber ich fand immer, sie und Großvater Gil seien wie der König und die Königin aus einem Märchen. Während die nächste Generation ihre Krisen hatte und heulte und ihr Leben in den Sand setzte, blieben sie immer sie selbst und gelassen, sogar als Großvater starb. Sie waren so höflich zueinander, dass es fast lächerlich war. Manchmal habe ich sie ausspioniert, um sie zu erwischen. Doch auch wenn sie allein waren oder dachten, sie wären es, sind sie so respektvoll und freundlich miteinander umgegangen. Vielleicht haben sie ja die ganze Zeit gewusst, dass ich da war. Das Ohr an der Tür. Aber Mum sagt auch, sie hat sie nie streiten hören. Himmel. Ich überstehe keinen Tag, ohne mich mit jemandem zu streiten. Mit wem heute? Wahrscheinlich mit Rose. Wie ist es bei Ihnen?«

»Ob ich mich streite?« Er überlegte einen Augenblick. »Da muss es schon um etwas sehr Wichtiges gehen, und selbst dann – ich habe, glaube ich, gelernt, dass man einen Streit in einer Beziehung niemals gewinnen kann. Warum will man über jemanden triumphieren, den man liebt?«

»Oh.« Thea verzog das Gesicht. »Das ist aber sehr tugendhaft. Ich streite mich total gern. Ich kann's nicht ausstehen, wenn mein Gegenüber nicht gern streitet. Dann werde ich total sauer. Ich hatte natürlich noch nicht viele lange Beziehungen. Also, genau genommen, eher gar keine. Nein, definitiv keine. Ich tobe mich aus.«

»Ehrlich?«

»Ja. Viel aufregender. Großvater ist da hinten verstreut.« Mit einem Nicken wies sie auf die Hainbuche. »Wir waren alle bei der Zeremonie dabei. Gran hat seine Asche verstreut und ein paar von uns haben Gedichte vorgelesen.«

»Hat Eleanor etwas vorgetragen?«

»Nein. Sie ist ein sehr reservierter Typ. Ich glaube, es gibt vieles, was sie niemals sagt. Sie behält es für sich. Sie ist voller geheimer Ecken und Winkel.«

Einen Augenblick musste Peter an Eleanors Geheimnis denken – obwohl er gerade erst einen kleinen Zipfel davon zu fassen bekommen hatte.

»Ja«, sagte er. »Aber sind wir das nicht alle? Wir haben doch alle unser geheimes Ich.«

Tagsüber traf er Eleanor nicht, obwohl er vom Fenster aus sah, wie sie langsam mit Rose durch den Garten spazierte. Sie hatte ihren Stock nicht dabei, sondern ging am Arm ihrer Enkelin. Die alte Frau wirkte zerbrechlich und müde, ihre Haut war wie Papier, kurz bevor die Flammen es packen, spröde und knittrig. Ihre Miene war traurig und ernst. Rose daneben blühte, sie war geschmeidig und glatt. Ihre blassen Wangen glühten, und ihr Haar glänzte in der Wintersonne. Aufmerksam neigte sie sich ihrer Großmutter zu. Sprachen sie darüber, dass sie bald hier fortgehen würde? Er fand es schrecklich, sich Eleanor in einem Heim vorzustellen, selbst in einem gut geführten. In einem Zimmer sitzend, all ihrer Besitztümer beraubt, auch wenn sie sie nicht mehr sehen konnte. Dann konnte sie nur noch zurückblicken auf die lange Reise, die sie an diesen Ort geführt hatte, in dieses Wartezimmer, wie sie es genannt hatte.

Jetzt hatte Rose ihrer Großmutter den Arm um die Schultern gelegt. Ihre kupferfarbenen Locken mischten sich unter die silberweißen ihrer Großmutter. Bald war er hier wieder weg und sie waren nur noch Gestalten wie aus einem Traum. Er wandte sich wieder seiner Arbeit zu, war aber mit dem Herzen nicht dabei. Er wollte von Eleanor und Gil und diesem Michael aus Leeds hören, der mit dem Freiwilligenexpress nach Spanien gefahren war. Peter hatte mehrere Bücher über den Spanischen Bürgerkrieg gelesen. Den Krieg, in dem Dichter Krankenwagen fuhren und Idealisten die Hoffnung verloren und jeder jeden verriet. Der arme Gil. Wie konnte seine verlässliche Freundlichkeit mit so einem toddurchtränkten Zauber konkurrieren?

Thea und Rose blieben über Nacht. Er konnte also nicht mit Eleanor allein sprechen, aber er würde mit den dreien zu Abend essen.

»Rose und Thea kochen«, sagte Eleanor. »Das heißt wohl, dass Rose kocht. Ich glaube nicht, dass Thea weiß, wie das geht. Auch wenn sie mir, als sie noch klein war, gern in der Küche geholfen hat.« Eleanor streckte die Hand mit der Handfläche nach unten aus, um anzudeuten, wie groß Thea damals gewesen war.

Er roch Knoblauch und Chili und auch etwas Süßes.

Äpfel, Zimt, tröstliche Backdüfte. Er dachte an ein Gemälde, das er gesehen hatte, als er mit Kaitlin in Amsterdam gewesen war. Die Frau, die Milch einschenkt. Ihre gelbe Bluse und ihre weiße Haube, ihre kräftigen Hände, die den irdenen Krug halten, das Brot in dem Weidenkorb und die weißgetünchten Wände, auf die durch ein Fenster, das am Rand des Gemäldes gerade noch zu erkennen war, weiches Licht fiel. Ihr absolutes Vertieftsein in die Aufgabe, ihre Reglosigkeit und der Fluss der Milch. Kaitlin hatte mit verschränkten Armen neben ihm gestanden und hochgeschaut. Sie war das absolute Gegenteil der Vermeer'schen Magd: rastlos, mager, unzufrieden, sexy. Sehr sexy. Sie hatte rote Fingernägel und rote Lippen, und ihr Blick huschte von einem Menschen zum anderen, abschätzend, abwertend, begehrend. Sie bekam es immer mit, wenn jemand sie beobachtete. Von dem Bild hatte sie ihn in einen Coffeeshop geführt, wo sie einen dermaßen starken Joint geraucht hatten, dass sein Hirn ins Trudeln geriet und sein Körper schmolz und brannte. Er erinnerte sich gut, dass Kaitlin wie der Docht einer Kerze in einer Wolke aus blauem Rauch gesessen hatte, ihr dunkles Haar golden, ihr Lächeln grausam und süß.

»Peter!«, drang Theas Stimme die Treppe herauf. »Das Essen ist fertig!«

Zum Abendessen hatten sie sich umgezogen. Thea trug ein grelllilafarbenes T-Shirt mit einem Marienkäfer. Darunter stand, gerade noch groß genug geschrieben, dass Peter es lesen konnte, ohne den Anschein zu erwecken, auf ihren kleinen Busen zu starren: »Mehr Käfer als Maria«. Ihre nackten Arme waren schockierend weiß und dünn; ihre Hände wirkten zu groß, ihre Stiefel viel zu schwer für ihre mageren Beine. Als sie einen Stapel Teller nahm, um sie auf den Tisch zu stellen, rutschte ihr T-Shirt hoch und am Rücken war der Rand einer Tätowierung zu sehen. Rose hatte eine moosgrüne Bluse angezogen und sich die Haare hochgesteckt. Ihr ungeschminktes Gesicht war vom Kochen gerötet. Und Eleanor hatte ein langes blaues Kleid ausgegraben. Es war für ihren abgemagerten Körper zu groß geworden, der Saum schleifte über den Boden, und die Ärmel hingen über ihre arthritischen Hände. Sie hatte sich eine lange Halskette um den Hals geschlungen, die bei jeder Bewegung klimperte, und rosa Lippenstift aufgelegt. Sie sah aus wie ein Mädchen, das in einer Verkleiden-Kiste gestöbert hat.

»Das riecht aber gut.«

»Rose hat uns ein Drei-Gänge-Menü gezaubert«, sagte Eleanor. »Haben wir etwas zu feiern?«

»Dass wir hier sind.«

»Dass wir hier sind. Ja. Die letzten Tage.«

»Gran«, sagte Rose. »Wir haben darüber gesprochen. Du weißt, dass du die Wahl hast. Du kannst zu Mum ziehen, sie lebt ganz allein und einsam in einem viel zu großen Haus. Sie hätte dich gern bei sich.«

»Nein. Erstens stimmt das nicht, und zweitens würden wir uns gegenseitig in den Wahnsinn treiben.«

»Oder zu Quentin oder Leon.«

Warum nicht zu Samuel, überlegte Peter. Samuel, der über Hecken sprang. Um den Eleanor sich die größten Sorgen machte.

»Nein, Liebes. Und auch nicht zu Quentin oder Leon. Oder zu Samuel, wenn wir schon dabei sind«, fügte sie wie als Antwort auf Peters unausgesprochene Frage hinzu. »Ich habe mir geschworen, dass meine Kinder mich niemals pflegen sollen.« Sie legte die Hände vor sich auf den Tisch. »Da wäre ich lieber tot.«

»Aber wenn die das doch wollen, dann … «

»Nein«, versetzte sie in harschem Ton.

Thea drückte Peter ein Glas Wein in die Hand. Er trank einen Schluck und betrachtete das weiche Haar in Roses Nacken.

»Als ich jung war«, sagte Eleanor, »habe ich nicht viel übers Essen nachgedacht. Ich habe gern gegessen, aber nicht gern gekocht. Gekocht hat immer meine Mutter, und Merry und ich haben das Geschirr abgewaschen oder ich habe abgewaschen und Merry ist herumgehüpft und hat uns unterhalten. In der Zeit in London vor meiner Heirat habe ich in einem von *Lyon's Tea Houses* oder in billigen kleinen Restaurants gegessen. Abends hat mir oft auch ein Glas Milch und ein Brötchen mit Butter gereicht. Gelegentlich mache ich das heute noch, wenn ich allein hier bin, und dann habe ich das Gefühl, wieder jung zu sein. Die Vergangenheit ist nie weit weg, wisst ihr.«

Sie schwieg, schien alles dazu gesagt zu haben.

»Dann hast du dir selbst das Kochen beigebracht, nachdem du Großvater kennengelernt hattest?«, hakte Rose nach.

»Später«, überging Eleanor Roses Einwurf. »Jahre später erst wurde mir klar, dass wir alle etwas brauchen, womit wir uns und andere trösten können. Ich hegte eine gewisse Geringschätzung oder, wenn ihr so wollt, einen Zorn auf die Frauen, die Strümpfe stopften und Plätzchen buken und Blumen auf den Tisch stellten, während die Männer in die Welt zogen, Geld verdienten oder verloren,

Leben retteten und getötet wurden oder selbst töteten. Wenn Gil nach Hause kam, hatte er Männern und Frauen ihre Gesichter und ihre Identitäten zurückgegeben, und was hatte ich geleistet? Windeln gewaschen, Pflaster auf Schürfwunden geklebt und die Fenster geputzt, damit Licht ins Haus kam.«

»Klingt langweilig«, sagte Thea. Sie saugte unablässig die Unterlippe zwischen die Zähne und ließ sie wieder flutschen.

»Das stimmt wohl. Es war auch oft langweilig. Ich hatte das starke Bedürfnis, in die Welt zurückzukehren und zu arbeiten. Doch ich muss oft an die Tausenden und Millionen von Frauen denken, die dasselbe gemacht haben, Tag für Tag, Woche für Woche, Jahr für Jahr. Sich kümmern. Über die Runden kommen. Im Topf rühren. Dem großen Durcheinander des Lebens Rhythmus und Form geben und es erträglich machen. Ich hatte Glück; ich konnte sowohl Lehrerin und Pädagogin sein als auch Ehefrau und Mutter. Sobald meine Kinder alle in der Schule waren, war ich ja nicht mehr ans Haus gefesselt. Trotzdem war ich in erster Linie Ehefrau und Mutter. Einen ergebeneren Ehemann und Vater als Gil kann man sich schwer vorstellen, aber in erster Linie war er doch Arzt.«

Sie hob ihr Glas und ließ den Wein vorsichtig darin kreisen.

»Ihr Mädchen habt es besser«, sagte sie und wandte sich an Thea. »Es nervt bestimmt, wenn eine alte Frau das zu euch sagt.« Thea setzte ein kleines, funkelndes, zustimmendes Lächeln auf. »Aber so schwer die Zeiten heute auch sind, ihr könnt es euch aussuchen, selbst wenn ihr euch weigert, selbst wenn ihr Nein sagt. Es macht euch natürlich nicht unbedingt glücklich, und die Freiheit kann sehr beängstigend sein. Ja, sogar unerträglich.« Sie trank einen Schluck Wein. »Einmal habe ich Virginia Woolf gesehen«, sagte sie, als wäre das die logische Fortsetzung ihres Gedankengangs. »Im Hyde Park, sie ging allein in einem grauen Kostüm durch die Abenddämmerung. Zart wie ein Geschöpf aus einer anderen Welt. Ich wollte etwas sagen, aber ich habe sie einfach zu sehr verehrt; sie war fast der einzige Mensch auf der Welt, zu dem ich aufblickte, denn trotz ihres Snobismus und ihrer Neurosen war sie eine edle Frau und eine Schriftstellerin, deren Sätze mir den Atem verschlugen, und so sah ich nur zu, wie sie vorbeischritt. Als sie mit Steinen in den Taschen in den Fluss ging und sich ertränkte, war es, als verlöschte am Horizont ein Licht und die Welt würde noch ein wenig dunkler. Das waren schreckliche Zeiten.«

»Gran war im Krieg eine Heldin«, sagte Thea fröhlich.

»Ich war nichts dergleichen«, versetzte Eleanor mit Schärfe.

»Das habe ich nicht gewusst«, sagte Peter. In den Papieren hatte er nichts darüber gefunden, und aus irgendeinem Grund hatte er sich keine Gedanken über ihre Kriegserlebnisse gemacht. Er hatte sie sich einfach hier vorgestellt, in diesem Haus, während das Entsetzliche weit weg passierte.

»Das liegt daran, dass es nicht stimmt«, erwiderte Eleanor. »Ich habe überhaupt nichts getan. Meine Schülerinnen wurden aufs Land geschickt, wo sie bei Familien einquartiert wurden. Ich erinnere mich noch gut an den Tag, an dem ich sie zum Bahnhof begleitete und in den Zug setzte. Einige waren ganz allein – sechs oder sieben Jahre alt und mussten zu irgendwelchen Fremden. Ich sehe ihre Gesichter noch vor mir, wie sie aus den Fenstern starrten. Aber ich blieb zurück. Ich heiratete und bekam ein Kind und wartete auf das Kriegsende. Die meiste Zeit war ich auf dem Land bei meiner Mutter, damit Samuel in Sicherheit war. Ihr seht also, dass ich zu den Privilegierten gehörte. Wie oft habe ich mir gewünscht, in London zu sein, wo ich in dem schrecklichen Drama irgendwie nützlich sein könnte. Doch wenn man Mutter ist, geht es nicht mehr um die eigenen Wünsche. So blieb ich am Spielfeldrand.«

»Das klingt verbittert«, bemerkte Thea recht zufrieden. »Ich dachte, du wärest Pazifistin. Am Gedenktag für die Gefallenen der beiden Weltkriege trägst du doch eine weiße Mohnblume, oder?«

»Nein.«

»Gran kann ganz schön leidenschaftlich sein, was?«, sagte Thea zu Peter.

»Ich war auch während des Krieges keine Pazifistin. Ich war davon überzeugt, dass gekämpft werden musste.« Sie machte eine Geste, wie um die Diskussion zu beenden. »Rose, was gibt es denn Schönes?«

»Fisch. Mögen Sie Fisch?«, fragte sie Peter.

»Alles außer Rochen.«

»Na, ein Glück, dass es keinen Rochen gibt«, sagte Thea. Selbst wenn das, was sie sagte, nicht unhöflich war, kam es irgendwie ruppig heraus. Heute Abend hatte sie etwas Rüpelhaftes und Verbissenes an sich. Vielleicht war es der Wein, den sie in sich hineinkippte, vielleicht hatte sie auch sonst noch etwas eingeworfen. Sie schlich in der Küche herum, nahm eine Katze hoch und setzte sie ziemlich grob wieder ab, linste Rose über die Schulter und trat dabei zu nah an sie heran. Dann ging sie nach draußen, um eine zu rauchen, und kam in versöhnlicherer Stimmung wieder herein.

Es gab Fisch in einer Tomaten-Knoblauch-Marinade, danach einen Weichkäse und dann die Apfeltorte, deren Duft Peter in die Nase gestiegen war. Thea aß kaum etwas. Sie ließ immer wieder Fischstückchen für die Katzen zu Boden fallen – nicht heimlich, sondern ganz offen. Sie wollte, dass die anderen es sahen. Ihr weißes Gesicht schimmerte in dem düsteren Raum. Eleanor aß langsam, nahm die Bissen vorsichtig, aber sicher mit der Gabel auf. Einmal fiel ihr ein Stück Fisch in den Schoß, und Peter fiel die Verärgerung auf, die über ihr Gesicht zog. Polly saß neben ihm und ihre weiche Schnauze lag beruhigend auf seinem Knie.

Sie unterhielten sich über Eleanors Geburtstag. Samuel und Esther würden sich um das Essen kümmern, Leon und Quentin um den Wein. Giselle wollte einen Kuchen backen, und Samuel würde Feuerwerk mitbringen. Er war immer schon ein großer Fan von Feuerwerk gewesen, sagte Eleanor, aber man konnte ihm nicht ganz trauen. Sie durften auf keinen Fall das Haus in Brand stecken, jetzt, wo es einen Käufer gab. Die ganze Familie würde rechtzeitig am Freitagabend kommen und am Sonntagnachmittag wieder abreisen, und in der Zwischenzeit konnten sich alle die Dinge aus Eleanors Besitz aussuchen, die sie mitnehmen wollten. Sie würden die Gemälde unter sich aufteilen, die Fotografien, die Bücher, das Porzellan und das Silber und den Schmuck, den Eleanor nicht mehr trug. Alles war zu haben. Ihre Kleider – »Auch wenn die meisten Sachen mottenzerfressen sind«, sagte sie und hob eine Falte ihres blauen Kleids hoch, um es zu demonstrieren –, Gils gute Anzüge, von denen einige sechzig Jahre alt waren, aber immer noch tragbar, und seine vielen Krawatten. Rose und Thea hatten, wie sich herausstellte, am Nachmittag geholfen, sie zu sortieren. Der Weinkeller würde ausgeräumt werden. Am Montag käme dann ein Umzugswagen für die Möbel, die eingelagert wurden.

Im Laufe der nächsten Woche würden noch einige von Eleanors Enkelkindern kommen, um der alten Frau gegenüber ihre Pflicht zu erfüllen, und Laken und Bettbezüge falten, Geschirr sortieren und auf den Dachboden steigen, um alte Teppiche und Vorhänge herunterzuholen, die vor sechzig Jahren in diesem Haus gehangen hatten. Was dann noch zurückblieb, wollten sie dem Käufer des Hauses anbieten oder nach der Unterzeichnung des Kaufvertrags versteigern. Am Montagnachmittag kamen mit dem Möbelwagen auch Antiquare, um die übriggebliebenen Bücher abzuholen.

»Ich will keine Grabenkämpfe in der Familie«, sagte Eleanor. »Kein erbittertes, selbstgerechtes, aufgebrachtes Gezanke darum, wer die Standuhr oder den Schrank oder das zerfledderte Buch mit Kinderreimen bekommt, in dem wir als Kleinkinder alle herumgekritzelt haben. Keiner soll sagen oder denken, es wäre nicht fair zugegangen.«

»Natürlich nicht«, sagte Rose.

»Natürlich doch!« Thea strahlte. »Es geht nie fair zu.«

»Red keinen Blödsinn.«

»Wer redet hier Blödsinn? Es geht ja nicht um den Wert der Dinge, den materiellen, meine ich. Es geht darum, wofür sie stehen. Die Dose da ... « Sie zeigte auf eine Keksdose. »Die mit dem verbeulten Deckel. Die gab es schon, als ich noch ganz klein war, und Mum sagt, sie erinnert sich sogar noch aus ihrer Kindheit daran.«

»Sie hat meiner Mutter gehört; sie muss weit über hundert Jahre alt sein.«

»Siehst du. Ich will die Dose! Du etwa nicht, Rose?«

»Nein.«

»Aber es gibt schon Sachen, die du gern hättest.«

»Es ist mir egal.«

»Quatsch. Grans dünne goldene Halskette, die sie immer trägt. Willst du die?«

»Nicht wenn jemand anders sie haben will.«

»Mit der lasse ich mich beerdigen«, warf Eleanor freundlich ein.

»Das ist aber Verschwendung.«

»Findest du?«

»Oder das Hochzeitsfoto von ihr und Großvater Gil. Willst du das nicht haben, Rose?«

»Doch, natürlich, aber nicht, wenn ich mich darüber mit allen zerstreiten würde. Erst kommt es einem ungeheuer wichtig vor, und ein paar Wochen später merkt man, dass es so wichtig gar nicht war.«

»Großvater Gils Schreibtisch mit den zierlichen kleinen Schubladen. Den wollen bestimmt alle! Ich sehe schon Leon und Quentin darüber aneinandergeraten – obwohl Quentin ja eigentlich nie handgreiflich wird. Er wird nachsichtig und geduldig sein, aber er wird so sicher wie das Amen in der Kirche nicht kampflos aufgeben. Ich wette, am Ende kriegt er ihn. Leute wie er setzen immer ihren Willen durch, während sie gleichzeitig so tun, als wären sie das gekränkte Opfer. Und dann gibt er uns noch das Gefühl, als würde er uns damit einen großen Gefallen tun.«

»Du klingst, als wären wir die reinsten Geier.«

»Ja! Ich schätze mal, Tamsin will die Hüte haben. Marianne das Kristallglas. Giselle … hm, mal schauen, Giselle wird Grans alte Abendkleider wollen und die taillierten Mäntel, die sie in den Vierzigern getragen hat, und die hübschen kleinen, geknöpften Schuhe, die sie immer noch hinten in ihrem Kleiderschrank verwahrt.«

»Ich bin noch hier«, sagte Eleanor. »Ich lebe noch, weißt du. Ich bin alt und blind, aber ich atme noch.«

»Tut mir leid.« Thea wirkte unbekümmert.

»Schon gut. Ja, im Grunde ist es eine Erleichterung, wenn Menschen ehrlich sind. Also, was willst du, Thea, Liebes?«

»Ich? Gott, alles, nichts. Ich wohne in einem winzigen möblierten Zimmer und bewahre meine Klamotten in einem Koffer unter meinem Bett auf. Was sollte ich mit Diamanten anfangen? Sie für Drogen verkaufen? Witz, Gran!«, fügte sie hastig hinzu, obwohl Eleanor keine Miene verzogen hatte. »Das war ein Witz.«

»Ich besitze keine Diamanten. Ich hasse Diamanten.«

»Okay.« Sie atmete tief durch. »Deinen Mondstein-Ring und einen von Großvater Gils Zylinderhüten und seinen Spazierstock und die große Kupferschüssel auf dem Flügel, in die du an Weihnachten Nüsse tust, und den Schaukelstuhl!«, ratterte sie ohne Punkt und Komma herunter.

»Du hast es dir ja schon genau überlegt«, sagte Eleanor trocken.

»Und die Keksdose da.«

»Du sollst sie haben. Aber zuerst müssen wir die Kräcker aufessen, die drin sind, zum Käse. Was ist mit dir, Rose … irgendwelche Wünsche?«

»Ah, das wird wie die Szene in *Die Schöne und das*

Biest. Nachdem deine böse ältere Schwester gierig alle möglichen Sachen gefordert hat, wirst du jetzt aber nicht nur um eine rote Rose zu Ehren deines Namens bitten, oder, Rose?«

»Nein! Ich weiß nicht, was ich will. Ich habe noch nicht darüber nachgedacht.«

»Jede Wette hast du das.«

»Hör auf!« Ihr Gesicht glühte. »Ich weiß nicht, warum du so aggressiv bist.«

»Das ist Theas Art, mit ihren Gefühlen umzugehen«, sagte Eleanor. »Nicht wahr, Thea?«

»Wahrscheinlich.« Thea schnitt ein Stückchen Käse ab und legte es auf ihren Teller. Danach rührte sie es nicht mehr an. »Gibst du Peter auch was, Gran? Vielleicht ein paar Bücher.«

»Selbstverständlich, wenn er möchte.«

Peter dachte an die Fotos, die er stibitzt hatte und die jetzt in seinem Zimmer oben offen neben dem Bett standen, sodass Rose oder Thea, wenn sie zufällig in das Zimmer kamen, sie sehen würden. Aber sie würden natürlich nicht hineingehen ... obwohl, wenn er jetzt so darüber nachdachte, Thea wäre es durchaus zuzutrauen. Wie dies ganze Gezänk Eleanor wohl vorkam – vielleicht einfach nur als Privileg der Jugend.

In seinem Zimmer konnte Peter leises Klavierspiel hören; ein zartes, klares Rieseln von Tönen, wie ein Strom auf dem Weg zum Meer. Er zog Jeans und ein altes Flanellhemd an und ging nach unten ins Wohnzimmer. Dort brannte nur eine Stehlampe, sodass der Raum voller Schatten und dunkler Nischen war. Eleanor saß am Flügel, recht gerade,

und ihre Hände bewegten sich über die Tasten. Die Kupferschale, die Thea erben wollte, schimmerte. Peter fragte sich,
wie ihre arthritischen Finger sich so geschmeidig bewegen
konnten. Es war, als erlöste die Musik die Knochen aus
ihrer mürrischen Steifheit.

Er sagte nichts, sondern setzte sich nur. Eleanor spielte
weiter. Er kannte das Stück nicht, es war schlicht und langsam, voller wiederholter Phrasen. Schließlich hob sie die
Hände von den Tasten und wandte den Kopf in seine Richtung.

»Ich wollte Sie nicht stören«, sagte Peter.

»Das tun Sie nicht. Es ist schön, dass Sie hier sind. Ich
kann so müde sein, wie ich will, in manchen Nächten mag
der Schlaf einfach nicht kommen, und dann ist es das Beste,
nicht im Bett liegen zu bleiben und auf die Stunden des
Grauens zu harren.«

»Stunden des Grauens?«

»Die haben wir alle. Gil war der ruhigste Mensch auf
Erden, doch um drei Uhr morgens, du liebe Zeit. Er nannte
es das Wuseln der Krabbenscheren.«

»Wovor graut Ihnen?«

»Wenn ich es benennen könnte, würde mir nicht mehr
davor grauen, dann würde ich es nur fürchten.«

»Dann ist Furcht besser?«

»Ich glaube, mit Furcht kann man ringen, während
Grauen eher formlos ist.«

»Hilft das Klavierspielen?«

»Manches löst sich. Aber die Vergangenheit ist gerade
sehr präsent, und daran sind natürlich Sie schuld.«

14

Als sie nach Merrys Geburtstagspicknick im Zug zurück nach London saßen, fing es an zu regnen, leicht zuerst und dann mit einer solchen Gewalt, dass es eine Erleichterung war. Der schwere Himmel brach auf und ließ es auf das ausgedorrte Land herabregnen. Eleanor saß mit dem Gesicht zum Abteilfenster und blickte hinaus auf die Felder und Wälder, die sich unter dem Regen duckten. Gil ließ sie in Ruhe. Er sagte, wie sehr es ihm gefallen habe, ihre Familie kennenzulernen, und machte ein paar freundliche Bemerkungen über den Tag, die keine Antwort erforderten. Dann holte er sein Buch heraus, und Eleanor blickte weiter durch die Regenschlieren am Fenster auf die durchweichte Landschaft, und dann auf London, als sie einfuhren, mit seinen Abgasen und seinem Lärm. Die Straßenlampen gingen gerade an.

Gil bestand auf einem Taxi und dann darauf, sie bis an die Haustür zu begleiten. Sie bat ihn nicht herein und gab vor, müde zu sein. Sie spürte die Hitze des Tages auf ihrer Haut, und hinter ihren Augäpfeln pochte es. Gladys unterhielt sich im Flur laut mit jemandem am Telefon, und als Eleanor eintrat, verdrehte sie die Augen und zeigte mit übertriebenen Gesten auf den Telefonhörer, wie um zu sagen, am anderen Ende sei ein Verrückter.

In ihrem Zimmer setzte Eleanor den Hut ab und löste ihr Haar. Sie zog das grüne Kleid aus, das ihr am Morgen noch so gefallen hatte und das ihr jetzt zerknittert und muffig vorkam, und stieg aus den Schuhen. Die Füße taten ihr weh. Der Regen hörte auf, und sie öffnete das Fenster, um kühle Luft hereinzulassen. Mit ihr drang auch der Straßenlärm ins Zimmer. Eleanor setzte sich im Unterrock aufs Bett. Der vor ihr liegende Abend kam ihr endlos vor. Normalerweise unterhielt sie sich bei einer Tasse Tee wunderbar mit einem Roman. Sie blieb gern allein; manchmal musste sie sich regelrecht zwingen, aus dem Haus zu gehen und sich mit Freunden zu treffen, gesellig zu sein. Wenn sie sich etwas gönnen wollte, aß sie manchmal auswärts, ging von ihrem Zimmer ein paar Minuten zu Fuß in ein billiges Restaurant, setzte sich an einen Fenstertisch, aß ein Omelett oder ein Lammkotelett und trank dazu ein Glas Wein. Wenn jemand sie in ein Gespräch verwickeln wollte, was gelegentlich vorkam und manchmal eine Masche war, manchmal aber auch Mitleid – eine junge Frau und so allein –, wies sie es höflich ab.

Sie genoss es, sich ihren Lebensunterhalt selbst zu verdienen. Die meisten Frauen, die sie hier in London kennengelernt hatte, klagten bitter über ihre Armut und was für ein Kampf es sei, über die Runden zu kommen. Die anderen Lehrerinnen sprachen oft davon, sich einen Mann zu suchen, der für sie sorgen würde. Das Unterrichten war für sie nur eine Zwischenphase zwischen dem Erwachsenwerden und dem Heiraten und Kinderkriegen. Der Begriff »alte Jungfer« war zwar eine eher scherzhafte Beleidigung, aber etwas, wovor man sich unbedingt hüten musste. Eleanor hingegen wollte nicht, dass jemand für sie sorgte. Sie wollte für sich selbst sorgen. Sie liebte das Unterrichten und war stolz darauf, mit ihren Mitteln zurechtzukommen, günstige Nahrungsmittel zu finden und Kleider zu flicken und zu stopfen. Sie hatte ihre Freiheit immer schon höher geschätzt als die Liebe. Sie liebte Gil, aber sie hatte sich nicht in ihn verliebt, wenn verlieben denn bedeutete, den Kopf und das Herz zu verlieren und wie neben sich zu stehen. Sie war ganz sie selbst geblieben und in gewisser Weise machte das auch Gils Anziehungskraft aus. Abgesehen von seiner Freundlichkeit, seiner Beständigkeit und seiner Bewunderung für sie erlaubte er ihr auch, sie selbst zu sein. Nur beim Sex schien er sie verschlingen und auslöschen zu wollen. Vielleicht hatte sie deswegen keinen rechten Spaß daran: Sie mochte sich nicht ganz gehenlassen. Sie wollte sich selbst gehören und keinem anderen.

Doch jetzt war sie in Gefahr. Als sie auf der Bettkante saß und von draußen die abendliche Brise hereinwehte, wusste sie, dass ihr Schutzwall bröckelte. Überdeutlich war sie sich ihres Körpers bewusst: ihre heißen Wangen, der Kloß in ihrer Kehle und das Rumoren in ihrem Bauch, ihr pochender Kopf und ihr pochendes Herz. Ihr war ein wenig übel, falls Übelkeit halb angenehm sein konnte, und sie war ruhelos und träge zugleich. Eine große Sehnsucht durchflutete sie, und da saß sie nun und konnte sich nicht mehr rühren.

Endlich stand sie auf. Das Wasser war kalt, weil sie vergessen hatte, ein paar Münzen in den Zähler zu werfen, also wusch sie sich nur am Waschbecken, und dann zog sie ihre ältesten Sachen an. Formlos und behaglich wollte sie sich fühlen. Versteckt, damit kein Blick sie traf. Sie betrachtete sich in dem kleinen Spiegel: Ihre Augen blitzten, und ihr

Gesicht brannte vor einer Scham und Aufregung, die sie nicht sehen wollte. Sie verschloss die Augen vor sich und drückte die Stirn kurz ans Glas, als könnte es ihr, kalt und fest, Halt geben.

Sie nahm ihre Jacke und ging die Treppe wieder hinunter, vorbei an Terence, der in seinem Zimmer Selbstgespräche führte, und an Gladys' geschlossener Tür, nach draußen. Forschen Schrittes ging sie die nass glänzenden Straßen hinunter zu dem billigen Restaurant. Es war schäbig, aber sie konnte es sich leisten, und sie kannte die Frauen, die dort arbeiteten: eine junge Frau mit einem bläulichen Muttermal auf der Wange und ihre Mutter, die ein faltiges Gesicht hatte und Augen von der Farbe nassen Sands. Eleanor bestellte einen Becher Tee und ein süßes Brötchen. Obwohl sie an dem Tag nur einen Happen Sandwich und ein paar Erdbeeren gegessen hatte, war sie nicht hungrig, doch sie brauchte etwas, was ihr Beruhigung und Trost bot.

Bis auf zwei totenblasse junge Männer, die in einer düsteren Ecke des Gastraums saßen, sich über einen runden Tisch beugten und leise miteinander sprachen wie Spione, war das Lokal leer. Eleanor nahm ihren Lieblingsplatz am Fenster ein, von wo sie den Strom des Lebens draußen auf der Straße beobachten konnte. Sie liebte die Sommerabende in London, wenn das heiße Schmoren des Tages nachließ und die Luft warm war, klar und still. Ihre Mutter hatte nicht gewollt, dass sie in die Stadt zog, sie hatte Eleanor angefleht, sich näher zu Hause Arbeit zu suchen, und sie besuchte ihre Tochter nur sehr selten. Sie mochte den Verkehr und die Menschenmassen nicht, schrak vor verrauchten Räumen und Pubs zurück, hatte nachts Angst vor engen

Gassen und dunklen Ecken, wo unbekannte Gefahren lauerten. Sie klagte über den typischen Londoner Nebel, der eine Schmutzschicht auf ihr Gesicht legte und wegen dem sie ihre Kleider nach einem einzigen Tag nicht noch einmal anziehen konnte. Sie begriff nicht, warum Eleanor knauserte und sparte, um in einem winzigen möblierten Zimmer in einer lauten, beängstigenden Stadt voller Fremder und Fremdheit zu leben, statt behaglich zu Hause bei ihrer Familie.

Eleanor trank ihren Tee und nahm ein paar Bissen von ihrem süßen Brötchen. Ihr Herz beruhigte sich allmählich, und ihre Hände zitterten nicht mehr. Was war das? fragte sie sich. Nichts. Stürmisches Begehren war plötzlich in ihr aufgewallt, doch das würde bald wieder vergehen. Sie musste sich nur zusammenreißen, bis die Gefahr vorüber war: arbeiten, lesen, mit Gil an ihrer Seite im Park spazieren gehen und daran denken, was ihr das Wichtigste im Leben war. Sie wollte sich nicht wegwerfen – unwillkürlich kam ihr diese Formulierung in den Sinn, und sie dachte darüber nach. Sie glaubte anders als ihre Mutter und Robert keineswegs, dass eine junge Frau ihren Wert minderte, wenn sie sich auf ein Techtelmechtel einließ. (Im Kopf hörte sie ihre Mutter zischeln: »Kein anständiger Mann will so eine noch.«) Sie hatte genug Romane gelesen, in denen es darum ging, dass Frauen ihre Frische und Reinheit verloren, wenn ein Mann sie anfasste, als wären sie reife Pfirsiche, die leicht Schaden nahmen und die man deswegen nur ganz behutsam berühren durfte, doch solchen Ansichten über weibliche Unschuld und Anstand war Eleanor immer schon mit Verachtung begegnet. Nein. Bei dem Begriff »sich wegwerfen«, hatte sie das Bild eines jähen Absturzes vor

Augen – eine unergründliche Klippe hinunter, raus aus ihrem Leben. Liebe als Selbstauslöschung.

Abgesehen davon kam es sowieso nicht in Frage. Selbstverständlich nicht. Merry hatte ihr Herz an diesen jungen Mann gehängt, und auch wenn er nicht besonders engagiert zu sein schien – Merry war ihre Schwester, sie vertraute ihr. Sollte Michael Kontakt mit ihr aufnehmen, was er natürlich nicht tun würde, würde sie sich auf gar keinen Fall mit ihm treffen. Wenn sie ihm das nächste Mal begegnete – und wenn er Merrys Verehrer wurde (trotz aller guten Vorsätze versetzte ihr dieser Gedanke einen eifersüchtigen Stich), war das unvermeidlich –, dann war sie vorbereitet und gewappnet. Sie würde freundlich, aber kühl zu ihm sein. Sie stellte sich vor, wie sie ihm matt die Hand reichte, ihn mit einem halbherzigen Lächeln und ein paar spröden Worten bedachte und sich dann abwandte. Und schon bald musste sie nicht mehr so tun als ob.

Eleanor trank einen Schluck ihres lauwarmen Tees und dachte an Gil. Hatte sich irgendetwas verändert? Natürlich nicht, auch wenn sie nachmittags, als sie ihm im Zug gegenübergesessen hatte, am liebsten vor ihm geflohen wäre – und zwar mit so einer verzweifelten Dringlichkeit, dass ihr Mund ganz trocken geworden war. Sie wusste, dass Gil sie bitten würde, seine Frau zu werden. Vielleicht würde er sie schon bald fragen, auch wenn er wegen des Krieges, der immer näher kroch wie ein Schatten, sicher zögerte. Doch was würde sie antworten, wenn er sie fragte? Sie stellte sich die Szene vor: die Zärtlichkeit und das dankbare Entzücken in seiner Miene, wenn sie Ja sagte. Er würde ihre Hände nehmen und sie drücken und sie dann an sich ziehen, solide, warm, und ihr sagen, dass er alles tun werde, um sie glücklich zu machen. Dann stellte sie sich vor, wie sein Gesicht einen benommenen, tauben Ausdruck annehmen und er sich verschließen würde, wenn sie Nein sagte. Er würde nicht versuchen, sie zu überreden, und wäre auch nicht verärgert, sondern würde ihre Entscheidung akzeptieren. Er würde denken, er wäre ihrer nicht würdig.

Eleanor hielt sich diese zwei Gesichter vor Augen. Sie hatte noch nie jemanden so gemocht wie Gil. Und sie war noch niemandem begegnet, der ihr das Gefühl gab, geliebt zu werden und zugleich frei zu sein. Michael war nur eine schnelle, heiße Flamme, die aufgeflackert war und die rasch wieder verlöschen und zu grauer Asche zerfallen würde. Sie trank ihren Tee aus und blickte auf den Boden des Bechers, als könnte sie dort die Antwort finden, stellte ihn resolut auf den Tisch und schloss für einen kurzen Moment die Augen, traurig und ernst. Sie würde Ja sagen.

»Ja«, sagte sie. »Ja, ich will.«

»Oh, mein Schatz. Meine wunderbare Eleanor.« Er strahlte übers ganze Gesicht. »Ehrlich?«

Sie waren im Park, wo die Sonne golden durch die Blätter schien und Vögel sangen. Sie entdeckte sogar die Amsel in dem Baum über ihr, deren Kehle rasch pulsierte, als ihr Gesang aus ihrem spitzen, gelben Schnabel trällerte.

»Ja«, sagte sie.

Im ersten Augenblick dachte sie, Gil würde weinen, und erschrak über sein Glück. Sie schämte sich. Sie nahm seine Hand, hielt sie an ihre Wange und verschloss kurz die Augen vor seiner strahlenden Freude.

»Vom ersten Augenblick, von der allerersten Sekunde

an ...«, begann er, hielt inne, nahm sie in die Arme und küsste sie auf die Lippen, die Augenlider, den Hals. »Ich bin glücklich«, flüsterte er. »So glücklich.«

»Ich auch«, sagte Eleanor, und vielleicht war sie es, wenn auch ernst und ein wenig befangen.

Als sie später in einem Restaurant, das dunkel war und ein wenig vornehm, mit gepolsterten Sitzbänken und starkem Rotwein, von dem Eleanor einen schweren Kopf bekam, zu Abend aßen, begannen sie zu planen. Ab und zu langte Gil über den Tisch und berührte Eleanors Hand, wie um sich davon zu überzeugen, dass er nicht träumte. Immer wieder unterbrach er sich mitten im Satz, um sie nur anzusehen und Koseworte zu flüstern.

»Kann ich es meiner Mutter sagen?«, fragte er.

Bei dem Gedanken, dass die Neuigkeit öffentlich wurde, besonders dass Gils Mutter es erfuhr – sie würde ihr angespanntes Gesicht in Falten ziehen und verkniffen dreinblicken vor kaum verhohlener Enttäuschung –, überkam Eleanor plötzlich Panik. Und dann würde sie wahrscheinlich über Hochzeitsgeschenke und häusliche Pflichten und ihr Leben als Mrs. Lee sprechen wollen. Aber was erwartete sie denn?

»Selbstverständlich.«

»Und du musst es deiner Mutter sagen. Und Robert. Ich brauche bei ihm doch nicht um deine Hand anzuhalten, oder? Oder muss ich das? Erwarten sie das?«

Sie lachte. »Bestimmt nicht. Auch wenn sie Ja sagen würden.«

»Meinst du?«

»Selbstverständlich! Ein gutaussehender Arzt – da

erfüllt sich doch der Wunschtraum meiner Mutter. Ich glaube, von deiner Mutter kann man das nicht gerade behaupten.«

Gil legte ihr eine Hand auf den Arm.

»Sie hat Angst vor dir.«

»Ausgeschlossen.«

»Doch. Gewiss. Sie kennt nichts anderes mehr, als mich um sich zu haben, und jetzt glaubt sie, du nimmst mich ihr weg. Das wirst du natürlich. Das hast du schon.«

»Ach, das ist traurig.«

»So ist das Leben.«

»Aber trotzdem traurig.«

»Sie wird einsam sein. Aber wir werden nicht bei ihr leben.« Er sagte es in fragendem Tonfall.

»Nein, Gil. Das werden wir nicht.«

»Wo wollen wir leben? Wo würdest du gern leben?«

»Ach, ich habe nicht die leiseste Ahnung.«

Eleanor war ein wenig benommen; plötzlich breitete sich ihre Zukunft vor ihr aus: ein Haus, ein Mann, eine Schwiegermutter.

»Aber noch wichtiger ist die Frage, wann?« Er sah sie über den Rand seines Glases an.

»Wir haben uns doch gerade erst verlobt. Können wir nicht später über das Hochzeitsdatum nachdenken?«

»Ich würde sagen, sofort, aber ich glaube, wir sollten bis nach dem Krieg warten.«

»Aber … «

»Der Krieg kommt. Bald. Das weißt du doch, oder?«

»Vermutlich. Es kommt einem fast vor, als sehnten die Menschen ihn herbei.«

»Aber er kann nicht lange dauern. Nur ein paar Monate.

Wahrscheinlich wäre es besser, sein Ende abzuwarten, mein Schatz. Und wenn etwas passieren sollte, bist du frei.«

»Du meinst, falls du stirbst.«

»Ja. Aber ich sterbe nicht. Kann gut sein, dass ich nicht mal weg muss. Ich bin schließlich Arzt. Vielleicht werde ich hier gebraucht.«

Eleanor dachte an die jungen Leute mit ihren unreifen, unschuldigen Gesichtern, die vor ein paar Tagen zu Merrys Geburtstagspicknick zusammengekommen waren. Wie die Burschen geprahlt hatten, sie seien zum Kampf bereit, wie sie sich darauf gefreut hatten, Helden zu werden. Und wie bewundernd die jungen Frauen – eigentlich Mädchen – zu ihnen aufgeblickt hatten. Plötzlich schauderte es sie, und als Gil ihr liebevoll versicherte, um ihn brauche sie sich keine Sorgen zu machen, konnte sie ihm nicht sagen, dass sie gar nicht an ihn gedacht hatte.

»Wenn wir warten wollen, sollten wir es vielleicht noch niemandem sagen«, sagte sie vorsichtig.

»Ach?«

»Wir könnten es noch ein bisschen für uns behalten, unser Geheimnis, bloß ein paar Wochen lang. Solange kann sich niemand eine Meinung über uns bilden oder sich einmischen.«

»Wenn du willst.«

»Ja, falls du nichts dagegen hast.«

»Mir ist es gleich. Wir sind uns einig, das ist die Hauptsache.«

»Danke.« Sie legte die Hand an sein Gesicht. Er hatte einen Fleck auf der Krawatte, und sie sah, dass er sein Hemd schief zugeknöpft hatte. Diese zerstreute Gleichgültigkeit gegenüber seiner äußeren Erscheinung gefiel ihr;

für geschniegelte Männer hatte sie nichts übrig. Gil wird immer etwas leicht Zerzaustes an sich haben, dachte sie und stellte sich sie beide als altes Paar vor, das so wie jetzt beim Essen saß und sich nach vielen gemeinsamen Jahren über ihre Lebensreise unterhielt. Sie fühlte sich komisch bei dem Gedanken, überschwemmt von Gefühlen, die sie weder erkannte, noch zu benennen wusste.

Er brachte sie nach Hause, doch er kam nicht mit hinauf. Das allmonatliche Elend, erklärte sie ihm wahrheitsgemäß. Er strich ihr das Haar aus dem Gesicht und erklärte ihr, diesen Tag werde er sein Leben lang nicht vergessen.

Solange es noch ein Geheimnis war, wollte Eleanor keinen Ring, doch am nächsten Samstag gingen Gil und sie nach Hatton Garden, dem Viertel der Goldschmiede und Uhrmacher. In einem kleinen Eckladen kaufte er ihr eine goldene Kette – so dünn, dass man sie auf der Haut kaum sah.

»Ich trage sie immer noch«, sagte Eleanor zu Peter, und ihre Stimme war weich und brüchig vor Müdigkeit. Sie zerrte am Halsausschnitt ihres blauen Kleids, und er sah ein leichtes Schimmern. »Ich habe sie nie ausgezogen, außer einmal, als der Verschluss kaputt war und ich sie reparieren lassen musste. Die werden sie vermutlich, wie ich es Thea gesagt habe, mit mir einäschern. Richtig wäre es.«

Unter großer Mühe erhob sie sich von ihrem Platz, und Peter trat näher und fasste sie am Ellbogen, um ihr zu helfen.

»Was ich Ihnen da erzähle, ist wohl eine Liebesgeschichte«, sagte sie, als sie untergehakt den Raum verließen. »Und ich habe Gil geliebt.«

Statt hinauf in ihr Zimmer zu gehen, wollte sie in die Küche. Ihr war kalt, und sie brauchte etwas Warmes zu trinken. Peter machte ihr in einer großen Tasse einen Kräutertee, und sie legte ihre knotigen Finger darum und seufzte, als der Dampf ihr ins Gesicht stieg. Er nahm einen Schal, der auf dem alten Sofa lag, wo die Katzen normalerweise schliefen, und legte ihn ihr um die Schultern. Dabei spürte er ihre spitzen Knochen.

»Jetzt, da ich einmal angefangen habe«, sagte sie, »wie kann ich da wieder aufhören?«

15

Eleanor Wright kam aus dem Schultor. Es war ein langer Tag gewesen, und sie war müde und überlegte, dass sie sich zum Abendessen ein Ei kochen und dann mit einem Roman früh zu Bett gehen würde. Um Geld zu sparen, hatte sie am Morgen nicht den Bus genommen, sondern war zu Fuß zur Arbeit gegangen; jetzt taten ihr in den billigen schwarzen Schuhen die Füße weh. Sie bemerkte, dass die Manschetten ihrer weißen Bluse ein wenig schmuddelig waren, obwohl sie sie doch am Morgen frisch angezogen hatte, und in ihrem Strumpf war eine Laufmasche. Sie musste ihn am Abend flicken, und wenn es genug warmes Wasser gab, würde sie sich die Haare waschen. Ihre Haut war feucht von der Hitze. Sehnsüchtig dachte sie ans Land mit seiner sanften Luft, an den milden, sauberen Wind, der durch die Äste des alten Pflaumenbaums strich.

Sie wollte gerade die Straße überqueren, da erspähte sie auf der anderen Straßenseite eine Gestalt, die an einem Laternenpfahl lehnte. Sie blieb stehen und beschirmte die Augen mit einer Hand, denn die grelle Sonne verwandelte die Menschen in Silhouetten. Obwohl sie sein Gesicht nicht erkennen konnte, wusste sie, dass es er war. Eine Hupe dröhnte; jemand brüllte ihr etwas zu. Sie bemühte sich, mit ruhigen Schritten weiterzugehen und ein ausdruckloses Gesicht zu machen, als sie die Straße überquerte, auch wenn ihre Beine wie Gummi waren.

»Hallo«, sagte er, löste sich vom Laternenpfosten und trat auf sie zu. Er trug denselben Anzug wie bei dem Picknick, alt und abgetragen. Er hatte nicht sein öffentliches Lächeln aufgesetzt, sondern blickte sie ernst und still an. Sein Gesicht war schmaler, als sie es erinnerte. »Ich warte seit Stunden!«

»Warum bist du überhaupt hier?«

»Um dich zu sehen«, antwortete er, ohne sich an ihrer Schroffheit zu stören.

»Ich habe keine Zeit. Ich bin mit Freunden verabredet.«

»Kann ich dich vielleicht ein Stück des Wegs begleiten?«

»Ich glaube nicht.« War das ihre Stimme, so knapp und kalt?

Er sah sie an. »Gut«, sagte er. »Ich habe dir etwas mitgebracht.«

Sie sah, dass er über der Schulter eine Tasche trug.

»Was?«

»Ein paar Bücher.«

»Für mich?«

»Du hast gesagt, du liest gern.«

»Ja, aber das wäre doch nicht nötig gewesen.«

»Hier.« Er kramte in der Tasche herum. »*Früchte des Zorns*. Hast du das gelesen?«

»Nein.«

»Und *Briefe aus Island*. Das haut dich um. Und dann noch«, er zog den dritten ramponierten Band heraus, »*Mein Katalonien*. Da geht es um Spanien.«

»Ich weiß. Sind das deine?«

»Ja.«

»Die kann ich nicht annehmen.«

»Ich borg sie dir.«

»Und wann gebe ich sie dir zurück?«

»Wenn du sie gelesen hast«, antwortete er sachlich.

»Warum kann ich dich nicht begleiten?«

»Es ist einfach keine gute Idee.«

»Warum?«

»Darum.«

»Triffst du dich wirklich mit Freunden?«

»Das geht dich nichts an.«

»Ich würde dich gern wiedersehen.«

»Nein.«

»Du willst mich nicht sehen?«

»Nein. Es war sehr nett von dir, mir die Bücher zu bringen ...«

»Nicht nett. Ein Vorwand. Ein ziemlich kläglicher«, fügte er kleinlaut hinzu.

»Genau. Deswegen kann ich dich nicht sehen.«

»Wegen Merry?«

»Ich kann dich nicht sehen«, wiederholte sie. Sie bewegte sich auf schmalem Grat, sie durfte keine Sekunde davon abweichen.

»Hier.« Er drückte ihr die Bücher in die Hand. »Ich lasse dich jetzt gehen.«

»Das ist das Beste.« Enttäuschung schnürte ihr die Kehle zu.

»Aber wir sehen uns bald wieder.«

Am nächsten Tag war er wieder da, lehnte in demselben schäbigen Anzug an demselben Laternenpfosten.

»Kein Vorwand diesmal«, sagte er und zeigte seine leeren Hände vor.

Sie ging an ihm vorbei.

An diesem Abend war sie besonders liebevoll zu Gil. Sie sagte sich, wie froh sie sei, ihn zu heiraten, und das war sie auch. Die drei Bücher schob sie unter ihr Bett, wo sie aus dem Blickfeld waren. Stunde um Stunde lag sie wach, und ihre offenen Augen brannten vor Erschöpfung im Dunkeln. Sie war regelrecht krank vor Begehren. Ihr Körper war weich und knochenlos, und sie malte sich aus, wie er sie anfasste. Und wie sie ihn ließ.

Am nächsten Tag, einem Freitag, war er wieder da. Sie ging auf der anderen Straßenseite vorüber. Sie blickte stur an ihm vorbei, auch wenn es sie alle Willenskraft kostete, sich nicht umzudrehen, um zu sehen, ob er ihr folgte. An der Ecke drehte sie sich um, und er war fort. Sie redete sich in Rage gegen ihn; vor Zorn federte ihr Körper förmlich. Er hatte kein Recht, vor ihrer Schule herumzulungern und ihr Nein nicht zu akzeptieren.

Eines Tages, sagte sie sich, während sie steif davonging, die Wirbelsäule starr vor Entschlossenheit und mit wild rasendem Herzen, eines Tages, sehr bald, bin ich über all das hinweg und das schreckliche Begehren, das an meinem Bauch nagt und meine Beine in Pudding verwandelt, hat sich verflüchtigt. Dann wäre sie wieder ganz bei dem, was real war: Gil, ihre Arbeit, das Gefühl, ein selbstbeherrschter und gebundener Mensch zu sein. Sie musste sich nur zusammenreißen. Sie durfte sich nicht gehenlassen.

Am nächsten Tag war sie mit Gil verabredet, doch an diesem Abend wusste sie nicht recht etwas mit sich anzufangen. Sie wusch ihre Kleider und ließ sich reichlich Zeit dabei. Dann ging sie in die Badewanne und lag im Wasser, bis es nur noch lauwarm war. Sie räumte ihre beiden Zimmer auf, obwohl sie eigentlich ordentlich waren, und versuchte zu lesen, musste jedoch feststellen, dass nichts hängenblieb. Einmal holte sie die Bücher unter ihrem Bett hervor und starrte darauf, doch dann schob sie sie grob wieder außer Sichtweite. Als es an die Tür hämmerte, machte ihr Herz einen Satz. Sie sprang auf und ordnete mit fahrigen Händen ihre Haare. Sicher war er es. Und einen Augenblick lang ließ sie zu, dass Freude darüber sie durchströmte.

Doch es war Gladys, die ihr sagte, es sei jemand für sie am Telefon.

»Hat er seinen Namen genannt?«

»Kein Er. Eine junge Dame. Mary, glaube ich?«

Es war Merry. Sie rief von einer Nachbarin aus an – daheim hatten sie noch kein Telefon –, sie wollte am nächsten Tag nach London kommen, um Eleanor zu besuchen. Aus einer Laune heraus sagte sie, ein Tag mit ihrer großen Schwester. Passte das?

»Selbstverständlich.« Eleanor bemühte sich um den richtigen Tonfall, doch es kam zu munter und nachdrücklich heraus. »Ich bin zwar mit Gil verabredet, aber er freut sich bestimmt, dich zu sehen.«

»Ich will euch nicht stören.«

»Das tust du nicht.«

»Wenn du meinst.«

»Ja. Ist alles in Ordnung?«

»Was meinst du damit? Warum sollte nicht alles in Ordnung sein?«, versetzte Merry spitz.

»Kein Grund.«

»Alles ist gut, danke. Ich dachte nur, es wäre nett, dich mal zu besuchen. Die Sehenswürdigkeiten zu besichtigen.« Sie kicherte nervös.

»Schön.« Eleanor hielt den Hörer viel zu fest gepackt. »Wir werden uns schon amüsieren.«

Eleanor holte Merry vom Bahnhof ab. Sie trug ein hellblaues Kostüm aus einem billigen Stoff. Der Rock war so eng, dass sie nur Trippelschritte machen konnte. Eleanor entdeckte eine zarte Linie am Saum, wo sie ihn ein Stückchen herausgelassen hatte. Ihr Haar hatte Merry im Nacken zu einem Knoten frisiert, für den sie sicher Ewigkeiten gebraucht hatte, und sie hatte knallroten Lippenstift aufgetragen – an ihren kleinen weißen Zähnen war ein winziger Fleck. Sie sah absurd jung aus, wie ein Kind, das mit Erwachsenensachen Verkleiden spielt. Die neuen Glacéhandschuhe, die sie trug, waren wahrscheinlich ein Geburtstagsgeschenk. Sie zog sie immer wieder an und aus. Das Medaillon, das Eleanor ihr geschenkt hatte, hing ihr um den Hals. Der Tag war schon warm, und Merry standen Schweißtröpfchen auf der Stirn. Als sie sich umarmten, stiegen Eleanor Lavendel und Schweiß in die Nase. Merry war strahlend nervös; sie fühlte sich in der großen Stadt offensichtlich fehl am Platze. Und doch so hübsch, dachte Eleanor, die sie beobachtete, während sie zusammen die Straße überquerten: mit ihrem herzförmigen Gesicht und ihren zarten Zügen, ihrem glänzenden Haar und ihren klaren blauen Augen. Und wie sie den Blick vertrauensvoll auf einen richtete und sich, wenn sie lächelte, in ihren glatten Wangen Grübchen bildeten.

»Und, wie geht es dir?«, fragte sie, sobald sie einen Platz in *Lyon's Bar* am Bahnhof gefunden hatten, wo Gil sich mit ihnen treffen wollte, und eine Kanne Tee bestellt hatten.

»Sehr gut«, antwortete Merry wie aus der Pistole geschossen. »Findest du nicht, dass ich gut aussehe?«

»Du siehst reizend aus«, sagte Eleanor. »Wie immer.«

»Aber du wirkst ein wenig käsig und müde, Ellie, wenn du mir die Bemerkung erlaubst«, sagte Merry.

»Findest du?«

»Ja. Du hast Ringe unter den Augen.«

Eleanor hob eine Hand ans Gesicht, wie um es vor Merrys forschendem Blick zu schützen.

»Und du kommst mir dünn vor. Warst du krank?«

»Nein. Ich schlafe nur gerade nicht gut. Vielleicht die Hitze.«

»Mhm.« Merry neigte den Kopf zu einer Seite. »Pass bloß auf, dass du nicht zu klapprig wirst.«

Eleanor war überrascht über den Anflug von Gehässigkeit in Merrys Stimme, doch sie ließ sich nichts anmerken.

»Da hast du recht. Da muss ich unbedingt aufpassen«, sagte sie nachsichtig.

»Das würde Gil nicht billigen.«

»Ich glaube nicht, dass es mir darum geht, Gils Billigung zu erringen.«

»Oh?« Vornehm hochgezogene Augenbrauen. »Wie geht es Gil überhaupt?«

»Gut.«

Und da war er auch schon, schob sich mit einem Deckel-

korb in der Hand durch die Tür, einen Hemdsärmel hoch-
gekrempelt, den anderen nicht, verschwitzt und strahlend.
Er kam herüber, küsste Eleanor auf die Wange und reichte
Merry die Hand.

»Hallo«, sagte er fröhlich. »Wie nett.«

Merry blickte zu ihm auf, Grübchen in den Wangen,
große Augen, die roten Lippen zu einem Lächeln verzogen.

»Ja«, sagte sie. »Ja, sehr nett. Freut mich, dich endlich
richtig kennenzulernen. Eleanor hat mir so viel über dich
erzählt.«

»Ehrlich?«, fragte Gil entzückt.

»Nein«, warf Eleanor ein.

»Ach, Ellie«, sagte Merry und ließ ihr plätscherndes
Lachen hören, warf den Kopf zurück und zeigte ihren weißen Hals. »So war sie schon immer.«

»Wie?«

»Muss immer widersprechen.«

Sie gingen in den Park, wo Gil die Decke ausbreitete und
ein wenig schüchtern, aber stolz sein Picknick präsentierte.
Der Himmel war blau, und im Park war viel los. Sie aßen
Sandwiches und hart gekochte Eier, während im Musik-
pavillon eine Kapelle spielte und kleine Kinder in Zweier-
reihen vorbeigingen, angeführt von einer strengen Frau in
einem langen, schwarzen Mantel.

»Wie herrlich«, sagte Merry und leckte sich die Finger
ab.

»Nicht so toll wie dein Picknick.« Gil steckte sich eine
Kirsche in den Mund und legte sich auf den Rücken. »Das
war eine fröhliche Party.«

»Hat sie dir gefallen?«

»Selbstverständlich.«

Sie wandte sich an Eleanor. »Dir auch, Eleanor?«

»Ja.«

»Das dachte ich mir.«

»Du hattest Glück mit dem Wetter.«

»Ja. Mit wem hast du dich unterhalten?«

»Ach, hauptsächlich mit Emma. Und mit Lily Glover und ein bisschen mit Clive Baines. Und natürlich mit Gil.«

»Und mit Michael.«

»Ja, stimmt.«

»Worüber habt ihr gesprochen?«

»Das weiß ich nicht mehr so genau. Ich habe ihm wohl ein bisschen von der Schule erzählt.«

»Hat er was über mich gesagt?«

»Ich weiß nicht. Vielleicht.«

Gil zog den Hut über die Augen.

»Wie findest du ihn?«

»Er scheint nett zu sein«, antwortete Eleanor gleichgültig.

»Nett. Ist das alles?«

»Es war nur ein kurzes Gespräch.«

»Hast du ihn seitdem gesehen?«

»Was?«

»Er hat gesagt, er würde nach London fahren. Ich dachte, du hättest ihn vielleicht zufällig gesehen.«

Eleanor brachte es nicht über sich, sie direkt anzulügen. »Wie kommst du darauf?«, fragte sie stattdessen.

»War nur so ein Gedanke.«

»London ist eine große Stadt, Merry. Da läuft man Leuten nicht einfach zufällig über den Weg.«

»Das weiß ich auch.«

»Ich weiß doch nicht mal seinen Nachnamen. Ich weiß nichts über ihn.«

»Erinnerst du dich noch, was ich an dem Abend vor dem Picknick zu dir gesagt habe?«

»Was meinst du denn?«

»Ich habe gesagt, wenn ich etwas will, dann kriege ich es auch.« Sie lächelte ihre Schwester an, und im ersten Augenblick erschrak Eleanor regelrecht über die Härte in ihren zarten Zügen. »Mir stellt sich nichts in den Weg.«

»Ja, ich weiß noch, dass du das gesagt hast.« Sie zögerte, schaute kurz zu Gil und fuhr dann fort: »Ich habe mir Sorgen um dich gemacht, als du das sagtest.«

»Warum?« Ihr hohes, perlendes Lachen.

»Weil niemand immer bekommt, was er will. So läuft es nicht im Leben.«

»Bei mir wohl. Das war schon immer so.«

»Ich will nicht, dass man dir wehtut.«

Merry verzog ein wenig die Lippen.

»Falls er nicht dasselbe empfindet … «, wagte Eleanor sich vor. Sie erinnerte sich an sein Gesicht, seinen durchdringenden Blick, die Art, wie er sie angesehen hatte, und es schnürte ihr die Kehle zu.

»Warum sagst du so etwas?«

»Ich sage ja nur, falls.«

Gil rührte sich und nahm den Hut vom Gesicht. Sein Haar war verschwitzt. Er setzte sich auf und machte sich daran, die Picknicksachen in den Korb zu packen.

»Es wird Zeit, dass wir aufbrechen«, sagte er. »Ich habe ein volles Programm für dich zusammengestellt, Merry, bevor du mit dem Zug wieder nach Hause fährst!«

Nachdem Merry abgereist war, gingen Eleanor und Gil mit Emma und deren neuem Freund, Anthony, der sich als Maler einen Namen zu machen versuchte und sich betont dekadent gab, ins Kino. Am Sonntag aßen sie bei Gils Mutter, die sich große Mühe gab, höflich zu sein, zu Abend. Gil brachte Eleanor nach Hause, und an der Tür nahm er sie in die Arme, küsste sie und erklärte ihr, er sei der glücklichste Mann der Welt. In der Sicherheit seiner Arme versuchte sie, nicht an Merrys munteres, unglückliches Gesicht zu denken.

16

Am Montagnachmittag kam Eleanor aus der Schule und sah über die Straße. Für einen Augenblick hatte sie das Gefühl, jemand quetschte ihre Eingeweide zusammen. Es war niemand da. Er hatte also aufgegeben, hatte sie endlich beim Wort genommen. Sie müsste erleichtert sein. Es war vorbei.

»Es ist vorbei«, flüsterte sie leise, wie um die Worte auszuprobieren. Auch wenn es natürlich nie angefangen hatte. Merry hatte nichts mehr zu befürchten, und auch sie selbst hatte nichts zu befürchten. Es war nichts passiert, und niemand musste je erfahren, was sie empfunden hatte, was für Spalten sich unter ihren Füßen aufgetan hatten. Mit ausdrucksloser Miene blieb sie reglos stehen und wusste nicht, was sie mit sich anfangen sollte. Es kam ihr schier unmöglich vor, nach Hause zu gehen und sich ihrer langweiligen abendlichen Routine zu widmen. Arbeiten, Strümpfe und Unterwäsche waschen, ein schlichtes Abendessen zubereiten, am Fenster sitzen. Gil würde anrufen, und sie würde ihm von ihrem Tag erzählen, und er würde sie »Schatz« nennen und »mein Liebling«. Von unten würde Terence' Husten zu ihr heraufdringen.

Eine Hand berührte sie von hinten an der Schulter, und sie schoss herum.

»Michael!«, sagte sie, und die jähe Freude in ihrer Stimme war nicht zu überhören.

»Hallo.« Er lächelte sie mit solcher Liebenswürdigkeit an, dass sie das Gefühl hatte, noch nie so angelächelt worden zu sein – als würde er durch alle Schichten von ihr hindurchsehen, durch Verdrießlichkeit, Sturheit und Angst.

»Du darfst nicht hier sein.« Eine letzte Anstrengung. Ihre Stimme klang brüchig, als wäre sie außer Atem vom Laufen. »Du musst jetzt gehen. Ich werde Gil heiraten.«

Ein paar Sekunden lang sah Michael sie an, ohne etwas zu sagen, die Stirn nachdenklich gerunzelt. Wenn er so getan hätte, als wüsste er nicht, warum sie mit solcher Vehemenz sprach oder ihm so plötzlich von ihrer Verlobung erzählte, als wäre es ihre letzte Bastion gegen ihn, dann hätte er sie außer Gefahr gebracht. Dann hätte sie auf dem Absatz kehrtmachen und ihn dort stehenlassen können. Doch das tat er nicht. Er starrte sie nur an und sagte dann: »Wollen wir ein paar Schritte gehen?«

Und sie nickte, und sie gingen ohne ein bestimmtes Ziel zusammen die Straße hinunter, ohne einander zu berühren oder sich anzusehen, auch wenn Eleanor seine körperliche Nähe spürte, als würden elektrische Ströme knisternd ihre Arme hinunterfahren. Sie blickte stur geradeaus auf das alltägliche Treiben auf der Straße und wusste dabei genau, wann er den Blick auf sie richtete, so sicher, als hätte er sie angefasst. Ihre Beine konnten unmöglich stark genug sein, um sie zu tragen. Sie versuchte sich an den Entschluss zu erinnern, den sie über ihrem Becher Tee und ihrem süßen Brötchen gefasst hatte, aber das kam ihr schrecklich lange her vor und die Frau, die sie damals gewesen war, erschien ihr weit weg und unwirklich. Sie versuchte sich darauf zu konzentrieren, wo sie hingingen, und sah die ärmliche Gegend mit Michaels Augen. Sie kamen an der Cable Street und dem Schauplatz der gewalttätigen Auseinandersetzungen vorbei, wo Mosleys Faschisten hatten umkehren müssen. Sie überlegte, Michael zu erzählen, dass sie dabei gewesen war, am Rand der Geschichte, doch ihre Kehle war wie zugeschnürt und die dummen Worte steckten darin quer wie Knochen. Ein Mann, der ein Fahrrad schob, kam ihnen entgegen, und im Vorbeigehen sah Eleanor, dass es der Vater einer Schülerin war. Er lüpfte den Hut, und sie nickte und lächelte matt.

Sie dachte: Irgendetwas passiert gerade mit mir. Dabei hatte sie ja die Wahl. Sie konnte sich abwenden, und wenn sie es nicht tat, war sie verantwortlich. Sie stellte sich vor, wie sie stehenblieb und Michael sagte, sie werde augenblicklich nach Hause gehen und wolle ihn nie wiedersehen. Sie konnte ihn mit fester, kalter Stimme abweisen. Sie hörte es schon im Kopf, malte sich das höfliche, versteinerte Gesicht aus, das sie dazu machen würde. Lass mich bitte in Ruhe. Diesmal würde er ihr zuhören. Es wäre unwiderruflich. Aber sie gingen immer noch im Strom der Menschen unter einem silbernen Himmel. Gänsehaut kribbelte auf ihren Armen.

»Hier«, sagte er, und sie bogen von der Straße auf den Grund einer hübschen weißen Kirche, an der Eleanor schon oft vorbeigegangen war, die sie aber noch nie betreten hatte. Die lärmende Welt blieb zurück. Der Friedhof war groß und angelegt wie ein öffentlicher Park. Es gab etliche Reihen Grabsteine, einige bemoost, die sich in alle Richtungen neigten, andere jüngeren Datums, davor in den Boden eingelassene Vasen mit frischen Blumen. Eine alte Frau legte

gerade einen in ein großes, grünes Blatt gewickelten Veil-
chenstrauß auf eine winzige Grabstelle. Ein Kindergrab,
dachte Eleanor. Vielleicht ein Kind, das vor Jahrzehnten gestorben war, und diese alte Frau war die Mutter, die Jahr für
Jahr immer noch kam, um seiner zu gedenken, lange nachdem alle anderen es vergessen hatten. Ihr Herz kam ihr zu
groß vor in ihrer Brust. Sie war in Hochstimmung und voller Angst. Ich könnte weglaufen, dachte sie. Sie musste weglaufen. Bevor es zu spät war. Bevor sie etwas tat, was sie
bitter bereuen würde. Eines Tages würde sie sich dafür hassen. Ihr Körper war träge und ihre Haut kam ihr zu dünn
vor, so wie letztes Jahr, als sie wochenlang mit Grippe im
Bett gelegen hatte.

Schließlich blieb Michael an einem alten, knorrigen Quittenbaum mit seinen schlaffen Blättern und letzten weichen,
rosafarbenen Blüten stehen. In der Ferne sah sie die alte Frau
den Friedhof verlassen, langsam und mit gebeugten Schultern, als trüge sie eine schwere Last auf dem Rücken.

»Eleanor«, setzte er an.

»Ich sollte nicht hier sein.« Sie zwang sich zu sprechen,
doch sie sah ihn nicht an, sondern hielt den Blick auf die
dicken Mauern der Kirche und ihre schmalen Fenster gerichtet. »Ich habe dir doch gesagt, ich werde Gil heiraten.«

»Bitte, sieh mich an.«

»Und dann ist da noch Merry.«

»Sieh mich an. Bitte.« Sie hob den Blick und begegnete
dem seinen. Er sah tief in sie hinein. »Wenn du mir sagst,
ich soll gehen, dann gehe ich.«

»Dann geh.« Die Worte kamen tief und kehlig heraus.
Sie machte einen Schritt auf ihn zu, während sie das sagte.
Er rührte sich nicht. »Geh. Bitte geh. Sonst gibt es kein Zu-

rück.« Sie stand vor ihm und hob die Hand, wie um ihn zu berühren oder zu streicheln, doch dann ließ sie sie wieder sinken. »O Gott«, flüsterte sie. »Warum bist du gekommen?«

»Ich musste.« Sie sah, dass er schluckte. »Bitte.«

Wer hat sich zuerst gerührt, wer wen geküsst? Wer wimmert auf vor Lust? Wie können wir einander je wieder loslassen? Jetzt, da wir angefangen haben, wie wollen wir je wieder aufhören? Was haben wir nur getan?

»Geht es Ihnen gut?«, fragte Peter besorgt. Eleanor hatte plötzlich aufgehört zu sprechen. Sie hatte sich mitten im Satz unterbrochen und die Hand an den Hals gehoben und um die zarte goldene Kette gelegt. Ihr Gesicht war blass und ihr Atem ging flach.

»Ja«, brachte sie heraus. »Aber vielleicht bin ich länger aufgeblieben, als mir guttut. Können Sie mir nach oben helfen?«

»Selbstverständlich. Nehmen Sie meinen Arm. Hier.«

Sie stand schwankend auf und hängte sich an ihn, leicht wie eine Feder und auf wackligen Beinen. Sie bewältigten die Treppe, dann trug er sie halb in ihr Schlafzimmer und setzte sie behutsam auf dem Bett ab, wo sie tief gebeugt einen Augenblick sitzen blieb. Er konnte den Grat ihrer Wirbelsäule erkennen.

»Sind Sie krank? Soll ich den Notarzt rufen?«

»Bestimmt nicht. Ich bin nur müde.«

»Kann ich noch etwas für Sie tun?«

»Also, ich werde Ihnen bestimmt nicht erlauben, mich auszuziehen«, antwortete sie in dem Versuch, es zu bagatellisieren. »Aber vielleicht könnten Sie Rose holen.«

»Rose. Sicher. Rühren Sie sich nicht vom Fleck.«

Seine Schritte hallten in dem stillen Haus, als er den Flur hinunterlief. Schon hämmerte er an die Tür des Zimmers, von dem er wusste, dass Rose darin schlief. Es kam keine Antwort, doch als er noch einmal dagegenschlug, hörte er eine verschlafene Stimme und öffnete die Tür. In dem Licht, das vom Flur ins Zimmer fiel, konnte er erkennen, dass sie sich mit strubbeligen Haaren aufsetzte und sich die Augen rieb.

»Was ist?«, fragte sie, die Stimme belegt vom Schlaf.

»Eleanor. Sie bittet um deine Hilfe.«

»Eleanor?« In Windeseile war sie aus dem Bett. Sie trug eine Schlafanzughose und ein altes T-Shirt. »Ist sie krank?«

»Sie sagt, sie sei nur müde.«

»Müde? Warum ist sie überhaupt noch wach? Wie spät ist es?«

»Wir haben uns unterhalten. Ich weiß nicht, wie spät es ist.«

Rose schaute auf ihr Handy, das neben ihrem Bett lag.

»Halb vier.«

»Das war mir nicht klar.«

Er folgte ihr in Eleanors Zimmer. Sie saß noch da, wo er sie verlassen hatte, doch sie wirkte recht friedlich. Die Hände hielt sie im Schoß gefaltet.

»Gran?«

»Tut mir leid, dass ich dich wecken ließ. Du musst mich für sehr egoistisch halten. Es geht mir schon besser.«

»Du hättest schon vor Stunden ins Bett gehen sollen. Warum zum Teufel bist du noch auf?«

»Ich wollte auf sein.« In ihrer Stimme war ein Anflug

von Trotz. »Meinst du, du könntest mir aus meinen Kleidern helfen.«

»Selbstverständlich.«

»Peter! Sind Sie noch da?«

»Ja.«

»Gehen Sie. Ich will nicht, dass Sie zusehen, wie ich ausgezogen werde.«

»Tut mir leid. Schlafen Sie gut. Ich wollte Sie nicht so lange vom Schlafen abhalten.«

»Sie haben mich nicht abgehalten. Das war ich selbst.«

»Träumen Sie schön«, sagte er, und sie hob eine Hand.

Als Rose ging, lag Eleanor in ihrem Bett unter der schweren Daunendecke. Sie spürte noch den Abdruck von Roses Lippen auf der Wange. Sie war so müde, dass ihr alles wehtat. Eine Müdigkeit, die sie nie wieder abschütteln zu können glaubte. Ihre Knochen waren brüchig und wund. Sie hatte Bauchweh, und ihre Kehle fühlte sich an, als steckte etwas darin. In ihrem Kopf war ein leises Trommeln. Das Baumwollnachthemd kratzte auf ihrer Haut wie eine Drahtbürste. Es ist hart, alt zu sein, dachte sie und dann: Man muss hart sein, um alt zu sein. Vielleicht ist es auch genau umgekehrt, und man muss alt sein, um hart zu sein. Die Jungen haben ja keine Ahnung. Sie schloss ihre blinden Augen und stellte sich vor, wieder jung zu sein, als ihre Glieder biegsam waren und ihr Körper noch nicht die schroffen Kanten und die angeschlagene Zerbrechlichkeit des hohen Alters hatte. Wie es war, einen Hügel hinunterzulaufen, Fahrrad zu fahren, den Wind in den Haaren, im Fluss zu schwimmen, im Meer.

Eines nach dem anderen verlor man die Dinge, die

einem etwas bedeuten. Und nie wieder würde sie pulsierend vor Leben im spätnachmittäglichen Sonnenschein auf einem Friedhof liegen, über sich das geliebte, so gut erinnerte Gesicht, das auf sie herabschaute.

Ihr alter, ramponierter, erschöpfter Körper entspannte sich in dem warmen Bett, und der scharfe Druck einzelner Gedanken verschwamm. Sie war in dem Land zwischen Wachen und Schlafen, wo die Zeit sich auflöst und die Toten noch einmal zu den Lebenden zurückkehren.

Sei jetzt mit mir zusammen. Wenn der Quittenbaum aufblüht, weiche Blütenblätter, das frische Grün entrollt, das bin ich, das bin ich, die sich endlich öffnet. Das Sonnenlicht, das durch die jungen Blätter fällt, wie Blütenblätter aus Licht auf die Erde trifft. Grashalme an zarter Haut. Der Abdruck von Schwalben in einem Himmel, der niemals endet. Beängstigendes Blau. Deine Augen, und ich falle hinauf, ertrinke. Geh nicht. Fass mich jetzt an. Gesicht, Hals, Brüste. Dein Atem, Honig und Gewürze. Ich schmecke deine Worte, ich fühle deinen Schmerz, berühre dein Glück mit den Fingerspitzen. Wessen Haut ist dies, wessen Begehren? Wo fange ich an und wo ende ich? Mich schmerzt vor Freude. Mein ganzes Leben habe ich gegeben für diesen Augenblick. Alles habe ich in die Waagschale geworfen, doch du hast alles überwogen. Geh nicht. Warum bist du je gegangen?

Es heißt, die Zeit sei ein Fluss, der für niemanden anhalte, der über die Dämme fließe und alles in seinem Strom mitreiße. Manchmal tief und schnell und klar; manchmal breiter, langsamer, sodass man kaum sieht, dass er sich überhaupt vorwärtsbewegt. Dennoch ist er unerbittlich.

Und es heißt, die Zeit sei eine Reise ohne Wiederkehr: Man macht sich in einer drängelnden, erwartungsvollen Menschenmenge auf den Weg, doch die lichtet sich auf der Reise, und am Ende erkennt man, dass man allein war. Die ganze Zeit war man allein. Man sammelt Lasten auf, während man geht, Erinnerungen, die man tragen muss, und Sünden, die man nicht abwerfen kann, und anhalten kann man nicht. Zurückgehen kann man nicht.

Aber all das stimmt nicht. Die Zeit ist kein Fluss mehr und auch keine einsame Straße, sie ist ein Meer in mir. Ebbe und Flut, die Anziehungskraft eines kalten Mondes, der auf das Wasser scheint. Wissen fällt ab, Unschuld kehrt zurück, Hoffnung frischt auf. Es ist Frühling. Ich wusste nicht, was für eine lange Reise es sein würde, nach Hause zurückzukehren.

17

Als Peter am nächsten Morgen in Laufsachen nach unten ging, war Eleanor noch nicht auf, und Thea und Rose wollten bald fahren. Ihm war kalt vor Müdigkeit. Er zog mehrere Lagen nicht zueinander passender Sachen an, doch es half nichts, ihm wurde einfach nicht warm. Der Winter war im Anmarsch, nein, er war schon da. Der Wind vom Meer fegte schneidend die Schornsteine herunter ins Zimmer. Die Bäume waren so gut wie kahl. Der Boden war nicht mehr matschig oder weich, sondern in harten Rillen erstarrt; das Laub auf dem Boden knirschte, und das Licht war dünn und klar. Heute begriff er, warum Eleanor diesen kalten, abgelegenen Ort verlassen musste. Sie gehörte in das Getriebe der Welt, umgeben von der Wärme und dem Lärm anderer Menschen. Hier lebte sie zwischen den Erinnerungen an ihre ereignisreiche Vergangenheit wie der letzte Mensch auf einem alten, verlassenen Schiff.

Nachdem er gelaufen war und geduscht hatte, ging er ins Gerümpelzimmer und sah sich zwischen Kisten, Tüten, Bücherstapeln und Aktendeckeln um. Aus einem Impuls heraus steuerte er die Ecke an, wo die Taschenbücher gestapelt waren, damit die Familie sie noch einmal durchgehen konnte. Er überflog die Buchrücken und fand schließlich das Gesuchte: *Mein Katalonien*. Der Umschlag war mürbe und einige Seiten hatten sich gelöst. Das wollte sicher keiner mehr, sie würden es wegschmeißen. Er legte es beiseite. Thea und Rose wollten fahren und schauten kurz herein, um sich zu verabschieden. Für eine Weile versank das Haus bis auf den Wind, der an den Scheiben rüttelte, in Schweigen. Doch irgendwann hörte er Eleanor oben herumgehen, und in der Küche klapperten Töpfe und Teller. Eine laute Stimme sprach in dramatischem Tonfall: entweder das Radio oder eines der Hörbücher, die ihr an den Tagen, an denen sie allein hier war, Gesellschaft leisteten. Er sah das Auto der Haushaltshilfe vorfahren, was hieß, dass im Wohnzimmer bald ein Kaminfeuer brennen und der leere Kühlschrank aufgefüllt sein würde. Vielleicht würde sie eine wärmende Suppe kochen, bevor sie wieder fuhr.

Er zappelte durch den Tag. Es waren vor allem noch diverse Papiere und Briefe zu sichten, außerdem dies und das aus Eleanors Leben, was er keiner Kategorie hatte zuordnen können. Kurz erwog er, alles zusammenzufegen und in einen Müllsack zu stopfen. Was spielte es schon für eine Rolle, ob eine verblasste Fotografie einer Frau in einem strengen Rock verschwand oder ein Gruppenporträt, vor langer Zeit irgendwo auf einem Berg aufgenommen, die Teilnehmer in Kniebundhosen und mit Wanderstöcken, sorglos weggeworfen wurde? Wer würde jetzt noch Anspruch darauf erheben? Und doch hatte der Gedanke, dass Menschen einfach so aus der Erinnerung verschwanden, etwas Trauriges: Dass diese Frau mit ihrem vernünftigen Mund und ihrem akkuraten Haarknoten und dieser wunderliche Wandertrupp, der aussah, als wäre die *Titanic* niemals gesunken, ins Feuer geworfen werden sollten, ohne dass jemand herauszufinden versuchte, wer sie waren. Er legte sie zur Seite und blätterte in den diversen Urkunden: die Teilnahmebescheinigung an einem Erste-Hilfe-Kurs, eine erfolgreich abgelegte Schwimmprüfung, eine bestandene Führerscheinprüfung, ein zweiundzwanzig Jahre alter TÜV-Bericht, eine Geldbuße fürs Falschparken, ein Sehtest, ein Folgerezept, eine längst erloschene Versicherung, eine gültige Hausratversicherung, Garantiescheine für einen Aufsitzmäher aus dem Jahr 1977 und für einen Gasboiler, Kindergeldformulare, diverse Kontoauszüge von vor langer Zeit. Eleanor hatte Peter gebeten, alles, was Finanzen betraf, auf einen Stapel zu tun, damit Leon sich darum kümmerte, und er tat die Kontoauszüge pflichtbewusst in den Karton, der vor ihm stand.

Welche Ausmaße die Bürokratie eines einzigen Lebens annehmen konnte, entsetzte ihn regelrecht, dabei warf er hier nur einen Blick auf die letzten Reste. Er selbst öffnete nur selten Briefe von der Bank oder solche, die sein Studiendarlehen betrafen, und hatte seinen Führerschein und seine Sozialversicherungsnummer verkramt. Bei dem Gedanken an ein Sparkonto (irrelevant, denn er hatte nichts zu sparen) sperrte sich alles in ihm, und vermutlich lief sein Pass bald ab oder war sogar schon abgelaufen. Allein bei dem Gedanken, das entsprechende Formular auszufüllen und darauf zu achten, dass die Buchstaben auch in die Kästchen passten und dass sein Foto den Anforderungen genügte, bekam er die Krätze. Erst recht konnte er sich kein Leben mit einer Hypothek vorstellen, einem Auto, einer Lebensversicherung, mit Indexsparen – er hatte keine Ahnung, was Indexsparen eigentlich sein sollte und wollte es auch nicht wissen, aber er hatte das vage Gefühl, dass vernünftige Menschen so etwas taten. Sie hatten Portfolios.

Aktien und Anteile. Sie verfolgten den Börsen-Index. Was war das überhaupt? Für ihn war es nur ein Begriff, den er im Radio gehört hatte und bei dem er an zackige Diagramme und Männer in Anzügen dachte, die durcheinanderschrien und mit den Händen fuchtelten wie Fußball-Hooligans. Seine Großmutter hatte ihm bei ihrem Tod 2.000 Pfund hinterlassen. Er hatte alles auf einmal auf den Kopf gehauen, hatte Kaitlin zu einem lächerlich teuren Essen eingeladen und trotz ihres kichernden Protestes darauf bestanden, einen Wein zu bestellen, der ungefähr ein Pfund pro Schluck kostete, und den Rest für sein Fahrrad verpulvert. Das Fahrrad war der einzige Besitz, an dem er hing. Es brauchte keine Zulassungsplakette und keine Versicherung; um es zu fahren, musste er keine Fahrprüfung ablegen, es waren keine weiteren Verpflichtungen damit verbunden und es gab ihm Freiheit.

Am frühen Abend, als es schon recht dunkel war, kam Eleanor zu ihm und sagte, sie warte im Wohnzimmer auf ihn. Dort hatte fast den ganzen Tag ein Kaminfeuer gebrannt, und die Haushaltshilfe hatte, bevor sie gefahren war, noch zwei große Scheite aufgelegt, die jetzt ordentlich loderten und Hitze abgaben. Peter zog zuerst seine Strickjacke aus und dann seine nicht zueinanderpassenden Socken.

Eleanor bat ihn, Wein einzuschenken, und sie saßen eine Weile schweigend da und lauschten dem geselligen Knistern des Feuers und dem Wind, der draußen in der Dunkelheit toste. Der Hund hatte sich zwischen ihnen langgemacht und zuckte im Schlaf.

»Hieran werde ich mich immer erinnern«, sagte Peter schließlich.

»Das klingt recht wehmütig.«

»Sie waren sehr gut zu mir.«

»Unsinn. Sie haben mir in diesen letzten Tagen hier Gesellschaft geleistet, und ich hatte Sie gern hier.« Sie unterbrach sich einen Moment. »Ich habe mich auch gern mit Ihnen unterhalten«, fuhr sie fort. »Obwohl ich, ganz ehrlich, glaube, dass ich gar nicht mit Ihnen spreche.«

»Mit wem denn dann?«

»Mit den Geistern. Den Geistern der Vergangenheit. Michael. Gil. Mit mir selbst – ich meine mit der, die ich einst war. Lauter Tote. Im Alter hat Zeit nicht mehr dieselbe Bedeutung wie in jungen Jahren, wenn sie stur in eine Richtung fließt. Manchmal scheint mir, als würde ich mich gar nicht erinnern, sondern zurückkehren. Wenn ich Ihnen erzähle, was passiert ist, bin ich wieder dort, in diesen schrecklichen Tagen. Ich weiß natürlich die ganze Zeit, wer ich bin: die alte Eleanor Lee, die am Kamin sitzt und sich an die junge und dumme Person erinnert, die sie einst war, als erinnerte sie sich an eine Fremde. Können Sie fahren?«

»Wie bitte?«, fragte er verdutzt.

»Haben Sie einen Führerschein?«

»Ähm. Ja.«

»Gut. Ich weiß nicht, warum ich nicht längst darauf gekommen bin. In der Garage steht ein altes Auto. Es ist immer noch versichert. Manchmal nutzen die Enkelkinder es, und manchmal brauchen meine Helfer es, um Besorgungen zu erledigen.«

»Aber warum sollte ich es fahren?«

»Ich dachte, wir könnten einen Ausflug machen.«

»Einen Ausflug?«

»Müssen Sie alles mit einem Hauch von Panik in der Stimme wiederholen?«

»Tut mir leid. Wohin denn?«

»Meine Schwester besuchen.«

»Merry.«

»Ja.«

»Ist es weit?«

»Ungefähr achtzig Kilometer.«

»Ich weiß nicht, ob das so eine gute Idee ist. Ich habe zwar einen Führerschein, aber ich bin bestimmt schon drei Jahre nicht mehr gefahren, und auch davor war ich kein besonders guter Fahrer. Die Fahrprüfung habe ich erst beim dritten Mal bestanden und wahrscheinlich überhaupt nur, weil der Fahrlehrer die Quote erfüllen musste.«

»Sie kriegen das schon hin.«

»Ich weiß nicht, Eleanor. Sie haben mich noch nicht fahren sehen.«

»Wir fahren gegen neun los, und selbst wenn Sie über die Landstraße kriechen, können wir vor elf da sein. Auf dem Rückweg essen wir in einem Pub zu Mittag. Es ist Ewigkeiten her, seit ich in einem Pub gegessen habe. Gil und ich haben das oft gemacht auf unseren Reisen. Meine Kinder gehen mit mir immer in spießige Restaurants oder feine Cafés. Ich könnte Schweinshaxe und Pommes frites essen und *Treacle Tart*. Und Bier trinken.«

»Was ist mit meiner Arbeit?«

»Was soll damit sein? Sie sind doch so gut wie fertig, oder?«

»Gewissermaßen.«

»Es gibt keine Geheimnisse mehr, Peter. Sie haben gefunden, was Sie finden sollten. Mehr ist nicht da, was mich verraten könnte.«

18

Wie in einem Nebel ging Eleanor zurück in ihr möbliertes Zimmer. Eigentlich müsste sie sich schuldig fühlen. Und in der Tat brachen Schuldgefühle in so gewaltigen Wellen über sie herein, dass sie kaum einen Fuß vor den anderen setzen konnte und immer wieder stehenbleiben musste. Außerdem verschlug es ihr schier den Atem, vor Entsetzen, aber vor allem auch von einem Jubilieren, das durch sie hindurchfegte wie ein sauberer, starker Wind. Und dann wurde sie von einer Freude emporgehoben, die so gewaltig war, und einer Beglückung, die so körperlich war, dass sie davon fortgetragen wurde, erfüllt von einer Vitalität, die sie so noch nie erfahren hatte. Ihr schien, als tobte in ihr ein Kampf, und sie fragte sich, wie all das in ihr vor sich gehen konnte, ohne dass es den Menschen, die ihr auf der Straße begegneten, auffiel. Wieso hatte sie das nicht gewusst? Wieso hatte niemand sie gewarnt? Sie wollte die Szene aus ihren Gedanken vertreiben und einfach nur gehen, einen Fuß vor den anderen setzen, so schnell, dass es in den Schenkeln schmerzte, doch sie konnte nicht verhindern, dass ihr das, was passiert war, immer wieder vor Augen stand. Ihre Haut brannte von seinen Bartstoppeln, und ihre Lippen waren wund. Ihr ganzer Körper pulsierte. Ihr Bauch rumorte. Die kurze Episode auf dem Friedhof war viel wesentlicher als die Plackerei in der Dunkelheit ihres Schlafzimmers beim Sex mit Gil. Michael hatte sie sich wirklich hingegeben. Eine heiße Röte überkam sie bei der Erinnerung daran, wie sie sich an ihn geschmiegt hatte und ihr ein seltsames Wimmern und ein erschrockenes, heiseres Stöhnen entfahren waren – Laute, wie sie sie noch nie von sich gegeben hatte –, und wie er ihr Begehren entfacht hatte, bis es ihren ganzen Körper durchströmte. Ein paar Minuten lang hätte sie alles, ja, alles getan, um dieses quälende Verlangen zu stillen. Wie ein Tier, dachte sie jetzt. Selbst wenn die alte Dame zurückgekommen wäre, hätte sie nicht aufhören können, ihn zu küssen, sich ihn an sich zu schmiegen und sich ihm entgegenzudrängen und sich von ihm berühren zu lassen. O Gott.

Sie blieb wieder kurz stehen und lehnte sich, um Fassung ringend, an eine Mauer. Ihre Frisur hatte sich halb aufgelöst, und als sie die Hand hob, um sie zurechtzurücken, stellte sie fest, dass sie Grashalme im Haar hatte. Wie sah sie aus? Sie holte die Puderdose aus ihrer Handtasche und klappte den Spiegel auf. Ihr Gesicht war blass, ihre Augen glänzten, ihre Lippen waren wund. Am Hals hatte sie einen kleinen blauen Fleck, und sie knöpfte die Bluse weiter zu, um ihn zu verbergen. Sie sah gar nicht aus wie sie selbst, nicht wie das kontrollierte Ich, das sie normalerweise der Welt präsentierte. Ihre Grenzen lösten sich auf, ihre Oberfläche barst. Sie hatte seinen Tabakgeschmack im Mund. Alles, was sie sonst so gut verschlossen hielt, brach sich Bahn. Sie atmete ein paarmal tief durch und ermahnte sich mit der Stimme ihrer Mutter, sich zusammenzureißen. Dann richtete sie ihre Frisur und puderte sich die Nase. Trotzdem war sie überzeugt, dass jeder, der einen Blick auf sie warf, es erriet. Gil würde es erraten. Nein, Gil war keiner von denen, die Mutmaßungen anstellten; er vertraute ihr und war sich ihrer Liebe sicher. Er wusste – oder besser, glaubte zu wissen –, dass sie sich, einmal versprochen, an ihr Wort halten würde. Er zweifelte nicht an seiner Liebe und auch nicht an ihrer. Kurz nachdem sie von Merrys Geburtstagspicknick zurückgekommen waren, hatte sie ihm erklärt, sie habe zwar ihre Tage bekommen, aber mit weiterem Sex sollten sie auf jeden Fall bis nach der Hochzeit warten. Sie fühle sich nicht sicher, hatte sie ihm erklärt, obwohl er ja verhütet hatte. Außerdem mochte sie die Heimlichkeiten nicht, an Gladys' und an Terence' Türen vorbeizuschleichen, voller Angst, die beiden könnten das Knarren ihres Bettes hören. Sie spürte, dass sie zu viele Ausreden auf einmal vorbrachte, die sich gegenseitig verwässerten, doch Gil war nichts aufgefallen. Er hatte einen Arm um sie gelegt, ihr einen Kuss auf den Haaransatz gedrückt und gesagt, das verstehe er natürlich. Er werde warten, denn bald würden sie ja jede Nacht zusammen sein. Er bat um Verzeihung, falls sie sich von ihm in irgendeiner Art unter Druck gesetzt gefühlt hatte. Eleanor hatte gelacht.

»Wie das denn? Wenn ich mich recht erinnere, habe ich dich doch mit zu mir geschleift.«

»Na ja, schleifen musstest du mich nicht gerade.«

»Jedenfalls kannst du nicht so tun, als wärst du ein Schuft, der sich einem armen, unschuldigen Mädchen aufgezwungen hat.«

Immerhin hatte sie sich gegenüber Gil herausgeredet, bevor sie Michael auf dem Friedhof geküsst hatte. Sonst wäre sie vielleicht vor lauter Schuldgefühlen und Selbstbestrafung mit ihm ins Bett gegangen – weil sie es nicht wollte, weil sie sich hasste.

Eleanor öffnete die Haustür. Gladys stand im Flur und legte gerade den Hörer auf die Gabel.

»Eleanor!«, sagte sie. »Du bist zu spät.«

Egal, was sie sagte, immer zog sie die Augenbrauen hoch und setzte ein wissendes Lächeln auf. Sie roch nach Sardinen und Zigaretten, und die Naht ihrer rosafarbenen Strickjacke hatte einen langen Riss.

»Wofür?«

»Eben war dein junger Mann am Telefon.«

Das Blut schoss Eleanor ins Gesicht.

»Gil?«

»Hast du noch andere junge Männer, von denen ich nichts weiß?«

»Was wollte er denn?«

»Natürlich mit dir sprechen.«

»Oh.«

»Geht es dir gut?«

»Selbstverständlich.«

»Du wirkst ein bisschen erhitzt.«

»Vielleicht weil ich zu Fuß gegangen bin.«

»Das wird es sein. Ich habe ihm gesagt, du würdest ihn anrufen.«

»Danke. Das mache ich ein bisschen später.«

»Ihr habt euch hoffentlich nicht gestritten?«

»Natürlich nicht. Ich bin nur müde und habe Kopfschmerzen.«

Als sie die Treppe hinaufging, spürte sie Gladys' helle Augen. Gladys behauptete gern von sich, sie wisse alles, bevor es geschehe, und in diesem Augenblick glaubte Eleanor fast, dass es stimmte.

Sie schloss die Vorhänge und legte alle Kleider ab. Sie

rochen nach ihm. Dann wusch sie sich im Waschbecken, spritzte sich Wasser in die Achseln, zwischen die Beine und in ihr brennendes Gesicht. Der blaue Fleck an ihrem Hals war noch deutlicher zu sehen. Sie legte einen Finger darauf und spürte das Pochen der Schlagader.

Ich muss Gil anrufen, ermahnte sie sich, doch was sollte sie ihm sagen? Sie vergrub den Kopf in den Händen und überlegte. Sie hatte Michael erklärt, sie wolle ihn unter keinen Umständen wiedersehen. Sie hatte gesagt, sie werde Gil heiraten und ihre Schwester Merry liebe ihn, und sie wolle nichts tun, wofür sie für den Rest ihres Lebens Schuldgefühle haben müsse. Was sie gemacht hatten, war ein großer Fehler, ein Augenblick der Raserei, den sie hinter sich lassen mussten und den sie niemals wiederholen durften. Während sie sprach, hatte er sie die ganze Zeit angesehen, bis ihr irgendwann die Stimme versagte. Und dann hatte er sie an sich gedrückt und noch einmal geküsst und allen Worten ein Ende gemacht. Doch sie hatte sich ihm entzogen und war gegangen, hatte den Friedhof verlassen, ohne sich noch einmal umzudrehen, obwohl sie ihn mit jedem Nerv ihres Körpers spürte.

»Hallo, Gil. Ich bin's.«

»Ich weiß.«

»Wie geht es dir?«

»Sehr gut. Ich habe uns Karten für den Ärzteball besorgt.«

»Wann ist der?«

»Am Samstag in einer Woche. Du erinnerst dich vielleicht, dass wir darüber gesprochen haben ... Du kannst doch noch?«

»Selbstverständlich. Ich weiß nur nicht recht, ob ich etwas Passendes anzuziehen habe.«

»Was auch immer du tragen wirst, wird wunderschön sein.«

»Hm. Ich brauche ein Kleid. Vielleicht kann ich mir eines leihen.«

»Würdest du mir erlauben …?«

»Nein.«

»In Ordnung«, lenkte er ein. »Und, Eleanor?«

»Ja.«

»Vielleicht überlegen wir mal, wann wir es meiner Mutter sagen.«

»Was?« Obwohl sie es natürlich wusste.

»Dass wir uns verlobt haben.«

»Ja. natürlich. Ich kann nur im Augenblick nicht darüber nachdenken, Gil. Ich habe Kopfschmerzen.«

»Dachte ich's mir doch, dass etwas nicht stimmt.«

»Ja?«

»Du klingst ein wenig gereizt.«

»Tut mir leid. Es war ein langer Tag.«

»Dann geh früh schlafen«, sagte er zärtlich. »Wir sehen uns morgen.«

»Morgen?«

»Ja. Wir wollten doch zusammen ins Kino.«

»Natürlich. War mir entfallen. Sehr schön.«

»Schlaf gut, mein Schatz«, sagte er.

Als Eleanor am nächsten Morgen die Treppe hinunterging, fand sie auf der Fußmatte einen an sie adressierten Brief. Er war nicht mit der normalen Post gekommen, jemand musste ihn persönlich eingeworfen haben. Die Handschrift erkannte sie nicht, doch sie wusste gleich, dass er von ihm kam. Bevor sie ihn aufhob, starrte sie einen Augenblick darauf, als wäre er eine Bombe, die explodieren konnte, wenn sie ihn anfasste. Doch sie öffnete ihn nicht gleich. Sie hatte das Gefühl, mit jedem Schritt, den sie tat, ging eine Tür auf und eine andere schloss sich. Wenn sie den Brief wegwarf, ohne ihn zu öffnen, sagte sie Nein. Wenn sie ihn öffnete und las, ließ sie zu, dass er mit ihr sprach.

Nellie, meine Geliebte, las sie, und dann schloss sie, bevor sie fortfuhr, für einen Moment die Augen und wurde ob dieser Worte von der Lust beinahe davongefegt. *Was hast Du mir angetan? Was soll ich mit mir anfangen jetzt, da ich Dich kenne? Ich fühle mich recht unbändig, mein Schatz, auch wenn ich nicht sagen kann, ob unbändig vor Freude oder vor Verzweiflung. Wie kommt es, dass niemand merkt, dass mein Herz schier platzt? Ich will Dich ganz tief in mir verborgen geheim halten und gleichzeitig will ich Deinen Namen laut hinausbrüllen (keine Sorge: Ich tu's nicht). Ich muss Dich wiedersehen und Dich noch einmal halten und Deine zarte Haut spüren und Dein sauberes, schönes Haar riechen und Dich an mich drücken, bis dieses schreckliche Begehren in mir nicht mehr wehtut. Sag, dass Du genauso empfindest, Nellie. Du musst ebenso empfinden. Ich weiß es.*

Sie faltete den Brief einmal und dann noch einmal. Gladys' Tür ging auf und ihr kleines, neugieriges Gesicht spähte heraus. Eigentlich war es für sie noch viel zu früh am Morgen. Auf ihrer Haut glänzte Feuchtigkeitscreme, und sie hatte Lockenwickler in ihrem dünnen Haar.

»Ich dachte doch, ich hätte im Flur jemanden gehört«, sagte sie. Eleanor bemerkte, dass sie den Brief sofort entdeckt hatte.

»Ich will gerade zur Arbeit.«

»Du bist aber sehr früh dran.« Gladys kam in einem wattierten Morgenmantel, der eher nach einer Tagesdecke aussah, in den Flur. Ihr Gesicht war noch verquollen vom Schlaf, und sie tappte mit ihren nackten, knubbeligen Füßen über die Fliesen.

»Ich habe nichts zu essen da und will auf dem Weg zur Schule noch irgendwo frühstücken.«

»Das ist gut, Liebes. Keine unliebsamen Neuigkeiten, hoffe ich?«

Eleanor blickte auf den Brief, den sie umklammert hielt. »Nur eine Verabredung«, sagte sie kühl, verdarb es jedoch, indem sie überflüssigerweise hinzufügte: »Für den Ärzteball.«

»Mit deinem jungen Mann?«

»Ja. Mit Gil.«

Gladys hob die Hand und tätschelte Eleanor die Wange; ein spielerischer, schmerzlicher Klaps.

»Schön brav sein«, sagte sie und zog sich in ihr Zimmer zurück.

Eleanor steckte den lächerlichen, verhängnisvollen Brief in ihre Tasche und trat hinaus in den windstillen Tag.

Er stand von der Mauer auf, auf der er saß, ließ die Zigarette auf den Gehweg fallen und schlang sich seine Jacke über eine Schulter. Eleanor sah ihn an. Ihr Herz begehrte nicht auf; sie war beinahe ruhig, fast leidenschaftslos. Er hatte die Hemdsärmel aufgerollt. Seine Schuhe waren alt. Seine Stoppeln verdichteten sich schon fast zu einem Bart, sein Haar war ungekämmt. Das Romantische vom Abend zuvor war gänzlich von ihm abgefallen; an diesem Morgen sah er arm und zerlumpt aus. Sein Gesicht war ausgemergelt, und als er mit seinem humpelnden Gang auf sie zukam, erinnerte er sie an die zahllosen Männer, die an den Docks herumlungerten oder tagsüber in ihren schäbigen Arbeitskleidern in den Parks herumhockten und allmählich alle Hoffnung verloren. Und als ihr das durch den Kopf ging, überkam sie großes Mitleid, und sie schnappte nach Luft. Es war eine Sache, sich gegen seinen Charme zu wappnen; seiner Schwäche zu widerstehen war etwas ganz anderes. Später sagte er, seine Armut sei seine Geheimwaffe gewesen. »Wenn ich der Mittelschicht angehört hätte, erfolgreich in meinem Beruf, wäre ich nicht weit gekommen. Doch stell dir einen armen jungen Mann aus dem Norden vor, der im Kampf gegen Franco in Spanien verletzt wurde und davon träumt, eines Tages Schriftsteller zu werden.« Begleitet von einem selbstironischen Lächeln.

All das legte er ihr zu Füßen: seine Heimatlosigkeit, seinen Selbsthass, seine ärmliche Freiheit, seine Perspektivlosigkeit

»Woher hast du gewusst, wo ich wohne?«, fragte sie scharf und fuhr vor der Hand zurück, die er ausstreckte, um sie zu berühren.

»Ich bin dir gefolgt.«

»Du bist mir gefolgt! Wann?«

»Gestern Abend. Ich bin dir hinterhergegangen und hab da gestanden«, er zeigte auf die Stelle, »und zugesehen, wie du reingegangen bist. Dann habe ich mich hingesetzt, und als oben das Licht anging, wusste ich, welches dein Zimmer ist. Ich habe gewartet, bis das Licht wieder ausging, und dann bin ich gegangen.«

»Das hättest du nicht tun sollen«, sagte sie mit glühenden Wangen.

»Ich weiß. Aber was sollte ich denn machen?«

»Ich habe dir gesagt, dass ich dich nicht wiedersehen kann.«

»Das ist unmöglich.« Er schüttelte eine neue Zigarette aus dem Päckchen, steckte sie in den Mund und riss zwischen hohlen Händen ein Streichholz an. »Begreifst du das denn nicht?«

»Nein.«

»Sollen wir gehen? Ich glaube, deine Nachbarin beobachtet uns.«

Eleanor drehte sich um und sah, dass die Vorhänge in Gladys' Zimmer sich bewegten.

»Siehst du«, sagte sie verärgert.

»Was?«

»Du bist unbesonnen.«

»Unbesonnen? Wie schrecklich.«

Sie blieb stehen und sah ihn an. »Du bist ein Mann und ich bin eine Frau! Das ist nicht das Gleiche, oder verstehst du das nicht?«

»Ich verstehe das schon«, antwortete er beinahe demütig. Später würde sie das immer wieder bei ihm feststellen: Sie wurde zornig, und er nahm ihr durch seine bereitwillige Entschuldigung, seine plötzliche überraschende Unterwürfigkeit den Wind aus den Segeln.

»Du musst mich in Ruhe lassen.«

»Das kann ich nicht.«

»Komm hier rein.« Sie führte ihn in das Café, wo sie oft frühstückte oder wenigstens einen Becher Tee trank. »Wir müssen reden.«

Sie nahmen im hinteren Bereich Platz, und eine Frau kam, um ihre Bestellung aufzunehmen.

»Was möchtest du?«, fragte Eleanor ihn. Sie sah, dass er zögerte und dass sein Blick die schwarze Tafel nach dem Billigsten absuchte. Kurz erwog sie zu sagen, dass sie ihn einladen würde, doch sie wusste, dass ihm das nicht recht wäre.

»Kaffee«, sagte er.

»Wenn ich einen Toast bestelle, isst du dann was mit? Großen Hunger habe ich nicht.«

»Nein.« Als die Bedienung weg war, beugte er sich über den Tisch. »Wenn du mir sagst, dass du nicht dasselbe empfindest wie ich, dann bin ich sofort verschwunden, sei unbesorgt. Aber das kannst du nicht, oder?«

»Gil hat mich gebeten, seine Frau zu werden, und ich habe Ja gesagt.«

»Du darfst keinen Mann heiraten, den du nicht liebst.«

»Wer sagt, dass ich Gil nicht liebe? Ich liebe ihn. Ich liebe ihn, ich mag ihn und ich vertraue ihm. Er ist klug und freundlich und der beste Mann, der mir je begegnet ist. Eigentlich ist er viel zu gut für mich«, fügte sie hinzu.

»Du liebst ihn, aber mich hast du auf dem Friedhof geküsst.«

»Das war ein Fehler.«

»Das war richtig.«

»Ich sollte nicht mal mit dir hier sitzen. Merry liebt dich … «

»Natürlich mag ich Merry gern, und sie war sehr süß zu mir in einer Phase, als ich etwas Süßes gebraucht habe. Aber ich glaube nicht, dass sie mich wirklich liebt, nicht so, wie du denkst, und ich liebe sie nicht.«

»Dann hättest du ihr nicht das Gefühl geben sollen, dass du sie liebst.«

»Ich wusste nicht, was ich für sie empfand, bis ich dich kennenlernte. Und seitdem spielt alles andere keine Rolle mehr.«

Ihre Getränke und der Toast kamen. Eleanor schob den Teller zur Seite und legte die Hand auf seine. Sie sahen einander in die Augen.

»Es ist zu spät«, sagte sie. Die Worte hallten wie Grabgeläut in ihren Ohren.

»Bitte sag das nicht.«

»Ich würde mich ewig hassen.«

»Aber du liebst mich.«

»Ich kenne dich nicht.«

»Du weißt, was du fühlst.« Er drehte abrupt seine Hand, packte ihr Handgelenk und beugte sich noch weiter vor. Sie sah, wie lang seine Wimpern waren und dass er eine winzige Narbe an der Schläfe hatte, und in seinen Augen konnte sie ihr Gesicht erkennen. Wenn sie noch länger hineinschaute, würde sie ertrinken. »Ich muss mit dir zusammen sein«, flüsterte er. »Ich werde noch verrückt vor Liebe.«

»Scht.«

Seine andere Hand legte er jetzt unter dem Tisch auf ihr Knie.

»Du bist die wunderbarste Frau, die mir je begegnet ist.«

»Ich muss jetzt los. Ich komme zu spät.«

»Du hast deinen Kaffee noch nicht ausgetrunken und den Toast nicht angerührt.«

»Ich habe keinen Hunger.«

»Triff dich heute Abend mit mir.«

»Nein. Ich habe Gil versprochen ... « Schon als sie es

sagte, wusste sie, dass eine Ausrede, um ihn nicht zu treffen, ihren Widerstand nur schwächte.

»Dann morgen. Triff dich morgen mit mir.«

Sie zog ihre Hand fort. »Ich weiß nicht. Michael, ich weiß nicht, was ich tun soll.«

»Ich sag dir, was du tun ...«

»Nein!« Ihre Vehemenz überraschte sie beide, und sie senkte die Stimme. »Du sagst mir nicht, was ich zu tun und zu lassen habe. Niemand macht mir Vorschriften. Ich entscheide selbst.«

»Du hast natürlich recht. Ich habe nur Angst, dass du das, was du empfindest, beiseiteschiebst, sobald du mir den Rücken kehrst, und dich gegen mich entscheidest.«

»Versprichst du mir etwas?«

»Alles.«

»Wenn ich mich gegen dich entscheide, findest du dich dann damit ab und versuchst nicht, mich zu überreden?«

Michael sah sie mit gerunzelter Stirn an. Dann sagte er langsam: »Gut. Ich verspreche dir, dass ich dich in Ruhe lasse, wenn du dich entscheidest, mich nicht mehr sehen zu wollen. Aber bitte, tu das nicht. Bitte.« Er nahm noch einmal ihre Hand zwischen beide Hände, legte sie an seine Wange und schloss für einen Moment die Augen. Dann küsste er ihre Fingerknöchel und drehte ihre Hand um, um die Lippen dort an ihr Handgelenk zu drücken, wo der Puls schlug. Eleanor betrachtete seinen geneigten Kopf, den weichen Haarwirbel. Rasch beugte sie sich vor und drückte einen Kuss darauf. Er seufzte. Dann stand sie auf, ließ Toast und Kaffee unberührt und hob eine Hand zum Abschied.

»Ich erinnere mich so deutlich an alles«, sagte Eleanor zu Peter. »Ich erinnere mich genau, wie es war, Minute für Minute: Was er zu mir sagte und wie ich mich fühlte, wie die Sonne durchs Fenster schien, wie die Luft über meine Haut strich und wie es war, jung zu sein. Ich weiß sogar noch, wie die Frau, die uns an diesem Tag bediente, aussah – sie hieß Dorothy und hatte eine Tochter namens Biddy und einen Ehemann mit einem schwachen Herzen. Es gibt Tage, Wochen, gar Monate, die von der Zeit verschluckt wurden und im Nebel des Vergessens versunken sind, doch an diese Tage erinnere ich mich, als wäre ich wieder dort. Als wären sie ein Raum, dessen Tür ich endlich aufgedrückt habe, und jetzt kann ich einfach eintreten, und es ist alles da, unberührt, ungetrübt.

Manchmal denke ich, ich sehe mich um und da steht er – ich blinde alte Närrin –, und er ist immer noch jung und ich auch, und er nennt mich auf seine einzigartige Weise Nellie. Dann denke ich, es bricht mir das Herz vor Sehnsucht, denn ich bin wieder dort, ich bin diese verliebte junge Frau.«

Sie legte ihre geschwollene Hand dahin, wo ihr Herz war, und ihr altes, faltiges Gesicht bekam einen so traurigen Ausdruck, dass Peter aufstand und zu ihr hinüberging, sich vor sie hockte und ihr die Hände auf die knochigen Schultern legte.

»Das tut mir leid«, sagte er.

»Ach. Es ist lange her, und ich hatte ein gutes und glückliches Leben. Es heißt ja, alles würde vergehen, aber ich habe festgestellt, dass das nicht stimmt. Ein paar Dinge kehren mit einer erschreckenden Frische zurück.«

Als Peter aufstand, knackte sein Knie. Er stocherte im

Feuer, bis die Flammen wieder aufloderten und schenkte ihnen beiden Wein nach.

»Ich habe mich an diesem Abend mit Gil getroffen«, fuhr Eleanor fort. »Wir waren in einem miesen Film über einen Boxer und über eine junge Frau, die, glaube ich, in einer Milchbar arbeitete. Ich konnte mich nicht konzentrieren. Wir saßen im Dunkeln, und Gil hielt meine Hand, und ab und zu wurde ich mir seines Blicks bewusst. Ich spürte sein Glück und seine Liebe. Dann gingen wir einen Cocktail trinken, und ich aß ein Hühnchensandwich, das weiß ich auch noch. Gummiartiges, versalzenes Huhn. Ich glaube, ich konnte es gar nicht essen. Er erkundigte sich nach meinen Kopfschmerzen, und ich sagte, sie seien nicht ganz weg, und er sagte, er würde seiner Mutter gern bald von uns erzählen. Er könne sehr bald einberufen werden, und er wollte ihr Zeit geben, sich an den Gedanken zu gewöhnen, falls er fortmusste. Ich weiß noch, wie zerzaust und ernst und froh er aussah, während er meine Hand hielt und ein ums andere Mal den Armreif an meinem Handgelenk drehte. Er war so zärtlich und so beschützerisch, randvoll mit Glück.

Mir war übel. Auf mir lasteten Gefühle, unter deren Gewicht ich zu zerbrechen drohte. Am Ende brach ich nur in Tränen aus. Wie ein schwaches Mädchen«, warf sie entrüstet ein. »Er dachte, ich würde weinen, weil der Krieg näher rückte und er vielleicht eingezogen wurde. Obwohl er am Ende gar nicht wegmusste. Er blieb während des ganzen Blitzkrieges da und kümmerte sich um die Kranken und Sterbenden. Aber er dachte, ich hätte Angst, ihn zu verlieren. Er war so nett zu mir, so verständnisvoll – obwohl er natürlich gar nichts verstand. Er hatte auch Tränen in den

Augen, aber er sagte, er wäre froh und traurig zugleich, weil ich ihn so sehr liebte, dass ich weinte, weil er wegginge. Eigentlich hatte ich ihm an diesem Abend sagen wollen, dass es aus war zwischen uns, dass ich mein Leben nicht mit ihm teilen konnte, obgleich mir klar war, dass ich auch nicht mit Michael zusammen sein konnte. Aber ich brachte es einfach nicht über mich. Ich konnte nicht zusehen, wie sein Gesichtsausdruck sich verändern würde. Ich war feige. Und ich hatte ihn noch nie so sehr geliebt wie an diesem Abend.«

»Sie haben es ihm also nicht gesagt?«

»Nein. Ich sagte sogar, wir könnten es seiner Mutter vielleicht in der folgenden Woche sagen. Und dann brachte er mich nach Hause und wartete, bis ich die Tür aufgeschlossen hatte. Zwei Briefe lagen da für mich. Einer war von meiner Mutter, er war am Tag zuvor aufgegeben worden, ein langer, weitschweifiger Brief, aber ich registrierte nur den Absatz, in dem sie schrieb, Merrys junger Mann sei, wie es scheine, von der Bildfläche verschwunden, und sie und Robert seien recht erleichtert, aber Merry sei unglücklich und gereizt. Sie machten sich Sorgen um sie, obwohl es am Ende doch das Beste sei. Sie fragte mich, ob ich bald einmal zu Besuch kommen könne, um Merry aufzumuntern und ihr vielleicht einen schwesterlichen Rat zu geben.

Der andere war von ihm. Es war gar kein Brief, nur ein Zettel in einem zugeklebten Umschlag, der durch den Briefschlitz geworfen worden war.

Morgen Abend am Quittenbaum. Ich komme so früh nach sechs, wie ich kann. Ich warte bis neun auf Dich
XXXX

19

Es ging ganz gut los. Ohne eine Beule hineinzufahren, setzte er den alten Wagen langsam rückwärts von der Garage bis vor die Haustür. Vielleicht waren seine Fahrkünste durch die Pause besser geworden. Das Auto roch muffig. Auf dem Rücksitz lag eine zusammengefaltete Zeitung aus dem Jahr 2002 und im Handschuhfach eine Tüte mit zusammengeschmolzenen Bonbons.

Eleanor wartete. Sie trug einen langen dunkelgrünen Mantel mit Samtkragen und einen nachtblauen Wollschal. Tatkräftig und zielstrebig schlug sie Peters Arm aus und ertastete sich den Weg zum Auto.

»Was für ein Vergnügen!«, sagte sie, zog ihren Mantel aus und faltete ihn sorgfältig, bevor sie ihn Peter gab, damit der ihn auf den Rücksitz legte. Dann setzte sie sich auf den Beifahrersitz und legte den Sicherheitsgurt an. »Ein Ausflug.«

»Ich weiß nicht, wohin wir fahren sollen.«

»Das sage ich Ihnen.« Zweifelnd richtete Peter den Blick auf ihr blindes Gesicht. »Biegen Sie am Ende der Auffahrt links ab.«

Er ließ den Motor aufheulen, beugte sich vor, legte den ersten Gang ein und nahm den Fuß von der Kupplung. Der Wagen machte einen Satz, dass der Kies unter den Reifen wegspritzte. Eleanor schoss auf ihrem Sitz nach vorn.

»Huch! Tut mir leid«, sagte Peter.

»Kein Problem. Sie gewöhnen sich schon dran.«

Er bog ruckelnd rechts in die Landstraße ein und holperte dabei über den Grasstreifen. Ein Ast schlug gegen die Windschutzscheibe. Seine Hände schwitzten am Lenkrad, und er hatte das Gefühl, alles passierte ein wenig zu schnell. Er versuchte abrupt einem Schlagloch auszuweichen und die Karte auf dem Armaturenbrett geriet ins Rutschen und landete auf Eleanors Schoß.

»Vielleicht sollten Sie den nächsten Gang einlegen«, bemerkte sie, ungerührt von dem ganzen Aufruhr.

»Selbstverständlich.«

Er schaltete in den zweiten Gang, und der Motor stellte das laute Jaulen ein.

»Und noch einmal«, sagte Eleanor.

Das Auto kam knirschend in den dritten Gang, dabei schlug ihm der Schaltknüppel gegen die Hand.

Am liebsten hätte er sich die Stirn abgewischt, doch er wagte es nicht, die Hand vom Lenkrad zu lösen. Ihm fiel ein, dass er sein Handy im Haus hatte liegen lassen. Wenn etwas passierte, konnte er nicht einmal Hilfe rufen.

»Da kommt gleich eine Kreuzung«, sagte er und blieb hektisch mehrere Meter davor stehen.

»Rechts. Bald sind wir auf einer Hauptstraße, dann können Sie sich entspannen.«

Peter war sich nicht sicher, ob das der Fall sein würde. Es fing an zu regnen, und er schaltete Scheinwerfer und Blinker ein, bevor er die Scheibenwischer fand.

»Alles in Ordnung?«, fragte Eleanor freundlich.

»Ich glaube schon.«

Dicht hinter ihm war jetzt ein Auto, viel zu nah. Er konnte das zornige Gesicht des Mannes im Spiegel erkennen. Er trat aufs Gaspedal, und sie schossen nach vorn, dann bremste er wieder ab, bis sie nur noch krochen. Das Auto fuhr auf sie drauf.

»Mist«, sagte Peter. »Mist, Mist, Mist, Mist, Mist.«

Vom Beifahrersitz kam ein gedämpfter Laut. Er legte Eleanor eine Hand auf den Arm und beugte sich zu ihr.

»Geht es Ihnen gut, Eleanor? Himmel, es tut mir schrecklich leid. Sind Sie verletzt? Weinen Sie nicht.«

Doch sie weinte nicht, sie lachte. Ihre schmalen Schultern bebten, und in den Winkeln ihrer blinden Augen standen Tränen.

Der Mann war aus dem Auto gestiegen. Er war stämmig und rotgesichtig. Peter stieg ebenfalls aus.

»Hallo«, sagte er.

»Was ist denn in Sie gefahren?«, brüllte der Mann.

»Ich weiß nicht. Ist was kaputtgegangen?«

»Kaputt! Sehen Sie doch.«

Auf der glänzenden silbernen Motorhaube des offensichtlich todschicken Autos – obwohl er nichts von Autos verstand und ihm auch nichts daran lag – entdeckte Peter bei eingehender Betrachtung einen winzigen Kratzer.

»Hätte schlimmer kommen können.« Er hatte schon eine Abneigung gegen diese brüllende Person entwickelt.

»Sie sollte man gar nicht auf die Straße lassen!«

»Verzeihung.« Eleanors Stimme, ruhig und kühl. Auf ihren Gehstock gestützt, das weiße Haar im Wind flatternd, stand sie vor ihnen. »Sie sind uns hintendrauf gefahren. Das ist doch wohl offensichtlich. Und jetzt wollen Sie meinem jungen Freund hier die Schuld für ihre rücksichtslose Fahrweise in die Schuhe schieben?«

Der Mann blickte von Peter zu ihr, und sein Gesicht wurde immer finsterer.

»Ist unser Auto beschädigt, Peter?«, fuhr sie fort.

Peter bückte sich und kniff die Augen zusammen. Das Auto war so alt und so zerschrammt, dass ein neuer Kratzer gar nicht weiter auffiele.

»Ich glaube nicht. Nicht nennenswert.«

»In dem Fall«, sagte Eleanor zu dem Mann, »werden wir nicht die Polizei rufen und auf die Herausgabe Ihrer Versicherungsnummer verzichten. Aber ich schlage doch vor, Sie passen das nächste Mal ein bisschen besser auf. Und«, fuhr sie fort und hielt eine Hand hoch, damit er sie nicht unterbrach, »hören Sie auf, Leute so einzuschüchtern, dass sie die Verantwortung für etwas übernehmen, was ganz allein Ihre Schuld ist. Kommen Sie, Peter.«

Sie stiegen wieder ein.

»Wow!«, sagte Peter.

»Weiter geht's«, sagte Eleanor.

»Ich bin schon ein bisschen zu langsam gefahren. Und ich habe gebremst.«

»Dann fahren Sie schneller.«

»Aber er war ein Wichser.«

»Ja«, pflichtete sie ihm gelassen bei. »Eindeutig.«

»Soll ich Sie wieder nach Hause fahren?«

»Wie kommen Sie denn darauf?«

»Ich weiß nicht, ob ich Sie sicher irgendwohin bringen kann.«

»Davon bin ich vollkommen überzeugt.«

Geschlagene zwei Stunden brauchten sie für die achtzig Kilometer. Auf halber Strecke hielten sie an, um zu tanken, und Peter setzte sich auf den feuchten Grasstreifen und rauchte, um sich zu beruhigen, eine Zigarette. Danach fiel ihm das Fahren plötzlich leichter, als wäre die Straße breiter geworden und das Auto hätte seine nervöse, sprunghafte Stimmung abgelegt und würde ihm gehorchen. Ja, es machte ihm sogar beinahe Spaß. Eleanor ließ sich von ihm beschreiben, was er draußen sah: die Moore, die Windmühle, das flache, glitzernde Meer in der Ferne, die kleinen Städte mit Giebelhäusern aus roten Backsteinen, die eher holländisch wirkten als englisch. Sie Eleanor zu beschreiben machte sie für ihn wirklicher, sodass er sich noch nach Jahren an diesen Ausflug erinnern sollte. Sie fuhren durch einen riesigen Eichenwald, dessen letzte Blätter auf das Auto segelten. Eleanor bestand darauf, dass sie anhielten, damit sie unter dem Dach der mächtigen Bäume stehen und den schweren Geruch des Vergehens einatmen konnte.

»Riechen Sie das?«

»Was?«

»Pilze, Moos und totes Laub. Was ist Ihr Lieblingsduft?«

»Mein Lieblingsduft?« Manchmal erinnerte sie ihn an ein Kind.

»Ja. Kaffee, frisch gemähtes Gras, Brot, das im Ofen bäckt, Rosen?«

»Ich weiß nicht.« Kaitlin nach dem Sex, dachte er und wandte sich ab, um sich eine Zigarette anzuzünden. Der Gesichtspuder seiner Großmutter. Benzin. Heiße Sonne auf Haut. Von Menschen geschaffene Dinge.

Das Heim lag am Rand einer kleinen, windumtosten Stadt nahe der Küste. Es war ein neuerer Komplex in hellgelbem Backstein, der trotz aller Versuche, ihm etwas Persönliches zu geben, eindeutig nach Heim aussah.

Peter öffnete die Beifahrertür und half Eleanor heraus.

»Soll ich im Auto warten?«

»Kommen Sie ruhig mit, wenn Sie mögen.«

Peter zögerte, obwohl er unglaublich neugierig auf Meredith war.

»Macht es ihr denn nichts aus?«, fragte er. »Ich meine, es kommt mir schon ein bisschen seltsam vor.«

»Nein, es stört sie nicht. Sie kriegt es gar nicht mit.«

»Ich weiß nicht.«

»Mir würde es helfen«, sagte Eleanor.

»Na gut.«

Alles war sauber und neu. Er spähte durch eine halb offen stehende Tür in einen Salon, wo mehrere Frauen die Haare geschnitten oder auf Wickler gedreht bekamen. In einem anderen Raum fand eine Art Gemeinschaftssingen statt; ein junger Mann mit kräftigen Schultern hämmerte auf dem Klavier die Melodie. Es wirkte alles so demonstrativ fröhlich, und Peters Stimmung sank. Kam Eleanor in so ein Heim? Er konnte sie sich hier nicht vorstellen, an diesem hellen, warmen, lebhaften Ort, doch er konnte sie sich eh nirgendwo anders vorstellen als in ihrem alten Haus, wo sie am Feuer saß, während der Wind die Kamine herunterfegte und Saatkrähen in den Bäumen schrien und die Dunkelheit hereinbrach.

Mrs Meredith Hartley hatte ein rundes Gesicht und kleine, mollige Hände. Mit ihrem grauen Haar, das zu einem spärlichen Pferdeschwanz gebunden war, und ihren blassblauen Augen sah sie um viele Jahre jünger aus als Eleanor. Sie saß in einem Sessel am Fenster, von wo man ein kleines Stückchen Meer sehen konnte, eine karierte Decke über den Knien und einen rosa Schal um die Schultern. Auf dem Tisch vor ihr stand ein kleines Alpenveilchen und auf dem Regal neben dem Bett eine Vase mit purpurroten Trockenblumen, steif und uralt. Strahlend unbestimmt sah sie Eleanor und Peter an und strich sich mit einer Hand über die Haare. Die Nägel ihrer kurzen, dicken Finger waren gefurcht, und wenn sie lächelte, hatte sie tiefe Grübchen in den Wangen. Doch sie lächelte sie nicht an, sondern eher durch sie hindurch. Das Lächeln war ein Automatismus, ein Reflex, erwachsen aus der lebenslangen Gewohnheit, freundlich, höflich und gewinnend zu sein. Sie hatte kleine gelbe Zähne.

Peter sah zu, wie Eleanor den Raum durchquerte und stehenblieb, um Meredith einen Kuss aufs Haar zu drücken.

»Herrlich«, sagte Meredith. »Meine Güte.«

»Ich bin's. Eleanor.« Meredith reagierte nicht gleich, also fügte Eleanor hinzu: »Deine große Schwester.«

»Sis?«

»Ja.«

»Warum?«

»Ich bin gekommen, um Hallo zu sagen.«

»Ich bin nicht blöd, weißt du.«

»Natürlich nicht. Wir sind nur auf einen kurzen Besuch vorbeigekommen.«

»Dich werd ich lehren.«

»Was wirst du mich lehren?«, fragte Eleanor ruhig.

Merry kicherte, ein spitzes, zerhacktes Lachen, als klopfte

jemand einmal an eine Fensterscheibe, um Aufmerksamkeit zu erregen.

»Das wäre aufschlussreich. Sehr nett von dir, herzukommen. Wer hätte das gedacht?«

»Ich habe einen Freund mitgebracht. Das ist Peter.«

Peter streckte ihr die Hand hin, doch Merry blickte nur darauf und ihr Lächeln wurde breiter. Er wusste nicht recht, was er als Nächstes tun sollte, wie er so mit ausgestreckter Hand und mit entschlossener Höflichkeit im Gesicht dastand –; also nahm er ihre kleine Hand, drückte sie und legte sie zurück in ihren Schoß. Doch plötzlich packte sie seine Finger und hielt sie fest.

»Magst du mich?«, fragte sie. »Ich meine, magst du mich wirklich?«

»Ähm, ja, natürlich. Freut mich sehr, Sie kennenzulernen. Eleanor hat mir von Ihnen erzählt.«

»Ich Dussel.« Wieder ließ sie ihr winziges Lachen hören, wie das Läuten einer gesprungenen hohen Glocke. »Ich dummer, dummer Dussel.«

»Nicht doch! Keineswegs.«

»Ist Daddy hier?«

»Nein. Das heißt … « Er stockte und warf Eleanor einen flehenden Blick zu, auch wenn sie das natürlich nicht sehen konnte.

»Wo ist Daddy?«

»Das ist vorbei, Merry«, sagte Eleanor, die neben ihrer Schwester stand. »Dieser Teil unseres Lebens ist vorüber. Wir sind alt, wir beide.«

Meredith lachte wieder, diesmal lauter.

»Das sagst du.« Sie zog an Peters Fingern und schenkte ihm ein Lächeln, das flirtend und boshaft zugleich war. »Sie ist eifersüchtig, wissen Sie. Die Jungs mögen mich. Ich weiß nicht, warum. Wenn ich wollte, könnte ich ihn immer noch haben. Denken Sie nicht, das wäre nicht wahr. Und Clive Baines war immer schrecklich verliebt in mich. Der arme Clive. Ganz vernarrt. Wo steckt er eigentlich?«

»Clive ist im Krieg gefallen.«

Peter verstand nicht, warum Eleanor ihr das sagen musste – es war doch bestimmt netter, so zu tun, als würden alle noch leben, wären noch jung und immer noch in sie verliebt. Doch Meredith sagte nur in tröstlichem Tonfall: »Ach je. Der arme Clive«, und drückte vertraulich Peters Finger. Er hatte genug von dieser unbeholfenen Verbeugung, von der er einen steifen Rücken bekam, und so versuchte er ihr seine Hand zu entziehen und machte einen Schritt nach hinten. Doch ob ihres protestierenden Wimmerns, das wie eine näher kommende Polizeisirene immer lauter wurde, hielt er mitten in der Bewegung inne. Ihr Mund war ein rundes Loch, die dünnen Augenbrauen hochgezogen, das Gesicht zu einer Karikatur des Schmerzes verzerrt. Ihre dicklichen Hände waren zu Fäusten geballt.

Ohne Vorwarnung fing Eleanor, um sie zu beruhigen, an zu singen: »Funkel, funkel, kleiner Stern«, und nach ein paar heiseren Tönen fiel Meredith ein, zuerst unter Tränen und mit hoher, zittriger Stimme. Wenn Peter die beiden ansah, stieg in ihm eine grimmige Heiterkeit hoch und zwängte sich in seine Kehle, wo sie sich in einem unglücklichen Schnauben Luft machte. Eleanor zeigte warnend mit dem Gehstock auf ihn, sang aber weiter. Am Ende gab es eine kurze Pause. Das Lachen kollerte immer noch in Peters Bauch. Eleanor zog ihren Mantel aus und ließ ihn zu Boden gleiten, ertastete die Kante des zweiten Sessels und setzte sich mit sehr geradem Rücken darauf. In ihr Gesicht hatten sich tiefe Falten eingegraben, sie wirkte aufgebracht. Doch Meredith' Stimmung hatte sich gebessert. Sie kicherte – es gab kein anderes Wort dafür –, und dann holte sie tief Luft und setzte zu *Stille Nacht* an. Doch bald geriet sie ins Stottern, setzte noch einmal an und verstummte dann ganz.

»Sing *Herr, bleib bei mir*«, sagte sie. »Das mag ich. Daddy singt das immer. Du kannst es auf dem Klavier begleiten.«

»Ich erinnere mich nicht an den Text«, versetzte Eleanor.

»Herr, bleib bei mir«, wiederholte ihre Schwester fast bockig. »O Herr, bleib bei mir. In grauen wie in hellen Tagen. In jungen Jahren.«

Eleanor runzelte die Stirn, richtete sich noch gerader auf und fing an zu singen, ohne dabei den Blick auf Meredith oder Peter zu richten. Sie blickte aus dem Fenster, das für sie wahrscheinlich nur ein Rechteck aus grauem Licht war. Unmelodisch, fast als würde sie es herunterleiern, sang sie das ganze Kirchenlied bis zum Ende, ohne eine Zeile zu vergessen und ohne ins Stocken zu geraten. Ab und zu fiel Meredith ein und verlor aber immer wieder den Faden. »Veränderung und Zerfall«, schmetterte sie. »Fürcht' ich kein Leid.« Sie wiederholte Worte am Ende der Sätze oder Verse: »Stachel«, »Sieg«, »flieh«. Die beiden achteten weder auf Peter, noch aufeinander, sie waren wie in sich eingeschlossen, beunruhigend und bedrückend zugleich. Das Lied mit seinen falschen Tönen und nachhallenden Worten wurde zu einem Klagelied und einer Beschwörung zweier alter Frauen, die auf sich zurückblickten, und zweier kleiner

Mädchen, die die alten Frauen betrachteten, die sie geworden waren.

Nach der ersten Strophe wandte Peter die Augen von
den beiden Frauen ab. Es schien ihm nicht recht, ja fast
sogar ungebührlich, hier bei ihnen im Zimmer zu sein. Ihn
gruselte. Er sah sich die Fotos auf der hohen Kommode an.
Von Eleanor war keines darunter. Das verblichene Porträt
eines stehenden rundlichen Mannes in Anzug und Hut war
vermutlich ihr Vater, Eleanors Stiefvater, und das vergilbte
Brustbild mit Ringellöckchen war Meredith als hübsches
kleines Mädchen – das Mädchen, wegen dem Eleanor noch
immer ein saures Gesicht zog. Die übrigen waren offensichtlich von Meredith' Mann, Wilfred Hartley, und von
ihren Stiefkindern und deren Kindern.

Und dann erstarrte Peter. Sein Blick war auf das winzige
gerahmte Porträt eines jungen Mannes gerichtet, und er
wusste, auch wenn er nicht sagen konnte, wieso, dass das er
war. Er wäre gern nähergetreten, um es genauer in Augenschein zu nehmen, doch er wagte nicht, sich zu rühren,
solange das entsetzliche Klagelied nicht zu Ende war. Er sah
Haare von undefinierbarer Farbe, weit auseinanderstehende Augen, ein schmales Gesicht, mehr nicht. Er schob sich
ein wenig heran, hustete, um das Geräusch zu übertönen,
und stand ein Stück dichter davor. »Ich brauch dich jede
Stunde«, sang Eleanor, und Peter trat noch ein wenig näher
und begegnete dem Blick des jungen Mannes, verhüllt und
fragend. Er hatte den Mund leicht geöffnet, als wollte er
gerade etwas sagen, und die Haare hingen ihm in die Stirn.
Er sieht recht gewöhnlich aus, dachte Peter, ein Gesicht,
wie man es jeden Tag sieht, doch er war von diesen beiden
Frauen geliebt worden. Er hatte Eleanor geliebt und mit ihr

unter dem Quittenbaum gelegen. Er hatte am Fenster Whisky getrunken und war voller Sehnsucht gewesen.

»Im Tod und Leben bleib, o Herr, bei mir.«

Eleanor hörte auf zu singen und stand auf, und dabei wankte sie. Peter eilte an ihre Seite, um sie zu stützen, und reichte ihr ihren Gehstock.

»Geht es Ihnen gut?«

»Perfekt. Wir sollten gehen.«

»Jetzt schon?«, fragte Meredith ausdruckslos, wieder ganz die freundliche Gastgeberin. »Ach je. Kommt wieder. Jederzeit.«

Peter hob den langen grünen Mantel vom Boden auf und half Eleanor hinein. Er vermied es, Meredith die Hand zu geben; verneigte sich nur kurz und scharrte mit den Füßen und sagte, es sei ihm eine Freude gewesen, sie kennenzulernen. Eleanor tätschelte ihr die Schulter und ging, ohne noch ein Wort zu sagen.

In dem Pub, wo sie einkehrten, bestellte sie ein halbes Pint Bier und eine Lasagne, die sie kaum anrührte, obwohl sie sich so darauf gefreut hatte, auswärts zu Mittag zu essen. Sie erzählte Peter – der einen Tomatensaft mit Tabasco, Salz und Pfeffer und ein Käsebrötchen vor sich stehen hatte – ohne Punkt und Komma, wie ihre Mutter Stanley Baldwin kennengelernt hatte, von Clement Attlee und Harold Wilson, von ihrer Arbeit bei der Lehrerausbildung, von der Kubakrise und Vietnam, von Rationierungen und Milchpulver, von Gils Abneigung gegen Aufzüge und U-Bahnen, davon, wie sie als Mädchen Beerenobst gepflückt hatte, um das Einkommen ihrer Mutter aufzubessern. Sie erzählte, wie sie das erste Mal mit einem Flugzeug geflogen war

(1947) und das letzte Mal, vor acht Jahren, als sie in Granada gewesen war, weil jeder einmal im Leben die Alhambra gesehen haben sollte, bevor er starb. Es war das schönste Gebäude auf der Welt, sagte sie, wie eine vollkommene Verschmelzung von Mathematik und Poesie. Peter hatte sie noch nie so erlebt: Wenn sie sprach, folgte Eleanor normalerweise dem geheimen Fluss ihrer Gefühle und Gedanken. Jetzt redete sie, als versuchte sie, möglichst überhaupt nichts zu denken oder zu fühlen. Sie wollte den Eimer nicht in die Quelle der Erinnerung eintauchen, sondern warf Ereignisse aus wie Trittsteine, auf denen sie das tiefe Gewässer der Vergangenheit ohne hineinzufallen überqueren konnte.

Ganz plötzlich unterbrach sie sich mitten im Satz, als wäre sie gegen etwas Festes gestoßen.

»Was ist?«, fragte Peter, doch sie schüttelte nur langsam den Kopf, als versuchte sie ihn freizumachen. Er war entsetzt, als er die Tränen in ihren Augen sah, die sie nicht wegzuwischen versuchte.

»Gil hat immer gesagt, Alter schützt vor Torheit nicht«, fuhr sie fort und deutete ein Lächeln an. »Ich bin eine törichte alte Frau.« Sie tastete nach ihrem Gehstock, stützte sich darauf und erhob sich bedächtig. »Kommen Sie. Zeit, nach Hause zu fahren.«

20

Nein, ich tu's nicht«, war der Refrain, der den ganzen Tag über von innen gegen ihren Schädel hämmerte, während sie an der Tafel stand oder zwischen den Tischreihen hindurchging, an denen ihre Schülerinnen sich mit Schönschrift abmühten. Sie hörte Lizzies schniefende Atemzüge, während sie ihre breite Feder über das Blatt zog und den Zeigefinger zwischen die Wörter legte, um den Abstand richtig hinzukriegen. Ihr Blick fiel auf die Nissen in Mary-Janes Haaren und die Flohbisse an Susans Beinen. »Nein, ich tu's nicht.« Eine fette Fliege summte. Sie hatte Kopfschmerzen von der Hitze und öffnete die Fenster des Klassenzimmers, um frische Luft hereinzulassen.

Um sechs Uhr stand sie in dem schäbigen Atelier von Emmas Freund in Shoreditch und sah sich ohne Sinn und Verstand die düsteren, bedrückenden Leinwände an, während Emma und Anthony sich in der Ecke zwar flüsternd, aber heftig stritten. Um sieben Uhr trank sie in dem Café, wo sie erst vor zwei Tagen mit Michael gesessen hatte, ein Glas Milch und starrte durch das Fenster auf die Passanten. Kurz nach acht war sie in ihrem Zimmer und hörte von unten Terence' raues Husten, immer und immer wieder. Sie überlegte, ob sie runtergehen und fragen sollte, ob er etwas brauche. Um halb neun wusch sie sich die Haare am Waschbecken, wobei ihr das Wasser unangenehm unter den Kragen lief. Sie zog noch einmal Michaels Brief hervor, auch wenn sie ihn längst auswendig kannte:

Morgen Abend am Quittenbaum. Ich komme so früh nach sechs, wie ich kann. Ich warte bis neun auf Dich XXXX

Sie erlaubte sich, noch einmal seine Hand auf ihrem Bein zu spüren, seine Lippen an ihrem Handgelenk, seinen Blick in ihren Augen. Dann schob sie die Erinnerung fort, aber das war, als wollte sie sich gegen eine Flut stemmen, von der sie doch vollkommen durchdrungen war. Bitte.

Kurz vor neun, als die Gefahr gewiss vorüber war, als es zu spät war, es sich anders zu überlegen, schoss sie aus ihrem Zimmer und lief polternd die Treppe hinunter, an Gladys vorbei, die neugierig die Tür aufriss, als sie so ohne Hut und Mantel, die Haare noch feucht, aus der Haustür stürmte und die Hauptstraße hinuntereilte. Eleanor versuchte, ein Taxi herbeizuwinken, doch es fuhr vorbei, ohne auch nur langsamer zu werden. Es waren auch keine Busse in Sicht, also lief sie. Ihr Schädel dröhnte, und sie hatte Seitenstiche. Ihre Schuhe waren ein wenig zu groß und rutschten bei jedem Schritt. Die Uhr an der alten Kirche verriet ihr, dass es Viertel nach neun war. Er war sicher längst fort.

Das war er tatsächlich. Der Friedhof lag im Zwielicht, ein geheimer Garten der Toten, und als sie am Quittenbaum ankam, musste sie feststellen, dass dort niemand war. Betrübt sah sie sich um. Sie würde ihn nicht wiederfinden. Sie wusste ja nicht einmal seinen Nachnamen, hatte keine Adresse, keine Kontaktmöglichkeit – außer über Merry, die natürlich untröstlich war, weil er ohne Nachsendeanschrift und ohne Abschiedsbrief aus ihrem Leben verschwunden war. Eleanor ließ sich auf den feuchten Boden unter dem Baum sinken. Zu spät. Sie hatte alles falsch gemacht. Sie hätte nicht kommen sollen oder sie hätte nicht zögern sollen, und jetzt würde sie ihn nie wiedersehen. Der herannahende Krieg würde ihn verschlucken. Es war vorbei, dabei hatte es nie begonnen.

Sie stand auf und schlang sich die Haare im Nacken zu einem Knoten. Dabei zitterten ihre Hände leicht. Sie strich sich das Gras vom Rock und ging langsam zum Friedhofstor. Ein kleiner Junge in viel zu großen Shorts mit Rotznase stand weinend auf dem Gehweg, doch als Eleanor sich bückte, sah sie, dass er nur auf seinen Vater wartete, der im Wirtshaus auf der anderen Straßenseite war. Endlich wurde sie wieder ruhig – ruhig und stumpf und benommen in dem Bewusstsein, dass etwas Bedeutsames nicht passiert war, dass sie es hatte vorüberziehen lassen.

Doch als sie sich umdrehte, um nach Hause zu gehen, sah sie weit entfernt eine Gestalt, deren Anblick ihr den Atem verschlug: eine leichte Asymmetrie in der Art, wie sie in die Schatten der Gebäude eintauchte und wieder hinaustrat und sich auf die Kräne am Horizont zubewegte. Eleanor eilte hinterher und fiel bald in einen Laufschritt. Einen Moment lang verlor sie die Gestalt in der ihr entgegenkommenden Menschenmenge aus den Augen. Verlor ihn, denn jetzt war sie sich so gut wie sicher. Ein dünner Mann in einem schäbigen Anzug mit einem leichten, aber charakteristischen Hinken. Eine Zigarette in einer Hand, ein dünner blauer Rauchfaden, der sich auflöste. Sie überlegte nicht, sie folgte ihm einfach. Erst als sie nur noch wenige

Schritte hinter ihm war, verlangsamte sie ihren Gang und versuchte, zu Atem zu kommen. Und dann trat sie neben ihn und legte ihm eine Hand auf den Arm, und er fuhr zu ihr herum und blieb stehen. Er wirkte nicht erfreut, sondern starrte sie nur an.

»Du bist spät dran«, sagte er endlich.

»Tut mir leid.« Eleanors Stimme war heiser, und erst jetzt merkte sie, dass sie den Tränen nahe war. »Es tut mir sehr leid. Ich wollte eigentlich gar nicht kommen, aber dann ... Es tut mir leid.«

»Und jetzt bist du dir sicher?«, fragte er.

»Ja.« Obwohl das Einzige, was sie empfand, ein schwindelndes Entsetzen darüber war, was sie hier in Gang setzte.

»Du weißt, was du tust?«

Was tat sie denn? Gil verletzen, ihre Schwester hintergehen, ihre Zukunft in den Wind schlagen, dieser blinden, dummen Verliebtheit den Vorrang geben vor ihrer Freiheit und Autonomie.

»Ich weiß, was ich tue.«

Sie dachte, er würde sie in die Arme nehmen, sie küssen. Doch er sagte fast kalt: »Kommst du mit, Nellie?«, und als sie stumm nickte, nahm er ihre Hand und ging los, recht schnell, trotz seines lahmen Beins, sodass sie fast laufen musste, um mitzuhalten. Sie gingen nach Osten, mitten hinein in die heruntergekommene Armut, aus der viele ihrer Schülerinnen stammten, die sie gewöhnlich aber mied. Gruppen von Männern standen an Straßenecken, unter den Gaslaternen, die jetzt angezündet wurden, da der Tag vorüber war und die Nacht hereinbrach. Umrisse in Türöffnungen und Licht, das aus Wirtshäusern fiel, heiseres

Gelächter. Eine Frau mit einem stark geschminkten Gesicht lehnte an einer Mauer, und Eleanor musste die Augen von ihrem Blick abwenden, der geringschätzig war und gleichzeitig flehend. Michael wurde nicht langsamer. Sie gingen eine kleine Straße mit geborstenen Gehwegplatten hinunter. Hier gab es keine Laternen, und es war plötzlich dunkler und kälter. Sie trug nur ihre dünne Bluse, und sie fröstelte und hatte Gänsehaut. Sie dachte an die Ratten zwischen dem Abfall und hatte auf einmal das Bild von Gil vor Augen, der in einem frisch gewaschenen Hemd zu Hause saß, vor sich ein Glas Wein. Zu spät, um jetzt an all das zu denken, obwohl sie bei dem Gedanken an ihn für einen Augenblick stolperte. Vor einer schmalen Tür blieben sie stehen, und Michael kramte in seiner Tasche nach dem Schlüssel.

»Wo sind wir?«, fragte sie.

»Hier wohnt ein Freund. Er arbeitet Nachtschichten. Ich nutze derzeit sein Zimmer mit.« Er wandte sich ihr zu. »Es ist nicht viel, aber hier können wir allein sein.«

»Ja«, flüsterte sie. »Das ist gut.«

»Hast du Angst?«

»Ja.«

»Die brauchst du nicht zu haben.«

»Du nicht?«

»Selbstverständlich.« Dicht an ihrem Ohr. »Ich habe schreckliche Angst und bin dabei so glücklich, dass ich sterben könnte.«

Die Tür öffnete sich auf einen schmalen, feuchten Flur. Durch die dünne Wand rechts waren Stimmen zu hören: die Kabbeleien kleiner Kinder und das hohe, aufgebrachte Schimpfen einer Frau. Es roch nach gekochtem Fleisch. Michael ging die Treppe hinauf, und sie folgte ihm. Noch eine Tür, und wieder holte er den Schlüssel heraus, der sich nur schwer im Schloss drehen ließ. Die Tür ging auf, und er schaltete das Licht ein, eine nackte Birne an der Decke, die leicht an ihrem Kabel schaukelte und ein wackliges Muster über den Raum warf.

Aus irgendeinem Grund hatte sie mit Schmutz gerechnet, doch es war sauber und ziemlich ordentlich: ein kleiner Ofen in einer Ecke unter Regalen, auf denen ein paar Konservendosen und eine Whiskyflasche standen, und in der anderen Ecke ein schmales Bett mit einer roten Wolldecke. An der hinteren Wand lehnte ein altes Fahrrad. Daneben mehrere Bücherstapel, und in der Ecke ein Haufen Kleider und zwei große, ramponierte Koffer. Ein Flickenteppich bedeckte einen Teil der Holzdielen. Vor dem Fenster stand ein Tisch mit einem Stuhl, und auf dem Fensterbrett steckte eine Kerze im Hals einer Schnapsflasche zwischen Pfützen aus hart gewordenem Wachs. Eine Fensterscheibe war kaputt, über die ein Stück Pergamentpapier geklebt worden war, das sich in den Windböen wölbte.

Eleanor blieb mitten im Zimmer stehen und sah zu, wie Michael sich vorbeugte, um die Kerze auf dem Fensterbrett anzuzünden und dann noch eine, die auf der Lattenkiste stand, die als Nachttisch diente. Er holte die Whiskyflasche vom Regal und schenkte in ein Glas und einen Becher großzügig ein.

»Hier«, sagte er und reichte ihr das Glas.

Sie trank einen Schluck, blinzelte und trank noch einmal. Rau und scharf brannte er sich den Weg ihre Kehle hinunter, dass ihr die Augen tränten. Etwas löste sich in ihr; ihre Angst verflüchtigte sich, ihr Bauch wurde weicher und der Hals schnürte sich ihr zu. Mit einem weichen Pochen machte sich Lust in ihr breit, wie der beharrliche Zug der Schwerkraft. Sie trank aus und stellte das Glas ab, dann löste sie ihren Haarknoten.

»Eleanor«, sagte Michael. »Nellie.«

»Machst du das Licht aus?«

Jetzt hatte der Raum weder Wände noch Decke, war nur noch ein flackernder Ort im Überall und Nirgendwo, im Jetzt und Immerdar, und sie sah das Schimmern seiner Augen und seinen blassen Oberkörper, als er das Hemd auszog. Draußen auf der Straße, direkt unter dem Fenster, rief jemand etwas, doch das schien weit fort. Sie waren wie entrückt, eingehüllt von Kerzenschein und dem leisen Rascheln ihrer Kleider, dem unregelmäßigen Keuchen ihres Atems. Er knöpfte ihre Bluse auf und vergrub das Gesicht in ihrem frisch gewaschenen Haar und zwischen ihren Brüsten, und sie schlang die Arme um ihn und spürte die Knubbel seiner Wirbelsäule und die scharfen Kanten seines Brustkorbs. Er schmeckte nach Whisky und Tabak, ungewohnt. Er war ein Fremder – und sie war auch eine Fremde, als sie sich auf das schmale Bett legte und die Wolldecke an ihrer nackten Haut kratzte. Sie sah zu, wie sie sich in eine Frau verwandelte, die die Arme hob, sich wand; sie hörte sich hoch und lustvoll stöhnen. Sein Gesicht zwischen ihren Schenkeln, ihr eigenes Gesicht brannte. Dann drang er mit einem Ungestüm in sie ein, das sie schockierte, und sie presste die Lippen an seine Schulter, um nicht aufzuschreien. Als sie ihm ins Gesicht sah, war es wie zu bitterem Schmerz verzogen und weckte in ihr den Wunsch, ihn ganz fest an sich zu ziehen. Das ist ja wie Verzweiflung, dachte sie, dieses drängende, blinde Ringen.

Danach lagen sie eng umschlungen auf dem Bett. Er

stützte sich auf einen Arm, schob ihr die Haare aus dem Gesicht und sah sie eindringlich an, schloss die Augen und legte sich wieder hin. Mit den Fingern strich er ihr über Kinn und Kehle hinunter zum Halsansatz, wie um sie sich ganz fest ins Gedächtnis einzuprägen. Nach einer Weile stand er auf und schenkte ihnen Whisky nach. Sie betrachtete seinen nackten Rücken mit den spitzen Schulterblättern, wie Flügel, und seine blassen, schmalen Pobacken, seine Beine, das Spiel der Muskeln, wenn er sich bewegte. Er drehte sich um, und sein Penis baumelte zwischen seinen Beinen. Obwohl sie schon eine Weile mit Gil zusammen war, hatte sie noch nie einen Mann nackt gesehen, nicht richtig, und sie fand ihn schön und seltsam, fast unheimlich. Hatte dieser blasse Körper wirklich auf ihr gelegen? Sie zog sich sein Hemd über und ging ins Bad draußen auf dem Treppenabsatz. Die Kinder hatten aufgehört zu weinen und die Mutter zu schimpfen. Sie wusch sich das Gesicht und zwischen den Beinen. Ihr Körper schmerzte. Das Gesicht im Spiegel gehörte einer anderen – der Frau, die sich auf dem Bett hin und her geworfen und animalische Schreie ausgestoßen hatte, nicht Eleanor Wright, der Lehrerin. Nicht Eleanor Wright, der Verlobten von Doktor Gilbert Lee.

Als sie zu Michael zurückkehrte, saß der nackt auf dem Bett, rauchte eine Zigarette und stippte die Asche zischend in einen angeschlagenen Becher. Er sah zu, wie sie das Zimmer durchquerte. Sie war sich ihrer Nacktheit unter seinem dünnen Hemd überdeutlich bewusst und fühlte sich taxiert. Sie war zum Objekt geworden, wie eine Person in einem Gemälde. Frau nach Geschlechtsverkehr. Der Sex mit Gil war mühsam gewesen, er hatte sie nicht verwandelt. Sie war irgendwie unversehrt geblieben, auch als ihr Blut das Laken befleckt hatte. Als sie aus dem Bett gestiegen war, war sie immer noch sie selbst gewesen: Eleanor Wright. Doch jetzt war sie sich da nicht so sicher. Sie hatte das Gefühl, von Leidenschaft aufgespießt und zerrissen worden zu sein. Sie hatte sich verloren, hatte aufgeschrien mit einer Stimme, die nicht die ihre war, hatte Wellen des Begehrens durch sich hindurchschwappen lassen. Ihr Körper schmerzte, ihre Haut war wund, und sie fühlte sich zerbrechlich, gebeutelt und den Tränen nahe. Sie wusste nicht einmal, wer dieser Mann war, und doch hatte er sie gesehen, wie noch nie jemand sie gesehen hatte, als sie sich im Bett gewunden und seinen forschenden Fingern entgegengedrängt hatte.

Sie setzte sich auf den Boden und lehnte den Rücken an seine Beine. Er beugte sich vor, um ihr einen Kuss auf den Scheitel zu drücken, dann legte er die Arme um sie und zog sie an sich. Sie trank einen Schluck Whisky und reichte ihm ihr Glas.

»Und jetzt?«, fragte er. Sie sah ihn an. »Ich meine, was machst du jetzt?«

»Ich sage Gil, dass es vorbei ist. Das wollte ich sowieso, selbst wenn … « Sie beendete den Satz nicht. Sie dachte an Gils Gesicht, seine Welt, seine wunderbare Vertrautheit. »Aber es ist schwer, jemanden unglücklich zu machen«, fügte sie hinzu. »Sehr schwer.«

»Einer von uns wäre sowieso unglücklich geworden.«

»Aber du bist stärker als er.«

Ihre Worte überraschten sie, doch sobald sie ausgesprochen waren, wusste sie, dass etwas Wahres daran war. Gil hatte etwas Passives und Wehrloses an sich. Er würde sich nicht gegen die Schläge wehren, die ihm drohten, er würde

nicht wütend auf sie werden oder gar versuchen, sie um-
zustimmen. Er würde sie einfach gehen lassen und leiden.

»Liebst du ihn noch?«, fragte Michael nach einer Weile.

»Selbstverständlich.«

»Und mich … liebst du mich?«

Eleanor drehte sich um, kniete sich hin und sah ihn mit
funkelndem, wildem Blick an.

»Ich bin hier«, sagte sie. »Ich habe mich für dich entschieden.«

Er zog seine Hose an und kochte für sie – das hieß, dass er
eine Konservendose wässrigen, salzigen Eintopf in einen
Topf kippte und warm machte, von einem altbackenen Brot
Stücke abschnitt und in einer zinnernen Kanne mit gerisse-
ner Tülle Tee aufgoss, den sie bitter und stark tranken, ohne
Milch. Er fragte sie nach ihrem toten Vater und ihrer Mutter,
die noch lebte, und wollte immer noch mehr wissen, als sie
von sich aus erzählte, um alle äußeren Schichten ihrer
schützenden Geschichte abzuschälen und ins Tiefe, Dunkle,
Fremde einzudringen. Er hörte aufmerksam zu und merkte
genau, was sie nicht sagte. Er wollte wissen, was sie noch
nie einem anderen Menschen anvertraut hatte, ihre Geheimnisse hervorholen und die Dinge, die gerade und klar
erschienen waren, krumm und unsicher machen. Sie hatte
das Gefühl, eine neue Sprache zu lernen, eine, bei deren
vielen Möglichkeiten ihr schwindlig wurde.

Sie wollte nicht über Merry sprechen, doch er brachte
sie dazu. Er sagte, sie sollten genau wissen, was sie da taten,
und nicht die Augen davor verschließen. »Denn wenn wir
das tun, kommt es zurück, um uns zu quälen«, sagte er,
»spätestens, wenn wir zusammen alt geworden sind.«

Da nahm sie sein Gesicht in die Hände und küsste ihn und spürte, dass seine Lippen lächelten.

Er brachte sie dazu, über Merry und sich als Mädchen zu reden: über ihren Groll und das Gefühl, übersehen zu werden, ihre Mutter irgendwie an diese neue Familie mit dem netten Ehemann und der liebenswerten, so gewinnenden Tochter zu verlieren. »Ich fand mich abscheulich«, sagte sie, und er nickte. »Ich war jemand, der ich nicht sein wollte: gemein und neidisch.«

»Und was war mit ihr? Hast du sie auch gemein und neidisch gemacht?«

»Dazu hatte sie keinen Anlass. Sie war schließlich die Märchenprinzessin: Sie hat immer alles bekommen, was sie wollte.«

Sie schlug sich die Hand vor den Mund.

»Glaubst du, das ist der Grund?«

»Nein, natürlich nicht.«

»Bin ich so grausam?«

»Nein, Nellie.« Er trat zu ihr, hielt sie. »Nein. Aber du musst es dir offen ansehen und von allen Seiten betrachten.«

»Was meinst du?«

»Bevor ich weggehe.«

»Das verstehe ich nicht.«

»Ich will, dass wir zusammen darüber nachdenken«, sagte er geduldig, »damit Zweifel und Schuldgefühle dich nicht erdrücken, wenn wir getrennt sind.«

»Zweifel und Schuldgefühle.« Sie sprach die Worte, als schmeckte sie sie bereits auf der Zunge.

»Denn du kannst mich nicht verlassen«, sagte er. »Nie mehr. Aus keinem Grund.«

Er erzählte auch von sich – bot sich ihr dar. Er erzählte von der Armut in seiner Kindheit, den Kakerlaken an der Decke und dem Abort im Hof, den sich sechs Familien teilten. Dass er seine Mutter oft weinen gehört hatte, nachts, wenn sie dachte, alle schliefen.

»Mit fünfunddreißig sah sie völlig abgekämpft aus«, sagte er. »Als junge Frau war sie hübsch gewesen: ein zierliches Ding mit lockigem Haar und einem Lächeln wie der Frühling. Doch Armut ist der Schönheit nicht gerade förderlich. In dem Alter, in dem reiche Frauen immer noch jung und gesund aussehen, hatte sie die Hälfte ihrer Zähne verloren, schütteres Haar und schlechte Haut. Fünf Kinder und zwei, die nicht überlebt haben, in diesem kleinen Haus, wo die Feuchtigkeit durch die Wände drang. Mein Vater war ein enttäuschter Mann. In einem anderen Leben hätte er nett sein können, doch wenn er sturzbetrunken aus dem Wirtshaus nach Hause kam, konnten wir hören, wie er in ihrem Zimmer loslegte, auf Teufel komm raus, wie ein verdammter Kolbenmotor. Und wenn sie dann schwanger wurde, war sein Gejammer groß.«

Er war ein guter Schüler gewesen. Er konnte es sich nicht leisten, auf die Uni zu gehen, doch nach dem Schulabschluss hatte er die Abendschule besucht und tagsüber jede Arbeit angenommen, die er kriegen konnte. Er war immer schon begierig auf Bücher und Lernen gewesen, sagte er und sprach mit einer gewissen Ehrfurcht von Bildung, die Eleanor auch von den Eltern einiger Schülerinnen kannte: Nicht nur als etwas, was sie aus dem Leben, in das sie hineingeboren worden waren, erretten könnte, sondern mit einer gewissen Religiosität. Er war Mitglied im Buchclub der Linken und las alles über Wissenschaft, Politik und

Geschichte, was er in die Hände bekam. Er wusste, dass er eine Mischung aus ungebildet und seltsam gelehrt war. Er hatte das griechische Alphabet gelernt und sich Grundzüge des Spanischen beigebracht, bevor er nach Spanien gegangen war. Doch Spanien, sagte er, ging dann den Bach hinunter. Er zog Bücher unter dem Bett heraus und kramte ein Flugblatt hervor, von dem er Absätze vorlas. Es war ein Gedicht über Spanien – Eleanor stellte später fest, dass es von Auden war, doch damals wusste sie nur, dass die Worte in dem kleinen Raum klangen wie ein Fluch. Er mochte Märsche und Proteste und leidenschaftliche Versammlungen; er wusste mehr als sie darüber, was während des antifaschistischen Protestes in der Cable Street wirklich passiert war, obwohl sie doch dort gewesen war; er hatte starke Überzeugungen, was das Scheidungsrecht anging, und fand, die Frauen sollten sich in rechtmäßigem Zorn erheben. Er glaubte nicht an die Monarchie; die Abdankungskrise wegen Wallis Simpson war eine Lappalie gewesen, wen interessierte das schon? Er zog Eleanor an sich; seine Lippen an ihrem Hals. Sie spürte das schmerzhafte Pochen ihres Herzens. Er glaubte an keine Art von Gott. Er glaubte auch nicht an die Ehe, doch wenn sie wollte, würde er sie heiraten. Er würde alles für sie tun. Er fand, sie sollten im Ausland leben oder vielleicht in Schottland. Was hielt sie von Schottland, sobald der Krieg vorüber war? Oder warum nicht Amerika, das Land der Freiheit? Er zündete sich eine Zigarette an, und der beißende Rauch brannte ihr in den Augen. Er küsste sie, bis sie Blut auf ihrer Lippe schmeckte und Whisky. Er sagte, sie hätten einander gefunden. Sie hatte das Gefühl, in eine ganz neue Welt hineingezogen zu werden, die düster war vor Gefahr und hell vor Freude.

Sie schliefen kurz, und als sie wieder aufwachten, liebten sie sich noch einmal zärtlich, während sich draußen auf der Straße der frühmorgendliche Lärm erhob. Sommerregen schlug ans Fenster, die Wolldecke kratzte, ihre Lippen waren geschwollen, und zwischen den Beinen tat es weh. Ihre Brüste waren empfindlich. Auf ihrem milchigblassen Oberschenkel entdeckte sie einen bläulichlila Fleck, von dem sie nicht wusste, wo er herkam; wahrscheinlich hatte sie noch mehr, die sie nicht sehen konnte. Ihr ganzer Körper fühlte sich ramponiert an. Auch ihr Herz. Jede Berührung konnte schmerzen, doch als er die Finger in ihre Haut grub, war sie froh. Sie war sich nicht ganz sicher, wie sie hierhergekommen war. Der vorangegangene Abend erschien ihr jetzt wie ein Traum, die letzte Nacht unwirklich, als beanspruchte sie weder Zeit noch Raum.

Endlich stand Michael auf und machte Kaffee. Den Rest des heißen Wasser aus dem Kessel goss er in eine Schüssel und tunkte einen dünnen Lappen hinein, mit dem er sie wusch. Sie ließ ihn, stand mitten im Zimmer und ließ das Wasser an ihrem Körper hinunterlaufen. Er machte das gut, und sie dachte: Das hat er schon einmal gemacht, doch es spielte keine Rolle. Sie zog die Kleider vom Vortag wieder an. Sie waren ein wenig schmuddelig und zerknittert; ein Knopf fehlte, und in ihren Strümpfen war eine Laufmasche. Ich sehe aus wie das, was ich bin, dachte sie, eine Frau, die die ganze Nacht Sex hatte und so gut wie kein Auge zugetan hat. Sie hatte keinen Kamm (sie hatte gar nichts, denn sie war ja einfach so aus dem Haus gelaufen, ohne Mantel). Doch er holte eine Gabel aus der Schublade, und sie zog sie durch die Knoten und versuchte, ihre Haare damit zu bändigen. Ihre Augen tränten.

»Ich muss nach Hause, bevor ich in die Schule gehe«, sagte sie. »So kann ich mich nirgends sehen lassen.«

»Ich bringe dich.«

»Du willst mich bringen?«

»Mit dem Fahrrad. Wir haben alle Zeit der Welt.«

Er trug das Fahrrad die Treppe hinunter. Sie folgte ihm und spürte, dass sie hinter einer halb geöffneten Tür beobachtet wurden. Er half ihr auf den schmalen Sattel, und sie raffte mit einer Hand ihren Rock zusammen und legte die andere Hand um seine Taille, und er stellte sich auf die Pedale und radelte mit ihr nach Islington. Sie sah die Anstrengung in seinem Nacken. Ihre Haut brannte in der feuchten Brise.

»Am besten lässt du mich hier runter«, sagte sie. »Ich will nicht, dass mich jemand sieht.«

Er hielt an, und sie stieg ab.

»Ich warte heute Nachmittag vor deiner Schule«, sagte er.

»Nein. Lass mich zuerst mit Gil reden.«

»Wann?«

»Am Samstag. Nach dem Tanz.«

»Das sind ja noch Tage.«

»Ich muss es ihm sagen, bevor ich dich wiedersehe.«

»Kommst du dann zu mir?«

»Ja.«

»Am Samstag?«

»Ja.«

Er zog sie in den Schatten, legte ihr die Hände ins Kreuz und küsste sie lange und hart. Ihr Körper wurde wieder weich vor Begehren.

»Ich werde warten«, sagte er, und sie drehte sich um

und ging die lange Straße hinauf und wusste, dass er noch da war und ihr hinterhersah, bis sie außer Sichtweite war.

Gladys ließ sie rein, denn sie hatte ihren Schlüssel vergessen. Eleanor spürte, dass der wache, gerissene Blick ihre geschwollenen Lippen registrierte, ihr unordentliches Haar und ihre fleckige, verknitterte Bluse. Doch sie sagte nichts.

»Sie hat immer alles gewusst«, sagte Eleanor jetzt zu Peter. »Sie musste die Dinge nicht sehen, sie wusste auch so, dass sie passierten. Sie wusste alles, noch bevor es geschah.«

»Und dann?«, fragte Peter und steuerte den Wagen holpernd die Einfahrt hoch durch die Schlaglöcher. Im Haus brannte kein einziges Licht, es wirkte verlassen.

»Dann habe ich es Gil gesagt.«

21

Der Tanz war vorüber, die Musiker hatten eingepackt und waren gegangen. Gil begleitete Eleanor durch die menschenleeren Straßen nach Hause. Es regnete, und er hakte sie bei sich unter und hielt seinen großen Schirm über sie beide. Sie trug ein geborgtes Kleid, das ihr ein wenig zu groß war; Emma hatte es mit Sicherheitsnadeln festgesteckt, doch sie musste den Rock mit einer Hand hochhalten, damit er nicht über den Boden schleifte.

»Also«, setzte Gil fröhlich an, »was hältst du von …?«

»Ich muss dir etwas sagen«, unterbrach Eleanor ihn. Ihre Stimme klang scharf, beinahe brutal.

»Was denn?«

»Ich habe einen Fehler gemacht.«

»Einen Fehler?«

»Ich kann dich nicht heiraten.«

Im ersten Augenblick war alles ganz wie immer. Sie gingen mit derselben Geschwindigkeit unter seinem Schirm weiter; seine Miene veränderte sich nicht, sondern blieb freundlich. Dann verlangsamte er, und aus seinem Arm wich jegliche Spannung. Genau wie aus seinem Gesicht.

»Das verstehe ich nicht«, sagte er schließlich, blieb stehen und wandte sich ihr zu. Eleanor hörte den Regen auf den Stoff des Schirms prasseln und sah ihn am Rand hinuntertropfen. »Das verstehe ich wirklich nicht. Wir haben gerade getanzt und du hast meine Freunde kennengelernt und dich mit ihnen unterhalten. Du warst ein bisschen still, aber alles schien in Ordnung zu sein, und jetzt erklärst du mir, du könntest mich nicht heiraten?«

»Ich dachte, ich wollte es, aber ich habe mich getäuscht. Ich habe mich dir gegenüber sehr schlecht benommen, Gil.«

»Du kannst mich nicht heiraten?«, wiederholte er. »Warum?«

»Ich will überhaupt nicht heiraten.«

»So etwas sagt eine Frau zu einem Idioten«, versetzte er, »um ihm sanft den Laufpass zu geben. Ich bin kein Idiot.«

»Ich kann es nicht anders sagen«, erwiderte sie unglücklich. »Ich weiß nur, dass ich einen Fehler gemacht habe.«

»Einen Fehler«, wiederholte er und zog die Worte in die Länge. »Was war der Fehler? Mich zu lieben oder meinen Antrag anzunehmen?«

»Ich will dich nicht heiraten. Mehr kann ich nicht sagen.«

»Ich kann warten. Ich warte, so lange du willst.«

»Gil … «

»Wir müssen es weder meiner Mutter sagen, noch sonst jemandem. Wir müssen nicht einmal heiraten, wenn du nicht willst. Wir können auch so zusammen sein.«

Sie zwang sich, ihm ins Gesicht zu sehen. »Das ist es nicht.«

»Was redest du da? Willst du etwa sagen, dass du nicht mit mir zusammen sein willst?«

»Es ist aus. Ich habe einen schrecklichen Fehler gemacht, und es tut mir sehr leid. Es tut mir leid, dass ich dir wehtun muss.«

»Es tut dir leid, dass du mir wehtun musst.« Seine Stimme war tonlos. »Ich verstehe das alles nicht. Warum?«

»Es liegt nicht an dir«, sagte sie. »Du hättest nicht netter oder freundlicher oder besser zu mir sein können. Es liegt allein an mir.«

»Aber was ist denn passiert?«

»Nichts.« Sie konnte es ihm nicht sagen.

»Aber ich dachte, wir wären glücklich.«

Sie schwieg.

»Warst du nicht glücklich, Eleanor?«

»Doch. Aber es ist vorbei.«

»Ich war glücklich«, fuhr er fort. »So glücklich wie in meinem ganzen Leben noch nicht. Bis zu diesem Augenblick. Wo kommt das plötzlich her?«

»Ich habe sehr viel darüber nachgedacht und ... «

»Wie kannst du darüber nachgedacht und mir nichts gesagt haben?«

»Es tut mir leid«, wiederholte sie unglücklich.

»Wann ist dir das in den Sinn gekommen? Wann?«

»Ich weiß nicht.« Sie dachte an das Picknick, die letzten frischen Frühlingstage. »Es hat sich herangeschlichen, und jetzt weiß ich einfach, dass ich noch eine Weile allein sein muss.«

»Gut. Gut. Das kannst du ja. Wir müssen ja nicht gleich heiraten. Wir wollten doch sowieso warten. Aber du willst doch nicht ernsthaft alles beenden.«

»Doch.«

»Da muss noch etwas anderes sein.«

»Nein.« Sie konnte nicht geradeheraus lügen.

»Dann hat es doch mit mir zu tun.«

»Nein … es liegt ganz allein an mir, Gil.«

Er schüttelte langsam den Kopf. »Nein.« Sein Gesicht sah betäubt aus, er war nur noch ein Häufchen Elend.

»Es tut mir schrecklich leid«, sagte sie noch einmal. Sie hätte sich am liebsten losgerissen und wäre durch die regennassen Straßen gerannt, nur um seinem traurigen Gesichtsausdruck zu entkommen und dem Entsetzen, das sie angesichts dessen, was sie ihm antat, verschlang.

Er blickte auf sie hinab. »Aber ich liebe dich. Liebst du mich denn nicht?«

»Doch«, antwortete sie, und in diesem Augenblick hätte sie ihn so gern in die Arme genommen und getröstet, dass sie es in sämtlichen Zellen ihres Körpers spürte. Sie ballte die Hände zu Fäusten. »Ich liebe dich sehr. Aber nicht so, wie du es möchtest.«

»Passiert das wirklich? Ist das wirklich das Ende?«

»Es tut mir leid«, sagte sie schon wieder.

»Du meinst, wir gehen auseinander, und dann sehe ich dich nie wieder? Wir gehen ab jetzt getrennte Wege?«

»Oh, Gil.« Sie unterdrückte ein Schluchzen. Sie würde auf gar keinen Fall weinen, wo sie doch diejenige war, die ihm wehtat. »Es ist besser, wenn wir uns nicht mehr sehen.«

Er bestand darauf, sie nach Hause zu bringen, und hielt den Schirm aufmerksam hoch, um sie vor dem Regen zu schützen. An der Haustür wartete er, bis sie ihren Schlüssel gefunden und aufgeschlossen hatte. Dann hob er ihre Hand an die Lippen und küsste sie, und sein dunkles, unordent-

liches Haar fiel ihm in die Stirn. Zorn oder Geringschätzung wäre ihr sehr viel lieber gewesen als diese schreckliche
Freundlichkeit.

In dieser Nacht saß sie viele Stunden lang auf dem Stuhl am
Fenster. Sie dachte nicht nach, auch wenn Gedanken sie
durchströmten, und sie spürte auch eigentlich nichts, auch
wenn sie von Emotionen gepackt und dann wieder losgelassen wurde. Es war mehr, als hielte sie Wache und verabschiedete sich von ihrem alten Leben, bevor sie in ein
neues eintrat.

Wenn sie sich Gil vorstellte, empfand sie einen Schmerz –
wie Zahnschmerzen, die ein elektrisches Pochen durch den
ganzen Körper jagen –, der sie in seiner Schärfe überraschte.
Und wenn sie sich vorstellte, wie Michael in dem kleinen
Zimmer auf sie wartete, empfand sie eine taumelnde Furcht.
Schwindel. Sie kannte weder ihn, noch seine Welt, ja, sie
kannte sich selbst nicht mehr. Sie überschritt die Grenze
und ging in die Dunkelheit.

Irgendwann fröstelte sie und stand vom Stuhl auf. Die
Sterne waren verblasst, am Horizont lag ein bleicher Lichtstreifen, und in den Platanen sangen die ersten Vögel. Der
Lärm der Straße drang herauf. Sie war erschöpft, aber hellwach und bar jeglichen Verlangens, jeglicher Hoffnung, ja
sogar jeglicher Liebe. Sie wusste nur, dass es kein Zurück zu
ihrem altvertrauten Leben gab.

Sie ging an diesem Tag nicht zu Michael, obwohl
sie wusste, dass er mit ihr rechnete. Stundenlang wanderte
sie durch die Straßen, ließ sich von ihren Füßen tragen: an
Häusern vorbei, wo Familien sich zum Sonntagsessen setzten, in kleine Parks, am Kanal entlang, der bräunlich in der

Sonne glitzerte. Irgendwann fand sie sich vor dem Friedhof wieder, wo Michael und sie sich getroffen hatten, doch sie betrat ihn nicht. Dieses rasende Begehren kam ihr jetzt vor wie ein Traum. Ihr Körper war ruhig, die blauen Flecken verblassten, ihre Lippen erholten sich von dem rissigen Wundsein.

Sie ging in eine Teestube und bestellte ein Glas Milch, das sie auf dem Hocker am Ende des Tresens trank, und sie spürte, wie die Milch ihre Mundhöhle überzog und weich ihre müde Kehle hinunterrann. Die Sonne fiel golden durch die klaren Scheiben über der Tür und legte sich auf den Fußboden, doch da, wo sie saß, in ihrem stillen Winkel, war es düster und kühl wie in einer Höhle oder wie in der kleinen Kirche zu Hause, wo sie getauft und konfirmiert worden war. Wie gern würde sie immer hier so sitzen bleiben und nicht wieder in die grelle, heiße, lärmende Welt hinausmüssen.

Als sie nach Hause kam, brach der Abend herein. Der blaue Himmel wurde silbrig. Sie stieg die Treppe hinauf, öffnete die Tür und sah sich in dem ordentlichen Zimmer um. Was sollte sie jetzt machen? Sie trat vor den mit Fliegendreck gesprenkelten Spiegel, steckte ihr Haar wieder fest und wusch sich das Gesicht mit kaltem Wasser. Als sie eine saubere Bluse anzog, fiel ihr Blick auf Gils Goldkette, die sie um den Hals trug. Die sollte sie ihm vielleicht zurückgeben. Ihre Augen füllten sich unerwartet mit Tränen, doch sie blinzelte sie fort.

Dann verließ sie ihr Zimmer wieder und schloss leise die Tür, damit Gladys sie nicht hörte und den Kopf zur Tür herausstreckte und sie mit ihren neugierigen, wissenden Augen musterte. Sie ging durch die Abenddämmerung dahin, wo Michael wohnte. Sie war nur einmal dort gewesen, im Dunkeln, und da war sie wie benommen gewesen, doch sie fand den Weg problemlos. Sie achtete nicht auf die Blicke der Männer, die an den Straßenecken standen. Sie hatte das Gefühl, sie bewegte sich auf einen Ort zu, den es nicht wirklich gab, als wäre das Gebäude verschwunden oder dort wüsste niemand, wen sie meinte, wenn sie nach Michael fragte.

Als sie eingelassen wurde und die Treppe hinauf zu dem Zimmer ging, war der Mann, der ihr auf ihr Klopfen hin die Tür öffnete, tatsächlich jemand anderes als Michael. Er war älter, hatte graumeliertes, dunkles Haar, ein pocken-narbiges Gesicht und eine Falte zwischen seinen braunen Augen.

»Ja?«

»Ich möchte zu Michael.«

»Er ist nicht hier.« Er spürte wohl ihre Besorgnis, denn er fügte mit seiner heiseren Raucherstimme rasch hinzu: »Aber er ist bald wieder da. Sie sollen reinkommen.« Er hielt ihr die Tür weit offen und trat zur Seite, um sie ein-zulassen.

»Verzeihung?«

Der Mann lächelte. »Er sagte, wenn jemand kommt, solle ich ihn auf keinen Fall wieder gehen lassen. Damit hat er vermutlich Sie gemeint.«

»Wird er noch lange weg sein?«

»Nein. Er ist die letzten zwei Tage kaum für eine Mi-nute aus dem Haus gegangen. Er hat gewartet, aber er hat nichts gesagt. Hat am Fenster gestanden und geraucht und rausgeguckt. Ist im Zimmer auf und ab gegangen. Hat was aufgeschrieben und es wieder zerrissen. Also bleibt er sicher nicht lange weg. Ich gehe in ein paar Minuten. Sie können hierbleiben, bis er kommt. Bitte.« Wieder wies er in das kahle, ordentliche Zimmer.

Eleanor trat ein. Der Mann nahm Kleider vom Stuhl, und sie setzte sich. Er war groß, bewegte sich aber langsam und anmutig. Seine schwieligen Hände fielen ihr auf und seine abgewetzten Manschetten. Er hielt die Whiskyflasche hoch – die, aus der Michael und sie getrunken hatten –, und sie schüttelte den Kopf. Sie wusste nicht, was sie tun würde, wenn sie auch nur einen Schluck Alkohol trank, was dann passieren würde. Alles erschien ihr neblig und ganz weit weg. Als sie ihren Rock glattstreichen wollte, kam ihre Hand ihr vor wie die einer Fremden.

Der Mann – sie sollte niemals seinen Namen erfahren – reichte ihr einen Becher Tee, zu lange gezogen und bitter, und sie trank einen Schluck. Er fegte den Boden, machte das Bett, nahm seine Jacke, pfiff dabei leise vor sich hin. Dann trat er vor sie.

»Auf Wiedersehen.«

Sie stand auf. »Auf Wiedersehen. Vielen Dank.«

»Viel Glück«, sagte er. Ihr traten Tränen in die Augen und sie lächelte ihn an. Er legte ihr kurz eine Hand auf die Schulter, wandte sich ab und ging.

Sie setzte sich wieder. Endlich schwang die Tür auf, und Michael trat ein, dünn und ohne Jacke, mit einer Tasche in der Hand, die Haare aus dem Gesicht gestrichen. Draußen war es jetzt dunkel, und das Zimmer war düster und voller Schatten. Er entdeckte sie nicht gleich, denn sie saß ganz still da. Als er sie erblickte, leuchtete sein Gesicht für einen Moment auf. Doch als er ihre Miene sah und ihre aufrechte, reservierte Haltung, blieb er stehen und blickte auf sie hinunter, ohne zu lächeln, sondern forschte in ihrem Gesicht nach Antworten.

»Also hast du es ihm gesagt?«, fragte er schließlich.

»Ja.«

Wenn er versucht hätte, sie zu umarmen oder zu küssen, hätte sie ihn weggeschubst. Doch das tat er nicht. Er sah sie nur an.

»Für den Fall, dass du kommst, habe ich uns etwas zum Abendessen besorgt«, sagte er. »Und Wein. Magst du Wein?«

»Ja.« Doch wie sollte sie Essen oder Wein herunterbekommen?

Er nahm zwei hohe Kerzen aus der Tasche, drehte sie in leere Flaschen und riss ein Streichholz an, um sie anzuzünden.

»Ist dir kalt?«, fragte er.

Sie nickte, und er nahm die Decke vom Bett und legte sie ihr behutsam, ohne sie zu berühren, um die Schultern und über den Schoß. Es war schwer vorstellbar, dass sie sogar nackt beieinandergelegen hatten, Lippen an Lippen, Haut an Haut.

Sie sah zu, wie er sich auf Socken durchs Zimmer bewegte, lautlos und geschickt, ein kaltes Brathähnchen auf einen Teller tat, ein Stück Käse auswickelte, Brot schnitt, die Weinflasche entkorkte und zwei Äpfel und zwei gelbe Birnen aufs Fensterbrett legte. Erst als alles fertig war, wandte er sich ihr zu.

»War es sehr schlimm?«

»Ich weiß nicht. Er war … « Sie zuckte unter seinem Blick. »Er war sehr nett.«

»Verstehe. Und jetzt fragst du dich, was zum Teufel du hier machst, bei mir.«

»Ja.«

»Aber du bist doch gekommen.«

»Ja.«

Er schenkte purpurroten Wein in zwei Wassergläser und reichte ihr eines. Vorsichtig nahm sie einen Schluck. Er war herb und sauer, ganz anders als die eleganten Weine, die Gil im Restaurant bestellte oder ihr in seinem gebohnerten und luftigen Speisezimmer einschenkte. Michael setzte sich auf die Bettkante und drehte sich eine dünne Zigarette. Der Rauch brannte ihr in den Augen.

»Du siehst müde aus.«

»Ich habe nicht geschlafen.«

»Iss etwas.«

Er drückte seine halb gerauchte Zigarette in einem Unterteller auf dem Boden aus, stand auf und schnitt ihr ein Stück Huhn ab. Er tat es auf einen kleinen Teller, auf dessen Rand ein Vergissmeinnicht gemalt war, dazu eine Scheibe Brot und ein Stück Käse. Sie merkte, dass er es so anzuordnen versuchte, dass es appetitlich aussah.

»Ich habe keine Butter.«

»Das macht nichts.«

Sie nahm einen Bissen. Plötzlich merkte sie, dass sie vollkommen ausgehungert war, sie zitterte förmlich vor Hunger und Erschöpfung. Sie steckte sich Brot in den Mund, kaute und nahm noch einen Schluck Wein.

»Alles in Ordnung?«, fragte er.

Sie nickte. Sie aß den Teller leer, und er viertelte eine Birne für sie, die sie langsam aß. Der süße Saft tropfte ihr übers Kinn. Dann holte er unter dem Bett seine Laken

heraus und legte sie über die, die sein Zimmergenosse benutzte, und zeigte aufs Bett.

»Versuch zu schlafen«, sagte er und fügte rasch hinzu:
»Keine Sorge. Ich setze mich solange auf den Stuhl.«

Sie war zu benommen, um ihm zu widersprechen, zog
nur Rock und Schuhe aus und kroch zwischen die Laken.
Kaum schloss sie die Augen, spürte sie, wie sie hinunter-
gezogen wurde und in einer dichten Dunkelheit aus Träumen versank.

Als sie wach wurde und die Augen aufschlug, saß er an
dem kleinen Tisch und schrieb im flackernden Licht einer
Kerze mit konzentriert gerunzelter Stirn etwas in ein kleines Notizbuch. Er hatte ein Glas Wein vor sich stehen, und
die Haare fielen ihm ins Gesicht. Ihr Körper war weich und
träge vom Schlaf, und auf der Zunge hatte sie noch den Geschmack des Weins, den sie getrunken hatte. Sie schloss die
Augen wieder.

Als sie das nächste Mal wach wurde, saß er immer noch
auf dem Stuhl und die Kerze flackerte noch, doch sie war
fast ganz heruntergebrannt und warf ein seltsames Licht. Er
schlief, sein Kopf war zu einer Seite zurückgeneigt und lag
unbequem an der Stuhllehne. Das Notizbuch war zu Boden
gefallen. Sie setzte sich im Bett auf. Sie war nicht mehr
müde, und ihr Aufruhr hatte sich gehoben, so wie ein Nebel
sich lichtet. Es war sehr still; von der Straße oder den anderen Bewohnern des Hauses war nichts zu hören. Sie schob
die Beine aus dem Bett, stand auf und ging zu Michael. Er
hatte lange Wimpern, die im Kerzenschein wie Stachel auf
seinen Wangen lagen, und unter den Lidern konnte sie die
raschen Bewegungen seiner Augen erkennen. Den Mund
hatte er leicht geöffnet. Durch das Hemd sah sie, wie seine

Brust sich hob und senkte. Sie bückte sich, hob das Notizbuch auf und legte es auf den Tisch. Er runzelte die Stirn und murmelte etwas, was verzweifelt klang. Ganz behutsam legte sie ihm eine Hand auf die Schulter, und er tauchte aus dem Schlaf wie ein Schwimmer, der zur Wasseroberfläche schießt, und stand schon auf seinen Füßen, bevor er die Augen richtig offen hatte.

»Es ist alles gut«, sagte sie. »Dir ist nichts passiert. Uns ist nichts passiert.«

»Oh.« Er ließ die Arme schlaff herunterhängen. »Ich hatte einen schrecklichen Traum, Nellie.«

»Jetzt bist du ja wach.« Sie berührten sich nicht, auch wenn sie sehr nah waren.

»Ja.« Er rieb sich das Gesicht und sah sie an. »Aber warum bist du wach? Ich dachte, du würdest bis zum Morgen schlafen.«

»Komm ins Bett.«

»Aber … «

»Komm ins Bett, Michael. Um einander zu halten und die Albträume zu vertreiben. Reden können wir später.«

Er nickte. Sie knöpfte ihm das Hemd auf und spürte seinen Atem auf ihrer Wange. Er öffnete seinen Gürtel und trat aus seiner Hose. Wie dünn er ist, dachte sie, dünn und stark. Es verschlug ihr den Atem. Halb angezogen lagen sie im Bett unter einem Laken, ihr Kopf in seiner Halsbeuge und sein Arm um sie, die Beine verschränkt. Er roch fremd.

»Träum schön«, sagte er in ihr Haar. »Träum schön, liebste Nell.«

Am nächsten Morgen verließ er früh das Haus, um Eier zu kaufen, und kochte zwei für jeden. Sie aßen sie im Bett, tunkten Brot in Eigelb und Salz und tranken Kaffee, den er in der Zinnkanne aufgegossen hatte.

»Erzählst du es mir?«, fragte er schließlich.

Sie schüttelte den Kopf. »Es gibt nichts zu erzählen. Ich habe ihm erklärt, dass es aus ist. Ich musste es mehrmals wiederholen. Es war, als würde er den Sinn der Worte einfach nicht begreifen.«

»Hast du etwas über … ?«

»Das konnte ich einfach nicht. Wäre es nicht unnötig grausam gewesen? Vielleicht habe ich es aber auch nur nicht über mich gebracht, es auszusprechen und ihm dabei ins Gesicht zu sehen. Außerdem … « Sie unterbrach sich, leckte ihre salzigen Finger ab und sah Michael an. »Außerdem kann ich es niemandem sagen, bevor ich nicht mit Merry gesprochen habe.«

»Und wann willst du das tun?«

»Ich weiß nicht. Ich weiß nicht, was richtig ist. Ich meine, für sie. Und dann will ich … « Sie brach ab.

»Was?«, fragte Michael nach einer Pause.

»Ich will, dass das mit uns ein Geheimnis bleibt, sicher verwahrt vor den Augen der Welt. Ich will nicht, dass die Leute über uns reden und uns verurteilen.«

»Spielt es eine Rolle, was die anderen denken?«

»Unser Tun führt zu Schmerz und Kummer.«

»Wir haben keine Wahl, Nellie.«

Eleanor sah ihn mit so etwas wie Verwunderung an.

»Selbstverständlich haben wir eine Wahl. Ich stelle mein Glück über Merrys.«

»Du weißt, dass ich niemals mit Merry zusammengekommen wäre.«

»Ja. Aber darum geht es nicht. Merry hat sich ihr ganzes

Leben lang auf ihre Schönheit, ihren Charme und ihre Fähigkeit zu bezaubern verlassen. Und ich war dabei ihr Publikum, das sie bewundert und ihr applaudiert hat. Sie ist wie eine Schauspielerin auf einer Bühne, die die einzige Rolle spielt, die sie beherrscht, und wir haben in den Kulissen gestanden. Sie wird nicht bloß unglücklich sein, Michael, ihr ganzes Selbstbild gerät ins Wanken. Ihre Schwester schnappt sich den Mann, an den sie ihr Herz gehängt hat. Ich weiß es; ich muss ehrlich mit mir sein, darf mir nichts vormachen. Ich kann nicht so tun, als würde ich sie nicht hintergehen. Dass wir zusammenkommen, tut anderen Menschen sehr weh.«

»Aber wir kommen zusammen.«

»Ja.« Es war seltsam traulich und verstörend, hier zu sitzen und gemeinsam zu frühstücken. »Wir kommen zusammen.«

22

Und dann haben Sie es Merry erzählt?«, fragte Peter nach einer langen Pause.

Sie hatten zu Abend gegessen und saßen wieder am Kaminfeuer.

»Ganz so einfach war es nicht.« Eleanors Tonfall war trocken, beinahe barsch. »Ich wollte es so lange wie möglich hinauszögern. Es schien, als wartete das ganze Land darauf, dass der Krieg endlich anfing, wie ein Gewitter, das jeden Moment losbrechen kann. Auch ich wartete – auf den Krieg, natürlich, und auf meine persönliche Errettung. Ich weiß nicht. Vielleicht hatte ich den Gedanken ganz tief innen drin vergraben, vor mir selbst verborgen, und selbst so viele Jahrzehnte später fällt es mir noch schwer, ihn mir einzugestehen – den Gedanken, dass ich abwarten könnte, ob Michael den Krieg überlebte, bevor ich es Merry sagte. Vielleicht wäre es ja nicht nötig.«

»Sie meinen, weil er vielleicht sterben würde?«

»So ist der Krieg. Junge Männer sterben. Vielleicht stellte ich mir vor, ich würde Merry ganz grundlos großen Schmerz zufügen. Das klingt gewiss kaltblütig. Doch so empfand ich es nicht. Es war eher eine Abfolge von Gedanken und Bildern, die mir in diesen stürmischen und aufregenden Zeiten durch den Kopf gingen.

In den folgenden Wochen traf ich mich so oft wie möglich mit ihm. Wir wussten ja, dass man ihn bald zur Ausbildung fortschicken würde, und danach musste er in den Krieg. Alles war viel zu intensiv, Krieg und Liebe wurden eins. Ein oder zwei Mal schmuggelte ich ihn in mein Zimmer, wenn wir nicht bei seinem Freund bleiben konnten. Oder wir gingen in grässliche, billige Hotels, wo wir uns unter einem gemeinsamen Ehenamen anmelden mussten.« Plötzlich lächelte sie. »Mr und Mrs Ramsay, nach dem Roman von Virginia Woolf, über den wir uns bei unserer ersten Begegnung unterhalten hatten. Feuchte, fleckige Wände, flackernde Glühbirnen. Es spielte keine Rolle. Einmal haben wir uns im Epping Forest geliebt. In der Nähe waren Familien zu hören. Er hielt mir den Mund zu, damit ich nicht zu laut schrie. Mit den Fingernägeln kratzte ich ihm den Rücken auf, das war noch wochenlang zu sehen. Ich war verliebt. Ich war so verliebt, dass mir krank und übel davon wurde: beschämt, unbändig, völlig davon verzehrt. Voller Angst.

Wir saßen zusammen am Radio, als der Krieg erklärt wurde. Das ganze Land hörte zu, glaube ich, alle versammelten sich vor ihren Apparaten, Stille lag über Städten und Dörfern. Wir sagten nichts. Er stand auf und machte uns zwei Becher Tee, den wir schweigend tranken. Ich hatte ja gewusst … « Sie hielt inne.

»Was? Was hatten Sie gewusst?«

»Dass das nicht ewig so gehen konnte. Diese Tage, unser heimliches Leben, mein geheimes Ich. Aber ich brachte es immer noch nicht über mich, es Merry zu sagen. Ich redete mir ein aus Freundlichkeit, aber in Wirklichkeit war es Feigheit. Ich wollte mich nicht so sehen, wie sie mich sehen würde, wenn sie wüsste, was ich getan hatte. Und der Gedanke, was meine Mutter empfinden würde, war mir einfach unerträglich. Robert, der immer gut zu mir gewesen war, würde mich verabscheuen. Also existierte ich für eine kurze Weile in einem Niemandsland, nach der Tat, aber vor dem Geständnis; etwas, was getan, nur noch nicht entdeckt worden war. Meine ganz persönliche tickende Zeitbombe.

Dann ging alles ganz schnell. Plötzlich war der Krieg da, was natürlich unvermeidlich war, und trotzdem schockierend. Alle Männer zwischen achtzehn und vierzig wurden einberufen. Sie gingen nicht alle auf einmal, doch es war der Anfang vom Ende. Ich dachte, wegen seines Beins würde man Michael vielleicht freistellen. Aber es war nur ein leichtes Hinken; nicht genug, um zu verhindern, dass er tötete oder getötet wurde.«

Gladys rief vom Flur nach Eleanor: Ihre Mutter war am Telefon. Sally hatte sich noch nicht daran gewöhnt, am Telefon zu sprechen, und sie war steif und förmlich, sprach zu laut und machte zwischen den einzelnen Wörtern künstliche Pausen.

»Kommst du am Wochenende zu meinem Geburtstag nach Hause?«

»Ich glaube, ich kann nicht. Tut mir leid. Ich hätte das früher sagen sollen.«

»Warum nicht? Du kommst doch sonst immer. Wir haben fest mit dir gerechnet.«

»Man kommt nur schwer weg. Bei allem.«

»Nur schwer weg«, wiederholte Sally mit klangloser Stimme. »Was macht dich so besonders?«

»Wie bitte?«

»Bloß weil du jetzt in der großen Stadt lebst, bist du noch lange nichts Besseres als wir.«

»Selbstverständlich nicht!«

»Und dass jetzt Krieg herrscht, bedeutet nicht, dass die Familie nicht mehr zählt. Sie zählt um so mehr.«

»Ich weiß. Du hast recht.«

»Dann komm uns besuchen.«

»Mum … «

»Komm uns besuchen, sonst müssen wir noch denken, du gehst uns aus dem Weg. Gehst du uns vielleicht wirklich aus dem Weg?«

»Warum sollte ich?« Sie hatte den Hörer fest gepackt und spürte das harte Schlagen ihres Herzens.

»Ich weiß nicht. Was meinst du denn? Ich beziehe dein Bett.«

»Neuigkeiten von daheim?«, fragte Gladys, den Kopf zu einer Seite geneigt wie ein beschwipster kleiner Vogel.

Eleanor fühlte sich nicht mehr wohl mit ihrer Nachbarin, die wusste, wann sie nicht zu Hause war, die sie in der Morgendämmerung nach Hause schleichen sah und deren schlauem Blick Eleanors Veränderung, die sie selbst im Spiegel sehen konnte, nicht entging.

Die Tage vor ihrem Besuch zu Hause waren von unschönen Vorahnungen erfüllt. Eleanor war kalt und zittrig; in ihrem Magen war ein fester Knoten. Sie versuchte sich vorzustellen, was sie sagen würde, wenn sie an dem kleinen Tisch saßen und plauderten, wenn sie im Bett neben Merry liegen und sich deren Vertraulichkeiten anhören würde. Ihr war elend vor Falschheit.

»Fahr nicht.« Michael wandte sich vom offenen Fenster ab, wo er eine Zigarette rauchte, und sah sie an. Sie spürte, wie sein Blick sie in sich aufnahm, ihre Nacktheit unter dem dünnen Laken, den Schweiß, der ihren Körper bedeckte.

»Ich muss.«

»Nein.« Er drückte die Zigarette auf dem Fensterbrett aus und warf sie raus auf den Gehweg. »Nein, das musst du nicht. Du kannst hierbleiben. Wir haben so wenig Zeit. In vier Tagen fahre ich ins Ausbildungslager. Und dann … « Ein leichtes Achselzucken. »Dann schicken sie mich an die Front. Wer weiß, wann wir uns das nächste Mal sehen? Bleib solange bei mir.«

»Ich bin morgen wieder zurück.«

»Woher weiß ich das?«

Sie wollte lachen, obwohl sie voller böser Vorahnungen war.

»Du weißt es, weil ich es dir sage. Vertraust du mir nicht?«

»Nein«, sagte er. »Darin nicht.« Er kniete sich neben das Bett und schob die Hand zwischen ihre Schenkel, die noch klebrig waren. »Du willst doch das Richtige tun.«

»Du nicht?«

»Nein. Ich will nur dich. Dafür würde ich meine Seele verkaufen.«

Sie wollte sagen, manche Dinge seien wichtiger als Liebe oder Glück, doch er küsste sie und ihre Worte blieben ungesagt.

Robert holte sie am Bahnhof ab und fuhr mit ihr nach Hause. Selbst das Wetter schien unsicher und voller böser

Vorzeichen zu sein. Der Himmel war von einem dunklen, unheilvollen Braun, und der Wind rauschte durch die Baumkronen. Ein paar große Regentropfen fielen. Es braute sich ein Gewitter zusammen.

Eleanor saß noch nicht im Auto, da erzählte er ihr schon, dass sie sich Sorgen um Merry machten.

»Warum?«, fragte Eleanor und blickte nach vorn auf die Straße, auf das Getreide auf den Feldern links und rechts. Ihre Stimme war angespannt und kühl. Das entging ihm sicher nicht.

»Ich weiß nicht.« Er seufzte. »Es ist, als wäre ihr sämtliche Lebensfreude abhandengekommen. Das ist ihr verdammter junger Mann. Ich wusste gleich, dass es mit dem Ärger gibt, vom ersten Augenblick an.«

»Ehrlich?« Eleanor wandte das Gesicht von ihrem Stiefvater ab, damit er die Scham nicht sah, die ihr ins Gesicht geschrieben stand. Sie konnte nicht normal sprechen. Ihre Worte, ihr unbekümmerter, forscher Tonfall, ihre vorgespielte Unwissenheit taten ihr in den Ohren weh.

»Ich habe gleich gesehen, was das für einer ist. Und ich hatte recht, oder? Er hat mit ihr geflirtet und zugelassen, dass sie sich in ihn verliebt, und dann ist er einfach verschwunden.«

»Mhm.« Was sollte sie auch sagen?

»Sie ist nicht wie du. Sie ist zart und empfindsam und lässt sich von ihrem Herzen leiten. Sie wollte ihn heiraten. Das will sie immer noch.«

»Sie glaubt immer noch, dass sie ihn heiraten wird?«

»Sie ist fest davon überzeugt, dass er zurückkommt. Sie sagt, sie weiß, dass er sie liebt und dass nur der Krieg ihn daran hindert, bei ihr zu sein. Sie sagt, sie vertraut ihm, und wird sehr zornig, wenn wir etwas Mitleidiges sagen. Sie ist stolz.«

»Ja.«

»Ich wusste es, gleich als ich ihn zum ersten Mal gesehen habe.«

»Was?«

»Dass von dem nichts Gutes zu erwarten war.«

Sie saßen am Tisch und aßen gekochten Fisch mit Kartoffeln aus dem Garten, deren Schalen leicht bitter schmeckten. Ein beigefarbenes Essen, dachte Eleanor und schob es mit der Gabel auf dem Teller herum. Beige und matschig, irgendwie deprimierend. Robert trank Bier und die drei Frauen Wasser, und sie unterhielten sich, wie jeder im ganzen Land, über den Krieg – eine seltsame Zeit der Schwebe: Das Land war im Krieg, doch nichts geschah. Sally zündete einen Kerzenstummel an, und sie hatte Feldblumen gepflückt und in einen Krug gestellt. Eleanor hatte ihr ein Paar elegante Wildlederhandschuhe gekauft, über die Sally sagte, sie werde niemals Gelegenheit haben, sie zu tragen. Sie bestand weiterhin darauf, dass ihre Tochter wohl zu vornehm für ihr einfaches Landleben geworden sei. Der Wind in den Bäumen draußen nahm zu, bis er sich anhörte wie ein tosender Wasserfall.

Merry trug ein weites Kleid aus einem weichen, dunklen Stoff. Ihr Haar war zu einem Knoten oben auf dem Kopf gedreht, wodurch ihr Gesicht noch kleiner wirkte als sonst und ihre blauen Augen größer. Sie sieht aus wie ein verlassenes Kind, dachte Eleanor. Vielleicht war das genau ihre Absicht. Ihr Betragen hatte etwas leicht Künstliches, als wäre sie mitten in einem Melodram, und ihre Augen glänzten. Sie erinnerte Eleanor an eine gesprungene Fensterscheibe, durch die das Licht gebrochen fiel. Ihre Stimme war spröde, ihr Lachen hoch und wacklig. Sie schien nicht stillsitzen zu können, rutschte auf dem Stuhl hin und her, fummelte mit den Händen an Sachen herum, nahm ihr Glas und stellte es wieder ab, ohne zu trinken. Robert und Sally fassten sie mit Samthandschuhen an. Sie lobten sie unablässig und forderten Eleanor auf, es ihnen gleichzutun – was sie natürlich tat. Es war wie immer, nur eine Spur gezwungener und zermürbender.

Nach dem Essen stand Merry plötzlich auf und sagte zu Eleanor: »Machst du einen Spaziergang mit mir, bevor wir schlafen gehen?«

»Einen Spaziergang? Bei dem Wetter«, hielt Sally erschrocken dagegen. »Ihr holt euch noch beide eine Lungenentzündung.«

»Es regnet doch noch gar nicht. Nur ein paar Minuten, im Garten.« Sie sprach direkt zu ihrer Schwester, das Gesicht weiß und verkniffen vor Entschlossenheit. Es war, als wären Sally und Robert gar nicht im Raum. »Ich muss dich etwas fragen.«

»Warum geht ihr nicht ins Wohnzimmer?«, schlug Sally vor.

Eleanor stand auf. »Na gut«, sagte sie zu Merry, »bevor es anfängt zu regnen.«

»Ich decke den Tisch ab.« Robert rollte die Hemdsärmel auf und entblößte seine hellen, sommersprossigen Arme. »Geht schon, ihr zwei, aber bleibt nicht zu lange weg. Wir wollen keinen Suchtrupp ausschicken müssen.«

Also zogen sie ihre Mäntel an und traten hinaus in den

feuchten, böigen Wind. Merry hakte sich bei Eleanor unter und passte ihre Schritte denen ihrer Schwester an. Eleanor überlegte wie wild, worüber sie reden konnte, doch ihr Kopf war vollkommen leer. Sie wartete ab.

»Ellie«, sagte Merry schließlich, als sie zusammen über den Rasen gingen. »Versprichst du mir, etwas für mich zu tun, bitte?«

»Was?«

»Du musst erst Ja sagen. Wenn ich dich um einen Gefallen bitte, musst du zustimmen, bevor du weißt, um was es geht. Denn du bist meine einzige Schwester, und wir lieben einander … « Sie unterbrach sich und fügte dann »bedin-gungs-los« hinzu, wobei sie die Silben so trennte, dass das Wort überhaupt keinen Sinn mehr ergab. »Wenn ich also sage, dass es mir alles bedeutet, tust du es dann für mich? Ich würd's auch für dich tun.«

»Ich würde dich nie bitten.«

»Du sagst also Nein?«

»Was willst du von mir, Merry?«

»Ich verstehe nicht, warum du so abweisend bist.«

»Ich meine es nicht so.«

»Du weißt, dass er fort ist?«

Eleanor tat nicht so, als wüsste sie nicht, um wen es ging. »Michael?«, sagte sie. »Ja.«

»Bringst du ihn mir zurück?«

»Wie soll ich das denn anstellen?«

»Machst du es?« Ihre Finger gruben sich in Eleanors Handgelenk.

Eleanor blieb stehen, wandte sich halb zu ihrer Schwester um und fasste sie an den Schultern.

»Merry«, sagte sie, um einen ruhigen Tonfall bemüht,

»wie kannst du jemanden wollen, der dich nicht will? Lass ihn ziehen.«

»Ich kann ihn dazu bringen, mich zu wollen. Sieh mich doch an!«

Sie löste sich von Eleanor, trat einen Schritt nach hinten, streckte die Arme aus und drehte sich im Kreis, sodass ihr Kleid sich bauschte und ihr Haar sich im Wind löste. Während sie so herumwirbelte, stieß sie einen leisen, hysterischen Schrei aus, der Eleanor durch Mark und Bein fuhr.

»Merry, bitte, lass das. Komm mit rein.«

Merry hielt abrupt inne und ließ die Arme hängen. Eleanor roch ihre Angst, ein scharfer Geruch nach Kummer.

»Du warst immer neidisch auf mich.«

Eleanor dachte darüber nach. »Das glaube ich nicht«, sagte sie schließlich ernst, »jedenfalls nicht so, wie du es dir vorstellst.«

»Damit kommst du mir nicht davon. Lieber sterbe ich.«

»Du weißt ja nicht, was du da redest.«

»Ich bin kein Kind mehr.«

»Das weiß ich.«

»Ich kann dir alles kaputtmachen.«

»Tatsächlich?« Sie war müde bis in die Knochen. »Vielleicht.«

»Glaub bloß nicht, dass ich's nicht tue.«

Da fing es ganz plötzlich richtig an zu regnen, als wäre der aufgequollene, schwere Himmel geborsten und das Wasser strömte nur so herab. Merry lief hinein und rief etwas, doch Eleanor blieb noch eine Weile stehen und hieß den heftigen Regenguss und den tosenden Wind willkommen.

Als sie nass bis auf die Haut und frierend ins Haus zurückkehrte, war nur noch Sally in der Küche.

»Was hast du zu Merry gesagt?«, fragte sie.

»Nichts.«

»Das scheint sie aber nicht zu denken.«

Eleanor zog ihren Mantel aus und hängte ihn an den
Haken hinter der Tür. Mit einem Handtuch rubbelte sie
ihre Haare trocken und sagte dann: »Ich muss dir etwas
sagen.«

»Was?«

»Ich habe Gil verlassen.«

Sally starrte Eleanor an wie eine Fremde.

»Warum tust du so etwas Dummes?«

»Weil ich mich in einen anderen verliebt habe.« Eleanor
versuchte, mit ruhiger Stimme zu sprechen. Sie spürte das
trunkene Galoppieren ihres Herzens.

»Nein«, sagte Sally. »Das darfst du nicht. Du darfst
nicht ... « Als wäre es nicht längst geschehen.

»Ich habe Gil gesagt, dass es aus ist zwischen uns.«

»Nein!«, sagte ihre Mutter noch einmal, diesmal drän-
gender. »Es ist noch nicht zu spät. Du kannst alles wieder-
gutmachen. Er nimmt dich zurück.«

»Ich will nicht zurückgenommen werden. Und es ist zu
spät. Ich habe mich entschieden, es gibt kein Zurück.«

Sally hob tatsächlich die Hände, um den Schlag ab-
zufangen. Da wusste Eleanor, dass ihre Mutter begriffen
hatte. Sie kam aus einer anderen Welt und fand, ihre Tochter habe Schande über sich und über ihre Familie gebracht.
Sie war verdorben, eine angefaulte Frucht.

»Ich will das nicht wissen. Kein Wort will ich mehr
hören.«

»Ich dachte, ich könnte es dir anvertrauen«, sagte Eleanor. »Ich wollte mit jemandem über alles reden. Ich muss. Du bist meine Mutter. Vielleicht kannst du mir helfen. Ich weiß nicht, mit wem ich sonst reden soll. Bitte.«

»Das hättest du dir vorher überlegen sollen.« Sallys Lippen waren ein schmaler, grimmiger Strich. »Ich hätte dir mehr Verstand zugetraut. Ich muss sagen, ich bin enttäuscht von dir, Eleanor.«

»Als ich selbst Kinder hatte«, sagte Eleanor jetzt zu Peter, »schwor ich mir, niemals so etwas zu ihnen zu sagen. Wut ist hundert Mal besser, denn sie ist sauber und ehrlich. Bei Enttäuschung geht es nur um den anderen, das ist emotionale Erpressung. Egal, selbst wenn ich es gewollt hätte, danach war es einfach unmöglich, ihr von Michael zu erzählen – und ich weiß nicht, ob sie genau das beabsichtigt hatte, denn ich weiß bis zum heutigen Tag nicht, ob sie etwas geahnt hat. Vielleicht wusste sie es und wollte es nicht wissen; vielleicht hatte sie aber auch keinen Schimmer. Doch ich begriff damals, was ich im Grunde schon gewusst hatte: Dass ich bei ihr weder Unterstützung noch Verständnis finden würde.

Jahre später, als sie im Sterben lag, gab es einen Augenblick, da ich dachte, wir würden reden und ich könnte sie fragen … Aber was? Sie war mir so fremd wie ich ihr. Sie war bis aufs Skelett abgemagert, sodass ihre Züge aussahen, als wären sie ihr zu groß, als gehörten sie jemand anderem. Ich habe sie kaum wiedererkannt. Sie hatte große Angst. Robert war schon lange tot, und ich war die Einzige, die an ihrem Bett sitzen und ihr die Hand halten und ihr über die Schwelle helfen konnte. Meine Kinder kamen, aber nicht am Ende. Sie wollte sie nicht dahaben. Ich glaube, bei ihrem Anblick musste sie anerkennen, dass ihre Zeit zu Ende ging, und davon wollte sie nichts wissen. Ich saß im Krankenhaus und dachte an die Zeit, als ich ein kleines Mädchen gewesen war und wir nur zu zweit gewesen waren und uns umeinander gekümmert hatten. Ich weiß nicht, woran sie dachte. Woran denken Menschen, wenn sie sterben? Vermutlich finde ich es bald heraus, wenn meine Kinder um mein Bett sitzen und mir die Hand halten. Ob ich Angst haben werde?«

»Haben Sie jetzt Angst?«

»Ich weiß nicht. Wir werden sehen.«

»Was geschah als Nächstes?«

»Also, Peter, das war so.«

Eleanor saß lange in der Küche am schwindenden Feuer, während die nassen Kleider ihr allmählich am Leib trockneten. Von oben drang noch das eine oder andere Geräusch an ihr Ohr, dann wurde es still in dem kleinen Haus, während draußen Wind und Regen anschwollen, der Wind heulend ums Dach fuhr und der Regen an die Fensterscheiben prasselte, dass Eleanor dachte, sie würden bersten. Sie sann über Merrys Worte nach – »Ich kann dir alles kaputtmachen« – und über die rigorose Weigerung ihrer Mutter, ihr zuzuhören. Sie dachte an Michael, der auf sie wartete, der sie wollte, und an den bevorstehenden Krieg, die Dunkelheit, in die sie alle gehen mussten.

Es war spät, als sie endlich aufstand und die schmale Treppe hinauf in das Zimmer mit den zwei Einzelbetten ging, das sie und Merry sich früher geteilt hatten. Die Luft war ein wenig muffig, und sie hörte Merrys raue Atemzüge in der dichten Dunkelheit. Sie schlief, oder tat zumindest so, und Eleanor musste wenigstens nicht mit ihr reden. Sie würde am nächsten Morgen, bevor ihre Schwester wach war, aufstehen und mit dem ersten Zug wieder abreisen. Wann sie wiederkommen würde, wusste sie nicht. Dies war nicht mehr ihr Zuhause.

Sie war unendlich müde und gleichzeitig doch klirrend wach und brachte es einfach nicht über sich, sich in das schmale Bett zu legen, nur wenige Zentimeter von Merry entfernt. So schnürte sie nur ihre Stiefel auf und zog sie aus, löste ihr Haar und setzte sich auf den Stuhl neben dem Bett. Sie drückte ihre kalten Finger auf ihre brennenden Augen unter den geschlossenen Lidern und lauschte dem Stöhnen des Windes, dem Knarren der Bäume und dem Rascheln des Laubs. Sie musste irgendwann eingeschlafen sein, und als sie wach wurde wie ein Schwimmer, der an die Wasseroberfläche steigt, hatte sie kein Gefühl, wie lange sie geschlafen hatte oder wie spät es war. Sie wusste nur – und woher sie das wusste, konnte sie nicht sagen –, dass sie allein im Zimmer war. Sie streckte den Arm nach Merrys Bett aus, doch da ertastete sie nur verheddertes Laken und eine Stelle, die noch ein wenig warm war. Dort hatte jemand gelegen. Sie stand auf, tastete sich blind voran, stieß mit dem Fußknöchel irgendwo an, stieß gegen Möbel und tappte die Treppe hinunter. An dem erloschenen Kaminfeuer vorbei, die Füße in Stiefel, die ihr zu groß waren, hinaus in den strömenden Regen, der ihr den Atem verschlug, kaum dass sie loslief.

In ihrem Kopf herrschte ein einziges Durcheinander, doch ihre Füße trugen sie. Ihr Körper wusste, wohin Merry gegangen war und was sie vorhatte. Wut und Verzweiflung gaben Eleanor Kraft: Sie rannte über den aufgeweichten Boden und durch das Gestrüpp, ohne darauf zu achten, dass es sich in ihren Kleidern und in ihrem Haar verhakte, dass der Rock ihr bald nass an den Beinen klebte. Eine Wut, so stark, dass sie sie beinahe euphorisch machte, hob sie in einem Sprung vom Flussufer, der sie mitten in die tosenden Fluten trug. Während sie in der Luft war und auf den Aufprall aufs Wasser wartete, fiel ihr auf, dass das Gewitter vorüber war, dass Sterne am Himmel standen, dass in der Nähe irgendwo eine Eule ihren einsamen Schrei ausstieß, und sie wusste, dass sie nicht sterben wollte. Einen Augenblick lang dachte sie weder an Merry noch an Michael, sondern an ihren Vater und sein tapferes breites Lächeln. Was für ein kurzes Leben er gehabt hatte. Wie traurig er gewesen sein musste, als er ging.

Nachdem sie ein ums andere Mal von dem strömenden Fluss herumgerollt worden war und nur noch aus brennender Lunge und wedelnden Armen bestand, nachdem sie Merry ans Ufer gezerrt hatte und Stück für Stück aus dem Wasser auf das schlammige Gras gehievt hatte, nachdem sie auf ihre Brust eingepumpt und ihr Atem in die Lunge geblasen hatte, nachdem sie mit angesehen hatte, wie ihre Schwester das Gesicht zur Seite wandte, um ein dünnes Rinnsal Flusswasser zu erbrechen, nachdem sie gesehen hatte, wie Merry flatternd die Augen aufschlug, legte Eleanor sich auf den Rücken und starrte auf die große Kuppel mit ihrer weichen Dunkelheit über ihr. Ihr war übel, und die Kälte packte ihre Glieder und ließ sie krampfen. Ihr Körper war entkräftet, wie ein abgelegtes Objekt, das seinen Zweck erfüllt hat und jetzt weder Bedeutung hat noch Funktion.

Sie wusste, dass sie Merry nach Hause bringen sollte, bevor sie an Unterkühlung starb, nachdem sie gerade vor dem Ertrinken errettet worden war, doch einen Augenblick lang konnte sie sich weder rühren noch irgendetwas tun. Besonders nicht für ihre Schwester, die ihre Trumpfkarte ausgespielt hatte. Sie dachte an die hektische Panik, die ausbrechen würde, wenn sie nach Hause kamen, an die Erklärungen und Beschuldigungen. Und sie dachte an die Ödnis, die sie erwartete, da, worauf einst ihre Hoffnungen gerichtet gewesen waren. Da war es besser, einfach auf der Uferböschung im Gras zu liegen und in den wunderschönen, unpersönlichen Himmel zu blicken und zuzuhören, wie der Wind sich in leisen Seufzern legte.

Merry stöhnte und hustete. Da überwand Eleanor sich und setzte sich auf. Sie betrachtete ihre Schwester, die im Mondlicht aussah wie aus der Illustration zu einer Schauergeschichte, das Haar ausgebreitet, das weiße Nachthemd zerrissen. Sie hatte Erbrochenes am Kinn, ihre Lippen waren blutleer. Sie schlug die Augen auf und sah blind um sich.

»Also.« Eleanor stand auf und kramte ihren patschnassen Rock und die Stiefel zusammen, zog sie umständlich an und überlegte. Sie musste sich ihre Schwester so über die Schulter werfen, dass Kopf und Oberkörper ihr über den Rücken hingen. Daher bückte sie sich, packte Merry an den Schultern und zog sie in eine sitzende Position. Ihr Kopf baumelte hin und her, sie roch nach Erbrochenem und Erde, und ihre Haut war kalt und gummiartig. Doch sie atmete in flachen, keuchenden Zügen und gab seltsame Laute von sich. In einer Art Umarmung hievte Eleanor sie halb hoch und mühte sich, sie sich über die

Schulter zu werfen. Sie war wie eine Lumpenpuppe, für so ein zierliches Ding aber überraschend schwer. Ihre Arme baumelten herab und ihre Beine schleiften über den Boden. Endlich hatte Eleanor sie in Position. Sie packte sie fest an den Oberschenkeln und machte sich auf den Heimweg. Merry stöhnte und jammerte leise, und sie hörte ihre eigenen angestrengten Atemzüge. Der Rücken tat ihr weh, und der Schmerz zerrte an ihren Armen. Sie versuchte, an gar nichts zu denken – nicht an das, was gerade passiert war, nicht daran, was gleich passieren würde, nicht an Michael –, setzte nur einen Fuß vor den anderen, über die Wiese, durch dichtes Brombeergestrüpp und dünne, wippende Äste, zurück auf die Straße. Wie lange war es her, dass sie hier entlanggelaufen war und ihr Haar hinter ihr hergeflattert war wie eine Fahne? Ihre Kehle schmerzte, ihre Augen taten weh, ihr Kopf war dumpf. Der Knöchel, den sie sich verstaucht hatte, pochte bei jedem Schritt. Merrys Kopf schlug gegen ihren Rücken. Das tat ihr sicher auch weh. Gut. Sie malte sich aus, sie ließe sie einfach auf die harte Straße knallen und dort liegen.

Endlich war sie daheim und stand mit ihrer Last auf der Haustürschwelle. Doch sie bekam die Tür nicht auf, und als sie rufen wollte, kam nur ein Krächzen heraus, also trat sie einfach immer wieder gegen die Tür, bis Robert in seinem karierten Morgenmantel mit verschlafenem, sommersprossigem Gesicht vor ihr stand.

»Was …?«, setzte er an, doch da hatte er schon Eleanor gesehen, zerrissen und zerzaust und voller Schlamm aus dem Fluss, ihre Schwester wie einen Sack über die Schulter gelegt, dass ihr blondes Haar nach unten hing, und er hörte die gurgelnden Laute aus ihrer Kehle. Unter leisem Gurren, als wäre sie ein Vogeljunges, nahm er ihr Merry ab. Eleanor blieb zitternd hinter der Tür stehen, schlammige Tropfen fielen auf den frisch geputzten Boden. Sie sah zu, wie Robert Merry die nassen Kleider auszog und mehrere Decken auf sie legte. Dann pustete er in die letzten Kohlen, um sie wieder zu entfachen. Ascheflöckchen legten sich auf sein Gesicht. Jetzt war auch Sally da, Lockenwickler im Haar, eine Maske aus Feuchtigkeitscreme, den Mund voller Bestürzung zu einem beinahe komischen O verzogen. Ihre Hände flogen an ihren Mund. Sie drehte sich zu Eleanor um.

»Was ist passiert?« Ihre Stimme war ein entsetztes Zischen. »Was hast du getan?«

Der Arzt kam, leicht grätzig, weil er in so einer Nacht rausmusste, doch er beruhigte sie rasch. Warme Milch mit Honig und Whisky, ein warmes Feuer, im Ofen gewärmte Backsteine unter Merrys eiskalte Füße, noch mehr Decken drauf, bis sie ein dicker, weicher Haufen war, aus dem nur ihr Gesicht herausschaute, klein und verkniffen. Sie schlief, und wenn sie kurz wach wurde, lächelte sie die drei an. Eleanor ging nach oben und zog Rock und Bluse und Unterwäsche aus und tat die Sachen in den Wäschekorb; sie würde sie nie wieder tragen. Sie zog den alten Morgenmantel an, der für sie am Haken hing, und ging wieder nach unten. Merry saß jetzt, einen Becher süßen Tee in den Händen, von Kissen gestützt. Ihr Gesicht hatte wieder mehr Farbe, und sie wirkte fast zufrieden, vielleicht sogar ein wenig triumphierend. Ab und zu warf sie einen lächelnden Blick auf Eleanor.

»Was ist passiert?«, fragte Sally noch einmal.

»Merry ist runter zum Fluss gegangen und reingefallen«, antwortete Eleanor, auch wenn sie wusste, wie absurd das klang.

»An den Fluss gegangen? Bei dem Gewitter? Und du bist mitgegangen?«

»Nicht ganz.«

»Was? Du bist doch auch an den Fluss gegangen?«

Eleanor betrachtete das scharfe, verängstigte Gesicht ihrer Mutter und Robert, der schwieg und sich schief und unbequem über seine Tochter beugte. Sein rötlichblondes Haar stand in kleinen Büscheln hoch, und er war weiß um die Augen.

»Ich bin wach geworden, und sie war nicht da. Da bin ich sie suchen gegangen«, sagte sie. »Ich habe sie im Fluss entdeckt und rausgezogen.« Dieses schreckliche Gerangel, das ihr vorgekommen war, als dauerte es ihr halbes Leben, das aber nur ein paar Minuten gedauert haben konnte … »Was sie da wollte, musst du Merry fragen. Das kann nur sie dir beantworten, ich nicht.«

Sie sprachen über Merry, als wäre sie gar nicht da – und sie wirkte tatsächlich recht abwesend mit ihrem unbestimmten Gesichtsausdruck und ihrem schweifenden Blick.

»Aber du hast befürchtet …?«, setzte Robert an. Er hob das Gesicht, und sie sah, dass er ganz durcheinander war und voller Angst. Sein lebhafter Optimismus war von ihm abgefallen, und er wirkte alt und gebrechlich.

»Sie ist reingestürzt«, unterbrach Sally ihn mit harscher, lauter Stimme. »Natürlich ist sie reingestürzt. Sie ist glücklich davongekommen.« Mit einem »Tz, tz« wandte sie sich an Merry. »Wie dumm von dir, in so einer Nacht vor die Tür zu gehen. Was hast du dir dabei gedacht.« Das

316

war keine Frage; es war mehr als deutlich, dass sie keine Antwort hören wollte. Sie wollte eine Geschichte: zwei junge Frauen, die als Mutprobe raus ins Gewitter liefen, aus Spaß.

»Dumm«, sagte Merry, ihre Stimme wie ein Glöckchen. »Dumm.« Sie lachte – ein gehässiges Klingeln. Schweigen senkte sich herab. Die drei sahen sie an. Eleanor hatte das Gefühl, eine große Hand hätte ihr Herz und ihre Eingeweide gepackt und würde sie ausquetschen.

»Wie dumm von mir«, sagte Merry in schrillerem Tonfall. Und sie lächelte Eleanor an und entblößte dabei ihre kleinen weißen Zähne. Eleanor sah die Spitze ihrer rosa Zunge und die Grübchen auf ihren Wangen. Sally hatte immer gesagt, dort habe ein Engel einen Finger hingelegt – und die Idee hatte Merry sehr gefallen.

Verwirrt betrachtete Robert seine Tochter und tätschelte die Stelle, wo er unter den vielen Decken ihr Knie vermutete.

»Geht es dir gut?«, fragte er Merry.

»Phantastisch«, antwortete sie gelassen mit einem weiteren flüssigen, glucksenden Kichern, als würde der Fluss durch sie hindurchfließen.

Eleanor bemerkte, dass der Mund ihrer Schwester ein wenig schief hing, dass sie einen merkwürdigen Ausdruck auf dem Gesicht hatte und dass ihr Blick hin und her schoss und willkürlich irgendwo hängenblieb. Was, wenn …?, dachte sie, doch dann hielt sie inne.

»Was wenn?«, fragte Peter nach einer langen Pause, in der Eleanor in die zuckenden Flammen blickte, die seltsame Schemen ins Zimmer warfen.

»Was, wenn etwas mit ihr nicht stimmte, natürlich«, antwortete Eleanor sachlich. »Was, wenn ihr Gehirn irgendwie Schaden genommen hatte?«

»Und? Hatte es?«

»Ja.« Ihre Stimme tönte klar durch das Zimmer. »Sie war danach nie wieder ganz dieselbe. Nein, das stimmt so nicht. Sie war fast zu sehr dieselbe, fast wie eine Karikatur der alten Merry, als wäre sie in einer anderen Ausgabe ihrer selbst eingeschlossen – oder ertränkt worden.«

»Das ist ... « Peter zögerte. »Das muss sehr hart gewesen sein. Für Sie, meine ich.«

»Sie meinen, weil es meine Schuld war?«

»Nein. Das war doch nicht Ihre Schuld. Das hat sie sich selbst angetan. Und Ihnen ... Aber Sie hatten ja eh schon Schuldgefühle.«

»Schuldgefühle, allerdings. Für den Rest meines Lebens. Und ich war schrecklich wütend, auf sie, auf mich. Die Schande.«

»Aber sie hat geheiratet?«

»Was hat denn das damit zu tun?«

»Ich dachte nur ... also, wenn jemand sie heiraten wollte, kann es ihr doch so schlecht nicht gegangen sein.«

»Finden Sie?«

»Zumindest bei Verstand.«

»Bei Verstand? Ich habe keine Ahnung, was das bedeutet. Ich weiß nur, dass sie für den Rest ihres Lebens wie ein Mädchen war. Ein süßes, kokettes Mädchen. Meiner Erfahrung nach suchen viele Männer das in der Frau, die sie heiraten.«

»Kann sein.«

»Sie haben sie kennengelernt. Sie ist immer noch wie ein Mädchen.«

»Ja.« Peter dachte daran, wie die alte Frau zu ihm aufgelächelt und seine Hände gepackt hatte, als hätten sie ein Geheimnis miteinander.

»Ich wusste, dass es nicht meine Schuld war, und gleichzeitig wusste ich, dass es doch meine Schuld war. Mein restliches Leben lang verging kein Tag, an dem ich mich wegen Merry nicht schuldig gefühlt habe. Und dafür habe ich sie gehasst, sogar noch, als ich mich pflichtgemäß um sie gekümmert habe. Und sie hasste mich, lächelnd, heimtückisch, unerbittlich. Meine Schwester kann gut hassen. Obwohl wir nach dieser schrecklichen Nacht nie wieder ein Wort über Michael oder über das, was sie gemacht hatte, verloren. Auch Sally und Robert nicht. Es war unaussprechlich, unvergesslich. Ein Geheimnis, das im Schweigen und in der Dunkelheit gedieh. Sie sind der Erste, dem ich je davon erzähle.«

»Danke.«

Sie hob die Hände in der vertrauten Geste. »Ich bin mir nicht sicher, ob ich Ihnen damit wirklich einen Gefallen tue.«

»Haben Sie es nicht Michael erzählt?«

Eleanor blickte in die Flammen, in deren verschwommen flackerndem Licht sie zweifellos die Vergangenheit sah.

»Ach, Michael … «

23

Am folgenden Nachmittag kehrte Eleanor in geborgten Kleidern und mit einem verstauchten Knöchel nach London zurück. Wie Michael, dachte sie betrübt, jetzt hinken wir beide.

Als sie in ihre Straße bog, sah sie ihn da sitzen, wo er schon einmal gesessen hatte, auf der niedrigen Mauer gegenüber von dem Haus, in dem sie wohnte. Er hatte ihr halb den Rücken zugekehrt, doch an der Form seines Rückens, dem Schnitt seines schäbigen Anzugs, der Art, wie er rauchte – ein Geist aus Rauch stieg in die klare Luft auf –, erkannte sie ihn sofort. Sie blieb abrupt stehen, als hätte sie der Schlag getroffen, und rührte sich ein paar Sekunden nicht. Wenn er in dem Moment den Kopf gewandt und sie gesehen hätte, hätte sie nicht gewusst, was sie machen sollte. Doch er drehte sich nicht um. Er ließ nur die Kippe zu Boden fallen und trat sie mit dem Fuß aus, dann richtete er sich wieder auf und hielt Ausschau nach ihr, aber in der falschen Richtung.

Eleanor lief humpelnd dahin zurück, woher sie gekommen war. Außer Sichtweite blieb sie stehen, um Luft zu schnappen. Sie wusste nicht, was sie empfand, sie wusste nur, dass sie ihn unmöglich treffen konnte. Nicht jetzt, wo die Erinnerung an die vergangene Nacht ihr im Nacken hockte wie ein grässliches Schreckgespenst und sie Merry noch vor Augen hatte, wie sie sie zuletzt gesehen hatte, mit starrem Lächeln und schwacher, leiernder Stimme.

Eine Weile stand sie unschlüssig da, dann fasste sie einen Entschluss und machte sich auf den Weg zu Emma. Ihre leere Gobelintasche schwang an ihrer Seite, und ihr verknackster Fuß tat bei jedem Schritt weh. Doch sie war froh über den Schmerz, denn er hinderte sie daran, etwas anderes zu denken oder zu fühlen.

Emma öffnete die Tür und erfasste sofort den traurigen Anblick, den sie bot.

»Gin«, sagte sie, fasste Eleanor am Arm und zog sie in den feuchten kleinen Flur. »Du brauchst etwas Starkes.«

Sie tranken den Gin, den Emma auf dem Fensterbrett aufbewahrte und der ein wenig zu warm war, mit Wasser. Eleanor saß auf dem Bett, den Rücken an der Wand, und spürte, wie die leicht ölige Flüssigkeit sie durchströmte. Das Zimmer war angenehm unordentlich. Die scharfen Konturen des Tages lösten sich auf. Sie war jetzt benommen und traurig. Sie betrachtete das verschwimmende Gesicht ihrer Freundin.

»Willst du es mir erzählen?«, fragte Emma.

»Ich glaube, ich kann nicht.«

»Geht es um Gil?«

»Oh, Gil. Nein, das ist vorbei.«

»Für immer?«

»Ja«, antwortete Eleanor. »Für immer.« Sie konnte sich kaum noch auf Gils Züge besinnen, doch sie erinnerte sich sehr deutlich an seine Hände und wie warm und stark sie sich angefühlt hatten, wenn sie die ihren hielten.

»Er war nett«, sagte Emma.

»Ja. Stimmt. Das war er.«

»Warum denn?«

»Ich habe mich in einen anderen verliebt«, sagte Eleanor. Die Worte lösten sich wie von selbst von ihren Lippen, und sie hörte sie und dachte darüber nach. Wie unwirklich das klang.

»Da kann man nichts machen«, meinte Emma. »Was sind wir doch für dumme Gänse.«

»Ja.«

»In wen denn?«, fragte sie mit leichter, unaufdringlicher Neugier.

»Das spielt jetzt keine Rolle mehr.«

»Dann ist es auch zu Ende?«

»Ja.«

»War er ein Scheißkerl?«

»Nein.«

O Gott, wenn sie ihn doch einmal noch halten könnte, seine Stoppeln an ihrer Wange, seine Finger in ihre Haut gegraben. Einen Moment lang meinte sie, sie müsste laut aufheulen.

»Tja«, sagte Emma. »Unsere Welt geht eh zum Teufel; wir fahren jetzt alle zur Hölle, so oder so. Noch einen Schluck?«

Eleanor hielt ihr ihr Becherglas hin.

»Kann ich heute Nacht hierbleiben?«

»Selbstverständlich.«

»Danke. Und, Emma, wenn ich einen Brief schreibe, meinst du, wir finden jemanden, der ihn überbringt?«

»Wohin?«

Eleanor zuckte die Achseln, und Emma bedrängte sie nicht.

»Der Junge von unten hat ein Fahrrad, er macht manchmal Botengänge für mich«, sagte sie. »Ich kann ihn fragen.«

»Ich habe kein Geld dabei.«

»Ich leih dir was.«

»Danke.«

Emma ging etwas zu essen kaufen, und Eleanor schrieb mit dem Block auf den Knien einen Brief. Der Gin lockerte ihre normalerweise so akkurate, elegant geschwungene Handschrift, und der Stift rutschte ihr in der Hitze in den Fingern.

Lieber Michael, schrieb sie, verharrte, strich es durch und riss das Blatt vom Block ab.

Ich kann dich nicht wiedersehen, setzte sie neu an. *Merry hat versucht, sich im Fluss zu ertränken. Wir haben schon zu viel kaputt gemacht, und ich würde es mir nicht verzeihen, wenn wir weitermachten.* Sie unterbrach sich ein paar Sekunden und überlegte. Kopfschmerzen kündigten sich an, drückten auf ihre Augäpfel. *Du hast mir alles bedeutet*, schrieb sie weiter. *Doch alles ist nicht genug. Das habe ich immer gewusst, aber ich wollte es nicht einsehen. Du wirst wütend sein, das weiß ich, und mich für feige halten. Vielleicht bin ich das. Ich weiß nichts mehr, außer, dass ich so nicht weitermachen kann. Es würde mich zerstören, und das würde uns zerstören, alles, was wir zusammen waren. Doch ich werde ...* Sie hielt inne. Sie konnte nicht schreiben, dass sie ihn liebte, nicht wenn sie ihm Adieu sagte. *Ich werde Dich immer in meinem Herzen bewahren.*

Es wird keine Minute vergehen, schrieb sie nicht, in der ich nicht an Dich denken und Dich wollen und Dich vermissen werde.

Sie sagte dem Jungen mit dem Fahrrad, er solle in ihre Straße nach Islington fahren.

»Gegenüber von Haus Nummer 57 wartet ein Mann. Gib ihn ihm.«

»Ein Mann?«

»Jung, dünn, in einem Anzug, dessen Hose von einer Krawatte zusammengehalten wird. Vielleicht raucht er eine Zigarette.«

»Hat er einen Namen?«

Eleanor zögerte. Sie zögerte, seinen Namen zu nennen, selbst gegenüber diesem Jungen, mit dem sie wahrscheinlich nie wieder etwas zu tun haben würde.

»Michael«, sagte sie schließlich leise, als könnte sie jemand belauschen.

»Und ich gebe ihm einfach den Brief?«

»Ja.«

»Soll ich auf eine Antwort warten?«

»Nein.«

Drei Tage blieb sie bei Emma, denn danach würde Michael zur Ausbildung in den Norden reisen und konnte ihr nicht mehr auflauern. Als sie in ihr möbliertes Zimmer zurückkehrte, erwarteten sie im Flur zwei Briefe von ihm – ein dicker Umschlag und ein dünnerer. Sie nahm beide und trat damit vor die Haustür. Ein alter Mann mit einer Zigarette im Mund ging vorbei, und sie fragte ihn nach einem Streichholz. Als er eines herausholte, zündete sie beide Umschläge an der Ecke an und hielt sie fest, bis sie gut brannten. Dann ließ sie sie zu Boden fallen und schaute zu, wie sie sich in Asche verwandelten. Sie sah keine andere Möglichkeit, sich an ihren Entschluss zu halten. Gladys erklärte ihr – und wandte sich ausnahmsweise einmal taktvoll von Eleanor ab und sagte es wie beiläufig –, vor dem Haus habe ein Mann herumgelungert. Doch schließlich sei er verschwunden, sagte sie. Es gebe keinen Grund zur Besorgnis.

Eleanor war so unglücklich wie noch nie, doch sie vergrub das Gefühl tief in sich und verbot sich jeden Gedanken daran. Sie traf sich mit Freunden, arbeitete und las und unternahm jeden Tag lange Spaziergänge durch dieses London, das mit jedem Tag mehr von seinen jungen Männern verlassen wurde. Sie war angespannt und hart vor Schmerz. Sie weinte nicht; sie glaubte, nie wieder weinen zu können. Sie hatte das Gefühl, ihr Leben wäre zu Ende, noch bevor es richtig angefangen hatte. In einem einzigen Sommer.

Ihre Schülerinnen verabschiedeten sich, eine Tasche in der Hand und in ihren besten Kleidern, die Haare gewaschen und gekämmt. Eleanor ging zum Bahnhof und sah zu, wie sie den Zug bestiegen. Einige schluchzten, andere schienen sich zu freuen. Die Älteren hielten ihre jüngeren Geschwister an der Hand und gaben sich erwachsener, als sie eigentlich waren. Sie wussten nicht, wohin sie fuhren; sie winkten mit Taschentüchern aus den Fenstern oder drückten sich mit großen Augen die Nasen an den Fenstern platt. Sie schrieben ihr zum Abschied jenen Brief, den Peter über fünfundsiebzig Jahre später fand. Eleanor verpflichtete sich bei den *Women's Voluntary Services*. Sie wollte an der Geschichte teilhaben, in ihrem Strom mitschwimmen. Sie war allein, ohne Michael, ohne Gil und ohne ihre Familie.

Der Winter kam, hart und schrecklich, einer der kältesten Winter seit Menschengedenken. Sie fuhr nicht nach Hause. Vielleicht, dachte sie, habe ich kein Zuhause mehr, und es machte ihr nichts aus.

Als sie Anfang März in ihre Straße bog, wo ihr ein feuchter Wind ins Gesicht blies, sah sie ihn, und im ersten Augenblick hielt sie es für eine Fata Morgana: ein flackernder, unzuverlässig kurzer Blick auf das Gesicht, das sie so entschlossen aus ihren Gedanken verbannt hatte und das sie nie wiederzusehen geglaubt hatte. Abrupt blieb sie stehen. Sie wusste nicht, was sie empfand. Entsetzen vielleicht oder Freude? Etwas Erstarrtes schmolz, und etwas Hartes bröckelte, wie bei der sehnsüchtig erwarteten Ankunft des Frühlings nach einem langen, grimmigen Winter. Er wartete, wie schon so oft, gegenüber dem Haus. Doch an diesem Tag trug er nicht seinen schäbigen Anzug, sondern eine Uniform. Im Näherkommen sah sie, dass sein weiches Haar kurz geschnitten war, sodass die Kopfhaut hindurchschimmerte. Und als sie sich ihm näherte und dann vor ihm stand, bemerkte sie, dass er in einem Auge ein geplatztes Äderchen hatte. Sie fasste sich ans Herz, wie um sein schmerzliches Schlagen zu beruhigen.

Er machte keine Bewegung auf sie zu. Sie begriff, dass sie an ihm vorbei ins Haus gehen und die Tür hinter sich schließen konnte, ohne dass er ihr folgen würde. Er lächelte nicht und sagte auch nichts; er wartete nur ab, was sie tun würde. Und als sie ihm in die Augen blickte, hatte sie das Gefühl, in die verlassene Landschaft seines verborgenen Ichs zu blicken, und sie wusste, dass sie sich, solange sie lebte, an den Augenblick erinnern würde, wo er ihr ganz und gar gezeigt hatte, wer er war.

Sie tat die letzten zwei Schritte, die sie noch trennten, hob die Hand und berührte mit den Fingerspitzen ganz zart seine Wange. Er rührte sich immer noch nicht, doch er verzog kaum merklich das Gesicht.

»Ich hatte ja keine Ahnung«, sagte sie schließlich leise. Sie hatte nicht gewusst, wie tief die Liebe gehen, wie weh sie tun konnte. Sie betrachtete sein Gesicht und fühlte sich ganz davon durchdrungen. »Komm.«

»Warte.« Es war das erste Wort, das er sprach. »Du verlässt mich nicht wieder?«

»Nie wieder.«

»Auch wenn … «

»Wegen gar nichts.«

Sie nahm seine Hand und führte ihn über die Straße ins Haus. Als die Haustür ins Schloss fiel, kam Gladys in den Flur, doch Eleanor ließ Michaels Hand nicht los und ging mit ihm die Treppe hinauf. Sie wusste gar nicht mehr so recht, warum sie sich früher eigentlich versteckt hatten – wie ein schmutziges Geheimnis, das das Licht scheut, wie ein frivoles Techtelmechtel, das sich bald erledigen würde und der hämischen Welt gegenüber keiner Erwähnung wert war.

Er hatte Frostbeulen, frische Schwielen an den Händen und neue Falten im Gesicht. Sie fand es schrecklich, ihn so zu sehen. Sie nahm ihn in die Arme und zog ihn an sich, flüsterte ihm Worte ins Ohr, bei denen er aufstöhnte. Er hatte ein paar Tage Urlaub, bevor sie ihn ins Ausland schicken würden. Er hatte für drei Tage ein kleines Cottage in Norfolk mieten können, für den Fall, dass sie mit ihm dorthin kommen würde. Sie sagte, sie werde mitkommen, überallhin. In diesen wenigen Tagen kam ihnen die Liebe so schmerzlich machtvoll vor und das Ich so fragil und porös, dass ihnen selbst das Reden schwerfiel. Sie sprachen mit tiefen, sanften Stimmen miteinander und wählten ihre Worte mit Bedacht.

Sie fuhren mit dem Bummelzug, der an leeren Bahnhöfen hielt, an die Küste, sagten nicht viel, sahen aus dem Fenster und dann wieder einander an. Er trug noch seine Uniform, die ihm ein wenig zu groß war. Das Haus war viereckig, schlicht, sehr klein und spärlich möbliert, achthundert Meter vom Meer entfernt. Es stand allein im sumpfigen, windumtosten Moor, über ihnen ein prächtiger Himmel und in der Ferne das Meer. Sie hatten das Gefühl, ganz allein zu sein, und für diese kurze Zeit war der Krieg weit weg, nur ein fernes Grummeln, ein blasser Schatten. Die Tage waren kalt und klar, und der Wind, der von der Nordsee übers Land fegte, verschlug ihnen den Atem. Sie spazierten kilometerweit an den breiten, leeren Stränden entlang, wo der nasse Sand glänzte und die Seevögel behutsam durchs flache Wasser trippelten oder sich kreischend von den Luftströmungen tragen ließen. Sie duckten sich hinter die Dünen und ertasteten einander unter dicken Kleiderschichten. Eleanors Haar im Gesicht, Sand auf den Lippen. Sie suchten am Strand Muscheln, und Eleanor nahm ein paar mit nach Hause, die sie zusammen mit den Manschettenknöpfen ihres Vaters aufbewahrte. Am Abend machte er Feuer, und sie saß neben ihm und sah zu, wie er am Herd stand und aus den Vorräten, die sie von Eleanor mitgebracht hatten, etwas zu essen kochte. Sie spielte auf dem verstimmten Klavier im Wohnzimmer. Wenn Eleanor diese Stücke Jahrzehnte später hörte, riefen sie ihr immer diese Tage am Meer in Erinnerung, doch sie selbst spielte sie nie wieder. Sie liebten sich und schmeckten das Salz auf der Haut des anderen. Sie tranken Whisky und leckten ihn einander von den Lippen. Wenn sie nachts aufwachten, streckten sie die Hand nach dem anderen aus.

Am letzten Tag zog er seine Uniform wieder an. Nackt sah sie ihm vom Bett aus zu, wie er den Gürtel schloss, die Jacke zuknöpfte und die Schuhe schnürte, bis er getarnt aussah, versteckt. Er drehte sich um, denn er spürte ihren Blick, und trat zu ihr. Sie knöpfte die Jacke wieder auf, zog sie ihm aus, kniete sich hin und löste die Schnürsenkel seiner schweren Stiefel. Sie zog ihm die Hose aus und legte ihn auf ihr Bett, blass und dünn, mit seinem geschorenen Kopf und seinem ernsten Gesicht. Dann beugte sie sich über ihn und küsste ihn, legte sich auf ihn. Es war nie genug.

»Geh nicht«, sagte sie danach.

»Ich muss, das weißt du doch.«

»Stirb nicht.« Sie verabscheute die Worte, auch wenn sie sie aussprach, denn es waren Worte, wie Merry sie gesagt hätte.

»Ich habe nicht die Absicht zu sterben. Ich bin wieder da, bevor du mich auch nur vermissen kannst.«

»Ich vermisse dich jetzt schon.«

»Wie kannst du mich vermissen, wenn du mich doch hast?«

»Wie kann ich dich haben, wenn du gehst?«

»Weil du mich immer haben wirst«, sagte er. »Es spielt keine Rolle, wo ich bin, wie weit weg von dir. Ich bin dein. Ich lasse mein Herz in deiner Obhut.«

»Ich werde gut darauf aufpassen.«

»Mach das. Es wird nicht für lange sein, Nell. Oder?«, fügte er hinzu, und sie sah, dass er Angst hatte.

»Nein. Nein, natürlich nicht.«

»Und dann haben wir noch den Rest unseres Leben zusammen.«

»Doch es dauerte lange, und wir hatten nicht den Rest unseres Lebens zusammen. Wir hatten nur diese wenigen gestohlenen, heimlichen Monate.«

Peter stand auf und zog die Vorhänge zu.

»Und dann …?«

»Genug von mir«, sagte Eleanor. »Genug von der Vergangenheit. Zeit, über das Fest zu sprechen.«

»Das Fest?«

»Mein Geburtstagsfest. Die meisten Menschen bekommen Geschenke zum Geburtstag … Ich werde Geschenke verteilen. Viele Geschenke. Alles, was ich habe. Wein, Schmuck, Gemälde und Möbel und Bücher. Ein großes Herschenken. Was möchten Sie haben?«

»Ich!«

»Ja. Suchen Sie sich etwas aus.«

»Das kann ich nicht … Ich möchte nichts.«

»Sicher doch. Wenn es Ihnen dann leichter fällt, können Sie sich etwas aussuchen, wenn alle wieder abgereist sind. Es wird noch jede Menge übrig sein.«

»Ich möchte eigentlich weg sein, bevor alle kommen.«

»Das wäre sehr schade. Doch in dem Fall nehmen Sie sich lieber jetzt schon etwas.«

»Vielleicht ein paar Fotografien«, sagte er. Dann konnte er die Fotos mitnehmen, die er neben seinem Bett stehen hatte.

»Das kommt mir nach allem, was Sie getan haben, etwas mager vor.«

»Ich war gern hier. Es war wie eine Zwischenstation. Ein sicherer Hafen.«

»Das freut mich.« Sie legte kurz eine kühle, trockene Hand auf die seine.

»Und jetzt ist es fast Zeit für mich zu gehen.«

»Für mich auch«, sagte Eleanor. Sie lächelte ihn an, und er erwiderte ihr Lächeln, auch wenn sie es nicht sehen konnte.

24

Michael fiel schon im Mai bei der Belagerung von Calais. Eleanor erfuhr es nicht direkt. Sie hatte nur einen ganz kurzen Brief bekommen, den er noch vor dem Einschiffen eingeworfen hatte, danach nichts mehr. Michaels Mutter wurde offiziell informiert, und sie sagte es Familienmitgliedern und Freunden, wenn auch nur nach und nach. Merry hörte es von der Tante und dem Onkel, bei denen Michael gewohnt hatte, als sie ihn kennengelernt hatte. Sie wussten, dass ihr Neffe etwas mit Merry gehabt hatte, aber sie wussten nicht, dass er sie verlassen hatte. Sie dachten, sie wäre noch sein Schatz, und kamen zu ihr, um es ihr zu sagen, obwohl sie selbst noch in tiefer Trauer waren. Sie hielten ihre Hand und behandelten sie wie die Verlobte eines Toten, und das spendete ihr Trost. Sie erzählte ihnen nicht, dass sie schon seit Monaten nichts mehr von Michael gehört hatte, und weinte in ihren Armen. Sie war sehr hübsch und zart, und ihre Augen waren rot gerändert. Sie erzählte ihren Freunden von seinem Tod, und nach ein oder zwei Tagen voller Tränen schrieb sie Eleanor einen Brief. Sie legte große Sorgfalt in diesen Brief und setzte mehrmals an, bevor sie damit zufrieden war. Sie entwarf eine Version der Ereignisse, der Eleanor, so war sie überzeugt, nicht widersprechen würde. Obwohl sie es sich wahrscheinlich so nicht eingestand, war sie froh, dass Michael gestorben war, denn so konnte sie ihn wieder ganz für sich beanspruchen. Und Eleanor würde ihn nie mehr wiederkriegen. Eleanor hatte verloren und sie hatte gewonnen.

Liebe Eleanor,

ich habe traurige Nachrichten, und ich wollte sie Dir persönlich mitteilen, bevor Du es von Daddy oder Sally hörst, obwohl sie sonst versuchen, mir alles zu erleichtern und abzunehmen. So wie alle anderen auch. Du hast immer versucht, mich zu beschützen, aber vor dem hier kannst Du mich nicht beschützen. Mein liebster Michael ist gefallen. Du hast gewusst, wie viel wir einander bedeutet haben. Ich weiß, dass Du Dich bei Daddy und Sally für uns eingesetzt hast. Ich werde ihn bis ans Ende meiner Tage lieben und ihn in Erinnerung behalten. Was für eine schreckliche Vergeudung seines Lebens und unseres Glücks. Ich habe seiner Mutter geschrieben und werde sie bald besuchen. Dann können wir über Michael reden, und das wird uns beiden vielleicht ein wenig dringend gebrauchten Trost spenden.

Ich wünschte, Du wärest hier, Eleanor. Ich versuche, stark zu sein, aber das ist sehr schwer, wo ich mich doch so schwach fühle und unglücklich bin. Aber wenigstens weiß ich, dass er im tapferen Kampf für sein Land gestorben ist und wie es ist, wirklich geliebt worden zu sein.

Deine Dich stets liebende Schwester Merry

Zuerst begriff Eleanor den Brief gar nicht und er verknitterte ihr in der Hand. Die Hand zitterte, doch ihr Gehirn war reglos und leer. In der Kehle hatte sie einen sauren Geschmack, als hätte sie sich übergeben. Sie strich den Brief glatt, starrte darauf und versuchte, die Worte zu begreifen. *Mein liebster Michael ist gefallen.* Das bedeutete, ihr Michael war gefallen, ihr Schatz und ihr Liebster, der sie aus der Deckung gelockt und zum Leben erweckt hatte. Ist gefallen. War tot. Ist tot. War, ist und wird für immer und ewig tot sein. Trotzdem konnte sie diese Tatsache nicht fassen; sie starrte einfach weiter auf die Worte in Merrys Mädchenschrift, rund und ordentlich, wie sie seit der Grundschule immer weiter geschrieben hatte. In dem Moment hatte Eleanor ihre Schwester vor Augen, wie sie damals gewesen war: die Spitze eines Zopfes im Mund und ein Stirnrunzeln im hübschen Gesicht. Triumphierend.

Eine schreckliche Vergeudung seines Lebens. Als wäre er zusammengeknüllt und weggeworfen worden. Sie malte sich aus, wie Michael humpelnd in die Schlacht zog. Nein, das konnte sie sich nicht vorstellen. Sie weigerte sich, sich vorzustellen, dass sie ihn nie wiedersehen würde. *Ich weiß, wie es ist, wirklich geliebt worden zu sein.* Merrys unbeschwerte, lügnerische, selbstbetrügerische Worte – Worte, die sie sich so oft sagen würde, bis sie es selbst glaubte. Doch wusste sie, Eleanor, wie es war, wirklich geliebt worden zu sein? Nein, denn sie hatten gerade erst angefangen. Er hatte ihr beim letzten qualvollen Mal – allein bei der Erinnerung daran geriet ihr Körper in einen Taumel hoffnungslosen Begehrens – gesagt, ein ganzes Leben wäre noch zu kurz.

Dass er im tapferen Kampf für sein Land gestorben ist. Was wusste Merry schon, was wusste überhaupt jemand darüber, wie Michael gestorben war? Diese abgedroschene Phrase war nur ein Heftpflaster über einem klaffenden Loch, dort, wo einst das Herz gewesen war. Vielleicht war er tapfer gestorben und hatte an König und Vaterland gedacht, an Englands Hügel und Felder, vielleicht war er aber auch langsam und qualvoll verreckt, im Dreck wie ein Tier, voller Schmerzen und allein, und niemand hatte ihn gehalten und ihm in die Augen geblickt und seinen Namen gesagt.

Sie würden nicht zusammen alt werden. Sie würde allein alt werden.

Sie fasste sich mit der Hand an die Brust, um ihren Herzschlag zu spüren. Weich und schwer lag die Brust an ihrem Handballen. Dann legte sie die flache Hand auf den Bauch, schloss die Augen und ließ sich von der Gewissheit durchdringen.

Sie musste sich übergeben, doch selbst nachdem nichts mehr in ihr war, würgte sie weiter, und brennende Gallenflüssigkeit spritzte in die Toilettenschüssel. Dann wusch sie sich das Gesicht mit kaltem Wasser, putzte sich die Zähne und zog frische Sachen an. Ihr war schwindlig, sie fühlte sich klamm, kalt, düster. Unendlich kalt und düster, dabei war doch heller Sommer.

Liebste Merry, schrieb sie und hielt inne. Der Stift rutschte ihr weg. Draußen in der Abenddämmerung sangen Vögel, die in der Platane hockten. Sie nahm ein neues Blatt Papier und setzte noch einmal an. *Liebe Merry, Dein Verlust tut mir sehr leid.*

Worte, wie sie sie auch einer Fremden geschrieben hätte. Merry würde ihr weiteres Leben auf der Lüge aufbauen, dass Michael sie geliebt hatte, als er fiel, dass sie seine Allerliebste gewesen war. So konnte sie weiterleben, so blieb ihr angeblich so gebrechliches, aber eigentlich stählernes Ich intakt. Und wie würde sie, Eleanor, überleben? Wie würde ihre Geschichte lauten?

Dies sind schlimme Zeiten, schrieb sie, *und ich finde den Gedanken daran, was Du durchmachen musst, schrecklich.* Eigentlich müsste sie etwas darüber schreiben, wie viel Trost doch aus dem Wissen erwuchs, geliebt worden zu sein, doch das brachte sie nicht über sich. *Ich bin froh, dass alle um dich besorgt sind, und natürlich komme ich Dich bald besuchen.*

Meine Gedanken sind bei Dir, Eleanor

Das war mager, doch zu mehr Großzügigkeit war sie im Augenblick nicht fähig. Sie brachte den Brief zum Briefkasten, und dann ging sie den langen Weg zu dem Quittenbaum auf dem Friedhof, setzte sich in seinen lichten Schatten und gedachte seiner.

In der Nacht musste sie sich wieder übergeben, doch die Übelkeit wollte auch danach nicht weichen. Sie hatte einen widerlichen Geschmack im Mund, sie fühlte sich, als wäre sie vergiftet. Ihre Brüste waren empfindlich, ihre Haut kribbelte. Vielleicht war sie krank – doch sie wusste natürlich, dass sie nicht krank war. Sie hatte es seit Tagen gewusst, eigentlich schon seit Wochen, wenn sie sich über das Radio beugte und den Nachrichten lauschte oder in dem kleinen Saal am anderen Ende der Straße saßen und die Evakuierung und mobile Kantinen planten, wenn sie mit den anderen Frauen plauderte, die Ehemänner, Brüder oder Söhne im Ausland hatten, oder wenn sie in dem kleinen Café ihr Brötchen mit Butter aß und alle vom Krieg reden hörte. Wie lange war es jetzt? Sie zählte zurück zu den Tagen, da

sie in dem kleinen Haus in der Nähe des Meeres das letzte
Mal zusammen gewesen waren, den Tagen der zärtlichen
Ekstase. Sie hatten nicht aufgepasst. Und jetzt wusste sie
nicht, was sie machen oder wem sie sich anvertrauen sollte.
Es gab niemanden auf der Welt, dem sie es sagen konnte, so
wenig wie es jemanden gab, der ihr raten konnte, was sie
tun sollte.

Sie war einmal mit Doktor Gilbert Lee verlobt gewesen
und hatte sich auf eine kirchliche Hochzeit in weißer Seide
und mit Brautjungfern gefreut, Familienerbstücke, ein Haus
mit Fenstern, durch die das Licht auf gebohnerte Dielen fiel,
eine missbilligende Schwiegermutter, Theater- und Konzert-
besuche und Tage, die vorüberzogen wie ein breiter, ruhiger
Strom. Jetzt war sie allein in einer bedrohten Stadt, und
Michael war tot und sie steckte in Schwierigkeiten.

Irgendwann erzählte sie es ihrer Freundin Emma, die im
Kreis ihrer Künstler und mittellosen Dichter ein turbulen-
tes Leben führte. Emma sah sie aufgeregt und entsetzt an,
eine Hand vor dem Mund.

»Himmel! Du Arme«, sagte sie. »Gin. Rizinusöl. Heiße
Bäder.«

»Ich könnte auch versuchen, die Treppe runterzufal-
len«, schlug Eleanor trocken vor.

»Du kannst was einnehmen. Jemand hat erwähnt, man
könnte Ulmenrinde in sich reinschieben. Ich weiß nicht.
Ich hab nie … aber ich kann mich umhören.«

»Danke.«

»Wer …? War es der Mann, den du …?«

»Das spielt keine Rolle«, unterbrach sie Emma. »Ich
werde ihn nicht wiedersehen.«

Plötzlich schien es in den Straßen nur so zu wimmeln von schwangeren Frauen und jungen Müttern mit Kinderwagen. Sie hatten Eheringe an den Fingern. Sie hatten Ehemänner. Eleanor versteckte sich hinter zugezogenen Vorhängen in ihrem Zimmer, angewidert vom grellen Sonnenschein. Ihre Wärme erschien ihr feindselig. Alles kam ihr schmutzig vor, verseucht, faulig. Ihre Haut kam ihr schmuddelig vor, so oft sie sich auch wusch. Ihr Magen rebellierte gegen jegliche Nahrung. Schon beim satten Gelb eines Eigelbs oder den blutigen Bläschen auf Fleisch kam ihr alles hoch. Sie roch, was Terence in seinem Zimmer kochte. Sardinen. Corned Beef. Sauermilch. Spiegeleier. Bier. Sie roch den Knoblauch in Gladys' Atem. Sie würgte den Inhalt ihres Magens in die Toilette, sobald sie wach wurde, und die Übelkeit ließ einfach nicht nach.

Sie lag im Schlüpfer auf dem Bett und spürte die breiige Weichheit ihrer Brüste auf dem Kissen. Es war nur ein Zellklumpen, kaum größer als ein Fingernagel oder eine Bohne. Ihr Gesicht war schmal und blass geworden und unter ihren Augen lagen lila Schatten und ihr Schlüsselbein erschien ihr scharf wie eine Klinge. Doch ihr übriger Körper schwoll und reifte heran, als müsste er eines Tages platzen wie eine Feige oder eine Melone, die ihre Samen verstreut. Sie fühlte sich selbst wie ein Stück Obst, leicht angefault. Sie meinte die eigene Zersetzung riechen zu können.

Eines Tages erblickte sie Gil in der Nähe der Oxford Street. Er ging auf der anderen Straßenseite in Begleitung einer Frau vorüber. Sie hatte sie nur ein paar Sekunden im Blick, doch sie sah, dass die Frau klein und lebhaft war und den Kopf nach hinten warf, wenn sie lachte. Sie hatte sich bei

Gil untergehakt und strahlte ihn an. Seine Miene konnte Eleanor nicht sehen, aber sie stellte sie sich ernst und glücklich vor, so wie er auch bei ihr gewesen war. Rasch wandte sie sich ab und kehrte ihnen den Rücken, drückte das Gesicht an eine Schaufensterscheibe und tat, als interessierte sie sich für die Auslagen. Doch außer ihrem Spiegelbild konnte sie nichts erkennen. So stand sie da, bis die beiden fort waren und sie nicht mehr entdecken konnten.

Gladys klopfte an ihre Tür und schob ihr schmales Gesicht zur Tür herein.

»Kann ich reinkommen?«

Eleanor setzte sich mühsam auf und schob sich die Haare aus dem verschwitzten Gesicht.

Gladys setzte sich zu Eleanor auf die Bettkante und faltete die Hände im Schoß.

»Dir geht es nicht gut«, sagte sie.

»Nein. Es ist wohl ein Magen-Darm-Infekt.«

»Mhm.« Eleanor spürte Gladys' hellen, ruhelosen Blick über ihren Körper gleiten. »Und wie willst du wieder gesund werden?«

»Ich weiß nicht, was du meinst.«

»Dein junger Mann ...«

Es war eine Erleichterung, darüber zu reden. »Er ist tot.« Zum ersten Mal füllten sich Eleanors Augen mit heißen Tränen, und sie spürte, wie sich die Trauer in ihrem Bauch löste. Sie wandte den Blick ab und schluckte schwer. »Er ist in Frankreich gefallen.«

»Oh, meine Liebe.« Aus irgendeinem Grund störte Gladys' Mitgefühl sie nicht. »Du steckst also in ziemlichen Schwierigkeiten, oder?«

»Ich fürchte, ja.«

»Hast du dir überlegt, was du machen willst?«

»Machen?«

»Wegen deiner Schwierigkeiten.«

Es kam Eleanor komisch vor, dass keine von ihnen es laut aussprach: Schwangerschaft, Baby, Bankert, Schande … Sie umschifften die Sache taktvoll und sagten nur »Schwierigkeiten«.

»Ich weiß nicht.« Sie biss sich auf die Lippe und blickte zum Fenster.

»Es gibt Apotheker.«

»Apotheker? Aber das ist nicht erlaubt. Wonach soll ich fragen?«

»Die, die helfen können, haben oft Schilder.«

»Schilder?«

»›Mittel gegen Verstopfungen jeglicher Art‹, ›Behandlung sämtlicher Frauenleiden‹, so was in der Art. Wenn man die Augen aufhält, stößt man schon darauf.«

»Und dann frage ich … wonach frage ich denn?«

»Sag, du hast deine Tage nicht bekommen und brauchst Hilfe.«

»Und dann geben die mir etwas über den Tresen, einfach so?«

»Ich weiß nicht, ob es so einfach ist. Es kann unangenehm sein und ob es wirklich funktioniert … « Sie zuckte kaum merklich die Achseln.

Eleanor hätte sie gern gefragt, ob sie je in derselben Situation gewesen sei, doch sie traute sich nicht.

»Danke«, sagte sie. »Ich weiß das sehr zu schätzen.«

»Wir Frauen sollten einander helfen.«

»Da hast du recht.«

Gladys stand auf und gab Eleanor einen freundlichen Stups.

»Wenn du was brauchst, komm ruhig zu mir.«

»Danke.«

»Sag mir Bescheid, wie's gelaufen ist!« Als ginge es um ein Vorstellungsgespräch oder eine Verabredung.

»Mach ich.«

Es war die dritte Apotheke, die sie aufsuchte. Inzwischen war sie ganz starr vor Zorn und Verlegenheit. Sie schlich zwischen den Regalen herum, bis keine anderen Kunden mehr da waren, auch wenn sie überzeugt war, dass sowieso alle Bescheid wussten. Es war ihr auf den Körper geschrieben: auf die Brüste, den Bauch, die Haut. Sie hasste den Mann mittleren Alters hinter der Ladentheke und die Mischung aus Geringschätzung und Neugier, mit der sie sich von ihm beobachtet fühlte. Sie erwischte ihn dabei, wie er ihren ringlosen Finger beäugte und ihren Bauch und sich kaum Mühe gab, den Blick abzuwenden. Seine gestelzte Höflichkeit vermochte seine Abneigung nur gerade eben so zu überdecken. In seiner Stimme und in seinem Blick war noch etwas anderes – etwa Lüsternheit? Sie war eine gefallene Frau. Sie hatte ihrem Begehren – oder dem Begehren eines anderen – nachgegeben. Die Hände eines Mannes hatten ihren Körper berührt, er war in ihr gewesen. Sie stellte sich vor, wie sie die Glasflaschen zerschlug, die so ordentlich aufgereiht und dekorativ dastanden, sie zu Boden stieß, dass die Scherben flogen und bunte Pillen über den Fußboden kullerten.

Er gab ihr eine Flasche und Anweisungen für die Dosierung. Er nannte sie »Madam« und wünschte ihr, sie möge bald wieder gesund werden – als wollte er sie verspotten. Vielleicht, dachte sie später, war es von ihm aber auch ganz ehrlich gemeint gewesen und sie hatte in ihrer Paranoia Gespenster gesehen.

Sie hatte keine Ahnung gehabt, wie krank sie sich fühlen würde. Nach dem ersten Tag lag sie bei geschlossenen Vorhängen, das Laken über dem Kopf, zitternd und voller Entsetzen im Bett. Ihr Körper war wie ein fremdartiges Objekt. Schreckliche Dinge geschahen damit, seltsame, unanständige Sinneseindrücke. Ihre Haut kribbelte, und in ihrem Bauch machten sich Schmerzen breit. Im unteren Rücken empfand sie ein dumpfes, schweres Ziehen, und sie fand einfach keine Position, in der sie bequem liegen konnte. Sie trank Unmengen Wasser, das ihren Durst jedoch nicht zu löschen vermochte, ihr Mund blieb wie ausgedörrt und alles hatte einen metallischen Geschmack. War das richtig so? Hieß es, dass es funktionierte? Woher sollte sie das wissen. Ihr war schrecklich übel, und sie machte sich Sorgen, dass sie das Mittel mit ausgekotzt hatte. Zudem hatte sie Durchfall. Sie hatte sich in stinkende Flüssigkeit verwandelt. Alles ergoss sich aus ihr heraus, außer das Ding selbst. Kein Blut, bis auf ein paar Tropfen nach dem dritten Tag.

Gladys brachte ihr Hühnersuppe und blieb bei ihr sitzen, um sicherzugehen, dass sie sie auch aß. Sie versuchte es. Sie schmeckte nach Kehricht. Es gab nichts, was nicht besudelt war. Sie erinnerte sich an Michael, wie er in den letzten Tagen gewesen war, doch auch die Erinnerung an ihn war befleckt. Er war gestorben, hatte sein Leben in ihr zurückgelassen, und jetzt fühlte sie sich deswegen wie ein Leichnam.

Es funktionierte nicht. Sie hatte noch eine Tablette übrig, und nichts passierte. Sie war völlig erschöpft und grau und allem entledigt, außer dem Kind. Dem Fötus. Gladys hatte ihr gesagt, sie dürfe es nie das Kind nennen, denn damit machte sie es in ihrer Vorstellung lebendig. Also der Fötus, in ihr eingerollt. Sie hatte das Gefühl, er hätte sich bewegt – wie eine Feder, die sie kitzelte. Böse kleine Feder. Ihr Blick fiel auf die Kommode, wo in einem blauen Wollknäuel zwei Stricknadeln steckten, ein paar Zentimeter Gestricktes um eine Nadel gewickelt. Sie hatte Michael einen Schal stricken wollen. So etwas machten Frauen, sie saßen zu Hause und strickten für ihre Männer an der Front. Sie nahm die freie Nadel, betrachtete sie und strich mit dem Finger bis zur Spitze darüber. Sie hatte gelesen, dass verzweifelte Frauen so etwas taten: Sie erhitzten eine dünne Eisenstricknadel und schoben sie tief in sich hinein. Aber wie konnte es sein, dass ihnen die Hand dabei nicht zitterte und abrutschte? Allein bei dem Gedanken verzog sie das Gesicht. Sie stellte sich vor, wie sie mit gespreizten Beinen auf dem Boden hockte und mit der Nadel in sich hineinstach wie bei einer scheußlichen Umkehrung des Liebesaktes. Um nichts in der Welt würde sie sich eine dünne, heiße Klinge zwischen die Beine stoßen.

Der Krieg schien weit fort zu sein. Im Radio hörte sie von Dünkirchen, und auch auf der Straße vor ihrem Fenster war davon die Rede. Gladys sprach von nichts anderem mehr, als sie nach ihr sehen kam. Eine Flottille von Booten, die auf dem Meer schaukelten. Es war wie ein Märchen über eine Errettung, so unwirklich erschien es. Die Menschen hatten Gasmasken und Bezugsscheinhefte und hängten jeden Abend ihre Verdunkelungsvorhänge auf. Züge voller milchgesichtiger Männer in Uniformen fuhren von Bahnhöfen ab. Männer starben zu Tausenden, Bomben fielen, Gebäude stürzten ein, doch ihre Welt schrumpfte auf diesen Raum, dieses Bett, diesen vergifteten, angeschwollenen Körper.

Sie träumte, sie würde schwimmen. Das war der ganze Traum: Nackt schwamm sie ganz allein durch klares Wasser, sah ihre Glieder weiß und stark unter sich. Doch sie wusste, dass sie frank und frei war, und erwachte mit einem Glücksgefühl im Hals, das sich peu à peu in Luft auflöste, als ihr alles wieder einfiel.

Es hatte nicht funktioniert. Sie war immer noch schwanger. Gesegneten Leibes, so nannte es die Bibel. Doch nun, nachdem die Tabletten alle waren und die Vergiftung vorüberging, fühlte sie sich besser, kräftiger. Als sie an jenem Morgen aufstand, wankte sie leicht, der Raum drehte sich ein wenig. Sie badete und wusch sich zum ersten Mal seit über einer Woche die Haare. Das Wasser war kalt. Sie zog saubere, locker sitzende Kleider an und flocht ihre Haare zu einem dicken Zopf. Sie war nicht mehr entrüstet über ihren Körper, auch wenn es sich immer noch anfühlte, als gehörte er ihr nicht. Als sie in den Spiegel sah, erschrak sie über ihr Gesicht: Sie sah alt aus, dünner, und die Haut war gräulich, als wäre sie leicht schmutzig. Im Mundwinkel waren Fieberbläschen. Jetzt würde niemand sie mehr schön nennen, doch das hätte ihr nicht gleichgültiger sein können. Sie zog die Vorhänge auf und öffnete das Fenster, um den Sommertag in ihr säuerlich riechendes Zimmer zu lassen. Ein kleines trällerndes Glück packte sie. Sie legte eine Hand auf ihren Bauch und ließ sie dort liegen. Plötzlich hatte sie das absurde Bild vor Augen, wie sie in einem kleinen Cottage auf dem Land lebte, draußen Wäsche auf die Leine hängte, neben sich ein Baby in einem Korb. Eine dumme Illusion der Mutterschaft wie aus dem Bilderbuch – sauberer Lebenswandel und einfache Tugenden: Eine Flucht aus der lärmenden, überfüllten, schmutzigen Welt Londons, wo Menschen aller Altersstufen, Hautfarben und Glaubensrichtungen sich aneinander rieben und die Gaslampen die Nacht verscheuchten. Aber was würde sie nun machen?

Langsam ging sie nachmittags nach unten, den Handlauf fest umklammert, schwach und ein wenig schwindlig, und trat zur Haustür hinaus. Sie hatte seit Tagen nichts Richtiges gegessen und ging die Straße entlang wie eine Genesende. Vertraute Dinge wirkten so neu wie damals, als sie mit ihrem Pappkoffer, ihrem schlecht geschnittenen Pony und ihren klobigen schwarzen Schuhen nach London gekommen war. Sie ging in ihr Stammlokal. Es war leerer als sonst, und sie setzte sich auf ihren gewohnten Platz am Fenster und bestellte eine Kanne Tee und ein getoastetes Rosinenbrötchen mit Butter. Heute störte sie sich nicht daran, dass sie Geld ausgab, das sie eigentlich sparen musste. Sie zupfte winzige Bröckchen ab und aß das Brötchen sehr langsam. Sie weinte beinahe, so gut war es, genau wie der heiße Tee, der ihr die ausgedörrte Kehle hinunterrann.

Sie blieb lange dort sitzen, während das Licht schwand und über den Schornsteinen der Mond aufging und matt durch die neblige Dunkelheit schien. Sie war jetzt ganz ruhig. Sie würde das Kind in sich wachsen lassen und schauen, was passierte. Unterrichten konnte sie natürlich nicht mehr. Verheiratete Frauen durften keine Lehrerinnen mehr sein, von ledigen Müttern ganz zu schweigen.

Um diesen behaglichen Ort nicht verlassen zu müssen, bestellte sie sich ein pochiertes Ei und noch eine Tasse Tee. Und wie sie dort saß, den Blick auf die Straße gerichtet, wo Menschen vorbeiströmten, erlaubte sie es sich endlich, an Michael zu denken. Sie stellte sich sein geliebtes Gesicht vor – das geheime Gesicht, das außer ihr niemand kannte. Sie sah ihn vor sich, wie er ihr versprach, bald zu ihr zurückzukehren. Und sie schwor sich, ihn niemals zu vergessen, wie lange sie auch lebte und was auch immer das Leben für sie bereithielt. In ihrer Erinnerung würde sie ihn lebendig halten, lange nachdem alle anderen ihn längst vergessen hatten: seine Neugier, seine Schnelligkeit, seine Einsamkeit, seine Wut, die schreckliche Kraft seiner Hoffnung, die Art, wie er ein Buch las, als wollte er es verschlingen; die Art, wie er ihr seine Liebe zu Füßen gelegt hatte, wie er sie erwählt hatte. Ihre verlorene Liebe, die Liebe ihres Lebens mit seinem Humpeln und seinen schäbigen Anzügen, seinem blassen Leib und seinen starken Armen, die sie nie, nie, nie wieder halten würden. Seine Augen, die nie wieder in die ihren blicken würden, und die entnervende Art, wie er sie angesehen hatte, wenn sie sich auszog, sodass sie sich doppelt nackt fühlte, als würde auch ihre Seele entkleidet. Die Art, wie er ihren Namen aussprach und sie Nellie nannte. Niemand würde sie je wieder Nellie nennen. In niemandem würde sie sich je wieder verlieren, nicht so. Wie sie ihn vermissen würde in den vielen Jahren, die da noch kommen mochten. Wie sie darum trauern würde, dass er dieses Leben versäumte. Sie würde wieder Eleanor sein. Selbst als alleinstehende Mutter, die von der Welt verurteilt wurde – instinktiv legte sie die Hand auf ihren Bauch –, würde sie Eleanor sein. Selbstbeherrscht, kontrolliert, geschützt gegen die Welt und ihre Gaben und Verwünschungen. Niemand würde ihr geheimes Leben kennen.

Sie trank ihren Tee und aß ihr Ei und wischte den Teller mit Weißbrot sauber. Morgen würde sie überlegen, was sie tun sollte. Heute Abend würde sie schlafen und vielleicht von ihm träumen. Vielleicht würde sie auch endlich weinen können, um ihn und um sich selbst.

Doch als sie schließlich wieder zu Hause war, fing Gladys sie im Flur ab und strahlte über und über vor ängstlicher Freude.

»Du hast Besuch«, flüsterte sie und deutete mit einer Kopfbewegung die Treppe rauf. »Er ist vor einer Stunde gekommen und hat sich geweigert, wieder zu gehen.«

Im ersten Augenblick dachte Eleanor, sie meinte Michael, und ihr war ganz schwindlig, als hätte sich in ihr und unter ihr ein Abgrund aufgetan und es gäbe nirgendwo mehr festen Boden. Sie legte eine Hand an die Wand, um sich zu abzustützen. Gladys sah ihr ins Gesicht.

»Oh nein, Liebes«, sagte sie. »Dein Doktor Lee.«

»Gil.«

»Ich hab ihm gesagt, ich wüsste nicht, wann du wieder da wärst, aber er wollte unbedingt auf dich warten. Er hat gesagt, es wäre wichtig. Du hast deine Tür nicht abgeschlossen, und da habe ich ihn reingelassen. Mein Zimmer eignet sich nicht für Besucher. War das in Ordnung?«

»Bestimmt«, antwortete Eleanor benommen. Die Hochstimmung war verflogen, hatte ihr Herz durchtränkt und war wieder hinausgeflossen, und sie fühlte sich nur noch staubig und trist. »Ich gehe rauf.«

»Dieses Mittel, von dem dir so elend war … « Gladys zögerte.

»Es hat nicht geholfen.«

»Oje.«

»Aber es geht mir wieder besser.«

»Na, das ist ja schon mal was«, sagte Gladys skeptisch.

»Ja.«

Sie stieg die Treppe hinauf. Als sie Gil das letzte Mal gesehen hatte, war er in Begleitung dieser anderen Frau gewesen. Sie war hübsch gewesen und hatte mit einer Liebe zu ihm aufgeblickt, wie er sie verdiente. Das letzte Mal, als sie ihn getroffen hatte, hatte sie mit ihm getanzt und ihm dann am Ende des Abends gesagt, es sei aus. Sie erinnerte sich an sein Gesicht unter dem Regenschirm, den er über sie beide gehalten hatte, ausdruckslos und schwer vor Ungläubigkeit.

Vor ihrer Zimmertür zögerte sie, doch dann drückte sie die Klinke. Er saß an dem kleinen Tisch am Fenster und stand auf, als sie eintrat, das Gesicht ernst, aber nicht finster. Er hatte ein wenig abgenommen und sah älter aus. Sein strubbeliges Haar war kurz geschnitten. Er trug keine Uniform, doch er sah aus wie ein Soldat auf Urlaub. Alle jungen Männer sahen dieser Tage aus wie Soldaten auf Urlaub.

»Hallo, Gil.« Sie trat vor und reichte ihm die Hand wie eine Dame aus einem viktorianischen Roman. Er nahm sie, drückte sie und ließ sie wieder los.

»Eleanor.«

Er sah sie an, und ihr war überdeutlich bewusst, welche Veränderungen er wahrnehmen musste. Ihr Gesicht war schmaler und ihre Gestalt fülliger. Ihre Haut hatte ihr Strahlen verloren. Sie war nicht mehr die Frau, in die er sich verliebt hatte.

»Du warst krank«, sagte er. Es war keine Frage.

Sie nickte und wandte sich ab. Ihr Bett war ungemacht, und im Zimmer lag ein leichter Geruch nach Krankheit.

»Das tut mir leid.«

»Ach.« Sie machte eine wegwerfende Handbewegung. »In ganz Europa sterben Männer. Ich war nur ein bisschen krank.« Sie wandte sich ihm wieder zu. »Warum bist du hergekommen, Gil?«

»Ich bin hier, um dich etwas zu fragen.« Doch er machte eine Pause.

»Ja?«

»Ich hoffe, du fühlst dich nicht …« Er hob die Hand an das Gesicht. »Ich weiß, dass du gesagt hast, es wäre vorbei.«

»Gil …«

»Vielleicht hätte ich dir widersprechen und versuchen sollen, dich zu halten. Aber das ist nicht meine Art. Ich habe akzeptiert, was du gesagt hast, und versucht, mein Leben weiterzuleben. Ich habe mein Leben weitergelebt. Ich habe mir gesagt, es sei eben aus. Aber jetzt, jetzt bin ich hier, um dich zu fragen, ob du es dir nicht vielleicht noch einmal überlegen willst? Willst du meine Frau werden, Eleanor? Bitte?«

»Warum?« Sie starrte ihn entgeistert an. »Warum fragst du das?«

»Weil ich dich liebe und … «

»Nein! Warum fragst du mich jetzt? Warum bist du hier?«

»Ich dachte, die Dinge hätten sich für dich vielleicht verändert.«

»Verändert. Du musst schon deutlicher werden, Gil.«

»Ich dachte, ich könnte dir vielleicht helfen.«

»Du hast mich neulich auf der Straße gesehen.«

Er nickte. »Ja.«

»Und du hast erkannt, dass ich in Schwierigkeiten stecke.«

»Ich habe es vermutet.«

»Wieso?« Sie war entsetzt. »Wie kann jemand so etwas vermuten?«

»Ich weiß es nicht. Es schoss mir bei deinem Anblick durch den Kopf. Deine Gestalt war ein ganz klein wenig verändert.« Er wurde rot. »Und du hattest die Hand auf den Bauch gelegt, wie schwangere Frauen es oft tun.«

»Natürlich. Du bist Arzt.« Sie nickte. »Also bist du gekommen, um dich wie ein Gentleman zu verhalten – obwohl du nicht derjenige bist, der mich in Schwierigkeiten gebracht hat.«

»Ich bin hergekommen, weil es mich sehr glücklich machen würde, wenn du meine Frau würdest.«

Seine Wortwahl war nervtötend altmodisch. Schüchternheit machte ihn steif und unbeholfen.

»Du warst neulich in Begleitung einer anderen Frau.«

»Ja.«

»Sie sah nett aus.«

»Sie ist sehr nett.« Er überlegte einen Augenblick. »Sie heißt Annie und ist Krankenschwester.«

»Und sie sah auch aus, als mochte sie dich. Du hast glücklich gewirkt in ihrer Gegenwart.«

»Tatsächlich?«

»Und doch bist du hier und bittest mich, deine Frau zu werden, weil du glaubst, ich bräuchte deine Hilfe. Ich will deine Barmherzigkeit nicht, Gil.«

Abrupt setzte er sich auf ihr ungemachtes Bett, das Bett, in dem sie einst zusammen gelegen hatten. Er hatte unergründliche Augen, und seine Hände hatten die Körper anderer Menschen erkundet. Eleanor legte ihre Hand instinktiv auf ihren Bauch und zog sie schnell wieder weg. Ihre Wangen brannten vor Scham.

»Wenn ich ehrlich bin«, sagte Gil jetzt auf die stille und schlichte Art, die ihr so vertraut war. »Wenn ich ehrlich bin, Eleanor, dann ging es mir sehr schlecht, nachdem du mich verlassen hattest. Ich weiß nicht, ob andere es bemerkt haben, aber es hat mich große Mühe gekostet, einigermaßen durch den Tag zu kommen. Alles hatte seinen Reiz verloren. Alles war überschattet. Es hat lange angedauert, dieses Gefühl von Trostlosigkeit und Abwesenheit. Ich habe gearbeitet, ich habe gegessen und getrunken, geschlafen, ich habe mich mit Leuten getroffen, ich habe Tennis gespielt, und natürlich lässt der Krieg es nicht zu, dass man zu sehr in sich gekehrt ist, selbst bei uns, die wir hier zu Hause unsere Pflicht erfüllen. Irgendwann habe ich Annie kennengelernt, die so heiter und optimistisch ist. Ich dachte, ich wäre über dich hinweg. Doch dann sah ich dich auf der Straße, verloren und allein, und begriff, dass ich dich trotz allem immer noch liebe.«

»Arme Annie.«

»Mag sein. Zwischen uns ist noch nicht viel passiert.

Wir waren noch ganz am Anfang. Nicht wie bei uns. Ich verschenke mein Herz nicht so schnell, Eleanor.«

»Ich weiß.« Sie wollte sagen, sie auch nicht, doch sie ließ es.

»Deswegen bin ich hier, weil ich dich heiraten will. Ich weiß, dass du in Schwierigkeiten steckst, aber das ist nicht der Grund für meinen Antrag ... auch wenn es für dich vielleicht ein Grund sein könnte, ihn anzunehmen.«

»Ich liebe einen anderen Mann«, sagte sie.

»Das habe ich begriffen.«

»Woher weißt du, dass ich ihn nicht heiraten werde?«

»Wirst du das denn?«

Eleanor blickte aus dem Fenster. In ihren Augen brannten Tränen.

»Er ist tot«, sagte sie und fügte hinzu: »Aber ich liebe ihn immer noch.«

»Und du trägst sein Kind unter dem Herzen.«

»Ja. Trotz aller Bemühungen, es loszuwerden.«

»Merrys junger Mann.«

»Woher weißt du das?«

»Bis jetzt habe ich es nicht gewusst, aber ich habe euch damals bei dem Picknick gesehen.«

»Du hast nie was von deinem Verdacht gesagt. Selbst am Ende nicht.«

»Was hätte ich denn sagen sollen? Ich habe dir vertraut.« Er unterbrach sich, ballte die Hände zu Fäusten, löste sie wieder. »Ich dachte, die einzige Möglichkeit, dich zu halten, sei die, dir zu vertrauen und abzuwarten, ob deine Gefühle für mich zurückkehren. Ich dachte, deine Leidenschaft für diesen anderen Mann würde erlöschen, und dann wäre ich immer noch da.«

»Armer Gil. Eine Zeit lang habe ich das auch geglaubt. Ich habe darauf gebaut. Aber wie du siehst, war es ein Fehler, mir zu vertrauen. Ich habe dich hintergangen.«

»Du hast auf dein Herz gehört. Ich wünschte nur, es hätte dich zu mir geführt und nicht zu ihm.«

»Warum bist du so schrecklich versöhnlich? Es ist … furchtbar. Je anständiger du dich verhältst, desto klarer bin ich die erbärmliche Sünderin. Begreifst du nicht, dass es unmöglich ist, Gil. Es wäre immer so: Du würdest mir vergeben, und ich, die Unwürdige, würde deine Vergebung erlangen.« Sie verzog das Gesicht. »Unmöglich!«

»Nein!« Aufgewühlt stand er auf. Einen Augenblick lang sah er gar nicht aus wie er selbst, sondern wie ein Fremder, den Eleanor noch nicht kannte: Er hatte Farbe in den Wangen, seine Hände waren zu Fäusten geballt, und seine Augen glühten. »So bin ich nicht. Wenn du meinen Antrag annehmen würdest, wäre ich immer dankbar, dass du mir eine zweite Chance gegeben hast. Dass wir es trotz allem durchgemacht und überwunden haben. Ich könnte dich glücklich machen, das weiß ich. Es wäre die Aufgabe meines Lebens.«

»Oh, Gil. Du bist verrückt. Aber es ist nun mal so, dass ich dich nicht liebe. Ich liebe ihn. Einen Toten.«

»Ich weiß.«

»Was bedeutet, dass ich dich nicht heiraten kann, und wenn ich noch so sehr in der Patsche stecke.«

»Ich habe mir alles überlegt. Wir könnten sofort heiraten, bevor man es richtig sieht … äußerlich, meine ich. Und dann … « Er zögerte einen Augenblick. »Dann leben wir als Freunde zusammen. Ich würde nichts von dir erwarten, was du mir nicht geben willst.«

»Du meinst, keinen Sex?«

»Es sei denn, du willst es.«

»Irgendwann würdest du mich hassen.«

»Niemals.«

»Oh doch. Du würdest an sie denken, an Annie, die dich geliebt und zu dir aufgeblickt hat. Und du würdest mich verfluchen und ihn auch.«

»Du kannst ihn ruhig beim Namen nennen.«

»Michael«, sagte sie. »Er hieß Michael.«

»Ich weiß.«

»Natürlich. Ist es nicht seltsam, dass du der einzige Mensch bist, mit dem ich über ihn reden kann? Der Einzige, dem gegenüber ich aus allgemeiner Menschlichkeit und Anstand schweigen sollte.«

»Sprich ruhig über ihn«, sagte er, »wenn es dir hilft.«

»Deine Güte kommt mir irgendwie beängstigend vor.«

»Bitte.« Er sah sie an, sein Gesicht arbeitete. »Bitte, sag das nicht. Ich bin nicht gütig. Ich war unglücklich und zornig und eifersüchtig und zerrissen von hässlichen Gefühlen. Aber ich kann das. Wir können das. Wir kriegen das hin.«

»Ich habe ihn geliebt«, versetzte Eleanor leise. »Ich habe dich seinetwegen verlassen. Du solltest dich nicht damit zufriedengeben, die zweite Wahl zu sein.« Da er nichts sagte, fuhr sie fort: »Dann kommt das Kind auf die Welt und ist Michael vielleicht wie aus dem Gesicht geschnitten und hat Michaels Art. Es ist nicht dein Kind, Gil, sondern seines. Dieses Kind würde dich, sooft du den Blick auf es richtest, an seinen Vater erinnern.«

»Vielleicht. Aber ich würde mich um es kümmern und es beschützen und ihm meine Zuneigung geben. Wenn du es erlaubst.«

»Erlaubst?«

»Wenn du mir erlaubst, sein Vater zu sein. Ich würde niemals etwas anderes empfinden oder zum Ausdruck bringen als Dankbarkeit. Ich würde mich glücklich schätzen als derjenige, der vor sich selbst gerettet wurde.«

Eleanor betrachtete sein leidenschaftliches Gesicht und überlegte, wie so ein Leben aussehen könnte. Gil und sie und dieses Kind, das unter ihrem Herzen heranwuchs, in einem schönen Haus, genug Geld, Sicherheit, Freundlichkeit, Trost. Doch im Hintergrund würde Michael stehen, als einsame Gestalt in einer apokalyptischen Kriegslandschaft. Und hinter seiner Gestalt die mit ihm verbrachten Tage und Nächte, als sie ihre Welt und sich selbst für ihn aufgegeben hatte, als sie ihm in einer Ekstase der Preisgabe ihren Körper und ihre Seele geöffnet hatte.

»Ich weiß nicht«, sagte sie schließlich. »Ich finde dich großmütig und leichtsinnig, und ich … «

»Sag jetzt nichts«, drängte er. »Denk darüber nach. Ich muss für ein paar Tage fort. Erlaub mir, dich zu besuchen, wenn ich wieder da bin. Sag es mir dann.«

»Einverstanden.«

»Aber sag Ja.«

»Du bist ein Romantiker, Doktor Lee.« Und sie lächelte ihn an.

Er schrieb ihr einen Brief, in dem er alles noch einmal darlegte.

Meine geliebte Eleanor,
Du täuschst Dich: Ich habe nicht leichthin oder un-
besonnen gesprochen, und ich bin weder besonders edel

noch gar romantisch, außer vielleicht, wenn es um Dich geht. Ich habe Dich von dem Augenblick an geliebt, als ich Dich das erste Mal gesehen habe, und daran hat sich nichts geändert und wird sich auch niemals etwas ändern. Ich würde mich niemals gegen Dich stellen, Du würdest es vielmehr mit mir aufnehmen: mit meiner Melancholie, meinem vorsichtigen, einzelgängerischen Naturell, meinem mangelnden Charisma und meiner fehlenden Eloquenz. Ich bin, wie Du weißt, ein eher beharrlicher Gefährte, kein strahlender Stern. Ich bin Arzt, kein Held. Ich bin Rationalist und kein Dichter. Alles, was ich erreicht habe, wurde durch Geduld und Entschlossenheit errungen, aber inzwischen glaube ich, dass das keine zweitrangigen Tugenden sind. Ihre Wurzeln reichen tief. Ich glaube, Du kannst mir vertrauen. Inzwischen weißt Du vermutlich, wie viel mir an Dir liegt und dass ich immer und mit allen Kräften versuchen werde, Dich glücklich zu machen.

Ich melde mich bei Dir, wenn ich nächste Woche wieder da bin.

In Hoffnung und in Liebe, Dein Gilbert

»Und dann haben Sie Ja gesagt«, sagte Peter nach langem Schweigen.

»Nicht sofort. Verstehen Sie, ich habe mich gar nicht so sehr davor gefürchtet, mein Kind allein aufzuziehen, obwohl meine Mutter natürlich vor Scham im Boden versunken wäre. Ich wusste, dass es hart werden würde, doch das störte mich nicht. Beinahe freute ich mich darauf, dass es hart werden würde – als müsste ich mich beweisen, mich quasi bestrafen. Ich glaube, ein Teil von mir wollte der ganzen Welt verkünden, dass ich Michaels Kind erwartete. Ich mochte Gil lieber als jeden anderen Menschen, ja, ich habe ihn geliebt. Ich respektierte und bewunderte ihn und vertraute ihm bedingungslos. Ich wusste, dass er dem, was er bei diesem Zusammentreffen zu mir gesagt hatte, niemals untreu werden würde, dass er sich weder moralisch aufs hohe Ross setzen, noch mich daran erinnern würde, was er für mich getan hatte. Und das hat er auch nicht, nicht ein einziges Mal in all den Jahren unserer Ehe. Er war ein äußerst großzügiger Mensch. In einem Nachruf wurde er mit dem Begriff ›großmütig‹ beschrieben, und das war wahrlich nicht übertrieben. Doch vor allem war ich überzeugt, wenn ich mich entschloss, seinen Antrag anzunehmen, könnten wir zusammen glücklich sein und eine gute, gleichberechtigte, liebevolle Ehe führen. Aber … «

»Aber?«

»Aber ich liebte, wie er selbst gesagt hatte, einen Toten. Liebte ihn womöglich sogar noch mehr als zu seinen Lebzeiten. Legte man all die vielen guten und vernünftigen Gründe, Gil zu heiraten, in eine Waagschale und diese eine Tatsache in die andere – die Wage neigte sich immer noch auf Michaels Seite. Obwohl Michael nicht mehr da war.«

»Und wie kam es, dass Sie es sich anders überlegt haben?«

»Ich glaube, das lag an meinem Vater. Er war noch vor meiner Geburt gestorben, und mein Leben hatte sich in gewisser Weise um seine Abwesenheit gedreht. Ich wollte nicht, dass mein Kind so aufwächst. Es war fast, als würde ich mir selbst eine zweite Chance geben. Ist das nachvollziehbar?«

»Ich weiß nicht«, antwortete Peter. »Vielleicht.«

»An dem Abend, bevor ich ihm meine Entscheidung mitteilte, machte ich einen langen Spaziergang. Ich ging an der Schule vorbei, in der man eine Koordinationsstelle für Kriegsanstrengungen eingerichtet hatte, die Straße entlang, die ich an dem ersten gemeinsamen Abend mit Michael gegangen war, und an dem Haus vorbei, in das er mich mitgenommen hatte. Und beim Gehen erinnerte ich mich und dachte nach. Ich musste mich dem stellen, was ich aufgeben würde, wenn ich Gils Frau wurde: die Eleanor, die bis über beide Ohren verliebt gewesen war, die leichtsinnig, verloren und frei gewesen war. Die Nellie, die von Michael bewundert worden war. Den Freigeist. Die neue Frau.«

»Aber dann haben Sie Ja gesagt«, sagte Peter leise und fast bedauernd und beobachtete die Miene der alten Frau.

»Ich habe Ja gesagt. Ja, ich will.«

25

Am nächsten Tag tauchte Samuel auf. Peter hörte ihn nicht kommen und wusste auch nicht, wie er zum Haus gelangt war – mit dem Auto jedenfalls nicht. Doch als Peter nach dem Frühstück ins Gerümpelzimmer kam, saß er dort inmitten von Fotografien im Schneidersitz auf dem Boden. Er war barfuß, und er trug nur ein dünnes Hemd. Obwohl er über sechzig war, sah er aus wie ein Junge.

»Peter!«, sagte er und stand in einer einzigen anmutigen Bewegung auf. »Hallo.« Als würde er ihn seit Ewigkeiten kennen.

Er reichte ihm die Hand. Eleanors Pianistenhände, dachte Peter, obwohl Samuel seiner Mutter in manch anderer Hinsicht gar nicht ähnelte. Er war nicht groß, und er war zwar auch schlank, aber dabei leichtfüßig wie eine Katze oder ein Seiltänzer. Peter fiel ein, dass Thea ihm erzählt hatte, ihr Onkel sei mit fliegenden Mantelschößen im Garten über die Hecken gesprungen. Er hatte etwas Androgynes und eine Jugendlichkeit, trotz seiner grauen Haare und seines verwitterten Gesichts. Auf den Namen Samuel war er nach Eleanors Vater getauft worden. Der Sohn, um den sie sich immer Sorgen gemacht hatte. Michaels Kind. Fleisch von meinem Fleisch, hatte sie gesagt.

»Hallo.« Peter nahm die Hand.

»Ich bin Samuel.«

»Ich weiß.«

»Natürlich. Aber ist es nicht ein herrlicher Tag da draußen? Was halten Sie von einem Spaziergang durch den Wald, dann können Sie mir alles erzählen.«

»Was?«

»Was Sie wollen.«

Es war ein schöner Tag, ruhig, kalt und klar. Doch Samuel hob den Kopf, als schnupperte er in der Luft, und sagte, er habe das Gefühl, als läge Schnee in der Luft. Sie gingen durch den Garten. Samuel hatte einen alten, aber sehr schönen Mantel angezogen, einen Filzhut aufgesetzt und seine nackten Füße in ein Paar Stiefel geschoben. Im Gehen zeigte er auf Pflanzen und Vögel, tat lauthals seine Bestürzung über den Zustand des Obstkäfigs kund und pflückte eine welke gelbe Rose.

Zuerst war Peter verunsichert. Er wusste Dinge über Samuel, von denen dieser nichts ahnte. Doch allmählich entspannte er sich. Zuerst erkundigte Samuel sich freundlich nach Peters Arbeit. Dann erzählte er von sich und kam dabei unversehens von einem Thema aufs andere. Peter erfuhr, dass er im Augenblick zwar in Cornwall lebte, aber eigentlich immer unterwegs war. Er hatte das Gefühl, keinen Anker zu haben, und das machte ihm nichts aus. Er hatte es so gewählt. Er besaß kein Haus, ja, er verabscheute die Vorstellung, eine Immobilie zu besitzen oder sich an einem Ort, in einem Leben einzurichten. Er war Musiker – er spielte Geige, Akkordeon und Klavier. Eleanor war seine Klavierlehrerin gewesen. Gil hatte ihn die Liebe zur Natur gelehrt; er vermisste seinen Vater immer noch so heftig, dass es ihn überraschte. Gelegentlich spielte er in Folkbands, aber schon seit Jahren gab er Privatunterricht, um über die Runden zu kommen. Er war gern zu Fuß unterwegs und ging lieber viele Kilometer, als einen Bus oder ein Taxi zu nehmen. Er war gern entwurzelt, und doch liebte er dieses Haus von ganzem Herzen und träumte sogar manchmal davon. Wenn er sich Eleanor in einem Heim vorstellte, wurde ihm übel. Er hatte sie gebeten, bei ihm zu wohnen, aber sie hatte ausgeschlagen.

Peter stellte fest, dass auch er ins Reden kam und Dinge erzählte, die er gar nicht hatte sagen wollen – über Bücher, die er liebte, über seine Mutter, darüber, dass er beim Flötespielen niemals den Klang hinkriegte, den er in seiner Phantasie hörte, über die Kluft zwischen dem, was man anstrebt, und dem, was man erreicht. Bruchstücke seines Lebens, hervorgekramt und diesem Sohn von Michael dargeboten. Samuel hörte zu, nickte, und einmal legte er eine Hand leicht auf Peters Arm. War Michael auch so gewesen? Von einer schwer zu fassenden Rätselhaftigkeit und voller Charme, intim und gleichzeitig so flüchtig?

Die beiden kehrten zum Haus zurück, und Samuel ging irgendwann im Laufe des Tages wieder, ohne sich zu verabschieden. Peter blickte ihm in der nachmittäglichen Dunkelheit hinterher. Eleanor spielte länger als üblich Klavier, die plätschernden Töne einer Étude von Chopin, und beim Abendessen war sie ungewohnt still.

»Als Sie verheiratet waren, Eleanor«, fragte Peter, »haben Sie da ...?«

Doch sie hielt die Hand hoch.

»Nein, Peter«, versetzte sie nicht aufgebracht, aber entschieden. »Es ist alles gesagt. Die Geschichte, die ich Ihnen erzählt habe, ist zu Ende. Ich habe Gil geheiratet und wurde

Eleanor Lee. Als Samuel zur Welt kam, hielt ich ihn in den Armen und versprach ihm, ihn vor allem zu beschützen. Selbst vor der Wahrheit. Das war natürlich unmöglich. Man kann Menschen nicht vor dem Leben beschützen, man kann ihnen nicht einmal Glück wünschen. Denn was ist Glück überhaupt? Jeder leidet auf seine ganz eigene Art. Ich habe den Krieg miterlebt. Und wie viele Menschen sind gestorben! Robert starb, als er mit seinem geliebten Auto ausscherte, um einem Fahrradfahrer auszuweichen. Emma starb im Blitzkrieg, und ich vermisse sie immer noch; manchmal geht mir etwas durch den Kopf, was ich ihr erzählen möchte, und ich höre förmlich, wie sie mich spöttisch auslacht. Gladys starb ebenfalls im Blitzkrieg. Was aus ihrer geliebten Katze geworden ist, habe ich nie herausbekommen. Der arme Clive Baines starb mit einem Foto von Merry in seiner Brusttasche. All die eifrigen jungen Männer. Auch viele meiner Schülerinnen; wie viele genau, habe ich nie erfahren. Aber ich bin immer noch da, nach all den Jahren, vier Kindern und acht Enkelkindern. Eine Urahnin.«

Sie lag im Bett zwischen sauberen Laken. Ihre Glieder fühlten sich morsch an, ihre Knochen spröde und ihre Haut dünn. Ihr Herz war übervoll. Sie glaubte, an diesem Abend ganz leise das Meer hören zu können, verhalten wie ein Mensch, der im Zimmer nebenan atmet. Der Wind in den Bäumen und die Wellen am Strand, die Fledermäuse am Himmel, die letzten Blätter, die im Wald zu Boden fielen, wo einst ihre Kinder gespielt hatten.

Beinahe konnte sie jetzt ihre Stimmen hören. Als Mutter hatte sie oft vor ihrer schrecklichen, zudringlichen Liebe

fortlaufen müssen. Ihren Bedürfnissen. Ihrem Wunsch, sie
ganz für sich zu haben. Oft war sie ihnen allen entflohen,
indem sie so getan hatte, als müsste sie zur Arbeit, wo sie in
Wirklichkeit doch nur durch die Stadt stromerte. Was für
ein Vergnügen, im Café zu sitzen oder in einem leeren
Kinosaal, ganz allein und unauffindbar; niemand wusste,
wo sie war, niemand wollte etwas von ihr. Oder stundenlang am Meer spazieren zu gehen, wo ihre Schritte sich im
nassen Sand wieder auflösten. Oder auch nur mit einem
Buch im Garten zu sitzen, ihre Stimmen auszublenden und
ihre klebrigen Patschehände abzuwehren und so zu tun,
als sähe sie Gils zärtliche Blicke nicht. Das dringende Bedürfnis, einfach nur sie selbst zu sein, für kurze Zeit frei von
den Fesseln der Pflicht und der Bedürfnisse. Eleanor Lee.
Eleanor Wright. Nellie. Nell.

Es gibt Tage, da erhebt das jüngere Ich die Stimme: Was
ist bloß aus dir geworden! Wolltest du so ein Leben führen? Was ist aus den Büchern geworden, die du schreiben
wolltest, den Reisen, die du unternehmen wolltest, dem
Mensch, der du werden wolltest? Was ist aus dem stillen,
sturen, ungestümen Mädchen geworden, das sich selbst
Freiheit und Abenteuer geschworen hatte und das gedacht
hatte, es könnte alles erreichen? Wenn die achtzehnjährige
Eleanor Wright der vierzigjährigen oder der sechzigjähri-
gen oder der vierundneunzigjährigen Eleanor Lee begegnet wäre, was hätte sie von ihr gehalten? Sie hätte sie
nicht einmal erkannt. Und wenn sie etwas über ihr Leben
gelesen hätte – die gute Ehe, die Schülerinnen, die sie geliebt hatte und um die sie sich gekümmert und für die sie
gesorgt hatte, die regelmäßige, erfüllende Arbeit, die Tage
voller Sinn, die nicht erzählten Geheimnisse –, hätte sie sie

dann bewundert oder hätte sie gedacht, etwas wäre verloren gegangen?

Natürlich war etwas verloren gegangen. Es ging immer etwas verloren. Hoffnungen, Träume und Möglichkeiten. Schattenleben und Schattenselbst. Straßen, denen man nicht gefolgt ist, Liebe, die man nicht ergriffen, Türen, die man nicht geöffnet hat. Am Ende muss man wählen, wer man sein will. Man ist das Werk seines Lebens. Jeder Augenblick jedes einzelnen Tages formt einen. Nur weiß man erst am Ende, wenn die Geschichte vorbei ist, was man eigentlich erschaffen hat.

Sie hätte Nein sagen können. Nein zu Gil, zu Mutterschaft und einem zufriedenen Familienleben, zu Sicherheit, Glück und Liebe. Sie hätte Nein zu Eleanor Lee sagen können. Beinahe hätte sie es getan, trotz allem. Aber sie sagte dann doch, nur wenige Wochen nach Michaels Tod, »Ich will« in dem winzigen Standesamt in Marylebone. »Ja, ich will.« In ihrem kleinen Kapotthut und ihrem weiten Kleid, während das sture neue Leben unter ihren Rippen pochte und ihre Mutter vor Glück und Erleichterung weinte und die alte Mrs. Lee missbilligend die Lippen verzog. Ja zu dem Mann, um den sie sich für den Rest seines Lebens kümmern würde, dem sie seinen blauen Schal in den Sarg legen und die hohe Stirn küssen würde. Was ist Liebe überhaupt? Nicht nur die qualvollen Schreie in einem kleinen Haus am Meer, sondern das tägliche Wissen, die kleinen Freundlichkeiten, das Ansammeln von Erinnerungen, Jahr um Jahr, das Aushalten. Sie hatten es gut gemacht, sie beide. Sie hatten eine gute Reise zusammen gehabt.

Sie wusste natürlich, dass Michael, wenn er den Krieg überlebt hätte, auch nur ein Mann gewesen wäre, Fleisch und Blut, schütteres Haar und schmerzende Gelenke und tägliche Bedürfnisse und Gewohnheiten, die sie irgendwann genervt und ihr das Gefühl gegeben hätten, in der Falle zu sitzen. Doch so war er die Flamme in ihr gewesen, der schnelle, leuchtende Geist in ihrem Vorzeigeleben. Das Gespenst ihres anderen Ichs. Der Geist ihrer Jugend und ihres unmöglichen Traums von Freiheit.

Niemals genannt. Sie hatte nie mit jemandem über ihn geredet. Nach ihrer endgültigen Verlobung mit Gil hatte sie seinen Namen nie wieder laut ausgesprochen. Eine stillschweigende Übereinkunft. Selbst wenn Merry von ihm erzählt hatte, zunehmend redselig und überzogen – ihrer großen verlorenen Liebe, dem Mann, der aus dem Krieg zurückgekehrt wäre, um sie zu heiraten und Vater ihrer Kinder zu werden –, hatte sie seinen Namen nicht wiederholt, hatte nur ein höflich mitfühlendes Gesicht aufgesetzt und sich in sich selbst zurückgezogen. Sogar als Samuel zur Welt kam und Michaels Augen hatte und seine Melancholie, hatte sie das weiche und süße Baby an sich gedrückt, seinen Sägemehlduft eingeatmet und geschwiegen. Sie hatte versucht, nicht an ihn zu denken, und wenn er in ihren Träumen und in stillen Augenblicken zu ihr kam, schob sie ihn fort. Nein, nicht fort, ganz tief in sich hinein, in den tiefen dunklen Raum in ihr, von dessen Existenz niemand wusste. Wir alle haben solche geheimen Gebiete.

Jetzt hatte sie die Tür geöffnet, und er war wieder in der Welt, auf ihrer Zunge, in ihrem Mund, in der Luft. Die Silben hallten wider. Er war aus den Schatten getreten, lodernd vor Liebe, und der ganze Raum war erfüllt von ihm, ihr Leben strahlte wieder mit ihm; sein weiches braunes Haar und seine weit auseinanderstehenden Augen und sein alter Anzug und sein rasches Humpeln und die Art, wie er ihren Namen ausgesprochen und sie erkundet hatte. Eine alte Frau, närrisch vor Leidenschaft. Er, Gil, ihre Mutter, ihr Vater, dem sie nie begegnet war. Alle Toten und alle Lebenden. Wenn sie ihre blinden Augen schloss, konnte sie sie sehen.

»Es hat sehr lange gedauert«, sagte sie laut und streckte die Hand aus nach der Leere neben sich. »Wie lange habe ich gewartet.«

26

Peter hatte vorgehabt, lange vor Eleanors fünfundneunzigstem Geburtstag weg zu sein, doch irgendwie war er geblieben. Ein bisschen was war immer noch zu tun – wie hatte Jonah es genannt? Die Petitessen. Er wollte nicht da sein, wenn alle kamen, wenn die ganze große Familie zur Tür hereindrängte und das Haus mit Lärm und Hektik und einem rechtmäßigen Gefühl der Zugehörigkeit erfüllte. Doch er wollte auch nicht gehen. Sein kleines Zimmer unterm Dach, der Wald am Ende des Gartens, das Kaminfeuer, an dem Eleanor und er abends saßen – all das hielt ihn fest.

Die Tage nahmen Fahrt auf. Menschen kamen und gingen und schafften ganze Wagenladungen fort. Kisten mit Wein und Porzellan, kleinere Möbelstücke, Teppiche, Kissen. Er lernte Quentin kennen – das war der, der sich mit Leon über Religion entzweit hatte. Peter kam er gar nicht so besonders fanatisch vor, nur zerstreut und ein wenig mitgenommen. Er begegnete Tamsin, die Enkelin, von der Thea gesagt hatte, sie wolle bestimmt Eleanors Hüte haben. Sie war in freundlicher Eile, sauste von einem Zimmer ins nächste und redete zu schnell. Giselle kam ohne Leon. Sie hockte sich aufs Schaukelpferd und erzählte Peter, er müsse unbedingt nach Sankt Petersburg fahren, in die Eremitage. Sie konnte nicht glauben, dass er noch nie dort gewesen war. Sie gab ihm ein Stück Apfel-Zimt-Kuchen und drückte ihm, als sie wieder fuhr, zum Abschied einen Kuss auf die Wange, der einen roten Lippenstiftabdruck zurückließ. Esther kam mit noch einer jungen Frau im Schlepptau. Ihre Haare waren kürzer geschnitten, und auf ihrer Nasenspitze saß eine Brille. Ein Mann fuhr in einem großen Lieferwagen vor, um sämtliche Gartenwerkzeuge und den Aufsitzmäher abzuholen.

Inmitten des ganzen Hin und Her schien Eleanor immer stiller zu werden, wie ein Fels im Fluss. Viele Stunden saß sie am Flügel, während Anrichten und Couchtische an ihr vorbeigeschoben wurden. Oder sie zog sich in ihr Zimmer zurück, wo sie, wie Peter mitbekam, ihre Hörbücher abspielte. Es gab keine gemeinsamen Abende mehr – aber vielleicht gab es auch nichts mehr zu erzählen. In dieser Version der Geschichte war sie in der Ehe aufgegangen und unsichtbar geworden wie die Frauen in den Romanen von Anthony Trollope. Vielleicht, dachte er, war sie eher sichtbar geworden, die öffentliche Eleanor.

Inzwischen war es beißend kalt, ein Frost in der Luft und ein Knirschen am Boden. Der Himmel wurde leer und weiß. Die Heizung war für das große Haus vollkommen unzulänglich. Manchmal trug Peter beim Arbeiten seinen Mantel und wünschte sich fingerlose Handschuhe und Filzschuhe. Die Katzen hatten es sich angewöhnt, auf seinem Bett zu schlafen, und er war ihnen dankbar für ihre Wärme.

Zwei Tage vor ihrem Geburtstag ging er zu Eleanor, die in der Küche Rührei auf verbranntem Toast zu Mittag aß. Der ganze Raum war voller Qualm.

»Ich reise morgen ab«, sagte er.

»Unsinn. Bleiben Sie wenigstens noch zum Fest. Das

letzte Hurra«, fügte sie trocken hinzu. »Bleiben Sie zum Lagerfeuer. Sie können unmöglich vor dem großen Lagerfeuer abreisen, bei dem mein Leben in Flammen aufgeht.«

»Das ist doch eine reine Familienangelegenheit.«

»Gail und ihr kleiner Sohn kommen auch. Und Christy, der Gärtner. Und Mrs. Monroe, unsere Nachbarin. Wer zur Familie gehört, bestimme ich. Sie können natürlich machen, was Sie wollen, aber Sie wären Teil der Familie, und ich würde mich über Ihre Gesellschaft freuen.«

»Ehrlich?«

»Wenn ich Sie nicht dabeihaben wollte, würde ich Sie nicht fragen. Haben Sie das noch nicht begriffen?«

Also blieb er und rief seine Mutter an, um ihr Bescheid zu sagen, dass er nach dem Wochenende nach Hause kommen werde, rechtzeitig zu Weihnachten, auch wenn ihr Weihnachtsfest eine armselige Angelegenheit war, ein schäbiger Abklatsch. Zu Beginn des neuen Jahres würde er bei ihr ausziehen, sagte er sich. Er würde neu anfangen, er war so weit.

Er sortierte die letzten Unterlagen, half Leon, Bücher in Kisten zu packen und Etiketten dafür zu schreiben und Gils medizinische Fotografien in Pappordner zu sortieren. Dann wurde er von Eleanor beauftragt, die Enkelkinder und ihre Partner von dem Bahnhof abzuholen, an dem er selbst auch vor einigen Wochen angekommen war. Er fuhr mit Rose in die nächste Stadt, um Lebensmittel einzukaufen, und schob den Einkaufswagen durch die Gänge des Supermarkts, während sie streng nach der Liste, die sie sich vorher gemacht hatte, Sachen hineinwarf: Auberginen und rote Paprika, Couscous, Walnüsse, Tüten mit Salat, Sahne,

Papierservietten. Giselle wollte eine riesige Pavlova machen. Leon und Quentin waren für den Wein verantwortlich, und Marianne würde den Käse mitbringen. Samuel tauchte mit einem Sack voller Feuerwerkskörper auf. Peter ging mit ihm durch den Garten, wo sie herabgefallene Äste als Anmachholz für das Feuer aufsammelten. Thea rauchte im Wald Selbstgedrehte.

Plötzlich war das Haus voller junger Menschen, die Peter nur von Fotografien kannte. Ein Baby mit kahlem Kopf schrie lauthals. Ein Kleinkind saß unter dem Flügel, während Eleanor spielte. Drei Kinder schossen einen Ball durch den Garten, was die Zerstörung der einen oder anderen Pflanze zur Folge hatte. Ein Paar stritt sich im Rosengarten, wohl in dem Glauben, niemand könnte sie hören. Auf Fensterbänken und Kaminsimsen standen Blumen. Gemälde wurden von Wänden genommen, zurück blieben saubere Rechtecke auf der angeschmuddelten Wandfarbe. Peter half, die Bilder in Noppenfolie zu wickeln und in Autos zu tragen. Das Schaukelpferd wurde in die Halle gestellt. Den Flügel würde man den neuen Besitzern dalassen, genau wie die Betten. Jemand stieß auf die Einzelteile des Puppentheaters und brachte sie ehrerbietig zu Samuel, der sie mit glänzenden Augen eine ganze Weile betrachtete. Thea trug die Kupferschale und die Keksdose, die sie haben wollte, in das Zimmer, das sie sich mit ihrer Schwester teilte. Der Container, um den Leon sich gekümmert hatte, füllte sich, denn vieles wurde weggeworfen. Alle drängten sich im Gerümpelzimmer und wühlten in den Bücherstapeln, kreischten auf, wenn sie eines fanden, das sie als Kinder gekannt hatten, und zankten herum, wer welches bekommen sollte. Auch die Fotografien wurden aufgeteilt. Peter dachte an die drei, die er stibitzt hatte, doch er gab sie nicht zurück. Sie gingen Eleanors Kleider und ihren Schmuck durch, probierten Sachen an, standen in indischen Schals und Samtmänteln mit sich auflösenden Säumen vor dem Spiegel. Sie gossen endlose Kannen Tee auf und rösteten Crumpets am Kaminfeuer. Spätankömmlinge traten mit feuchtem Haar und kalten Wangen ein, und alle umarmten alle, und sie hockten grüppchenweise in den Ecken und tauschten Neuigkeiten aus, flüsterten Geheimnisse und Warnungen. Jonah kam. Sein Bart war fort; er brachte eine Flasche Whisky und eine Tüte Feigen mit. Ab und an krachte es auch, dann erhoben sich Stimmen und Türen knallten. Polly war nicht mehr Peters treuer Schatten, sondern wanderte gemächlich von einem zum anderen.

»Was wird aus ihr?«, fragte Peter Rose.

»Polly? Die kommt zu Quentin. Er mag Hunde, und er wohnt auf dem Land.«

»Und die Katzen?«

»Die nimmt Mum.«

Quentins Sohn David brachte Merry mit. Jemand hatte sie in einen rosafarbenen Rock und eine lavendelfarbene Strickjacke gesteckt und sie sah aus wie eine Duftwicke. Sie war unbestimmt, nervös, phasenweise munter. Sie klammerte sich an Menschen, die vorbeigingen, und fragte nach ihrem Vater. »Daddy«, sagte sie immer wieder. »Wo ist Daddy?« Marianne brachte sie zu einem Sessel am Kamin im Wohnzimmer und setzte ihr eine Katze auf den Schoß. Sie beugte sich über sie, drückte ihr das Gesicht ins Fell und murmelte etwas, was niemand hören konnte. Ab und zu stieß sie ihr entnervendes Lachen aus.

Es fing an zu schneien, zuerst verhalten in einzelnen

kleinen Flocken, die sich auf der harten Erde auflösten, dann mit einer dichten, blendenden Gewissheit. Die Welt verschwamm. Der schäbige Garten, der Obstkäfig und die ungeschnittenen Rosen waren schön und fremdartig. In der wirbelnden Ferne standen die Bäume wie Geister. Peter ging darauf zu, lauschte dem Knarren seiner Schritte, den gedämpften Lauten.

Drinnen verschwand alles nach und nach. Das Haus wurde entkleidet. Räume fingen an zu hallen. Staubmäuse wirbelten herum, Risse wurden bloßgelegt. In den Ecken hingen Spinnweben. Eleanor ging, auf Samuels Arm gestützt, zu der Hainbuche. Mehrere Minuten stand sie im Schneegestöber, und die weißen Flocken fingen sich in ihrem weißen Haar. Peter, der ganze Arme voll Zweige und totes Laub für das Feuer aufhäufte, sah ihr zu. Woran dachte sie? Und an wen?

Er half Rose und Tamsin, einen zweiten Tisch in die Küche zu tragen, und dann deckten sie für achtundzwanzig Personen ein. Das beste Porzellan (sie würden es am nächsten Morgen einpacken), ergänzt durch angeschlagene Teller, die im Container landen würden, silberne Kerzenständer, Gläser in allen Formen und Größen, Papierservietten, Blumensträuße in Marmeladengläsern, weil die Vasen alle schon in Kisten waren. Ein buntes Sammelsurium an Stühlen. Eleanor sollte natürlich am Kopf der Tafel sitzen. Das Kaminfeuer wurde angezündet. Das war gemütlich wie ein sicherer Hafen, draußen der Schnee und drinnen das Feuer und der Duft aus dem Backofen. Jemand hatte Knallbonbons mitgebracht. Samuel und Esther bereiteten das Essen zu: Sie nahmen es sehr ernst, ihre Gesichter glänzten vor Schweiß. Es sollte ein riesiges Fatteh geben, Schichten aus Fladenbrot, Reis mit Zimt, Kichererbsen und Auberginen, bestreut mit Walnüssen und Granatapfelsamen, das Ganze mit Joghurt übergossen. Rose machte Räucherlachs-Blinis. Der Raum war voller Dampf.

Irgendwann hörte es auf zu schneien. Um sechs Uhr wurde draußen das große Feuer angezündet, die Funken stoben in den schwarzen Himmel auf. Die Enkelkinder schleiften Müllsäcke voller Papiere nach draußen und machten sich daran, sie ins Feuer zu werfen, zuerst langsam, doch dann in wilder Hast. Peter stand am Rand und sah zu, wie die Flammen Briefe, Fotos, Zeichnungen, Rechnungen, Schulaufsätze und Dissertationen, Zeugnisse, Notizbücher, Kritzeleien, erste Entwürfe, Baupläne, Verträge, Zertifikate, Belege und Anfragen verschlangen. Die Luft war jetzt voller wirbelnder Ascheflöckchen. Teile von ungeliebten, kaputten Möbeln wurden hinterhergeworfen. Der Feuerschein fiel seltsam auf Gesichter. Raketen und Römische Lichter wurden angezündet und explodierten mit leisem Zischen und scharfem Knallen in der Nacht. Blüten öffneten sich, erstarben und regneten herab.

Peter sah zu Eleanor hinüber, die blind in die tanzenden Flammen sah. Ihr Rock wehte ihr um die Beine, und ihr Schal flatterte. Ihr Gesicht war vollkommen ausdruckslos.

Merry saß links von ihm, und auf der anderen Seite zappelte Gails Sohn Jamie herum. Peter musste daran denken, wie er beim letzten Mal, als er ihn gesehen hatte, in einem fort auf den Küchenhocker geklettert war. Der kleine Kerl wand sich förmlich vor überschüssiger Energie. Merry hielt entschlossen Peters Hand, sodass er nur mit der Gabel essen konnte. Immer wieder fielen ihm Auberginenstücke und Walsnussbröckchen in den Schoß. Merry aß mit den Fingern, ziemlich geschickt, wie er fand, hob sie matschige Reis- und Kichererbsenbällchen an den Mund. Ihre Lippen waren fettig, und auf ihren Wangen hatten sich aufgeregte rosa Flecken ausgebreitet. Manchmal nannte sie ihn Clive und manchmal Gordon. Sie erklärte ihm, sie werde bald heiraten. Wenn sie zu ihrem kleinen brüchigen Lachen ansetzte, war es, als würde eine gesprungene Glocke forsch geläutet, und Peter fürchtete, sie könnte jeden Augenblick in Tränen ausbrechen. Auf dem Kopf trug sie eine schiefe gelbe Krone aus ihrem Knallbonbon. Peters Krone war lila. In seinem Knallbonbon waren auch noch zwei große Würfel gewesen.

»Kann ich die haben?«, fragte Jamie.

»Klar.« Er schob sie ihm rüber.

»Sind deine Haare golden oder orange?«

»Was meinst du denn?«

»Mummy sagt orange, und ich sage goldbraun.«

»Also eine Mischung.«

»Magst du Fußball?«

»Nein.«

»Oh.« Der Junge sah ihn an. »Magst du Tiny Wings?«

»Ich weiß nicht, was das ist.«

»Magst du denn Schokolade?«

»Ich nehm's an.«

»Was ist deine Lieblingsfarbe?«

»Grün. Und deine?«

»Blau, glaube ich«, antwortete Jamie ernst. »Oder rot.«

»Meine ist gelb«, flötete Merry. »Wie mein Haar. Daddy sagt, es sei meine Krone.«

Jamie stupste Peter mit seinem spitzen Ellbogen an und zischte laut: »Was redet die denn? Ihre Haare sind mausgrau.« Er runzelte die Stirn. »Was ist dein Lieblingsessen?«

»Ähm. Brie, Kirschen, Nordseegarnelen. Und deins?«

»Ich mag Gurken und Pasteten und Aal.«

»Aal?«

»Erdbeeren«, sagte Merry Peter ins Ohr. »Süße rote Erdbeeren. Hm?«

»Iiih, eklig.« Jamie stocherte in seinem Essen herum. »Warum bist du hier?«

»Hier im Haus, meinst du?«

»Warum schläfst du hier?«

»Ich habe für Mrs Lee gearbeitet.«

»Stirbt sie bald?«

»Sie ist sehr alt«, sagte Peter. »Heute wird sie fünfundneunzig. Aber ich glaube nicht, dass sie bald stirbt. Sie ist stark.«

»Ihr Gesicht ist geriffelt.«

»Wie bitte?«

»Kannst du Kopfstand?«

»Ich glaube nicht.«

»Oder Rad schlagen.«

»Definitiv nicht.«

»Was kannst du denn?«

»Gute Frage.«

»Warum?«

»Was?«

»Ich bin froh, dass du wieder da bist«, sagte Merry zu seiner Linken. »Sehr froh sogar, Liebster. Hast du mich vermisst?«

»Also ... « Peter spielte auf Zeit, indem er einen kräftigen Schluck Wein trank. »Wo war ich denn?«

»Ja, wo? Manche wissen einfach nicht, was gut für sie ist.«

Gegenüber sprach Leon über Drohnen. Weiter den Tisch hoch bemerkte Rose mit ihrer leisen, tragenden Stimme, Brotbacken sei wie eine Art Therapie, und Eleanor warf ein, Virginia Woolf habe für ihr Leben gern gebacken. Auf seiner Seite des Tisches brach Thea, die er nicht sehen konnte, in lautes, dreckiges Gelächter aus.

»Hat man dir ins Gesicht geschossen?«, fragte Merry und strich mit ihren fettigen Fingern über seine verstreuten Sommersprossen.

»Nein.« Und bevor er es verhindern konnte, fragte er: »Erinnern Sie sich an Michael?«

»Michael? Michael?« Ihr Blick wurde plötzlich blau und hart, und sie schürzte die Lippen. »Du hast mich nicht verdient«, sagte sie. Sie zeigte auf Jamie. »Und du gehörst in die Ecke.«

Jamie machte große, runde Augen. Dann streckte er ihr die Zunge raus und wandte sich wieder an Peter.

»Ich bin hinten auf einem Motorrad mitgefahren. Tausend Stundenkilometer.« Und er rutschte von seinem Stuhl und verschwand unter dem Tisch. Jemand stieß einen Schrei aus.

Leon schlug mit einem Messer an sein Glas, und langsam senkte sich Stille über den Raum.

»Eleanor hat gesagt, keine Reden, dies wird also nur ein Toast«, sagte er und ließ den Blick durch den Raum schweifen. Er war so etwas eindeutig gewohnt. »Wir sind heute zusammengekommen, um ... «

»Bitte, Leon«, fiel Eleanor ihm ins Wort, »das klingt verdächtig nach dem Anfang einer Rede.«

»Na gut.« Er lächelte enttäuscht. »Bitte erhebt die Gläser auf unsere Mutter, Schwiegermutter, Schwester, Großmutter und Urgroßmutter, auf unsere wunderbare Eleanor.«

Alle tranken. Jemand rief, sie solle eine Rede halten. Sie stand auf und stützte sich auf ihren Gehstock.

»Ich will nur Folgendes sagen.« Ihre Stimme war dünn und klar. »Dies ist ein Haus voller Erinnerungen. Erinnerungen an Kindheit und Aufwachsen, an glückliche Zeiten, wie ich hoffe, aber auch an schwierige und schmerzliche. Aber unsere Erinnerungen machen uns, wie ich glaube, zu denen, die wir sind. Selbst wenn wir hier weggegangen sind und neue Besitzer eingezogen sind und dem Haus ihren eigenen Stempel aufgedrückt haben, die Bäume, die wir lieben, gefällt haben, Mauern herausgerissen und Risse und Flecken übermalt haben, werden die Erinnerungen bleiben. Trinkt nicht auf mich. Trinkt auf unsere Erinnerungen, auf unser Haus voller Erinnerungen.«

27

Peter schob Merry in ihrem Rollstuhl zu Quentins Auto. Sie zappelte wie ein kleines Mädchen mit ihren Beinen mit den geschwollenen Knöcheln und den kleinen Füßen in Pantoffeln, und ab und zu lachte sie höflich, als hätte ihr jemand einen Witz erzählt, den sie nicht ganz verstand. Unter ihrem dicken Mantel trug sie die lavendelfarbene Strickjacke vom Vorabend, auf die sie Essen gekleckert hatte. Jemand hatte ihr die Haare gebürstet und zu einem lockeren Zopf geflochten. Das war bestimmt Rose, dachte Peter. Sie hatte ihre Großtante am Vorabend zu Bett gebracht und sich vermutlich morgens auch wieder um sie gekümmert. Einen Augenblick lang überkam ihn Mitgefühl und Zuneigung zu der jungen Frau mit dem kastanienbraunen Haar, auf die sich alle verließen.

Quentin war noch nicht da, doch das Auto war nicht abgeschlossen. Merry hob lächelnd die Arme wie ein Kind, das auf den Arm genommen werden will. Peter zögerte, dann bückte er sich und hob sie hoch, und sie legte die Arme um seinen Hals und hielt sich dort fest. Sie war überraschend leicht, als wären ihre Knochen aus Balsaholz. Sie drückte die Wange an die seine, und ihm stiegen Talkumpuder und Seife in die Nase. Ihr Atem strich über seine Haut.

»Mein Lieber«, sagte sie zärtlich und zufrieden, als er sie auf den Beifahrersitz setzte. »Wie gut du aussiehst.«

»Danke!« Er beugte sich über sie, um den Sicherheitsgurt zu schließen.

»Und ich?«

Peter sah sie an, und dann blickte er sich um, ob sie wirklich allein waren.

»Du bist sehr hübsch«, sagte er.

»Spieglein, Spieglein, an der Wand, bin ich die Schönste im ganzen Land?«

Ihr Gesicht war überraschend faltenlos und mollig und weich wie Teig. Sie nahm seine Hand. Ihr Mund hing leicht schief, und ihre Zähne waren gelb und regelmäßig. Mit ihren blauen Augen sah sie ihn verängstigt und flehend an. Peter dachte an Eleanor, ernst, geheimnisvoll, erhaben und stark. Sie war schön, aber Merry war wohl das, was man hübsch nennt.

»Du wirst immer die Hübscheste sein«, sagte er ernst. »Das solltest du wissen. Sei nicht traurig.«

»Ich war traurig. Ja, das war ich«, sagte sie erstaunt.

»Ich weiß. Aber jetzt ist alles gut. Alles ist gut.«

»Was ist mit Ellie?«

»Mach dir darum keine Gedanken mehr.«

»Warum bist du gegangen?«

»Am Ende gehen wir alle«, sagte er.

»Gehen wir alle«, wiederholte sie mit ihrer leisen silbrigen Stimme. Eine dicke runde Träne lief ihr über die Wange und löste sich dann auf. »Ach je, ach je.«

Er dachte darüber nach, dass diese beiden alten Frauen vom Leben geschlagen und überrollt und voller Narben zurückgelassen worden waren und dass die Sturzbäche der

Vergangenheit dennoch so klar und stark in ihnen rauschten. Beide über neunzig, doch immer noch verbunden und immer noch gequält von einem jungen Mann, der vor über siebzig Jahren gestorben war.

Er beugte sich über sie, drückte ihr einen Kuss aufs Haar und trat dann zurück.

»Auf Wiedersehen«, sagte er.

»Auf Wiedersehen, Peter«, sagte Eleanor.

Er schüttelte ihre knubbelige, leberfleckige Hand mit der dünnen, seidigen Haut. Dabei musste er an ihr erstes Zusammentreffen denken. Polly tapste leise zu ihnen.

»Auf Wiedersehen, Eleanor.«

Sie waren im Wohnzimmer, das jetzt fast leer war. Im ganzen Haus waren Aktivitäten zugange. Es war der Morgen nach dem Fest, und die, die schon auf waren, trugen tatkräftig und voller Energie letzte Kisten hinaus und zogen die Betten ab. Esther und Rose waren in Eleanors Schlafzimmer und packten die Taschen, die sie am nächsten Tag mitnehmen würde, zuerst über Weihnachten zu Leon und dann in das Heim. »Ein Heim«, hatte sie einmal zu Peter gesagt. »Nicht mein Heim.«

»Ich wünsche Ihnen Glück.«

»Danke«, sagte er. »Für alles.«

»Ich muss Ihnen danken.«

»Ich werde Sie nie vergessen.«

»Oh.« Sie stieß ein weiches, verschwommenes Lachen aus. »Ich werde verblassen.«

»Nein«, erwiderte er eindringlich.

»Ich weiß nicht, warum ich so offen mit Ihnen geredet habe. Sieht mir gar nicht ähnlich.«

»Ich bin froh darüber.«

»Mein geheimes Leben«, sagte sie lächelnd. »Seien Sie vorsichtig, was Sie damit anfangen.«

»Ich bewahre es in mir.«

»Was haben Sie als Nächstes vor?«

»Ich weiß noch nicht. Irgendwas.«

»Lassen Sie es mich wissen.«

»Ehrlich?«

»Selbstverständlich. Und jetzt muss ich los.«

»Tut mir leid. Ich halte Sie auf. Ich bin nicht gut beim Verabschieden. Ich bringe Dinge nie zu Ende.«

»Was ich wiederum sehr gut kann«, sagte sie und berührte ihn leicht an der Schulter. »Passen Sie auf sich auf, Peter. Packen Sie das Leben an.«

Und damit drehte sie sich um und verließ groß und aufrecht das Zimmer.

Er wollte sich von niemandem sonst verabschieden. Sie waren alle viel zu beschäftigt oder schliefen noch, wie Thea. Er zog seinen Mantel an, seine Handschuhe und seine Wollmütze und nahm seine Satteltaschen. Draußen fegte der Wind den letzten Morgennebel fort. Der Schnee lag dick und sauber. Über der Wolkendecke klarte der Himmel auf. Er ging zu seinem Fahrrad. Polly trottete hinter ihm her. Er drehte sich noch einmal um und betrachtete das alte Haus. Hinter fast allen Fenstern brannte Licht. Im Garten stand Samuel mit gesenktem Kopf an den schwelenden Überresten des großen Feuers. Er wirkte tief in Gedanken.

Peter schnallte die Taschen an sein Fahrrad und überzeugte sich davon, dass die Reifen aufgepumpt waren. Er zögerte den Augenblick hinaus, da er die kiesbestreute Einfahrt hochtrudeln und auf die Straße biegen würde.

»Auf Wiedersehen«, sagte er zu Polly. Sie betrachtete ihn mit ihren sanften braunen Augen, und da traten ihm Tränen in die Augen und er hatte plötzlich einen Kloß im Hals und unter seinen Rippen wollte sich ein Schluchzer lösen.

»Peter! Warten Sie!«

Es war Rose, die auf ihn zugelaufen kam.

»Hi.« Er wandte sich ein wenig von ihr ab, damit sie seinen inneren Aufruhr nicht mitbekam – doch der entging ihr natürlich nicht. Sie besaß das Feingefühl ihrer Großmutter.

»Sie wollen weg, ohne auf Wiedersehen zu sagen?«

»Ich dachte, es wäre das Beste, einfach zu gehen.«

»Vielleicht. Aber Eleanor wollte Ihnen das noch geben.« Sie reichte ihm einen kleinen versiegelten Umschlag.

»Danke.« Er nahm ihn und steckte ihn in die Manteltasche.

»Ich hoffe, wir sehen uns mal wieder«, sagte sie. »Rufen Sie mich an, wenn Sie in London sind, dann können wir was trinken gehen. Mit Thea und Jonah vielleicht.«

»Sehr gern.«

»Geben Sie mir Ihre Nummer.« Sie reichte ihm ihr Handy, und er tippte die Nummer ein.

»Also.« Er wollte jetzt los, das Fahrrad an ihn gelehnt und der kalte Wind im Gesicht. »Tschüss.«

Sie reckte sich und gab ihm rasch einen Kuss auf die Wange.

»Machen Sie's gut«, sagte sie und war fort.

Polly trabte mit wedelndem Schwanz hinter ihr her. In

der Ferne konnte er Samuel sehen. Hinter den Fenstern bewegten sich Schemen, ununterscheidbar. Vorhänge wurden aufgezogen. War das Klaviermusik, was er da hörte?

Er holte den Umschlag hervor und schlitzte ihn auf. Darin war eine Sammlung kleiner Muscheln. Muscheln, die Michael und Eleanor in ihren letzten gemeinsamen Tagen am Strand gesammelt hatten. Wie Zähne lagen sie in seinem Handteller.

Dann stieg er auf sein Fahrrad und blickte nicht zurück auf das Haus voller Erinnerungen.

28

Achtzehn Monate später, an einem atemlos heißen Sommertag öffnete Samuel Lee die Tür zum Fahrradladen. Das Ladenglöckchen bimmelte, und ein sehr bärtiger junger Mann hinter der Ladentheke nickte ihm zu.

»Kann ich Ihnen helfen?«

»Ich suche Peter Mistley. Man hat mir gesagt, ich könnte ihn hier finden.«

»Er ist in der Werkstatt. Ich hole ihn.«

Ohne sich vom Fleck zu rühren, beugte er sich ein wenig vor. »Peter!«, dröhnte er. »Pete! Besuch für dich.«

Irgendwo von hinten hörten sie eine gedämpfte Antwort, und ein paar Augenblicke später kam Peter herein, ein Hinterrad in den ölverschmierten Händen.

»Oh!«, sagte er bei Samuels Anblick.

»Hallo, Peter.« Samuel hob eine Hand zum Gruß. »Rose hat mir gesagt, dass ich Sie hier finden kann. Wie geht es Ihnen?«

»Gut, danke.«

»Das sieht man.«

Peter lehnte das Hinterrad unter einem Gestell mit Fahrradhelmen und Fahrradlampen an die Wand.

»Aber Sie sind nicht extra hergekommen, um mich zu fragen, wie es mir geht, oder?«

»Nein.«

»Sie ist gestorben.«

»Sie liegt im Koma.«

»Und warum sind Sie dann hier und nicht bei ihr?«

»Das Krankenhaus ist ganz in der Nähe. Ich brauchte eine Pause. Ich bin seit Tagen dort, und es kann noch dauern. Wir lösen uns ab.«

Erst jetzt sah Peter Samuel richtig an und ihm fiel auf, wie erschöpft er war, kleine Adern zuckten, sein Gesicht war eingefallen, und er hatte dunkle Ringe unter den Augen.

»Das tut mir sehr leid«, sagte er.

»Ich sehe sie ganz friedlich daliegen und frage mich, ob sie weiß, dass sie stirbt. Ob sie Angst hat. Ob sie bereit ist. Sie ist immerhin sechsundneunzig – siebzig Jahre älter als mein Vater bei seinem Tod.«

Es dauerte ein paar Sekunden, bis Peter begriff, was Samuel da gesagt hatte. Er hatte das Gefühl, einen Schlag in den Magen bekommen zu haben.

»Wie bitte?«, brachte er schließlich heraus.

»Das ist auch mit ein Grund, warum ich hier bin. Eleanor hat mir etwas für Sie gegeben.«

Samuel reichte ihm einen kleinen wattierten Umschlag. Peter öffnete ihn und holte eine verblichene, eselsohrige Fotografie heraus. Ein schmales Gesicht sah ihn an, weit auseinanderstehende Augen und Haare, die ihm in die Stirn fielen. Er lächelte nicht, wirkte aber ein wenig amüsiert. Wachsam.

»Sie hat gesagt, es wäre für Sie, aber ich hatte gehofft, Sie würden es mir überlassen.«

»Ich verstehe nichts mehr.«

»Nein?«

»Wie lange wissen Sie es schon?«

»Ein paar Jahre.«

»Aber wie … Ich dachte … ich meine, Eleanor sagte … «
Er unterbrach sich.

»Eleanor hat es mir gegenüber mit keinem Wort erwähnt.«

»War es Gil?«

»Nein. Meine Tante.«

»Merry.«

»Ja.«

»Dann hat sie doch alles gewusst. Sogar das.«

»Ich habe keine Ahnung, was sie gewusst und was nur vermutet hat. Ihr Erinnerungsvermögen schwand, und sie redete zusammenhangloses Zeug, ohne Sinn und Verstand. Von einem jungen Mann, der sich Hals über Kopf in sie verliebte … und eine Geschichte über Betrug. Mal war sie sentimental, dann wieder ausfallend. Wenn sie über Eleanor herzog, bleckte sie tatsächlich die Zähne, wie ein Pferd. Mir war nicht klar gewesen, dass sie so viel Wut angesammelt hatte. Ich fand sie immer süßlich, doch als sie im Nebel versank, sah ich plötzlich einen Menschen voller Leidenschaft, Angst und Schmerz. Da wurde sie mir viel sympathischer. Sie hat mir sein Foto gezeigt, das, was jetzt in ihrem Zimmer steht.«

Peter nickte. Er erinnerte sich daran.

»Ich habe es mir angesehen, und es war, als betrachtete ich ein Foto von mir selbst als junger Mann. Es war unverkennbar.« Er tippte an sein Kinn. »Wir haben hier sogar dasselbe Grübchen.«

»Ja.«

»Da begriff ich es, wie ein Blitz, der die Landschaft erleuchtet, und mein ganzes Leben stand plötzlich ganz deutlich und in einem ganz anderen Licht vor mir.«

»Hat es Sie arg mitgenommen?«

»Ich war eher ... elektrisiert ist der Begriff, der mir in den Sinn kommt. Aufgerüttelt und um eine Erkenntnis reicher. Ich habe gerechnet. Die große Lücke zwischen mir und meinen Geschwistern hatte ich immer auf den Krieg zurückgeführt. Aber das Datum der Eheschließung von Eleanor und Gil und mein Geburtstag: Warum war mir das noch nie aufgefallen? Und dann die Art, wie sie mit mir umgegangen sind.«

»Wie denn?«

»Bemüht. Aufmerksam.«

»Aber Sie haben nie mit Eleanor darüber gesprochen?«

»Wenn sie es mir nicht sagen wollte, wollte ich es auch nicht wissen. Und ich verstehe, warum sie nie darüber gesprochen hat. Aber es muss ihr eine schwere Last gewesen sein, ihr ganzes Leben lang zu schweigen. Warum hat sie es Ihnen gesagt?«

»Weil ich ein Fremder bin, jemand, der nicht zählt, für den es nicht so wesentlich ist.«

»Wie ein Priester.«

»Oh nein.« Peter war fast ein wenig schockiert. »Sie wollte keine Absolution. Sie wollte nur endlich ihre Geschichte erzählen, bevor sie starb.«

»Aber nicht mir.«

»Das tut mir leid.«

»Es ist ja wohl kaum Ihre Schuld.«

»Selbstverständlich können Sie das Foto behalten. Vielleicht sollte ich Ihnen noch sagen, dass sie, wenn sie von ihm sprach ...«

»Nein.« Samuel hob die Hände. »Ich will nicht, dass
Sie mir irgendetwas von dem erzählen, was sie Ihnen anvertraut hat. Der einzige Mensch, der es mir je hätte erzählen
können, wäre sie gewesen, und dazu ist es jetzt zu spät. Ihre
Geschichte wird bei ihr bleiben und mit ihr sterben. Es war
ihr immer sehr wichtig, dass jeder seine Privatsphäre hat.
Sie hat nie versucht, hinter unsere Geheimnisse zu kommen, und es käme mir ganz falsch vor, ihres ergründen zu
wollen, besonders da sie im Sterben liegt. Ich habe auch
niemals mit jemandem darüber gesprochen, vor allem nicht
mit meinen Geschwistern. Halbgeschwistern, wie sich her-
ausgestellt hat. Meine Mutter war immer von etwas Mys-
teriösem umweht. Etwas, zu dem niemand von uns durchdringen konnte, so liebevoll sie auch war.«

Das Ladenglöckchen bimmelte, und eine junge Frau
trat ein. Ihr Gesicht glühte, als ihr Blick auf Peter fiel, der
seinerseits vor Freude strahlte. Er schenkte ihr ein Lächeln
und hob die Hand. Samuel betrachtete ihn erfreut.

»Ich sollte gehen«, sagte er.

»Geht es Polly gut?«

»Polly ist recht zufrieden.«

»Ich hoffe … « Peter unterbrach sich. Was hoffte er? Er
dachte an Eleanor, die jetzt langsam und leise auf den Tod
zuschritt, von dem sie ihm bei ihrem ersten Zusammentreffen erzählt hatte, sie fürchte ihn nicht mehr. Eine lange Reise ging zu Ende. » … dass es friedlich ist«, beendete er seinen Satz.

»Danke. Sie mochte Sie sehr. Soll ich ihr noch etwas von Ihnen ausrichten? Falls sie noch hört, was wir
sagen?«

Was sagt man einem sterbenden Menschen? »Ich weiß

nicht recht. Dass sie mich sehr beeindruckt hat. Dass ich sie, solange ich lebe, nicht vergessen werde.«

»Ich sage es ihr.«

Er legte Peter einen Moment die Hand auf die Schulter, neigte auf seine charakteristische Art den Kopf ein wenig und verließ den Laden.

»Wer war das?«, fragte die junge Frau, die zu Peter trat und seine Hand in die ihren nahm.

»Jemand, den ich kennengelernt habe, als es mir noch schlechter ging.«

»Ihr habt beide sehr ernst gewirkt.«

»Ja. Aber es ist in Ordnung. Es ist alles gut.«

29

An diesem Abend war er ihr sehr nah. Sie sah sein Gesicht und spürte seinen Körper, dicht bei ihrem. Sie merkte, dass er den Blick auf sie geheftet hatte, und weil er sie ansah, war sie wieder schön und voller frischer, schneller Freude.

»Endlich bist du gekommen«, sagte sie. »Ich wusste es.«

»Ich war nie fort, Nellie.«

»Manchmal war ich mir da nicht mehr sicher. Manchmal konnte ich dich nicht sehen.«

»Es ist alles gut. Es war immer gut. Alles.«

Er war so zärtlich heute Abend. Seine Augen waren tief und voller Liebe. Er nahm ihre Hand. Er sagte ihren Namen. Sie musste nicht mehr länger so tun. Sie musste sich nicht mehr bemühen.

»Ich habe dich nie vergessen«, sagte sie. »Kein Tag verging. Keine Stunde.«

»Was sagt sie?« Esther beugte sich weit über sie. »Sie sagt etwas, aber ich verstehe es nicht.«

»Ich weiß nicht.«

»Kommen die anderen?«

»Ja. Sie müssten bald hier sein.«

»Ich wünschte, ich könnte verstehen, was sie sagt. Vielleicht ist es ja wichtig.«

Samuel nahm noch einmal die Hand seiner Mutter, die dünnen, spitzen Knochen, die gekrümmten Finger mit den gerieften Nägeln.

»Hallo«, sagte er. »Wir sind alle hier. Wir sind bei dir.«

»Sei bei mir, jetzt in der Abenddämmerung. Wenn das Licht schwindet.«

»Ich bin hier.«

»Erzähl.«

»Was?«

»Erzähl mir von uns, als wir jung waren. Wie war es? Wie war ich damals?«

»Ein Sommertag. Die Sonne stach mir in die Augen. Ich wollte meinen neuesten Flirt treffen und versuchen zu vergessen, doch mein Bein schmerzte und mein Kopf war voll düsterer Gedanken, die ich nicht abschütteln konnte. Menschen versammelten sich, junge Männer, Frauen in hübschen Kleidern, wie Blumen. Dann sah ich dich ein Stück abseits stehen, in einem grünen Kleid. Du hattest weiches, dunkles Haar und graue Augen und einen langsamen Blick. Da ging in mir eine Tür auf.«

»Da ging in mir eine Tür auf«, wiederholte sie. »Ja.«

»Mutter. Eleanor. Was sagst du?«

Leon war gekommen. Er zog einen dritten Stuhl heran und setzte sich dicht ans Bett, um ihr – ganz der Arzt – den Daumen ans Handgelenk zu legen und das zähe Zittern ihres Pulses zu ertasten. Erst dann beugte er sich vor und küsste sie auf die Stirn.

»Wir verstehen sie nicht. Vielleicht will sie uns noch etwas sagen.«

»Sie wirkt nicht aufgeregt«, sagte Samuel. »Sie lächelt. Schaut.«

»Sollen wir die Schwester rufen?«

»Wozu?«

»Wie lange noch?«

»Sie haben gesagt, nicht mehr lange.«

»Eleanor.« Samuels Stimme war tief. »Wir sind bei dir, und Quentin kommt auch bald. Deine Kinder. Wir lassen dich nicht allein.«

»Nein.« Esther klammerte sich an Eleanors Hand. »Wir gehen nicht weg. Du sollst wissen, wie sehr wir dich lieben. Wir lieben dich. Es tut mir leid, dass wir uns so oft gestritten haben. Ich habe manches an dir abreagiert, aber ich habe dich immer geliebt. Ich hoffe, das weißt du.« Sie wischte sich mit dem Handrücken über die Augen. »Wenn ich bloß wüsste, dass sie mich hören kann. Dass es nicht zu spät ist.«

»Und es war zu spät. Alles andere wurde unscharf und substanzlos. Der Rest der Welt fiel von mir ab. Ich spürte nur deinen Blick. Merry führte mich zu dir und erklärte, wir müssten uns mögen, und du sagtest: ›Hallo, Michael. Ich will mir Mühe geben.‹ Du reichtest mir die Hand, und ich ergriff sie, so wie jetzt. Ich weiß nicht mehr, was ich gesagt habe.«

»Du hast gesagt: ›Davon bin ich überzeugt. Und ich ebenso.‹«

»Und das haben wir, nicht wahr?«

»Ja. Das haben wir. Das taten wir. Das tun wir.«

»Wir haben am Fluss gesessen.«

»Am Fluss.«

»Ich habe mich bemüht, mit allen zu reden. Ich habe versucht zu lachen, und da warst du, mit deinen wohlgeformten Beinen und deinem weichen Hals und wie du den Kopf drehtest. Ich hätte in dir ertrinken können.«

»Ja.«

»Wir haben über Bücher gesprochen.«

»Virginia Woolf. Ich erinnere mich. Ich erinnere mich an alles.«

»Sie denkt an Virginia Woolf!« Leon lachte bellend auf. »Das sieht Eleanor ähnlich! Auf dem Sterbebett an Virginia Woolf zu denken. Ist es zu fassen?«

»Es macht sie glücklich.«

Eine Krankenschwester kam herein. Ihre Schuhe klapperten über den Boden. Sie nahm das Krankenblatt am Fußende des Bettes zur Hand und überflog es. Dann trat sie zu Eleanor und überprüfte die Monitore über ihrem Bett und tastete nach ihrem Puls. Die Familie saß schweigend da und wartete, dass sie endlich wieder ging. Vermutlich lächelte sie höflich, während sie überlegte, um wie viel Uhr sie wohl gehen konnte. Aber es konnte nicht mehr lange dauern.

»Glaubst du, sie hat Angst?«, fragte Esther Samuel.

»Ich glaube, sie ist schon eine ganze Weile bereit zu sterben.«

»Warst du je so verliebt, dass du daran hättest sterben können?«

»Ja.«

»Dass du nicht wusstest, ob du Glück empfandst oder Schmerz?«

»Ja.«

»Dass du halten und gehalten werden musstest. Dass du dich verlieren und verloren gehen musstest.«

»Ach, ja.«

»Hat sie Schmerzen? Tut es weh?«

»Ich weiß nicht. Ich glaube nicht.«

»Und es tut weh.«

»Ja, es tut weh. Wie ein Verlust. Eine Abwesenheit.«

»Der Welt gegenüber gibt man sich ganz normal. Man redet und isst und lächelt und hört zu, und die ganze Zeit sehnt man sich nach dem anderen.«

»Ich habe all das empfunden. Das weißt du.«

»Ich hätte mein ganzes Leben für einen Tag mit dir gegeben.«

»So wenig Zeit.«

»Als du mein warst.«

»Als du mein warst.«

Quentin riss die Tür auf, außer Atem, blieb auf der Schwelle stehen und betrachtete die Gruppe, die um das Bett hockte, und die reglose Gestalt unter dem Laken, das sich kaum mehr hob und senkte.

»Ich bin doch nicht …?«

»Nein. Sie ist noch nicht gegangen.«

»Gut. Gut.«

Er holte sich von der Wand einen Stuhl heran, setzte

sich, legte die Hand auf Eleanors Bauch und schloss für einen Moment die Augen. Leon beäugte ihn misstrauisch: Betete er etwa für ihre sterbliche Seele? Das würde Eleanor nicht gefallen. Einen Augenblick schwang Feindseligkeit zwischen ihnen.

»Hat sie etwas gesagt?«, fragte Quentin.

»Ja, aber viel haben wir nicht verstanden. Nur hier und da mal ein Wort.«

»Sie hat von Virginia Woolf gesprochen.«

»Virginia Woolf! Typisch.«

»Und wir glauben, dass sie gesagt hat, es sei zu wenig Zeit.«

»Du meinst, zu wenig Zeit, bis sie stirbt?«

»Das wissen wir nicht.«

»Sie sieht aus, als hätte sie Frieden gefunden.«

»Ja.«

»Ich habe dich gefunden.«

»Mich gefunden.«

»Ich habe dich gehalten. Ich habe dich auf die Augenlider geküsst, auf den Mund und auf den Hals und habe dich aufschreien hören. Meine Liebe. Meine Liebste. Auf dem Friedhof.«

»Unter dem Quittenbaum.«

»Hat sie Quittenbaum gesagt?«

»Ich glaube schon.« Sie flüsterten jetzt und beobachteten sie mit ernsten Mienen. Wie eine Feder konnte sie jederzeit davonschweben.

»Ist das nicht komisch? Ich wüsste zu gern, was ihr durch den Sinn geht.«

»Sie hat Quittenbäume immer geliebt.«

»Erinnert ihr euch an das Quittengelee, das sie jedes Jahr gekocht hat? Wir haben ihr geholfen. Dann roch das ganze Haus nach Honig.«

»Die Sonne war wie Honig. Die Blätter waren hell. Du hast in meinen Armen gelegen. Die Vögel haben gesungen. Alles öffnete sich, alles löste sich auf. Du hast Ja gesagt.«

»Ich habe Ja gesagt. Ja, ich will.«

»Am Meer. In unserem Haus. Solche Qual und solche Liebe. Dich ein letztes Mal halten. Um auf Wiedersehen zu sagen.«

»Geh nicht.«

»Nellie.«

»Bitte, verlass mich nicht.«

»Natürlich verlassen wir dich nicht, Mummy.«

»Mum, es ist alles gut.«

»Eleanor.«

»Wir gehen nicht weg. Scht jetzt.«

»Wir sind hier.«

»Alle.«

»Hab keine Angst.«

»Hab keine Angst, meine Liebste.«

»Ohne dich.«

»Ich komme zurück.«

»Ich kann nicht. Ganz allein.«

»Nellie. Nellie.«

»Ich habe dich nie vergessen.«

»Ich weiß.«

»Ich habe Gil geliebt. Ich habe meine Kinder geliebt. Aber kein Tag. Keine Stunde.«

»Sie spricht von Gil.«

»Ja.«

»Glaubt ihr, sie weiß, dass sie stirbt?«

»Ich weiß nicht.«

»Sei nicht so unglücklich, Esther. Traurig natürlich, aber nicht unglücklich. Sie ist sehr alt.«

»So jung. Am Flussufer. Unter dem Quittenbaum. Am großen Ozean.«

»Hört ihr? Ihre Atmung verändert sich.«

»Heißt das …?«

»Ich glaube schon.«

»Oh nein. Nicht.«

»Scht jetzt. Es ist alles gut. Sie muss loslassen. Ihre Zeit ist gekommen.«

»Zeit. Es heißt, die Zeit sei ein Fluss, der für niemanden anhalte, der über die Dämme fließe und alles in seinem Strom mitreiße. Manchmal tief und schnell und klar; manchmal breiter, langsamer, sodass man kaum sieht, dass er sich überhaupt vorwärtsbewegt. Dennoch ist er unerbittlich. Und es heißt, die Zeit sei eine Reise ohne Wiederkehr: Man macht sich in einer drängelnden, erwartungsvollen Menschenmenge auf den Weg, doch die lichtet sich auf der Reise, und am Ende erkennt man, dass man allein war. Die ganze Zeit war man allein. Man sammelt Lasten auf, während man geht, Erinnerungen, die man tragen muss, und Sünden, die man nicht abwerfen kann, und anhalten kann man nicht. Zurückgehen kann man nicht.

Aber all das stimmt nicht. Die Zeit ist kein Fluss mehr und auch keine einsame Straße, sie ist ein Meer in mir. Ebbe und Flut, die Anziehungskraft eines kalten Mondes, der auf das Wasser scheint. Wissen fällt ab, Unschuld kehrt zurück, Hoffnung frischt auf. Es ist Frühling. Ich wusste nicht, was für eine lange Reise es sein würde, nach Hause zurückzukehren.«

Wie eine Feder, die davonschwebt. Wie ein Blatt, das fällt. Wie Schnee, der schmilzt. Wie eine Tür, die sich öffnet.